각자의
각신들의
가날
1

규장각 각신들의 나날 1
ⓒ 정은궐 2009

초판1쇄	2009년 7월 25일
초판51쇄	2016년 9월 22일
지은이	정은궐
펴낸이	박대일
편집	이문영 · 임수진 · 손수지 · 임유리 · 신지연
교정	박준용
마케팅	송재진
디자인	김은희(표지) · 신동우(본문)
펴낸곳	파란미디어
출판등록	2004년 9월 14일 제313-2004-00214호
주소	04072 서울시 마포구 성지 1길 32-36 (합정동)
전화	02. 3141. 5589(영업부) 070. 4616. 2012(편집부)
팩스	02. 3141. 5590
전자우편	paranbook@gmail.com
카페	http://cafe.naver.com/paranmedia
페이스북	http://www.facebook.com/paranbook

ISBN 978-89-6371-002-0(04810)
    978-89-6371-001-3(전2권)

*이 책의 판권은 지은이와 파란미디어에 있습니다.
 이 책 내용의 전부 또는 일부를 재사용하려면 반드시 양측의 서면 동의를 받아야 합니다.

*잘못된 책은 구입하신 서점에서 바꾸어 드립니다.

규장각 각신들의 나날 1

정은궐 장편소설

파란

목차　1권

第一章　초야 初夜 의 불청객

第二章　분관 分館

第三章　괴물 신랑

第四章　신참례 新參禮

第五章　동고놀이

第一章

초야初夜의 불청객

1

밤이 깊어 갈수록 마당을 서성대는 선준의 발걸음은 더욱 조급하게 움직였다. 어두운 달빛이건만 새하얀 도포가 반사하는 빛으로 인해 그의 주위만 환한 듯 보였다. 이윽고 육중하게 열리는 대문 소리가 서성거림을 멈추게 하였다. 오랫동안 기다렸던 부친이 귀가하는 소리였다.

"대감마님, 돌아오셨습니까요?"

하인들이 외치는 곳으로 한달음에 달려갔다. 그런데 집 안으로 성큼성큼 걸어 들어오는 부친의 분위기가 살벌하였다. 요사이 본 적 없는 노기였다.

좌의정 이정무. 임금이 실권을 약화시키고 앉혀 놓은 좌의정 자리지만, 노론의 거두임에는 이의를 제기할 사람이 그다지 많지 않다. 요즈음 그에게는 웃을 일밖에 없었다. 나이 들어 겨우 하나 얻은 아들,

이선준이 그간의 고집을 버리고 떡하니 과거에 급제를 해 주었기 때문이다. 그것도 세간의 부러움을 한 몸에 받는 장원으로 말이다. 본인도 해 보지 못한 것이다. 심지어 눈꼴이 시릴 만큼 잘난 척하는 사헌부 대사헌, 문근수조차 못 해 본 장원급제였다. 지나치게 행복에 겨웠다. 그래서 아무도 없을 때는 생전 움직여 본 적 없는 어깨를 덩실거리기도 하였다.

개중 언짢은 일이 하나 있다면, 아들이 혼인하겠다고 고집 피우는 처자 정도였다. 동생 뒷바라지한다고 스물한 살씩이나 될 때까지 노처녀인 것과, 편모슬하에 찢어질 만큼 가난한 것은 두 눈 불끈 감고 넘어가 준다손 치더라도, 당파가 다른 남인의 여식인 건 쉽게 눈감아 줄 수 있는 게 아니었다. 하지만 정무는 허락할 수밖에 없었다. 아니, 엄밀히 말하면 허락이 아니라 아들과의 내기에 져서 굴복한 것뿐이었다.

그렇지만 이건 아들의 장원급제라는 큰 기쁨에 덮여 어느 정도 감소된 속상함이었다. 어차피 집안 며느리로 데리고 온 다음, 친정과의 인연은 완전히 단절시킬 계산이기도 하였다. 미치지 않고서야 남인을 사돈으로 인정해 줄 정무가 결코 아니었다.

선준은 조바심을 숨기고 부친을 뒤따랐다. 정무는 화로 인해 주위가 보이지 않는 양 본척만척하며 방 안으로 들어갔다. 방문을 닫기 직전, 정무의 억눌렸던 분노가 터져 나왔다.

"감히 내 아들을! 감히! 감히!"

우려했던 일이 벌어진 것인가? 선준은 부친의 서안 너머에 앉았다.

"알고 있었느냐?"

말과 화가 목에서 뒤섞여, 걸걸대는 소리가 되어 정무의 입 밖으로 나왔다.

"무엇을 묻는 것인지 소자는 헤아리지 못하겠습니다."

정무는 눈동자만을 움직여 아들을 보았다. 반듯한 음성, 반듯한 눈매, 움직임 없이 고정된 눈동자로 인해 이리저리 휩쓸리는 불빛이 오히려 경박하게 느껴졌다.

"이번 급제자들의 분관分館이 정해졌다."

"어찌 되었습니까?"

"넌 괴원분관槐院分館에 권점되었더구나. 아울러 반궁에서 어울려 다니던 다른 녀석들도."

'반궁에서 어울려 다니던 다른 녀석들'이란 말에서 그간의 불만이 묻어 나왔다. 그들 중에 노론이 없기 때문이다. 더구나 눈엣가시처럼 여기는 대사헌의 아들이 그들 중 한 명인 것도 불만의 이유다. 하지만 오늘 부친이 분노하는 것은 이것 때문은 아닐 것이다. 그리고 그 분노는 선준이 기다려 온 내용이리라. 정무는 아들의 눈빛을 관찰하며 말했다.

"그 녀석들과 더불어 너도 규장각에 내정되었다. 다른 곳도 아니고 바로 그 규장각에 말이다. 감히 내 아들을!"

그가 주먹으로 서안을 내리치는 소리가 방 안을 가득 메웠다. 규장각! 그곳을 없애기 위해 얼마나 혈안이 되어 왔던가. 그런 곳에 자신

분관(分館) 문과에 새로 급제한 사람을 견습시킬 목적으로 승문원, 성균관, 교서관 등 3관에 나누어 소속시켜 실무를 익히도록 하던 제도.

괴원분관(槐院分館) 승문원 분관. 과거 급제자 중 주로 서울의 문벌이 높은 양반집 자식들이 소속됨.

의 아들을 끌어넣으려고 하니, 피가 거꾸로 치솟을 노릇이다.

"내 실수구나. 홍문관에 빈자리가 날 때까지 잠시 연행에 널 보내려고 하였던 일이 주상 전하께 빌미를 제공하게 될 줄이야."

하지만 선준의 귀에는 더 이상의 다른 말은 들리지 않았다.

"정확히 소자 이외에 누가 또 규장각입니까?"

"네가 어울려 다닌 놈들이 어디 따로 있었더냐?"

"문재신, 구용하, 그리고……."

"김윤식."

선준의 눈꺼풀이 잠시 눈동자를 감췄다가 내보였다. 다시 드러난 눈동자에는 찰나의 흔들림조차 걷혀 있었다. 아들의 혼인 상대가 김윤식의 누이인 것을 알면서도 부친의 입에서는 실수로도 사돈이라 지칭되어진 적이 없었다. 이번에도 마치 정적의 이름을 부르듯 하였다.

"김윤식은 어찌하여……."

"너의 관심은 오로지 그 녀석뿐이냐?"

"이조에서는 외관직으로 발령 내린다고 하지 않았습니까?"

"주상 전하께오서 진노하시어 어쩔 도리가 없다더군. 그런데 이상하구나. 지방으로 가지 않게 되었다면 도리어 기뻐해야 할 네가 아니냐?"

"기쁘지 않아서 여쭙는 것이 아닙니다."

정무는 의심의 눈초리를 거두고 한숨을 쉬었다. 외관직은 김윤식 본인도 강력히 희망했지만, 또한 그의 희망이기도 했다.

"아직 결정 난 건 아무것도 없다. 그러잖아도 괴원분관에 하찮은 가문의 김윤식이 권점된 것에 대한 반발이 만만찮더구나. 분관시킨 후에야 이조에서 그 사람의 문벌을 알아서 임용할 수가 있을 터이니, 그걸 이용해서 뭔 수라도 써야지. 그리고 내 아들을 규장각에 빼앗기지도 않을 것이다!"

김윤식을 한양에 둘 순 없다. 두 번 다시 한양으로 돌아올 수도 없게 해야 한다. 그의 누이와, 선준과, 그리고 이 가문과 손이 닿지 않는 곳으로 보내야 한다. 영영 인연을 끊게 해야만 한다. 그 정도는 노론 벽파의 거두로 불리는 좌의정 집안에 누이를 시집보내는 대가치곤 약소하지 않은가!

선준은 부친의 눈치만 살피다가 해야만 하는 말을 입 안에서 씹은 뒤 자리에서 물러났다. 바깥에 나와 섬돌 아래 내려서니, 좌의정을 알현코자 헐소청歇所廳에서 나온 사람들이 군데군데 보였다. 이 집의 헐소청은 이미 오래전부터 노론 벽파가 중심인 아침 소굴로 둔갑해 있었다. 그런 만큼 선준에게 있어서 이곳은 '집'의 기능을 상실한, 위험한 곳일 수밖에 없었다. 객들이 이 집의 아들, 훗날 노론의 기둥이 되어 주리라 믿어 의심치 않는 선준을 향해 아부 섞인 인사를 건네 왔다. 선준은 얼굴의 피부를 올곧게 정렬하여 세웠다. 그리고 그 어떤 표정도 보이지 않은 채, 깍듯한 예의로 고개를 숙였다.

"도련님, 대감마님께 말씀은 올렸습니까요?"

갑자기 귓가를 덮친 걸걸한 목소리를 향해 선준은 자신도 모르게 고개를 돌렸다. 순간 어깨가 움찔 놀랐다. 시뻘건 도깨비 얼굴이 눈 바로 앞에 떡하니 버티고 있었기 때문이다. 그 도깨비 얼굴이 누런 치아를 드러내며 씩 웃어 보였다.

"수, 순돌이였구나. 기척 좀 하지 그랬느냐? 한데 방금 뭐라고?"

선준은 입 꼬리가 움찔거리는 것을 애써 숨기며 미소를 지었다. 어느 정도 순돌이의 모습에 익숙해졌건만, 간혹 이렇게 느닷없이 얼굴을 들이밀 때면 미안하지만 안 놀랄 수가 없다. 순돌이가 집채만 한 덩치를 숙여 귓속말을 하였다.

"말씀은 올리셨느냐고 여쭙지 않습니까요."

선준은 답하는 대신 씁쓸한 미소를 보이며 고개를 숙였다.

"아이고, 갑갑하기도 하시네. 이리 차일피일 미루다가 언제 말씀드립니까요? 예쁜 선비님이 더 늦기 전에 비밀을 털어놓으라고 그리 당부를 하시는데, 대체 어쩌시려고요. 안 그러면 혼례는 올리지 않겠다고 하셨다면서요."

"사태의 추이를 좀 더 지켜봐야겠다. 일이 안 좋게 돌아가는구나."

내뱉은 것이 한숨인지 말인지 분간이 가지 않았다.

"네? 안 좋은 일이라뇨?"

"아니다. 예상 못 한 일도 아닌데, 이제 와서 당황하는 것도 우습지."

뒷짐을 진 채 하늘을 향하는 그의 눈동자가 어두운 별을 좇아 어지러이 움직였다.

허름한 가게가 줄지어 선 필동의 한 책방 앞에서 주인장이 온몸을 뒤틀며 기지개를 켜고 있었다. 그의 곁으로 갓을 쓴 곱상한 선비가 다가가서 인사를 건넸다.

"안녕하시오, 주인장?"

"엇? 아이고, 도련님! 이리 누추한 곳까지 어인 일로……."

급하게 허리를 숙여 굽실거리는 주인장에게 선비는 환하게 웃으며 말하였다.

"갑자기 왜 이러시오? 허리를 드시오."

"도련님께서 이번 대과에 급제하셨단 소식은 저도 들었습죠. 도련님이 예사 분이 아니라는 건 알고 있었지만, 이 정도일 줄은 미처 모르고 제가 그간……."

"날 민망하게 만들고자 하는 게 아니라면 그만 하고 인사나 해 주오."

주인장은 그제야 고개를 들고 반갑게 너털웃음을 터뜨렸다.

"하하하. 정말 반갑습니다요."

"그간 어찌 지내셨소?"

"보시다시피 파리만 날리며 지냈습죠. 아 참, 내 정신 좀 보게. 우선 저기 앉으시지요."

선비는 주인장이 가리키는 가게 안으로 들어갔다. 그리고 가져온 작은 책 꾸러미를 내려놓은 뒤 평상에 앉았다. 주인장은 선비를 볼 때마다 고개가 갸웃하였다. 예전에는 단순히 나이에 비해 앳된 외모라고만 생각하였다. 그런데 세월이 지날수록 사내의 티가 나기는커녕 점점 아름다워져 가는 것이 여간 이상한 게 아니다. 이 자태는 사내라면 결코 가질 수 없는 것이다.

"내가 급제하였단 소식은 어떻게 알았소?"

선비의 미소 띤 물음에 깜짝 놀라 주인장은 급히 의문을 숨겼다.

"네? 아! 얼마 전에 성균관에 도련님을 뵈러 갔었는데, 급제하여 퇴관하셨다고……."

"이런! 내가 먼저 연락을 주지 않아 괜한 헛걸음을 하게 만들었소.

예상치도 못한 급제 덕에 내 정신이 말이 아니었다오."

"그래도 이리 다시 찾아 주시지 않으셨습니까요. 두 번 다시 도련님을 못 뵙나 싶어 서운해하던 참이었습죠."

주인장이 말하는 중간부터 선비의 행동이 이상해졌다. 고개를 숙이고 갓 끝을 잡아당겨 자꾸만 얼굴을 숨기는 것이다. 이건 종종 보이는 행동으로 자신의 얼굴로 모이는 다른 이들의 시선을 싫어하여 생긴 버릇인 듯하였다. 주인장은 뒤를 돌아보았다. 얼굴을 숨기는 대상이 자신의 등 뒤에 있는 어떤 이의 시선이란 느낌 때문이었다. 아니나 다를까, 언제 왔는지 가게 밖에 숨어서 선비를 구경하고 있는 제 아내가 있었다. 주인장은 등 뒤로 숨긴 손으로는 아내에게 얼른 딴 데로 가라고 손짓하면서, 입으로는 선비에게 말하였다.

"저기, 옆의 꾸러미는 혹시 오늘 여기 오신 이유입니까요?"

선비는 꾸러미를 풀어 펼치며 부끄러운 듯 말하였다.

"이 서책 좀 봐 주시오. 내가 성균관에서 공부하였던 것인데, 학관들이 수업한 내용도 필기가 되어 있소."

주인장은 시큰둥한 표정으로 책을 휘리릭 넘겨 보았다.

"이런 서책들은 저희 가게에도 먼지 더미 속에 쌓여 있어서……."

선비는 그의 손에서 책을 가로채어 다시 꾸러미를 여미면서 말하였다.

"그럼 되었소. 같이 동문수학한 유생들이 서로 다투어 팔라는 걸 거절하고 주인장과의 인연을 생각해서 여기까지 들고 왔건만……."

선비의 말이 채 끝나기도 전에 주인장은 온몸을 던지다시피 하여 꾸러미를 빼앗았다. 그러고는 선비를 보며 씩 웃었다.

"급제를 하시더니 흥정이 더 느셨습니다. 변하셨네요."

"세상이 변하는데 사람이 어찌 변하지 않겠소?"

"세상 변하는 게 무섭긴 하죠. 옛날에는 세상 변하는 게 참 더뎠는데, 요즘은 하루가 다르고 한 시진이 다르니, 저 같은 장사치조차 세상 따라가려면 가랑이가 찢어집니다요."

"10년이면 강산이 변한다는 말도 이젠 옛말이라지 않소. 사시겠소?"

주인장이 대답하려는 찰나, 아내의 고개가 쑥 들어와서 훈수를 두었다.

"그냥 사슈. 구두쇠 짓 하지 말고."

"사나이끼리 대화하는데 재수 없게 계집년이 어딜 끼어들어!"

주인장은 소리를 지르며 기어이 아내를 쫓아냈다. 그리고 갓으로 얼굴을 가리느라 여념이 없는 선비를 향해 싱글싱글 웃으며 말하였다.

"도련님, 말씀 중에 죄송했습니다요. 제 안사람이 워낙 주책바가지라 낄 데 안 낄 데를 분간 못 하고 매번 저럽니다."

그러더니 이번에는 꼼꼼하게 책장을 넘겨 보았다.

"제가 무식쟁이라 내용이 뭔지는 잘 모르겠지만, 정리가 기가 막히게 잘되어 있습니다요. 저희 가게에 쌓여 있는 것들과는 급이 다른 게……, 유생들이 팔라고 했다는 게 흥정하려던 것이 아니라 참말이었나 봅니다. 좋습니다! 그간의 인연도 있고 하니, 이건 제가 삽지요. 대신 혹여 안 팔리면 도련님께서 되사 주셔야 합니다."

선비는 주인장이 허리춤에 매달린 주머니에서 꺼낸 엽전 몇 개를 받아 세어 보고는, 별다른 흥정 없이 자리에서 일어났다.

"알았소. 그러잖아도 혹시 몰라서 그 한 권만 가져와 본 거라오. 일간 한 번 더 들르리다."

"에? 서운하게 벌써 가시게요?"

"다른 볼일도 있어서 일어나야 하오."

선비는 정신을 홀릴 듯한 아름다운 미소를 보인 뒤 가게를 나갔다. 이윽고 그 뒷모습에 시선을 붙인 아내가 침을 삼키며 뒷걸음질로 들어왔다.

"김 도령의 저 섬섬옥수를 한 번만 만져 볼 수 있다면, 지금의 조강지처 자리를 내어 놓으래도 냉큼 그러겠구먼."

주인장은 무질서하게 쌓여 무너질 듯한 책 더미 위로 선비에게 사들인 책을 아무렇게나 던져 놓으며 타박하였다.

"섬섬옥수를 어쩌고 어째? 그 천하절색인 초선이도 마다했던 양반이야. 한데 뭐가 아쉬워서 늙어서 축 처진 여편네와 상종하겠나? 나도 되니까 데리고 살아 주지. 주제도 모르고, 쯧쯧."

"그럼 그 소문이 사실이었수?"

"무슨 소문?"

"초선이 소문 말이우. 초선이라 하면 오만 방자하기가 태산과도 같아서, 돈과 권력이 없는 사내는 사람 취급도 안 하던 년 아니었수? 한데 웬 거지같은 유생한테 홀려서는 몸 주고 마음 주다가 그만 버림을 받았다고. 그 충격으로 옥당 기생이 되어 궐로 들어가 버렸다는 소문이 한때 파다하게 퍼지지 않았남. 그게 저 김 도령이 맞는가 보네."

"당신이 어떻게 그 소문을 아는감?"

주인장이 순순히 인정하자, 아내는 까르르 웃으며 손뼉을 쳤다.

"아이고, 고소하다 고소해. 술 파는 기생 년 주제에 조강지처 있는 사내 꾀어내 홀랑 다 벗겨 먹고도 모자라 빚더미에 앉혀 쫓아내더니, 내 된통 당할 날 있을 줄 알았다니깐."

흥분하여 높아진 아내의 목소리에 당황한 그는 주위를 살피며 자신의 목소리부터 바짝 낮추었다.

"쉿! 이불 속 사정이야 그 두 사람만 아는 것이지. 저리 착하고 여린 도련님이 행여 소문처럼 하였을라고."

"앗! 소문이 맞는 걸 보니 그 소문도 참말인가 보네."

"또 무슨 소문?"

"초선이가 푹 빠졌다던 그 거지같은 유생이 가진 건 하나 없어도 양물만큼은 천하일품이라, 같은 사내들 사이에서도 대물이라 불린다더만?"

어이가 없다는 듯 피식 비웃던 주인장은 불현듯 예전에 흘려들었던 말이 생각나 중얼거렸다.

"그러고 보니, 다른 유생들이 김 도령께 대물 도령이라고 부르는 걸 들었던 것도 같고……."

"하이고, 외모는 꽃보다 야리야리한데 가운데 물건은 대체 어떤 게 달렸기에 온갖 사내 다 겪은 초선이가 최고라 했을꼬."

아내는 눈을 게슴츠레 뜨고 몽롱한 표정에 빠져들었다가, 곁눈으로 남편의 몸 가운데를 흘겨보았다. 그녀의 입에서 빠져나가는 한숨에 부아가 치민 주인장이 냅다 고함을 질렀다.

"이 여편네가 지금 뭘 상상하는 거야! 여기저기 돌아다니는 장사치도 모르는 그따위 소문을 도대체가 어디서 주워듣는 거냐고. 방구석에 처박힌 여편네 주제에!"

"내가 정승 댁 마님인감, 방구석에 처박혀 있게? 그러니 돌아다니던 소문이 내게도 오고 그러지. 당신도 이번 참에 몇 가닥 없는 수염확 밀고 깔끔하게……. 에구, 관두슈. 곱상해지기는커녕 영락없는 내시 꼴일 테니. 수염 없다고 김 도령 같아진다면야 내가 진즉에 밀어 버렸지."

주인장은 더 이상 소리도 지르지 못하고 애꿎은 제 가슴만 주먹으로 때렸다. 그러다가 제 머리도 한 대 쥐어박았다. 잠시나마 김 도령이 사내의 자태가 아니라고 의심했던 자신이 한심해서였다. 애초에 귀티가 흐르는 도령이 미천한 뭇 사내들과 자태가 같을 리가 없을 뿐더러, 계집들이 들러붙는 사내라면 뭐가 달라도 달라야 할 터이다.

게다가 김 도령은 사내들만 득실거리는 성균관에서 버젓이 거관 수학하지를 않았는가. 그건 제 눈으로 확인도 하였다. 무엇보다 초선과의 연분은 소문이 아닌, 사실에 가까운 사건임은 익히 알고 있었다. 그런 도령을 의심하는 건 아내를 사내로 의심하는 것과 다를 바가 아니다. 주인장은 이쯤 생각하고 보니 도리어 웃음이 나와 제 머리통을 한 번 더 쥐어박을 수밖에 없었다.

선준은 허름하여 언제 기울어질지 알 수 없는 좁은 집으로 순돌이와 함께 들어갔다. 고래 등 같은 자신의 집에 비하지 않더라도 초라하기 그지없는 살림이지만, 더없이 살갑게 느껴지는 곳이다. 그가 마당에 들어서자 부엌에 있던 조씨가 달려 나와 반갑게 맞았다.

"아이고, 또 왔소?"

"잠시 지나던 길에 들렀습니다, 장모님."

"어찌 매번 지나던 길이라 핑계대고 오오?"

살포시 흘기며 타박하는 눈에서 정다움이 묻어 나왔다. 조씨는 융통성 없이 언제나 똑같은 핑계를 대는 사윗감이 예뻐 연방 싱글거리면서, 뒤에 서 있던 순돌이에게도 눈인사를 주었다. 선준이 겸연쩍게 웃으며 물었다.

"저기, 그 사람은 없습니까?"

"응? 아, 그, 그게……."

조씨가 미처 말을 다 마치기 전에, 방문이 열리고 윤식이 고개를 내밀었다. 많이 좋아지긴 하였으나, 오랫동안 계속된 병색은 아직 그의 얼굴에서 완전히 떨어지지 않고 있었다.

"형님, 오셨습니까?"

"건강은 어떤가? 저번보다 나아진 것 같은가?"

"제 건강이야 언제나 왔다 갔다 하죠, 뭐. 그래도 요 앞에 형님이 가져다주신 약을 먹은 뒤로는 갑자기 토하거나 열이 오르거나 하지는 않습니다."

선준은 윤식의 안색을 꼼꼼히 살핀 뒤 턱을 괴고 골똘히 생각에 잠겼다. 그가 가져다준 약제는 별다른 것이 아니라, 평소 구리개에서 지어다 먹는다는 그 약방문으로 지은 것이었다. 단지 약을 지은 곳이 구리개가 아니라, 그의 집에 정기적으로 드나드는 의원에게 부탁하였던 것뿐이었다. 약방문 내용은 같은데 그 효과는 상이한 점이 이상하다. 약제의 품질이 달라서인가? 윤식이 그의 머리를 깨웠다.

"그렇게 서 계시지 말고 우선 안으로 드시지요."

선준이 방 안으로 들어가기 위해 신발을 벗으며 보니, 순돌이는 어느 틈엔가 팔을 걷어붙이고는 담장을 손보고 있었다. 조씨의 만류에도 불구하고 설쳐 대는 모습이 마치 애초부터 이 집의 하인이었던 놈 같다.

윤식은 어지러이 널려 있던 종이를 주섬주섬 정리하였다. 선준이 앉으면서 그중에 한 장을 들어서 보았다. 온통 먹으로 덮여 있었다. 종이의 원래 색깔이 먹색이었던가 싶을 정도였다. 없는 종이를 아끼느라 그 위에 덧쓰기를 반복하였기 때문이리라.

"요즘 누님이 서예에 푹 빠져서, 여러 가지 서체를 흉내 내느라……."

"자네 누이는 참으로 욕심 많은 사람일세. 해서로도 모자라 다른 서체까지 욕심내다니."

말은 그리하면서도 선준의 눈가에는 미소가 떠올랐다. 그리고 먹색 종이에서 글자를 구분해 내었다.

"제 안목이 부족하여 여쭙는데, 그 정도면 좋은 솜씨겠지요?"

"내 사람이라 말하긴 쑥스럽지만, 뛰어난 솜씨일세. 해서야 두말할 필요 없고, 초서도 상유들 사이에서 익히 소문이 나 있었지. 이제는 전서도 조만간 회자될 듯싶네. 한데 갑자기 왜 묻는가?"

"걱정이 되어서요. 누님이 두각을 나타낼수록 그만큼 제가 누님을 대신하기가 어려워질 터인데……."

선준은 종이에서 눈을 들어 윤식을 보았다.

"필체란 선비들 사이에서는 곧 얼굴과도 같지. 내가 자네를 알고 가장 안심한 것이 두 사람의 필체가 서로 닮았던 점일세."

그의 자애로운 미소가 윤식의 불안함을 덮어 주었다. 굳이 미소가 아니더라도, 그의 존재는 그 자체만으로도 윤식에게 힘이 되고 의지가 되었다. 누이에게만 의지하고 있을 때와는 비교도 할 수 없는 무게감이다. 그건 어머니인 조씨도 같은 마음이었다.

"물론 닮긴 하였으나, 자네는 연습을 좀 더 해야 하네."

뒷말을 사람 좋은 얼굴로 이어 붙여 놓고, 선준은 다른 종이를 찾아 들었다. 서체의 주인이 보고 싶어, 그 마음을 누르느라 애꿎은 글자만 보았다. 긴장으로 숨 막히기는 하였지만, 매일같이 성균관에서 얼굴 맞대고 지내던 때가 차라리 그립기까지 하였다.

얼마간의 시간이 흐른 후, 바깥에서 순돌이의 우렁찬 소리가 들렸다.

"예쁜 선비님, 어딜 다녀오십니까?"

"어? 순돌이 왔느냐?"

선준은 말이 끝나기도 전에 방문을 활짝 열고 밖을 보았다. 바지 위에 말끔한 두루마기를 입고, 낡은 갓을 쓴 선비가 활짝 웃으며 뜰을 가로질러 그에게로 달려오고 있었다. 단조로운 옷조차 화려하게 만드는 외모를 지닌 아름다운 선비였다. 그도 그럴 것이 눈앞의 김 도령은 사내의 옷만 걸어 내면 김윤희라는 여인이 아닌가.

"가랑 형님!"

선준은 팔을 뻗어 우선 그녀의 손부터 급하게 잡았다. 그리고 수많은 인사말을 접고 눈웃음으로 그 자리를 메웠다.

"오늘 오시는 줄 알았다면 나가지 않았을 텐데……."

"어딜 다녀오시오?"

"저기, 보리라도 구해 보려고……. 성균관에서 필기한 서책을 구하는 사람들도 있다고 들었거든요. 어쩌면 돈이 될지도 몰라서."

다시 보니 그녀의 다른 쪽 손엔 작은 꾸러미가 들려 있었다. 서책을 내어다가 보리로 바꿔 온 모양이다.

"어떤 자가 그대의 서책을 사 갔는지는 모르나, 그자의 과거 운이 하늘에 닿았겠소. 상유들도 그대의 붓이 닿았던 서책이라면 거금을 주고도 구입하려고 하지 않았소."

"책방 주인이 좋은 가격으로 사 주었습니다."

"처남이 공부할 것까지 내다 판 거 아니오?"

"에이, 그럴 리가요. 원래 윤식이가 공부하던 건 놔두고 필사한 걸 내다 판 거예요. 윤식이 건 놔둬야 나중에 반응 좋으면 더 베껴서 팔 수 있잖아요. 참! 그런데 가랑 형님께서는 오늘 어쩐 일이십니까?"

선준이 못마땅한 표정으로 말하였다.

"그놈의 '형님' 소리는 여태 달고 있소?"

윤희가 부끄럽게 웃어 보이는 너머로 조씨의 헛기침 소리가 들렸다. 이에 두 사람의 손은 깜짝 놀라 떨어졌다. 아직 혼례를 올리지 않은 사이라 이런 식의 접촉에 대해 조씨의 주의를 들어 오던 차였.

윤희는 어머니께로 가서 꾸러미를 건네며 바깥에 다녀온 보고를 하였다. 어서 선준에게 다시 돌아가려는 마음이 앞서 말은 자연히 빨라졌고, 선준은 제 손 안에 들어왔던 작은 손이 아쉬워 그 뒤통수에서 눈을 떼지 못하였다.

건성으로 이야기를 끝낸 윤희는 재빨리 선준과 윤식이 있는 방으로 들어갔다. 그런데 그녀의 눈에 선준의 손에 있는 종이가 들어왔다.

"앗! 보면 안 돼요!"

온몸을 던져 급히 종이를 빼앗아 든 윤희는 애꿎은 동생 쪽으로 눈을 흘겼다.

"이런 건 좀 치워 두지."

이런 억울한 일이 있나. 널어 둔 쪽은 누이였고, 나름대로 치우려고 한 쪽은 자신이 아닌가. 윤식이 누이에게 보내는 억울함을 가로채며 선준이 물었다.

"내가 보면 안 되는 거요?"

"그래서가 아니라……, 아직은 부족한 솜씨라 창피해서요."

다소곳한 척 고개를 숙이는 그녀에게 선준의 눈이 창피할 게 뭐가 있냐고 묻듯 미소를 지었다. 갓 아래로 보이는 윤희의 눈도 그의 미소에 답하듯 같은 모양이 되었다. 한동안 아무 대화 없이 싱긋싱긋 웃기만 하는 두 사람 사이에서, 윤식만 있을 곳을 몰라 무안하게 웃었다. 그리고 가끔씩 감시하는 조씨의 눈빛이 방문 사이로 새어 들어오곤 하였다.

"새로운 소식이라도 있어서 오신 겁니까?"

어느새 걷힌 미소 뒤로 불안함을 드러내며 윤희가 물었다. 선준은 그녀가 묻는 것이 무엇인지 알 수 있었다. 그리고 그녀의 불안함도 알고 있었다.

"새로운 소식이라니?"

"아직 말씀을 못 드렸군요."

실망을 숨기고 애써 웃는 윤희 앞에서 선준은 긴 시간을 연습한 거짓말을 하였다.

"말씀드렸소."

하지만 그녀의 눈빛은 의심으로 가득 차 있었다.

"말씀드렸소. 자세히는 아니지만, 그동안 그대가 남장하고 동생인 김윤식인 척했다는 정도는."

윤식이 놀라서 재차 물었다.

"그런데도 좌상 대감께서 이 혼례를 허락해 주신다고요?"

"그렇다네."

선준의 확고한 말에도 불구하고 윤희의 의심과 불안은 더욱 심해졌다.

"물론 쉽지는 않았소. 하지만 이미 약속하신 일이고, 진행되고 있는 혼례를 엎으실 분은 아니기에 겨우 넘어가 주셨소. 그대도 이제는 더 이상 남장할 일은 없을 터이고……."

그토록 오래 되돌려 연습한 말이건만, 마지막 말에서 선준은 그만 입술을 깨물었다. 윤식이 걱정스레 물었다.

"혹시 이조에서 들은 말이 있었습니까?"

"아니네. 아직은 그 어떤 임명도 없는 듯하네."

"하긴 워낙 사람은 많고 자리는 부족하니……. 이번에 급제한 우리들이 아니어도, 아직 관직을 얻지 못하고 있는 이전 급제자들도 수두룩하다죠? 그래도 장원급제한 귀형에게는 바로 관직을 주지 않겠습니까?"

윤희의 갑작스런 질문에 선준은 얼떨결에 대답하고 말았다.

"그럴 거요. 조만간……."

"탐화인 걸오 사형도 바로 관직을 받지 않을까요?"

"그것도 그럴 거요."

"음, 여림 사형은 저와 같은 을과라도 등용되겠죠? 만약에 등용이 안 되면 돈으로 관직을 사서라도 한자리 꿰차실 듯하고…….."

"아마도……."

힘들게 맞장구를 쳐 주던 선준은 그 뒤를 이어 김윤식의 등용도 물어보면 어쩌나 걱정하였다. 이선준, 문재신, 구용하와 더불어 김윤식 또한 임금이 눈여겨보던 인재가 아니었던가. 그렇기에 더 이상 질문하면 거짓말은 할 수가 없다. 하지만 윤희의 말꼬리는 다행히 다른 곳으로 흘러 주었다.

"그럼 세 분 모두 곧 관리가 되시겠네요. 와! 두 사형은 상유로도 어울리지 않았지만, 관리는 더욱 상상이 안 됩니다. 가랑 형님이야 더없이 잘 어울릴 테지만 말이죠."

선준은 웃음으로 끝난 그녀의 말끝에서 문득 '아, 부럽다.'라고 중얼거리는 목소리가 들리는 듯하여 깜짝 놀랐다. 환한 웃음만 보이는 윤희에게서 왜 그런 느낌을 받았는지는 알 수 없었지만, 자신에게 닿은 그녀의 속마음을 무시할 수는 없었다.

"우리끼리 추측하는 건 아무 의미가 없소. 그리고 그 형님 소리 좀 그만 할 수 없소?"

"아! 죄송합니다……, 아랑."

윤희의 기어들어 가는 목소리와 부끄러운 표정이 선준과 윤식으로 하여금 웃음을 터뜨리게 하였다. 하지만 선준의 마음은 웃음 한가운데에서 하염없이 무거워지고 있었다.

"왜 얼굴에 힘이 빠져서 들어와?"

윤희는 조씨의 물음에는 대답하지 않은 채 옆에 쪼그려 앉았다. 선준이 돌아갔는데도 저고리와 바지 차림에 상투머리였다. 조씨는 눈치 한번 슬쩍 본 뒤에 새 이불을 만드느라 바늘을 든 손을 부산하게 움직이며 말하였다.

"옷은 왜 안 갈아입었느냐? 이제 이 서방 앞에서는 치마를 입어도 될 터인데……."

윤희는 힘없는 미소를 보여 주곤 슬그머니 제 상투를 만져 보았다. 그동안 제법 살이 올라 오동통해져 있었다. 하지만 이 정도는 댕기를 드리기에 턱없이 짧은 길이다. 그래서였다. 흉측한 댕기머리가 부끄러워 아직까지 단 한 번도 치마를 입고 그 앞에 선 적이 없었다. 윤희는 깊은 한숨을 내쉬며 완성되지 못한 이불을 쓰다듬었다.

"나도 걱정이구나. 그 세도 높은 좌의정 댁에 보낼 혼수치고 이 이불은 너무 초라해서."

어머니의 엉뚱한 말 때문에 윤희의 신경은 상투에서 또 다른 고민거리인 이불로 모아졌다.

"어차피 그 댁에서는 혼수는 아무것도 해 오지 말라고 했잖아요. 이 이불도 어머니 고집으로 만들고 계신 거면서……."

"내 아무리 세상 돌아가는 걸 몰라도 좌의정 댁 소문도 못 들은 줄 아느냐. 그런 가문에서 숟가락 하나도 가져오지 말라니, 여간 꺼림칙한 게 아니야. 이거라도 안 하면 불안해서 견딜 수가 있어야지, 원."

"별걱정을 다 하세요."

하지만 걱정되는 건 윤희도 마찬가지였다. 성균관에 갓 들어갔을 때가 기억이 났다. 이불을 준비하지 못하여 당황하던 그때, 선준의 모친이 보내 주신 이불에 신세를 질 수밖에 없었다. 급히 준비하느라 좋은 것으로 못 보내 줘서 미안하다던 인사말과 함께 왔던 그 이불은 혼수랍시고 만들고 있는 이 이불보다 훨씬 값비싼 것이었다.

조씨는 바느질을 멈추고 이불을 찬찬히 훑어보았다. 무리를 해서 비단을 붙였지만, 워낙 품질이 떨어지는 것이라 태가 나지 않는다. 게다가 솜이 비싸서 많이 넣지 못해 두께도 볼품이 없다.

"휴! 이건 오히려 안 보내느니만 못한 것 같구나."

"그나저나 앞으로 뭐 먹고 사실 거예요? 이 이불 한 채에 얼마 되지도 않는 전 재산을 털어 넣었잖아요."

"걱정 마라. 산 입에 거미줄 치겠느냐? 이제부터는 먹고 사는 건 내가 다 알아서 할 터이니, 넌 앞으로 있을 네 걱정만 해."

윤희의 입에서 다시금 한숨이 절로 나왔다. 언제나 '산 입에 거미줄 치겠느냐?'라는 말을 입에 달고 계시지만, 그 말에 대한 책임은 일절 지지 않는 분이시다. 이번에도 당장 먹을 죽 값까지 탈탈 털어 나가서는 대책 없이 솜부터 사 가지고 들어와 윤희를 기함하게 만들었다. 결국 그 후로 끼니를 해결한 건 이번에도 윤희의 몫이 되고 말았다.

"지금쯤 다른 급제자들은 뇌물을 싸 짊어지고 다니면서 온갖 연줄을 만들고 있을 텐데⋯⋯. 이렇게 손놓고 있으면 괜찮은 관직은 꿈도 꿀 수 없는데⋯⋯."

의기소침하게 중얼거리는 윤희의 말에 조씨는 다시 바느질을 시작하며 대꾸하였다.

"너와 윤식이를 바꿔치기하려면 지방으로 발령이 나야 한다면서, 괜찮은 관직 타령은 왜 해?"

"외관직이라도 뇌물 없이는 힘들다고들 하니까 그러죠. 운 좋게 관직이 떨어진다고 하더라도 여기저기 인사치레로 뿌려야 하는 선물도 많고, 그걸 안 하면 겨우 받은 관직조차 유지하기 어렵대요. 가문이 든든하다면 모를까."

"돈 없는 사람은 관직 생활도 힘들다더니, 우리 같은 사람들은 급제를 해도 문제로구나."

조씨는 이불을 쓰다듬고 있는 윤희의 손을 흘겨보며 단단히 말하였다.

"눈독 들이지 마라. 이건 안 돼! 관직에만 뇌물이 필요한 게 아니라 시집살이에도 뇌물은 필요한 게야."

"꼭 뇌물이 아니어도 급제자라면 모두 다 하는 회문연이나 은문연도 우린 하지 않았잖아요. 감사 인사 정도는 해야 예의죠. 그리고 그게 관직에 나가서는 전부 도움이 되고요. 지금쯤 다들 저, 아니, 김윤식을 괘씸하게 여기고 있을지도 몰라요."

"그래서 이 이불을 팔아서 하자는 거야? 내게는 우리 윤식이도 중요하지만 너도 똑같이 중요해. 지금까지 고생시킨 것도 모자라, 그런 세도 가문에 널 빈손으로 들여보내란 말이냐!"

화가 나서 소리치는 조씨의 목소리에 밀려 윤희는 이불에서 손을 거두며 웅얼거렸다.

"제가 언제 이걸 팔자고 그랬나요? 그냥 그렇다는 이야기죠, 뭐."

윤희는 제 무릎을 끌어안으며 얼굴을 묻었다. 막상 말을 꺼내 놓고 보니 없던 걱정까지 늘어난 것 같았다. 그래서 머리를 세차게 흔들어 머릿속에 든 것들을 쫓아냈다. 혼례가 눈앞으로 다가왔으니 딱 그 한

가지만 생각하기로 하였다. 오늘 선준에게서 느꼈던 미심쩍음도 혼인으로 인해 신경이 날카로워진 탓으로 돌리기로 하였다. 그러지 않으면 겨우 디디고 서 있는 발아래로 살얼음이 깨지듯 모든 것이 무너져 버릴 것만 같았다.

2

윤희는 바깥의 소음에 집중하고자 귀를 세웠다. 소음이라고 하더라도 전안례奠雁禮를 행하고 있는 잔칫집치고는 적막하기 이를 데가 없었다. 바깥의 좁은 마당에 모인 사람들이라고는 고작 대여섯 명에 불과했기 때문이다. 여기에는 조씨와 윤식, 선준과 순돌이도 포함되어 있는 숫자였다. 윤희 쪽 친척들은 친가나 외가 할 것 없이 인연을 끊고 지내 왔던 데다가, 남장을 하고 윤식으로 지냈던 과거 때문에 아무도 초대하지 못하였다.

그리고 선준 쪽은 남인과 사돈을 맺는 것에 대한 부친과 가문의 반발로 인하여 기럭아비와 위요圍繞 한 명씩만 왔다. 이것은 윤희와 선준에게는 오히려 다행한 일이 되었다. 그도 그럴 것이 선준의 친인척은 관직에 몸담고 있는 이들이 많아서 윤희의 얼굴을 보이는 편이 더 위험했기 때문이다. 그래서 좁은 방에서 가장 크게 들리는 소리는 불안하게 뛰고 있는 윤희의 심장 소리였다. 눈을 감으면 이것은 더욱 크게 들렸다.

윤희는 귀에서 접은 신경을 눈으로 모아, 자신의 몸에 걸쳐진 옷을 보았다. 몇 차례를 연거푸 쓰다듬어 보아도 분명 초록 빛깔의 원삼이었다. 동네에서 빌린 것이지만 다행히 낡은 티는 나지 않았다. 그 안에 입은 저고리와 선명한 붉은색 치마, 종류별로 첩첩이 싸인 속치마는 모두 어젯밤 함에 넣어져 들어온 것으로, 태어나서 처음으로 입어 본 새 옷이었다.

눈이 미치지 않는 곳은 손으로 확인하였다. 뒤통수에 검은색 실과 천으로 얽어 만든 가짜 머리가 초라하게 비녀에 꽂혀 있었고, 정수리에는 족두리가 얹혀져 있었다. 이렇게 몇 번을 확인해 보고서야 자신이 오늘 혼례를 올린다는 사실을 깨닫곤 하였다. 하지만 이런 깨달음은 아주 잠시만 기억에 머물러 줄 뿐이어서, 얼마 가지 않아 또다시 차림새를 점검하지 않으면 안 되었다. 낯설었다. 혼례복은 물론이고 여인이라면 익숙해야 할 치마조차 낯설었다. 간간이 안 입어 온 것도 아니건만 오늘따라 유난히 그러하였다. 아마도 낯선 건 새 옷이 아니라 선준에게 치마 입은 모습을 보이는 것일 터이다.

조심스럽게 방문을 연 조씨가 들어와 윤희 옆에 앉았다. 그리고 혼례복을 점검하여 주었다. 그녀는 어제부터 딸의 얼굴을 보지 않았다. 오직 옷매무시를 매만지는 손길을 통해 자신의 감정을 다스리고, 수많은 감정들을 전해 주었다. 조씨는 바깥으로 말이 새어 나가지 않게 소곤소곤 말하였다.

"지금 이 방을 나갔다가 다시 돌아올 때까지 눈을 뜨지 마라. 다른 이가 수군거리는 말도 듣지 말고, 내가 시키는 대로만 하거라."

"네."

"휴! 초례가 이리 초라할 줄 알았다면 수모手母라도 물색해 볼 것을……. 초례상 위에 가지런히 놓인 목기러기만 때깔이 고와. 좁은 마당에 선 신랑은 또 어떻고. 그런 훤칠한 신랑한테 이런 작수성례酌水成禮가 어울릴 법한 일이어야지."

"어머니, 보지 말고 듣지 말라 하시고선 이리 다 말씀하시면……."

"아차! 내 입이 또 방정을 떨었구나. 후행으로 온 분의 인상이 어찌나 어처구니가 없던지 나도 모르게……. 에구구! 내가 또 입방정을……."

조씨의 말대로 마당에 선 위요의 얼굴은 찌푸려질 대로 찌푸려져 있었다. 그 인상은 마을 어귀에 들어설 때부터 쭉 그랬다. 그는 선준의 눈빛이 예의를 권하자 애써 표정을 바꿔 보기는 하였지만, 신부 집과 초례상의 초라함에 이내 인상이 굳었다. 그중 가장 불쾌한 점은 담장 너머에서 구경하고 있는 동네 사람 몇 명을 제외하고는 하객들이 전혀 없다는 것이다. 위요는 초대를 하지 않아서라고는 생각하지 못하고, 신랑 측과 마찬가지로 노론과의 혼사에 반발한 남인 집안의 처사라고만 여겼다.

이런 썰렁한 잔칫집에서 그나마 잔치 느낌을 주는 이는 순돌이였다. 뭐가 그리 신이 났는지 내내 큰 소리로 웃으며, 쉬지도 않고 커다란 덩치를 춤추듯 흔들어 댔다. 덩치가 몇 사람분과 맞먹는 덕분에 족히 서너 명은 더 참석해 있는 효과를 주었다.

떠들썩하던 순돌이의 동작이 일순간 멎었다. 방문이 열리고 신부가 나왔기 때문이다. 위요는 급히 방문 쪽을 보았다. 얼굴을 완전히 가린 채 조씨의 시중을 받으며 천천히 걸어 나오는 신부는 다행히 선머슴 같은 큰 키를 제외하고는 별다른 하자가 없어 보였다. 큰 키도 신랑의 키가 커서 오히려 구색이 맞았다.

위요의 감상과는 상관없이 신랑, 신부가 초례상을 가운데 두고 마주 보고 서자, 오랫동안 기다려 온 대례가 시작되었다. 이와 함께 담장에 붙는 구경꾼들 수가 점점 더 늘어나기 시작하였다.

선준은 말이 없었다. 옆에서 고개 숙이고 다소곳하게 앉은 윤희도 말이 없었다. 간간이 눈이 마주치면 따스한 미소를 나누었지만, 말은 한마디도 나누지 않았다. 저녁이 되어 차려진 신방에 들어온 이후로 줄곧 그랬다. 이제는 호롱불에 의지해야 서로의 얼굴을 볼 수 있게 되었는데도 그의 무거운 입은 열리지 않았다. 참다못한 윤희가 새치름하게 먼저 입을 뗐다.

"아픕니다."

예상한 대로 선준의 입이 깜짝 놀라 떨어졌다.

"아프다니? 어디가 아프단 말이오?"

"야속한 신랑 덕분에 팔도 아프고 머리도 무겁습니다."

무거운 혼례복을 갖추고 하루 종일 있었으니 그럴 만도 하였다. 선준은 이해를 하면서도 대답은 그녀가 원하는 대로 해 주지 않았다.

"미안하지만 조금만 더 참아 줄 순 없겠소? 그대의 옷을 벗기기 싫어서 그렇소."

윤희는 기가 막혀 눈을 동그랗게 뜨고 쳐다보았다. 신방에 든 신랑이 신부의 옷을 벗기기 싫다니 이보다 괴이한 말이 또 어디에 있단 말인가. 선준의 표정이 진지한 걸로 봐서 농담은 아닌 모양이다.

"그대가 내 신부가 맞는지, 내가 정말 그대와 혼례를 올렸는지, 눈으로 이렇게 보면서도 믿어지지 않아서 그렇소."

"혼례 다음 날 바로 신부의 장례를 치르고 싶지 않으시다면 이 무거운 것들만이라도 좀 내려 주십시오."

윤희의 투정에 그도 따라 투정 부리듯 말하였다.

"난 그대가 여인 복장을 한 건 처음 본단 말이오. 봐도 봐도 질리지가 않소."

더 이상 투정을 부릴 수가 없었다. 짙은 눈썹 끝을 아래로 보내며 청하는 그에게 한없이 미안해지는 순간이었다. 그 마음이 스며들어서인지 윤희의 표정과 목소리는 어느새 애교를 머금고 있었다.

"앞으로 질리도록 보시면 되지 않습니까."

앞으로……. 선준은 이 말을 속으로 곱씹었다. 그러기 위해서 무리한 결정임을 알면서도 이 혼인이라는 산을 넘으려는 것이 아닌가. 지금 이 산을 넘지 못하면 영원히 그날은 오지 않을지도 모른다.

"그럴 것이오. 반드시!"

다짐이라도 하듯 비장한 답을 끝으로 선준의 손이 움직였다. 하지만 기껏 족두리 하나 벗겨 내고 멈추었다. 빌려 온 낡은 족두리가 윤희의 눈에 걸렸다.

"귀형같이 귀하신 분께 이리 누추한 혼례를 올리게 하여 송구스럽기 그지없습니다."

"이러한 혼례면 어떠하고, 저러한 혼례면 어떠하겠소. 지금 이렇게 내 앞에 있는 이가 그대인 것만으로도 족하오."

말만 다정한 게 아니었다. 윤희를 바라보는 눈동자도 그랬고, 슬며시 포개어 잡는 손도 그랬다.

"만약에 제가 사내로 태어났더라도 귀형을 사모하고 말았을 것입니다."

이 여인을 만나고 몇 군데의 지옥을 건너왔던가, 또 앞으로 얼마나 많은 지옥을 건너가게 될 것인가. 이 여인과 함께일 수 있다면 이보다 더한 지옥일지언정 기꺼이 건너갈 것이다. 선준의 눈썹 사이에 깊은 내 천川 자가 새겨졌다가 이내 눈가의 미소로 인해 사라졌다.

"여인으로 태어나 주어 고맙소. 나에게는 그대가 여인이라는 사실보다 더 은혜로운 건 없소."

시원스런 눈매가 웃었다. 윤희는 다시금 손을 힘주어 잡는 그에게서 섬세한 감정을 느꼈다.

"소……원. 제가 귀형께 청할 수 있는 소원이 하나 있었지요?"

"있었소."

"지금 그 소원을 사용해도 되겠습니까?"

"소원이 무엇이오? 약속이니 내 정성껏 들어주겠소."

"염치없지만 영원히 저만을 사랑해 달라고 청해도 되겠습니까?"

조심스런 물음에 그는 단호하게 대답하였다.

"그건 들어줄 수 없소."

윤희는 멎은 숨을 삼키고 그를 보았다. 대답과는 다르게 사랑으로만 가득한 미소로 웃고 있었다.

"영원히 그대만을 사랑하는 것은 굳이 소원이 아니어도 내게는 너무도 당연한 일이오. 그러니 그 소원은 소원으로 쳐 줄 수 없는 것이오."

윤희의 눈이 그의 눈에 머물렀다. 행복한 표정을 감출 수가 없었다. 세상의 그 어떤 번민도 이 남자 앞에선 보이지 않았다. 한때는 이 남자의 아내가 되고 싶다는 꿈조차 꿀 수 없었던 때도 있었다. 꿈을 꾸었을지라도 그 꿈을 끊어야만 했기에 더욱 괴롭던 때도 있었다. 그러니 옷고름을 풀기조차 아까워하는 그의 심정을 어찌 모를 것인가.

윤희는 두 팔을 뻗어 그의 머리에 있는 사모를 걷어 냈다. 연이어 눈웃음을 보내며 그의 허리춤에 있는 상아대도 풀었다.

"초야에 신부가 신랑의 옷을 벗겼다는 말은 내 일찍이 들어 본 적이 없소."

신랑의 타박 아닌 타박에 신부는 대꾸 아닌 대꾸를 하였다.

"이대로 앉아 밤을 새우려는 신랑도 있는데, 아무렴 이런 신부도 있어야지요."

윤희의 눈 흘김에 혹하여 선준은 젓가락을 급히 들어 호롱불을 껐다. 뒤이어 원삼 옷고름을 눈짐작에 의지하여 푸는 손길에는 조금 전과 달리 조급함이 묻어 있었다. 그 조급함을 탓하듯 윤희가 말하였다.

"앉아서 밤을 새우는 신랑도 걱정되지만, 지나친 여색으로 몸 상하는 신랑은 더 걱정됩니다."

"단술을 마시는 자는 비록 많이 마셔도 술에 취하지 아니하고, 아내를 사랑하는 자는 비록 몹시 사랑하더라도 몸을 상하지 아니한다 하였소. 아내와의 잠자리는 여색이 아니오."

조급하게 서두르는 손과는 반대로 더없이 점잖은 말이었다. 윤희는 원삼을 벗겨 낸 데 이어, 이번에는 저고리 옷고름을 풀려고 하는 그의 손을 장난스럽게 잡아 저지하면서 말하였다.

"어떤 성현이 그런 말씀을 하였답니까? 공자이십니까, 맹자이십니까? 전 이제부터 그 말씀을 한 분만을 추종할 것입니다."

그녀의 저지는 오히려 그를 더욱 안달하게 만들었다. 선준은 그녀의 손을 떨치고 저고리마저 벗겨 내면서 말하였다.

"그 말이 세속어라 천만다행이오. 그렇지 않았다면 성현들을 질투할 뻔했소."

"그럼 제가 여태 추종하였던 공자와 같은 성현들은 어찌 됩니까? 전 앞으로도 이 연심을 끊을 수 없을 듯한데……."

그의 손은 멈추지 않고 치마를 벗겨 내었다. 그러고는 미소를 머금은 목소리로 말하였다.

"허난설헌의 남편은 두보를 연적으로 두었다더니, 이 몸은 공자와 같은 성현들을 연적으로 두었더란 말이오? 나도 속 좁은 남편이니 질투할 것이오."

그런데 치마 아래에 첩첩이 입고 있는 속치마가 그의 속을 태웠다. 이것들은 벗겨 내고 벗겨 내도 끝이 없는 것 같았다. 윤희의 웃음 섞인 속삭임은 속치마보다 더 그의 속을 태웠다.

"하늘은 성현보다 높다 하였습니다. 하니 아무리 뛰어난 성현이라 하더라도 하늘이신 낭군과 대적이나 되겠습니까?"

예전의 기억과 함께 선준의 몸이 그녀를 덮쳐 방바닥으로 넘어졌다. 동시에 입술도 겹쳐졌다. 서로의 입술을 탐닉하느라 분주할 때였다. 난데없는 사람 소리가 방 밖에서 요란스럽게 들려왔다.

"어이, 대물 도령! 어이, 가랑 도령! 예 있는가?"

선준의 손이 멈추었다. 이 장난스런 목소리는 분명 용하의 것이었다. 성균관에서 언제나 이 시점이면 등장하는 목소리였다 보니 이제는 환청까지 들리는 모양이다. 윤희가 웃으며 말하였다.

"버릇이란 것이 참 희한합니다. 제 귀에 여기 없는 여림 사형의 목소리가 들리다니."

"신기하오. 내 귀에도 들리오."

선준의 손이 환청을 무시하고 나머지 바지 속곳을 벗기려는 찰나, 이번에는 더욱 선명해진 용하의 목소리가 들렸다.

"천하의 가랑 도령이 오늘 여기서 도둑장가를 든다는 정보를 입수하였네! 속히 나와서 오라를 받으시게!"

선준은 재빨리 떨어져 앉았다. 윤희도 벌떡 일어나 앉아 서로를 마주 보았다. 동시에 같은 소리를 들은 걸로 봐서 이건 결코 환청이 아니었다. 두 사람은 너무 놀란 나머지 숨 쉬는 것조차 잊었다.

"오호라, 여기가 신방이렷다? 한데 어찌 신방을 엿보는 이가 한 명도 없단 말인가. 이는 아니 될 말일세. 나라도 어서 문풍지를 뚫어야지."

"야, 그만 해라! 안에 든 놈이 어린애도 아닌데, 뭘 신방 엿보기냐?"

이번의 껄렁껄렁한 말투는 재신이다. 재신과 용하! 이 두 사람이 어떻게 알고 여기에 나타났단 말인가! 선준과 윤희는 숨 쉬는 것을 잊은 단계를 넘어, 내쉬었던 숨까지 되삼켰다. 그런데 두 사람이 여기에 나타난 것보다 더 시급한 문제가 있었다. 이를 깨우치는 용하의 말이 방문과 아주 가까이에서 들려왔다.

"초야의 재미는 신방 엿보기인데 그게 없대서야 말이 안 되지."

정말로 방문에 구멍이라도 뚫을 셈인가? 더 생각해 볼 필요 없이 그는 그러고도 남을 위인이다! 윤희와 선준이 동시에 벌떡 일어섰다. 당황하여 앞뒤 분간하지 못하고 밖으로 튀어 나가려는 그녀의 팔을 선준이 덥석 잡아 손가락으로 옷차림을 가리켰다. 적삼과 바지 속곳 차림이었다. 윤희는 비명도 지르지 못하고 치마로 제 몸을 가리며 우왕좌왕하였다. 이러는 사이에 용하의 손가락은 문풍지를 뚫고 들어오고 있었다. 선준이 그녀의 몸을 감고 있던 치마를 휘리릭 벗겨 냈다. 그리고 그것으로 문을 가로막았다. 다행히 조씨가 나타나 용하를 제지하는 말이 들렸다.

"뉘십니까? 여긴 어떻게 오셨습니까?"

선준은 인사를 나누는 바깥의 동태에 귀를 기울이면서 귓속말로 속삭였다.

"내가 알아서 할 터이니 나오지 마시오."

그리고 그녀더러 치마를 잡게 하고, 벗어 둔 사모를 찾아 쓰며 바깥을 향해 소리쳤다.

"여림 사형, 여긴 아직 옷을 벗기 전이니 훔쳐볼 게 없습니다. 지금 나갑니다!"

화난 목소리였다. 성균관에서도 모자라 초야까지 방해를 받았으니 어떤 신랑이 화가 나지 않겠는가. 그것도 그 많은 속치마를 힘들게 벗겨 낸 순간이었다. 그래서인지 방문을 벌컥 열고 나가는 선준의 표정이 굳어 있었다. 선준은 그들이 달갑지 않았다. 초야를 방해받은 탓도 있었지만, 이 혼인이 끝날 때까지 윤희가 알아선 안 되는 비밀을 그들은 알고 있기 때문이었다.

선준이 밖으로 나오자 조씨와 실랑이를 하고 있던 용하가 팔을 활짝 펼쳐 보이며 웃었다.

"우리 가랑 도령, 아니지, 새신랑! 반가우이."

선준은 고개 숙여 인사를 하며 또 다른 한 사람, 재신을 찾았다. 그런데 목소리는 분명히 들렸는데 사람은 없었다.

"여림 사형, 오랜만입니다. 그런데 걸오 사형도 함께 오신 거 아니었습니까?"

"물론 함께 왔네. 어? 방금 전까지 여기 있던 걸오 놈이 어디 갔지?"

선준과 용하가 사방을 둘러봤지만 그의 흔적은 보이지 않았다.

이즈음 윤식은 놀란 가슴을 쓸어내리며 집 뒤로 숨고 있었다. 마당의 평상에 앉아 늦은 저녁을 먹고 있는데, 갑자기 말을 탄 두 남자가 나타났던 것이다. 그들은 세상에 익숙하지 않은 윤식의 눈으로 봐도 이 동네 사람이 아니었다. 그래서 얼떨결에 숟가락을 내던지고 재빨리 몸부터 숨기던 참이었다. 아니나 다를까, 그들은 목청껏 대물 도령과 가랑 도령을 불렀다. 대물大物! 이것은 윤희가 성균관에 있을 때, 유생들이 불렀던 별호라고 들었다. 그리고 가랑佳郎은 선준에게 붙여진 별호라고 들었다. 그러니 갑자기 나타난 두 남자는 성균관에 함께 있었던 유생들이 분명하였다.

윤식이 막 숨을 돌리려던 찰나, 눈앞에 한 남자가 떡하니 버티고 섰다. 윤식은 너무 놀란 나머지 '헉!' 하는 짧은 소리도 내어 지르지 못하였다. 그는 조금 전의 두 남자 중 한 명이었다. 큰 키에 거친 인상, 그리고 양반의 차림새라고 보기 힘든 흐트러진 옷매무새와 넘겨 쓴 갓. 한 번도 보지 못하고 오직 윤희를 통해 들은 사람이지만, 척 봐도 누구인지 알 수 있었다. 걸오桀鰲라는 별호를 가진 문재신이었다. 이렇게 독특한 양반이 어디 흔하랴. 그의 손이 천천히 앞으로 올라갔다. 그리고 집게손가락을 까닥까닥하며 입 꼬리를 뒤틀었다.

"어이, 도둑놈! 이리 와 봐라."

성격이 불같고 말보다 손, 손보다 발이 먼저 나가는 사람이라고 들었다. 그래서 시키는 대로 하는 게 신상에 이롭다는 걸 알고는 있었지만 윤식은 경직된 채로 서 있기만 하였다. 입이 열리지 않았다. 재신이 피식 웃으며 말하였다.

"오기 싫으면 내가 가마. 거기서 한 발짝이라도 떼면 박살 날 줄 알아!"

그는 말을 채 끝맺지도 않고 성큼성큼 걸어가 윤식의 목을 팔로 억세게 감았다.

"저, 저기, 전 도둑이 아니라……."

윤식이 힘들게 입을 열었지만, 이미 그의 강한 팔에 끌려가고 있었다. 옴짝달싹할 수가 없었다.

"도둑이 아니면 왜 후다닥 숨는 거냐?"

끌고 가는 도둑에게 건네는 말투치고는 상냥한 기색이 있었다. 원래 말투가 거칠다는 말을 들었기에 더 이상하였다. 누이에게서 들은 대로라면 지금쯤 족히 서너 대는 얻어맞고 기절한 상태로 피 흘리면서 끌려가고 있었어야 했다. 덕분에 윤식은 용기를 내어 말할 수 있었다.

"그, 그러니까 저는 김윤……. 아, 그게 아니라……, 아무튼 도둑은 절대 아닙니다. 놓아주십시오!"

"도둑이 아니면 뭐 하는 놈이냐니까!"

버럭 내어 지르는 소리에 놀라 우물쭈물거리다 보니 이미 선준과 용하가 있는 마당까지 끌려가고 말았다. 윤식은 목덜미가 꿰인 채로 낯선 용하부터 살폈다. 머리 꼭대기부터 발끝까지, 심지어 손에 들고 있는 접선마저 최고급품으로만 감싸고 있는 멋쟁이인 걸로 봐서, 여림女林이라는 별호를 가진 구용하였다. 누이에게서 듣던 것보다 훨씬 호사스런 남자였다. 재신과 용하는 윤식이 꼭 만나 보고 싶었던 사람들이었다. 단지 이런 식의 만남을 원한 것은 아니었다.

재신에게 잡혀 온 윤식을 발견한 선준은 깜짝 놀랐다. 윤식은 아직 두 사람 눈에 띄면 안 되기 때문이었다. 이들 틈에 서 있던 조씨도 낯빛이 잿빛으로 변하였다. 반면에 용하는 의미심장한 웃음을 머금으며 접선을 펼쳐 표정을 가렸다. 이렇듯 마당에 선 다섯 사람의 표정은 제각각이었다. 그런 만큼 머릿속 생각들 또한 제각각일 수밖에 없었다.

바깥의 상황을 알지 못하는 윤희는 부리나케 옷을 갈아입고 있었다. 선준이 나오지 말라고 했지만 안 나가 볼 수는 없었다. 얼굴은 자리끼로 갖다 둔 물로 대충 닦았다. 비녀 머리는 제 손으로 벗어서 아무렇게나 던져 놓았다. 결국 초야에서조차 상투 머리를 하게 되었다. 윤희는 이러한 처지에 감상을 가질 틈도 없었다. 다행히 옷은 여벌이 있었지만 망건과 갓은 없었기 때문에 여기에 대한 고민이 우선이었다. 평소 하던 것은 지금 윤식이 하고 있었다.

윤희는 행여나 바깥에 들킬세라 조심스럽게 사잇문을 열고 윤식의 방으로 건너갔다. 그리고 그곳에 있는 유건을 찾아 갓 대신 머리에 썼다. 망건은 어쩔 수 없이 포기하였다. 대충 준비를 끝낸 그녀는 과장되게 하품을 하면서 방문을 열고 바깥으로 나갔다.

섬돌에 내려서서 아무 짚신이나 꿰신고 거짓되게 기지개를 켜려는 순간, 윤희는 그 자리에서 동작을 멈추었다. 윤식이 재신의 팔에 붙잡혀 있는 장면이 먼저 눈에 들어왔기 때문이다.

"앗! 윤……, 아니, 걸오 사형."

"마침 잘 나왔다. 내가 달아나던 도둑놈을 잡았는데, 이 녀석은 한사코 아니란다. 아는 놈이냐?"

"네? 그, 그게……. 아! 친척입니다. 오늘 혼례를 도와주러 온……."

"그래? 그렇담 놓아줘야지."

재신은 미안하다는 말 한마디 하지 않고 팔을 풀었다. 그렇다고 말처럼 놓아준 것은 아니었다. 큰 손으로 윤식의 목덜미는 여전히 잡고 있었다. 윤희는 멍하니 서 있는 조씨를 보았다. 예상치 못한 상황에 놀라 완전히 넋이 나간 상태였다.

"어머니, 이 두 분은 성균관에서 함께 수학한 사형들입니다. 이번에 다 같이 급제를 하였고요."

용하와 재신이 허리를 숙여 떠들썩하게 인사를 올렸지만, 조씨의 넋은 돌아올 기색조차 없었다. 급기야 절을 올리겠다는 그들을 뿌리치고 부엌으로 도망을 치고 말았다. 예의를 차릴 정신이 아니었다. 선준이 그녀를 대신하여 인사를 하였다.

"장모님은 부끄럼이 많으셔서……. 그래도 이렇게라도 두 분을 뵈어서 반가우실 겁니다. 우선 여기 평상에 앉으십시오. 장모님께서 곧 술상을 봐 오실 겁니다."

그의 차분한 말에 윤희는 놀라서 쳐다보았다. 술상이라니. 지금 부엌에는 먹을 거라곤 고작 숭늉뿐이지 않은가. 선준이 그 사정을 알 리가 없었다. 그도 당황하고 있었기에 화제를 돌리려다 보니 어쩔 수 없이 튀어나온 말이었다.

"암! 잔칫집에 왔으니 술은 마셔야 되잖겠나? 하하하!"

용하는 이렇게 대답해 놓고 화통하게 웃으며 먼저 평상에 앉았다. 나머지 사람들도 자리에 앉자, 윤희는 평상 위에 있는 먹다 만 밥상을 챙겨 들고 부엌으로 달려갔다.

조씨는 좁은 부엌에 몸을 숨긴 채 안절부절못하고 있었다. 윤희는 상을 내려놓으며 급하게 말하였다.

"어머니, 정신 차리고 조심하셔야 돼요. 여림 사형은 눈치가 빨라서 특히 더……."

"이게 대체 무슨 일이냐? 저 사람들이 갑자기 여긴 왜 왔다니? 윤식이랑 네가 함께 있어도 되는 거니? 이대로 들키면 어쩌지?"

"들키면 안 되죠! 성균관에서도 그 고생하면서 안 들키고 넘겼는데 지금에 와서 들통 날 수는 없어요. 어머니만 침착하시면 돼요."

"난 못 해. 내 간으론 절대 못 하겠어. 지금도 이렇게 손이 떨리는데……."

"어머니, 제발! 지금 집에 먹을 만한 게 없죠? 근처 술집에 가서서 외상으로라도 좀 사 오세요."

"보아하니 있는 집 자제들 같은데, 어떤 술을 사 와야 하는지 모르겠구나."

"저분들 입에 맞추긴 어려워요. 그냥 우리 집 수준에 맞게 대접하면 돼요. 혼례날인 걸 알고 오신 것 같은데 맨입으로 보낼 수는 없어요."

"알았다, 알았어. 여긴 내가 알아서 할 터이니, 넌 어서 나가 봐. 윤식이를 저리 잡힌 채 두면 안 되잖아. 들키면 어쩌려고 그래?"

"앗! 맞다, 윤식이!"

윤희는 부리나케 마당으로 다시 뛰어나갔다. 윤식은 재신과 용하 사이에 마치 포위당한 것처럼 앉아 있었다. 윤희가 선준의 옆에 앉으면서 물었다.

"무슨 말씀들을 나누고 계셨습니까?"

"이 녀석 이름 물어보고 있던 중이다. 김윤까지만 말하고 그 뒤는 말을 얼버무리잖아."

선준이 당황하는 윤희와 윤식을 대신하여 대답하였다.

"김윤입니다."

"김윤? 야, 넌 바보 천치냐? 어떻게 된 게 제 이름도 제대로 대답을 못 해!"

재신이 버럭 내어 지르는 소리에 윤식의 어깨가 놀라서 움찔하였다. 누이에게서 이야기 듣던 대로 역시 거친 사람이다. 처음에 느꼈던 상냥한 기색은 완전한 착각임이 분명하리라. 용하가 싱글싱글 웃으며 말하였다.

"이 집안 씨가 다 이런가? 친척치고는 많이 닮았군. 우리 대물이 아름답기로는 둘째가라면 서러우이. 한데 자네도 봐 줄 만하네그려. 야윈 얼굴에 살이 좀 오르면 훌륭하겠어."

그러더니 난데없이 윤식의 입을 손바닥으로 가린 뒤, 꼼꼼히 살피면서 씨익 웃었다. 속을 가늠할 길이 없는 그의 눈웃음이 특이하였다.

"진짜 많이 닮았어. 특히 눈매가! 다행일세."

윤희는 그의 말이 뜻하는 다행한 일이 무엇인지는 관심 두지 않고 화제를 돌렸다.

"하여간 뜬금없는 분들이라니깐. 여긴 어떻게 알고 오셨습니까?"

입은 웃으려고 애를 쓰는데, 등에선 식은땀이 줄줄 흐르고 있었다.

"좌의정 댁 이 도령이 오늘 장가간다는 건 장안에서 모르는 사람이 없네. 그러니 가만히 있을 수 있나. 수소문해서라도 당연히 와야지."

"이리 오실 줄 알았다면 미리 초대할걸 그랬습니다. 찾아오느라 고생은 안 하셨습니까?"

얼굴 표정 하나 바뀌지 않고 정중하게 말하는 선준에게 용하는 어깨를 으쓱해 보이며 말하였다.

"고생하였지. 시쳇말 그대로 한양에서 김 서방 찾기였으니까. 하루 종일 한양을 헤매다가 지금에서야 도착하였단 말일세. 그 고생을 하였으니 절대 이대로 돌아갈 순 없네. 반드시 저 방에 있는 사람은 보고 갈 것이야."

"저 방엔 아무도 없……. 아! 누, 누님이 계셨지, 참! 제가 누누이 말씀드렸지만 여림 사형의 그 여자 밝히는 버릇을 고치기 전에는 제 누님을 보여 드릴 수 없습니다."

"보여 주지 않는다면 강제로 볼 수밖에."

"네?"

용하가 자리에서 벌떡 일어섰다. 당황한 윤희는 앞뒤 생각도 않고 곧장 신방으로 달려가 팔을 펼쳐 가로막았다. 그런데 용하는 그녀에게는 신경도 쓰지 않고 마당을 기웃거리며 무언가를 찾았다. 그의 의중을 알 수 없으니 다들 의아해하며 구경만 하였다. 잠시 후 나타난 용하의 손에는 새끼줄과 다듬잇방망이가 들려 있었다.

"결오, 가랑을 붙잡게!"

용하의 외침과 동시에 선준은 달아나려고 했지만 그보다 몸이 빠른 재신에 의해 강제로 붙잡히고 말았다.

"앗! 무슨 짓입니까? 놔주십시오!"

"인마, 멍청하게 있지 말고 너도 다리 잡아!"

재신의 고함 소리에 놀란 윤식은 지금 자신이 무슨 일을 거드는지도 모르고 얼떨결에 선준의 다리를 붙잡았다. 윤희는 순간 아차 싶었다. 하지만 이미 늦었다. 용하가 발버둥치는 선준의 손목과 발목을 새끼줄로 묶고 있었기 때문이다. 다 묶인 다리는 재신의 어깨에 얹혀졌다. 모든 것은 순식간이었다. 선준은 허리가 크게 휘어져 거꾸로 매달리다시피 하였기에 꼼짝할 수 없게 되었다.

"여림 사형, 장난이 심하십니다! 동상례는 재행 때나 하는 건데!"

용하는 선준의 항의에도 아랑곳하지 않고 싱글벙글하면서 다듬잇방망이를 야무지게 고쳐 잡았다.

"감히 우리한테 일언반구도 없이 도둑장가를 들려 했겠다? 어디, 지금부터 동상례나 즐겨 볼까?"

그러고는 아무도 없는 빈방을 향해 큰 소리로 외쳤다.

"새색시의 면부를 보여 줄 때까지 새신랑 발바닥을 이 방망이로 후려치겠소! 한 대요!"

퍽! 용하의 매는 제법 살벌하게 발바닥을 때렸다. 선준의 입에서 자신도 모르게 비명이 나올 뻔할 정도였다. 윤희는 어쩔 줄 몰라 하다가 그들의 장난에 장단은 맞춰야겠기에, 등 뒤의 빈방을 향해 소리쳤다.

"누, 누님! 나오시면 안 됩니다. 자형의 체면을 생각해서라도 얼굴을 보이면 아니 됩니다."

아무도 없는 곳에다 대고 말을 하자니 얼굴이 화끈거릴 정도로 민망하였다.

"새신랑 발바닥 다 헐겠네. 두 대요!"

"윽! 그만 하십시오. 진짜 아픕니다!"

"아이고, 그 얼굴 정말 비싸다! 이러다 새신랑 반병신 되겠네. 세 대요!"

갑자기 들이닥친 두 사람 덕분에 조용했던 집이 떠들썩한 잔칫집다워져 있었다. 윤희는 이 정신없는 상황에서 어떻게 해야 될지 판단이 서지 않았다. 육안으로 보이는 매질은 진짜 아파 보여 '내가 새색시요!' 하고 외치며 매를 멈추게 하고 싶었다. 게다가 휘어진 신랑의 허리도 걱정되었다. 그렇다고 방문 앞을 비우고 그들 틈에 들어가 말릴 수도 없었다. 그 빈틈을 노려 용하가 방문 쪽으로 돌진할지도 모르기 때문이다.

"여림 사형, 그만 하십시오! 걸오 사형, 가랑 형님을 놓아주십시오! 저 정말 화낼 겁니다."

윤희가 목청껏 외친 소리도 용하의 웃음 섞인 협박에 퉁겨 나갔다.

"어떤 놈이 소리를 지르나 몰라. 아하! 웬 바보 놈이로구나. 초야 때가 아니면 평생 신랑 길들이기는 못 하는데, 제 누님 고생하라고 홀랑 내주려는 얼간이로다. 처남 덕에 한 대 더 맞게. 네 대요!"

네 대가 다섯 대가 되고 다섯 대가 여섯 대가 되더니, 나타날 신부가 방 안에 없는 덕에 결국 많은 대수가 되었다. 이때였다. 갑자기 용하와 재신의 비명 소리가 마당에 가득 찼다.

"으악!"

이 비명 속에는 그들과 본의 아니게 한통속이 되었던 윤식의 비명도 함께 있었다. 거대한 도깨비가 그들 눈앞에 나타난 것이다. 달빛을 받아 더욱 기괴해진 도깨비는 큰 손을 뻗어 용하의 방망이를 빼앗았다. 순간 다듬잇방망이가 도깨비방망이로 보였다.

"사, 살려 주……. 엉? 너는?"

"헤헤. 여림 유생님, 걸오 유생님, 오랜만에 뵙습니다요. 반갑긴 하지만 우리 도련님께 이러시면 곤란합지요."

다행히 순돌이가 와 준 것이다. 이렇게 고마울 수가! 윤희는 안심하여 한숨을 푹 내쉬었다. 그는 재신에게서 선준을 빼앗아 손목과 발목의 새끼줄도 마저 풀어 주었다. 용하가 털썩 주저앉으며 너스레를 떨었다.

"아이고, 심장이야. 그 얼굴은 밤에는 볼 게 못 돼. 헉!"

용하의 숨이 다시 딱 멎었다. 등 뒤에서 제 어깨를 잡는 선준의 손이 섬뜩하게 느껴졌기 때문이다. 용기를 내어 천천히 고개를 돌렸다. 달빛을 받아 무서운 건 도깨비 얼굴만이 아니었다. 등 뒤에서 표정 없이 노려보고 있는 선준의 눈빛도 무섭기는 매한가지였다.

"여림 사형! 저를 화나게 하셨습니다."

"미, 미안허이. 혼례를 치렀다는 집이 너무 적막하여 장난하여 본 거라네. 자네 색시 얼굴도 궁금하였고 말일세."

선준의 매서운 눈빛이 이번에는 재신을 향하였다. 재신은 그 눈을 피해 캄캄한 먼 산을 보았다. 곧 죽어도 자신에게는 잘못이 없다는 동작이었다. 결국 용하가 웃음을 터뜨리며 선준을 끌어안는 것으로 화해를 요청하였다.

"장난은 관둠세. 재밌자고 한 짓이라니까 그러네. 장난 두 번 했다간 내 간이 남아나질 않겠어."

"장난치고는 매질이 과하셨습니다."

"그럼 내가 팰걸 그랬군. 그랬으면 지금 그렇게 서 있지도 못할 텐데?"

선준의 눈이 재신을 향했다. 그는 여전히 먼 산을 보면서 말을 이었다.

"대물 누님을 아내로 맞은 데에 대한 어떤 사내의 앙갚음이라고 여기라고."

"우리 누님은 정숙하여 다른 사내 같은 건 없습니다!"

윤희가 대뜸 외치자, 갑자기 재신의 표정이 사납게 변했다.

"나!"

"네?"

"나 말이야, 나! 나도 너를……, 아니, 네 누님을 아내로 맞고 싶었다고! 젠장!"

재신이 뜬금없이 내어 지르는 소리에 마당에 선 사람들의 동작이 얼어붙었다. 각자의 머릿속도 정지가 되어 있었다. 그동안 참았던 감정을 분출시키고 만 자신에게 화가 난 듯 재신의 표정은 더욱 사납게 변했다. 선준이 당황하여 말하였다.

"거, 걸오 사형께서 대물 누님을 어떻게 아신다고……."

"알아야 혼인하나? 대물이 마음에 드니까 그 누님도 좋겠다 싶었던 거지. 사내자식들이 농담도 구분 못 하고 싸늘해지기는……."

표정과 말꼬리에서 빠져나간 힘은 고스란히 제 주먹으로 옮겨 갔다. 재신은 그 주먹을 힘껏 펴서 윤식의 어깨를 끌어안았다. 그사이 감정을 가라앉히고 애써 농담이 섞인 목소리로 바꾸었다.

"가랑! 초야 때 신랑이 바뀌는 경우도 있다고 들었는데, 오늘 이 집 혼사도 그리 되지 않게 잘 지켜. 신방 이전의 절차를 아무리 잘 지켰어도 다른 사내가 첫날밤을 가로채 버리면 말짱 도루아미타불이니까."

용하가 능글거리는 웃음소리를 내며 농담 분위기를 이었다.

"으흐흐, 거 재미있군그래. 첫날밤 가로채기라……. 대물 누님만 아니면 나도 동참해 보겠구먼, 내 간은 가랑 도령을 적으로 돌리기엔 너무 작아서 안 되겠고. 걸오 자네는 힘껏 오늘 밤을 노려 보게나. 자넨 소문이 안 좋아서 어떤 집안에서고 딸을 주지 않으려 하니 이렇게라도 장가를 가야 안 되겠나?"

"농담이 지나치십니다!"

선준이 단호하게 외치는 목소리도 농담 쪽으로 기울어져 있었다. 재신은 윤식에게 더욱 농담같이 말하였다.

"난 간은 크지만 가랑을 적으로 돌리면 귀찮아지니까 관둘란다. 어이! 난 네놈도 마음에 드는데, 네 누님은 나한테 주라."

"네? 그, 그게……. 제게는 시집간 누님밖에 없어서……."

"에이, 뭐야! 그럼 내가 장가가는 방법은 첫날밤 가로채기밖에 없는 거야?"

순돌이의 사람 머리만 한 주먹이 협박하듯 재신의 눈앞을 스윽 지나갔다. 그걸 핑계로 힘겨운 농담은 접을 수 있었다. 선준도 발바닥이 욱신거리는 걸 참고 표정을 풀었다. 하지만 윤희는 놀란 가슴이 진정되지 않았다. 순돌이가 빼앗아 놓은 방망이로 두 사형을 패 주고 싶은 욕구가 치밀었지만 그럴 수는 없는 노릇 아닌가. 사람을 놀라게 해 놓은 것도 잊어버렸는지 남자 넷은 언제 그랬나 싶게 이미 사이좋게 웃고 있었다. 물론 그들 속에서 새까맣게 타들어 가는 선준의 마음은 아무도 알지 못하였다.

윤식도 이 소동이 재미있었던지 소리 내어 웃고 있었다. 병마와 싸우느라 언제나 어두운 방에 갇히다시피 지내 왔던 동생이었다. 그런 동생이 드물게 소리 내어 웃고 있으니 윤희의 마음도 어느새 풀어졌다. 놀라기는 했지만 두 사형에게 악의가 있었던 것은 아니었기에, 오히려 동생을 즐겁게 해 줘서 감사한 마음도 들었다. 용하가 그녀를 향해 손짓을 하면서 불렀다.

"이보게, 대물! 계속 방문만 지키고 서 있을 텐가? 이제 안 덮칠 터이니, 믿고 이리 오게. 난 자네 누님보다 자네가 더 보고 싶었으이."

윤희는 여전히 경계를 하면서 그들 곁으로 다가갔지만, 재신의 태도가 마음에 걸려 편하지가 못하였다. 하지만 두 사형이 오래 머물 것처럼 자리를 잡고 앉는 것이 가장 불편한 이는 선준이었다.

"저기, 두 분은 오늘 밤 어디서 주무실 겁니까? 여긴 잘 곳이 없으니어서 돌아갈 채비를……."

그의 말이 채 끝나기도 전에 용하가 손가락으로 먼 하늘을 가리키며 씨익 웃어 보였다. 유심히 귀를 기울이니 어느새 통행금지를 알리는 인경 소리가 달을 때리고 있었다. 선준의 불안한 시선이 소리가 들려오는 곳을 향해 천천히 옮겨 가 쉽게 돌아오지를 못하였다.

3

마당에는 순돌이가 준비해 준 장작이 빛을 내며 따뜻하게 타들어 가고 있었다. 그 옆의 평상에서는 술상을 가운데 두고 선준과 윤희, 재신, 용하가 둘러앉아 이야기를 나누었다. 윤식은 하루를 힘겹게 보낸 탓에 몸이 안 좋아져 방으로 들어가 누웠다. 어느 정도는 자리를 피하기 위한 핑계이기도 하였다.

마당에서 가장 바삐 움직이고 있는 건 순돌이였다. 그는 덩치에 어울리지 않게 부지런히 장작을 가져다 불이 꺼지지 않게 지켰다. 그리고 재신과 용하가 타고 온 말에게 여물을 가져다 먹였다. 고삐도 단단히 다시 매었다. 그 모습을 본 용하가 불현듯 소리쳤다.

"아차차! 순돌아, 그 말 등에 있는 상자 좀 가져오너라."

"이거 말입죠?"

"그래, 그거! 내 정신 좀 보게나. 제일 먼저 해야 될 일을 잊고 있었다니. 불충이야, 불충."

"불충이라뇨?"

"멍석은? 비록 공식적으로 내린 건 아니지만 명색이 상감마마의 하사품인데, 멍석 깔고 절은 올린 뒤에 받아야 되지 않겠나?"

윤희는 여전히 무슨 말인지 영문을 몰라서 다시 물으려고 했지만, 재신이 먼저 말을 가로챘다.

"야, 대충 해! 누가 보는 것도 아닌데 번잡스럽게. 우리끼리 입 맞추면 되니까, 그냥 했다고 치고 그런 꼴사나운 건 생략해라. 난 닭살 돋아서 그 꼴 못 본다."

선준이 다시 물으려는데 이번에도 용하가 먼저 말하였다.

"하사품을 받는 건 가량인데 걸오 자네가 닭살 돋을 일이 뭐가 있는가?"

"쳐다보는 것 자체도 그렇단 말이야!"

"탐화 짓보다 닭살 돋을 일은 아니……."

퍽! 재신의 발에 용하의 허리가 걷어차이고 나서야 두 사람의 대화는 겨우 끊어졌다. 이 틈을 놓칠세라 선준은 재빨리 말을 끼워 넣었다.

"방금 상감마마의 하사품이라고 하신 것 맞습니까?"

순돌이가 보자기에 싸인 상자를 평상 위로 옮겨 놓았다. 그제야 용하가 느긋하게 설명하였다.

"오늘 입궐했어야 되는 날이잖나. 마침 두 집안의 혼사라 아뢰었더니 상감마마께오서 크게 기뻐하시어 이리 친히 하사품을 전하라 하시었네."

입궐이라니? 윤희가 의문을 던지기도 전에 선준이 말을 잽싸게 가로채 갔다.

"이게 무엇이랍니까?"

"그건 우리도 궁금하였다네. 어서 열어 보게나."

"아! 그 전에 우선……."

선준은 벌떡 일어나 임금이 계신 궁궐 쪽을 향해 섰다. 그리고 재신이 말한 닭살 돋을 일을 정중하게 하였다. 나머지 세 사람은 이제 익숙해졌는지라 상자 안이 궁금해도 그가 지킬 예절을 끝마칠 때까지 잠자코 기다렸다.

다시 상자 앞에 앉은 선준은 보자기를 풀었다. 그 안에는 임금이 내린 봉서가 상자 위에 올려져 있었다. 우선 그것부터 뜯어서 읽었다. 아주 짧은 글이 왕의 친필로 쓰여 있었다. 이선준과 김윤식의 누이와의 혼인을 축하하여 선물을 보낸다는 것이 고작인 글이지만 선준은 읽고 또 읽었다. 그러더니 또 한동안 상자를 쓰다듬었다. 그에게는 헌신짝일지언정 왕이 내린 선물과 혼인을 축하한다는 왕의 짧은 문구면 충분하였다. 그의 얼굴에 드러난 기쁨의 이유를 읽은 용하가 싱긋이 웃으며 농담을 건넸다.

"우리 가랑이 선물에 약한 걸 내 미처 몰랐군. 안의 물건을 보기도 전에 상자가 먼저 닳겠네."

"아, 죄송합니다. 잠시 딴생각을 하였습니다."

선준이 상자 뚜껑을 열었다. 네 사람이 머리를 맞대고 안을 들여다본 순간, 네 사람 모두 그 상태에서 동작을 멈춘 채 꼼짝도 하지 못하였다. 그 안에는 쌀도 비단도 아닌, 뜬금없는 여인의 가체가 들어 있었기 때문이다. 다른 물건이었거나, 이걸 받은 이가 다른 사람이었다면 전혀 이상하게 생각하지 않았을 것이다. 하지만 김윤식의 누이와 이선준의 신부에게 유일하게 없는 것이 바로 긴 머리였기에 우연으로 넘기기에는 많은 생각을 필요로 하였다.

"어째서 이런 게……."

윤희가 겨우 질문을 던져 보았지만, 구중궁궐에 계신 임금의 의중을 알 수 있는 사람은 아무도 없기에 대답해 주는 이도 없었다. 용하조차 답을 알 수 없자 인상을 잔뜩 찌푸렸다. 왕이 김윤식이 여인인 것을 알아차렸는지, 그랬다면 눈치 챌 만한 사건이라도 있었는지 머릿속을 점검해 보아도 마땅히 떠오르는 것이 없었다. 무엇보다 왕이 알고 있는 듯한 그 어떤 느낌도 받지 못하였다.

"뭐 하자는 수작이야!"

재신이 신경질적으로 버럭 소리를 지르자, 용하는 고민을 멈추고 장난스럽게 꾸짖었다.

"임금을 상대로 수작이라니, 아무리 말버릇이 고약해도 그건 아니 되네."

"나라님 없는 데서야 뭔 욕인들 못 하겠냐? 수작 아니라 더한 말도 할 수 있다."

"곧 상감마마를 매일 알현할 터인데 혹여 버릇이 되어 실수할까 하는 말일세."

상감마마를 매일 알현할 것이라니, 걸오 사형이? 그럼 다른 사람은? 윤희의 의문과는 상관없이 용하의 말은 선준을 향해 계속되었다.

"가량, 우리에게 이걸 전해 준 내관이 이리 말하였다네. 상감마마께오서 노론과 남인의 혼사를 크게 기뻐하시었다고. 무언가 값비싼 것을 내리고 싶으셨나 보이."

"비싸도 이건 너무 비싼 것입니다."

"과분하다고 상감마마께오서 내린 하사품을 무를 것인가?"

무를 수 없다. 여인의 가체가 아니라 궁궐을 내렸대도 만약의 경우를 대비해서 받아야 했다. 선준은 봉서를 안에 넣고 상자 뚜껑을 덮었다. 윤희도 옆에서 어설프게 기뻐하면서 고민을 덮었다.

왕의 하사품을 접한 재신은 심기가 불편해져 술을 벌컥벌컥 들이켰다. 그리고 다시 사발에 술을 부어 입으로 가져갔다. 마치 술과 사투라도 벌이는 듯하였다. 자신이 가질 수 없는 것을 떠나보내기에는 아직 많은 미련이 남아 있지만, 눈앞에 보이는 것들은 준비되지 못한 그를 점점 더 세차게 밀치고 있었다. 윤희가 입으로 술을 들이붓는 재신의 사발을 잡아 강제로 멈추게 하였다.

"너무 급히 마십니다. 천천히 드십시오."

재신은 그녀의 손을 뿌리치며 고함을 질렀다.

"이거 놔! 이 정도론 몸 상하지 않으니까!"

"그, 그게 아니라……, 준비되어 있는 술이 많지 않으니까 아껴서 드시라고……."

재신의 폭주가 민망함으로 인해 멈추었다. 윤희는 그 앞에 미안함으로 고개를 숙였다. 그리고 절반가량 비어 있는 그의 사발에 슬그머니 술을 채웠다. 용하가 분위기를 바꾸기 위해 환하게 웃으며 말하였다.

"우리 가랑은 참으로 정숙한 부인을 얻었네."

"무슨 말씀이십니까?"

"얼마나 조신했으면 사람이 있다는 저 방에 어떠한 인기척도 없질 않은가."

선준과 윤희가 뜨끔해하기도 전에 그의 농담은 윤희를 향하여 이어졌다.

"가랑도 갔으니, 대물도 어서 빙상배몽氷上背夢에서 벗어나야 않겠나? 비단금침보다 더 따뜻한 것이 여인금침인데 말일세."

"전 아직 몸도 온전치 않아서……."

"여기서 뭘 더 미루는가? 이제 석갈釋褐하게 된 마당에……."

느닷없는 말에 깜짝 놀란 선준은 술병을 집어 들며 재빨리 말을 막았다.

"앗! 여림 사형, 술 한 잔 더 드시……."

하지만 이미 쏟아져 나온 말이었기에 그의 말끝은 보다 큰 윤희의 목소리에 파묻히고 말았다.

"여림 사형, 무슨 말씀입니까? 제가 석갈을 하다니요!"

재신이 술병을 든 선준의 손목을 세차게 잡아채며 소리 질렀다.

"너, 이 녀석한테 말 안 했냐?"

불안한 선준의 눈과 의아한 윤희의 눈이 마주쳤다. 그 사이에는 사납게 노려보는 재신의 눈도 있었다.

"외, 외관직입니까?"

그녀의 머리는 이미 외관직이 아님을 인지하였기에 힘겹게 묻는 목소리가 떨리고 있었다. 선준은 재신에게 잡힌 손목을 뿌리칠 생각도

석갈(釋褐) 문과에 급제하여 처음으로 벼슬함.

하지 못하고 여전히 윤희만 바라보았다. 그의 눈빛이 불안함에서 어느덧 슬픔으로 바뀌어 있었다. 이런 숨 막히는 분위기를 용하의 큰 웃음소리가 흔들어 놓았다. 하지만 그의 얼굴만큼은 웃고 있지 않았다.

"하하하! 우리 대물 도령이 혹여 혼자 외관직으로 떨어질까 많이도 불안하였던 모양일세. 기뻐하게나. 우리 넷 모두 사이좋게 규장각으로 내정되었으니까. 가랑이 자네를 기쁘게 해 주려고 이 사실을 뜸들이고 있었나 보이. 아! 아직 규장각으로 확정된 건 아니고, 그 전에 분관을 거쳐야 하네."

윤희는 머릿속이 새하얘져 용하가 무슨 말을 하고 있는지 전혀 알아들을 수가 없었다. 그래서 그중에 아무 말이나 주워 입에 넣었다.

"부, 분관이요?"

"그래, 이도 기뻐하게나. 우리 넷 모두 괴원분관에 권점되었으니까. 하하하! 놀랍지 않은가? 그나저나 대물은 걱정이 많이 되겠어. 아니, 상감마마께오서 더 심란하시려나? 신료들은 자네를 괴원분관에 권점했다고 난리 부리지, 각신들은 규장각에 자네를 내정했다고 또 난리 부리지."

역시나 이 말들도 그녀의 귀로 들어가지 않았다. 하지만 의식 없이 내뱉는 말은 있었다.

"왜들 난리를 부린답니까?"

"괴원분관에 권점된 걸 반대하는 신료들은 자네의 문벌이 가당치 않다고 그러는 것이고, 규장각에 내정된 걸 반대하는 각신들은 자네가 남인이라 그러는 것이네. 현재 규장각이란 곳이 문벌 높은 자제들 중에서도 노론과 소론들만 들어갈 수 있는 곳 아니겠나."

윤희는 속이 뒤틀려 헛웃음이 먼저 나왔다. 속이 뒤틀린 이유는 다른 데 있었지만, 괜히 자신을 반대하는 신료들을 분풀이로 삼았다.

"허! 노론도 소론도 아니기는 여림 사형도 마찬가지인데 왜 저만 가지고 그런답니까?"

"나야 이익이 된다면 지금 당장이라도 노론입네 외치고 다닐 놈이네만, 자네는 아니니까 그러지."

용하의 대답에도 더 이상 억지웃음이 섞이지 않았다. 선준과 재신의 목소리는 각자의 생각에 파묻혀 이미 사라졌다.

"오늘 입궐했다는 건 그럼……."

"상감마마께오서 이 반발에 종지부를 찍고자 우리 네 사람을 궐로 불렀는데, 일이 꼬이려다 보니 정작 중요한 자네는 입궐을 못 했지 뭔가."

"전 전혀 모르고 있었습니다. 오늘 입궐해야 되는지도 몰랐고, 제 분관과 관직으로 시끄러운 것도 몰랐습니다."

"사령장이 아직 나오지 않았다지만, 어이하여 이리 까맣게 모르고 있었단 말인가? 우리 같은 급제자들은 매일을 이조 벽에다 귀를 갖다 대고 있어야 하거늘!"

"저야 이조에 닿아 있는 줄이 없어서 가랑 형님 줄만 붙잡고 있었죠. 그게 잘린 줄인지는 미처 몰랐습니다."

윤희는 마치 선준을 단호하게 잘라 내기라도 하듯 어두운 땅만 내려다보고 있었다. 그들 사이에서 용하만 중얼거렸다.

"모르고 있었으니 더욱 기쁜 일이 아닌가. 규장각 각신이라 하면 삼접관三接官이라 불리는 자리일세. 게다가 우리와 함께 있으니 무슨 걱정이 있겠는가. 축하하네."

"삼접관이라……. 하하하, 정말 축하받을 만하군요. 궁궐의 옆인 반궁에 있다가 이제는 궁궐 안에서 상감마마를 매일 뵈옵게 되었으니 축하받을 만하고말고요. 이리 갑자기 알게 되어 기쁨이 두 배가 되었으니, 가랑 형님께서 절 놀라게 해 주기 위해 꽁꽁 숨긴 보람이 있으십니다. 하하하."

그녀의 웃음소리와 말은 날카로운 화살이 되어 선준의 가슴에 꽂혔다. 그리고 그것은 고스란히 그에게 상처가 되었다. 그녀의 웃음에는 사실을 숨긴 이에 대한 원망보다는, 사실을 숨길 수밖에 없게끔 만든 자책이 더 큰 부분을 차지하고 있었기 때문이다.

날이 밝자마자 재신과 용하는 각자의 집으로 돌아갔다. 선준과 윤희가 방구석에 웅크린 채로 밤을 지새운 것처럼, 그들도 윤식의 방에서 잠깐 눈을 붙인 게 고작이었다. 배웅하고 돌아서기가 무섭게 참고 있던 윤희의 목소리가 선준을 향해 터져 나왔다.

"왜 말씀하지 않으셨습니까? 아니, 왜 거짓말을 하신 겁니까?"

옆에서 양쪽 눈치만 살피던 순돌이의 큰 어깨가 움찔 놀랐다.

"미안하오. 그렇다고 내가 잘못하였단 뜻은 아니오."

"제게 또 무슨 거짓말을 하신 겁니까? 또 무엇을 말씀하지 않으셨습니까?"

"우린 혼례를 치렀소! 중요한 건 그것이오."

"가랑 형님!"

삼접관(三接官) 임금의 총애가 두터워서 하루에 세 번씩이나 임금을 만나는 신하.

"형님이란 소리 듣기 싫다니까!"

두 사람이 내어 지른 큰 소리에 놀라 부엌에 있던 조씨와 방에 있던 윤식이 동시에 튀어나왔다. 아직 이 상황을 모르는 조씨는 윤희의 등짝을 때리며 야단쳤다.

"애가, 애가! 계집의 목소리가 이리 높으면 어쩌자는 것이냐! 더군다나 제 서방한테!"

"누님, 대체 아침부터 무슨 일입니까?"

윤희는 입을 꾹 다물고 그들에게서 등을 돌려 신방으로 들어갔다. 가족에게 해 줄 수 있는 말이 아무것도 없기에 입을 다물 수밖에 없었다. 선준 역시 아무 말도 하지 못하고 죄인이 속죄하듯 가족 앞에 허리를 푹 숙인 뒤 그녀의 뒤를 따라 들어갔다. 그러니 우두커니 두 사람을 보고만 있어야 하는 윤식과 조씨는 불안감에 사로잡혔다. 이 상황을 알고 있는 순돌이도 안절부절못하기는 마찬가지였다.

방문을 닫고 앉는 선준에게로 윤희의 소리 죽인 고함이 날아갔다.

"전 가랑 형님의 그런 점이 싫습니다! 왜 언제나 홀로 그 많은 생각들을 삼키시는 겁니까?"

"난 많은 생각들은 하지 못했소. 오직 그대를 나의 아내로 맞고 싶다는 단 한 가지 생각 외에는 하지 못하였소."

"저와 단 한마디라도 의논해 주셨어야지요!"

"그대가 어찌할지 뻔히 아는데 어떻게 의논할 수 있단 말이오! 나를 미치게 만들 게 뻔한데."

내어 지르는 선준의 목소리도 방 안에만 머물 정도의 크기였다. 윤희는 방문을 사납게 열고 윤식을 향해 말하였다.

"윤식아, 네 망건과 갓 좀 벗어 줘."

"갑자기 이건 왜 달라고 하십니까? 외출하시게요?"

무언가를 직감한 선준이 그녀를 안으로 밀치고 급히 방문을 닫았다.

"무얼 하려는 것이오?"

"좌의정 대감께 가려는 것입니다."

"나를 죽이려고 작정하였소?"

윤희의 어깨가 힘을 잃고 떨어지는 것을 보고서야 그는 제 말의 실수를 깨달았다.

"그, 그랬군요. 줄곧 이상하게 생각하고 있었습니다."

그녀는 세찬 도리질과 함께 넋을 잃은 듯한 말을 계속하였다.

"아니요, 아닙니다. 저도 이미 알고 있었나 봅니다. 귀형의 아내가 되고 싶다는 일념 때문에 보이는 것도 보지 않은 척, 들리는 것도 듣지 않은 척하였던 것이지요."

"이미 우리는 혼례를 치렀소."

"좌의정 대감께서는 지금까지 김윤식이 저라는 걸 모르고 계신 거군요. 알고서 허락하실 리가 없는데⋯⋯. 제가 저를 속이는 동안 귀형은 부친을 속이셨습니다. 아니요, 이것도 아닙니다. 좌의정 대감을 속인 사람 또한 접니다. 귀형은 그저 말을 하지 않았던 것뿐입니다. 말을 할 수 없었을 뿐입니다. 제가 그리 만들었습니다. 제가 귀형께 효를 버리게 하였습니다."

"난 그 어떤 것도 버리지 않았소!"

"제가 효만 버리게 한 게 아닙니다. 충도 버리게 하였습니다. 의도 버리게 하였습니다."

"난 어떤 것도 버리지 않았다지 않소! 그만 하시오! 우린 혼례를 치렀고, 이 명백한 사실을 뒤엎을 순 없소!"

"뒤엎을 수 있습니다. 좌의정 대감이시라면!"

결국 서로를 향한 두 사람의 고함 소리는 방문을 넘어가 조씨와 윤식에게까지 들리고 말았다. 그들의 눈은 추궁하듯 이내 순돌이에게로 모아졌다.

"아, 저, 그게 말입지요······."

더듬거리는 순돌이의 말 사이에 방 안에서 흘러나오는 말이 섞였다.

"그대에게는 우리의 혼례가 중요치 않은 것이오?"

"혼례 따위가 어떻게 귀형보다 중요할 수 있단 말입니까!"

다시금 방문이 벌컥 열렸다. 궁지에 몰렸던 순돌이는 반가웠지만 선준과 윤희의 냉랭한 분위기를 보자 그 마음도 사라졌다.

"갓과 망건을 달라니까!"

힘을 잃고 떨어진 것은 그녀의 어깨만이 아니었다. 목소리조차 이제는 그러하였다. 윤식은 무슨 일이냐고 묻기도 미안하여 순순히 갓과 망건을 벗었다. 그리고 상황이 잘못 돌아가고 있음을 느낀 조씨는 후들거리는 다리를 겨우 끌어 마루에 걸터앉았다.

한편 재신과 용하는 나란히 말을 탄 채로 마을을 벗어나고 있었다. 윤희의 집에서 나온 이후로 두 사람 어느 누구도 먼저 입을 열지 않았다. 지나가는 사람들은 값비싼 말을 타고 고급스런 차림새를 한 두 사람을 눈이 빠져라 구경하곤 하였다. 구경꾼들을 구경하던 용하가 먼저 침묵을 깼다.

"말로만 듣던 남산골 묵동이 이런 곳이었네그려. 한양 안에 이런 가난한 곳이 있을 줄이야……."

하지만 재신은 잔뜩 찌푸린 얼굴로 대답조차 하지 않았다.

"이보게, 내가 뭘 잘못이라도 하였나? 밤새 김윤 도령 끌어안고 뒹굴던 주제에 미간에 주름은 왜 잡는가? 날 그래 줬으면 깨춤을 췄겠구먼."

"천만다행이군. 깨춤 추며 장안에 돌아다니는 미친 꼴 볼 뻔했다."

재신은 콧방귀를 뀌었지만 찌푸린 얼굴은 여전하였다. 용하는 그의 표정을 훑다가 먼 곳을 보면서 대수롭지 않은 투로 물었다.

"왜 잠을 이루지 못하였는가?"

"내가 못 잔 걸 아는 네놈이야말로 잠을 못 잔 거 아니냐?"

"응? 내가 잠을 못 잤던가? 글쎄올시다."

속을 알 수 없는 웃음을 짓는 용하 뒤로 재신이 말을 멈춰 세웠다. 서너 발짝 더 앞서 가던 용하도 그에 따라 말을 돌려세웠다. 동네 어귀를 벗어난지라 주위에 오가는 사람들은 더 이상 보이지 않았다. 멈춰 선 시간이 흐를 동안 재신은 입을 열지 않았다. 나올 이야기가 그만큼 무거워서였다. 다른 때 같으면 호들갑 떨며 재촉하였을 용하도 싱긋이 웃는 웃음을 유지하고 기다렸다. 그것이 재신의 말문에 도움을 주었다.

"이상한 녀석이다, 네놈은."

"사랑한단 말을 기다렸더니 이상한 녀석이란 타박이 돌아왔군."

"미친놈!"

"이상한 놈에, 미친놈까지? 애정이 과하네."

"그 입 닥치고. 너 말이다……, 혹시 대물이……."

"응? 뭐라고?"

"네 녀석 직관력으로 모른다고 생각하기 어렵거든. 예전부터 의심하고 있었지만, 특히 어젯밤 네 태도가……. 그러니까 대물이……."

용하의 얼굴에서 웃음이 사라졌다. 그러자 재신의 말도 사라졌다. 역시 짐작대로였다. 혼자 알고 있다고 생각한 김윤식의 정체를 용하도 알고 있음이 분명하였다. 그것을 증명하듯 용하는 천천히 말을 몰아 재신의 옆에 섰다. 잠시 후 용하의 입술이 귓속말을 하려는 듯 그의 귀로 다가갔다. 재신이 제 귀로 신경을 곤두세우는 순간, 용하는 순식간에 그의 볼에 입을 맞추고 재빨리 도망쳤다.

"이, 이 미친 새끼가!"

버럭 고함을 질렀지만 이미 용하는 큰 소리로 웃으며 저 멀리 달아나고 있었다. 그러다가 갑자기 다시 말을 돌려세웠다. 재신은 그를 잡으러 가려다가 얼떨결에 다시 멈춰 섰다. 용하의 말이 천천히 재신에게로 다가왔다. 그리고 서너 걸음가량의 사이를 두고 멈춰 섰다.

"비밀이란 건 말일세……."

싱긋이 웃으며 던져 놓는 용하의 서두에 재신은 숨까지 멈추고 집중하였다.

"……혼잣말이라 하더라도 입에 담는 순간 다른 귀가 듣기 마련이지. 때문에 그 내용이 긴요하면 긴요할수록 자신의 귀에게조차 입을 다물어야 하네."

재신은 뜻을 묻지도 않고 그다음 말을 기다렸다.

"대물은 나의 소중한 벗일세. 그 외에 중요한 것은 아무것도 없다네. 비밀을 숨기는 것이 벗의 도리라고 한다면 그것을 모르는 척해 주는 것 또한 벗의 도리가 아니겠는가."

채찍을 잡은 재신의 손에 힘이 들어갔다. 알게 모르게 의지가 되는 벗이다. 아울러 적으로 만들고 싶지 않은 인간이기도 하였다. 용하가 말을 돌려 천천히 걷기 시작하였다. 재신은 그의 등을 보면서 따라 걸었다.

"자네는 질문을 하지 않았네. 그리고 나는 대답을 하지 않았네."

속은 알 수 없지만 의미는 뚜렷한 그의 마지막 말이 재신의 입가에 미소를 만들어 내었다. 하지만 주먹은 입가의 반응과는 다르게 용하의 뒤통수를 후려치는 것으로 나타났다. 손은 또 어찌나 매운지 눈동자가 튀어나왔다가 들어갔다.

"아, 아야! 왜 또 사람을 패는가?"

"난 말이다, 벗이니 도리니 하는 말 따윈 질색이거든. 그리고 한 번만 더 내 뺨에 그 주둥이를 갖다 댔다간 밟아 뭉개 버릴 줄 알아!"

재신은 한쪽 눈썹을 치켜세우며 심술궂게 협박했지만 입가에 맺힌 미소는 지우지 않았다.

4

윤희는 눈앞에 나타난 선준의 집을 보며 소문으로만 들었던 고래의 크기에 대해 상상하고 있었다. 사람들이 거대한 저택을 가리켜 고래 등 같다는 말을 쓰곤 했기 때문이었다.

"이리 무작정 와서 어쩌자는 것이오?"

뒤에 선 선준의 말이 그녀를 돌려세웠다. 그의 눈빛이 발목을 잡고 있었다. 어쩔 수 없이 따라온 순돌이도 끊임없이 만류하였지만, 결국 문 앞에 함께 서 있는 것 말고는 다른 도리가 없었다.

"그러게요. 이제 제가 어떻게 하면 좋을까요?"

비록 이렇게 한숨처럼 묻긴 하였으나 그녀의 의지는 확고하였다.

"그대가 지금 당장 말씀드리길 그토록 원한다면 나 혼자 들어가서 하겠소."

"아닙니다. 이건 애초부터 제가 해야 할 일이었습니다. 제가 하게 해 주십시오."

"한 가지 알아 둬야 할 게 있소. 지금 이 문을 들어가나, 내일 친영을 모두 마치고 우례于禮로 이 문을 들어가나 그 결과는 같다는 걸 말이오."

"같다는 그 결과란 게 무엇입니까?"

"우리가 부부로 백년해로를 하리라는 사실이오."

이 상황에 어울리지 않게 웃음이 나왔다.

"하하! 억지가 심하십니다. 귀형이 생떼나 쓰는 철부지인 줄 미처 몰랐습니다."

"할 수 있다면 이보다 더한 생떼도 쓸 수 있소."

"결과가 같다고 한다면 지금 이 문을 들어가도 상관이 없지를 않습니까?"

"물론 그렇기는 하오. 하지만 그 결과로 가는 과정은 조금 달라질 것이오."

윤희는 그를 바라보았다. 돌아갈 수는 없고, 울 수는 더더욱 없기에 웃을 수밖에 없었다. 그렇게 마지막 힘을 자아내어 환하게 웃은 뒤, 뒤돌아 문을 향해 섰다.

"순돌아, 문을 열어 다오."

"아씨……."

순돌이는 선준의 눈치를 살피다가 도깨비 같은 눈에 선한 눈물을 매달고 문을 열었다. 윤희가 문 안으로 발걸음을 옮기려고 하자 선준이 그녀의 손을 잡았다. 그의 손이 애처로웠다. 하지만 여전히 다정하기도 하였다.

우례(于禮) 신부가 처음으로 시집으로 들어가는 예식.

"이 문을 넘기 전에 한 번만 더 나를 생각해 보면 아니 되겠소? 내가 이러한 판단을 하기에 앞서 그대 하나만 생각한 것처럼······."

"제가 생각하는 건 오직 당신뿐입니다. 언제나······."

이 말을 남기고 윤희는 문 안으로 들어갔다. 그녀의 작은 뒤통수와 어깨가 너무도 단호하여 더 이상 잡을 수가 없었다.

사랑채 앞에 선 윤희는 문득 무슨 용기로 여기까지 왔는지 스스로에게 의문이 생겼다. 닫혀 있는 방문이 섬뜩하였다. 그래서 옆에서 머뭇거리는 순돌이에게 재촉하는 눈빛을 보냈다. 그것은 자신을 재촉하는 것이기도 하였다. 순돌이는 마지못해 방문을 향해 목소리를 내었다.

"대감마님, 안에 계십니까요?"

"응? 순돌이가 무슨 일로 벌써 돌아왔느냐?"

방문이 열리고 정무가 걸어 나왔다. 단지 그의 모습을 보았을 뿐인데 윤희는 목 안이 타들어 가는 고통이 느껴졌다. 그리고 두려움이 폭발하듯 솟아올라 눈앞을 가로막았다. 정무는 아들을 발견하고는 의아해하다가, 윤희도 옆에 있음을 알아채고 이내 불쾌한 감정을 노골적으로 표현했다.

"김윤식······. 어떤 놈이 내 허락 없이 안으로 들였느냐! 김윤식의 누이를 제외하고 그 집안에서 가져온 건 숟가락 하나라도 이 집에 들이지 말라 하지 않았느냐!"

윤희는 숨이 턱 막혔다. 예상한 것보다 훨씬 강경한 태도로 말미암아 머릿속이 하얗게 지워져 갔다. 하지만 그 순간에도 혼수가 필요 없다는 건 이런 의미였음을 깨닫고 있었다. 선준이 급히 순돌이에게 안채로 가서 모친을 모시고 오라는 눈짓을 하였다.

"아버지, 소자 감히 드릴 말씀이 있어 이리 왔습니다."

선준이 말하는 뒤로 순돌이는 쏜살같이 안채 쪽을 향해 달려갔다.

"할 말이 있다면 너만 오면 될 일이야. 옆의 김윤식은 돌려보내라. 여기는 남인이 들어올 곳이 아니다."

"합하, 김윤식은 아니 되고 그 누이만 된다 하시면 더욱 저를 보셔야 합니다."

겨우겨우 말하는 윤희의 목소리가 떨리고 있었다. 용기를 내기 위해 꽉 쥔 주먹도 떨리고 있었다. 태어나서 지금까지 수없이 많은 떨림 앞에 서 왔었다. 처음 남장을 하고 집 밖으로 나갔을 때, 과거장에 사수로 나갔을 때, 과거에 임했을 때 모두 떨리지 않았던 적이 없었다. 본의 아니게 좋은 성적을 받아 왕 앞에 불려 나갔을 때는 거의 기절하기 직전까지 접근했었다. 심지어 성균관에서 생활할 때는 단 한시도 긴장을 놓아 본 적이 없었다. 그런데 그 어느 때보다 지금이 더 떨리고 두려웠다.

"내가 생각한 것보다는 출세할 그릇이군. 그리 서두를 뗀다면 뒷말을 아니 들을 순 없지. 조용히 따라 들어오시게."

정무가 돌아서서 들어간 뒤를 선준과 윤희도 따라 올라갔다. 윤희는 신발을 벗으며 섬돌을 물끄러미 내려다보았다. 여자들이 출산하기 위해 방에 들어갈 때, 과연 살아서 이 신발을 다시 신을 수 있을까 하여 한참을 본다던 심정과 자신의 지금 심정이 어찌 다르다 할 것인가.

윤희는 고개를 들었다. 선준이 마루에 서서 걱정스런 눈으로 그녀를 내려다보고 있었다. 그 눈에는 지금도 늦지 않았으니 돌아가 달라는 부탁도 녹아 있었다. 그로 인해 그녀의 발은 침착하게 마루로 올라섰다.

정무는 앞에 나란히 꿇어앉은 아들과 윤희를 몇 차례나 번갈아 보았다. 좋지 않은 느낌이 그의 이맛살을 절로 찌푸리게 하였다.

"이제 대답해 보시게. 내가 자네를 보아야 하는 이유가 무엇인가?"

윤희는 갓을 벗어 무릎 앞에 놓았다.

"전 김윤식이 아니라 그 누이이기 때문입니다."

"무슨 그런 말도 안 되는……."

정무는 어이없는 농담을 들은 듯, 차라리 농담으로 넘기고 싶은 듯 너털웃음을 터뜨렸다. 하지만 그 웃음은 아들이 바닥에 고개를 숙임과 동시에 멈추었다.

"예전에 궐 앞에서 보았던 얼굴도 분명 지금과 같았네. 닮은 것인가, 아니면……."

"닮은 것이 아니라 그때도 저였습니다."

정무의 놀란 눈이 윤희의 모습을 꼼꼼히 살폈다. 처음 보았을 때부터 이상하리만큼 아름다운 사내라고 생각하였다. 하지만 의심조차 하지 않았다. 사내들 틈에 섞여 있어도 그다지 어색하지 않은 훤칠한 키 때문이기도 하였지만, 눈빛이 여느 여인들과는 달랐기 때문이었다. 그것은 의심스러운 요소들을 다 가리고도 남을 만큼 너무나도 사내에 가까웠다.

"아버지, 설명을 드리겠습니다."

"무슨 설명을 들으란 말이냐. 이 지경이 될 때까지 나에게 말하지 않은 건 내 입에서 나올 말이 무엇인지 알기 때문이 아니었느냐? 그렇다! 시간이 지나더라도, 그 어떤 상황이 되더라도 내 대답은 네 예상과 같다."

정무의 목소리는 소름 끼치도록 조용히 가라앉아 있었다. 분노를 표출하지도 않았고, 당황하거나 흥분하지도 않았다. 하지만 그의 혀에서 만들어 낸 다음 말은 검과도 같이 날카롭게 윤희를 베었다.

"난 인요人妖 따위를 내 아들의 아내로 들일 수가 없다. 이 혼사는 없었던 것이다."

"아버지! 소자와 한 약속을 잊으셨습니까?"

"약속이라 하였느냐? 그에 따르자면 더욱이 없었던 일로 해야지."

"소자는 약속대로 괴과魁科에 들었습니다. 남인 집안의 여식이라 하더라도 소자가 원하는 여인과 혼인하게 해 주신다고 하셨습니다."

"그래, 그랬지. 남인 집안의 여식이라 하더라도……."

정무의 눈동자가 소리 없이 굴러 윤희에게로 향하였다.

"인요를 내 집에 들일 수도 없거니와, 남인은 더더욱 아니 될 일이지. 내가 그나마 이 아이를 허락한 것은 남인은 그 아비나 동생일 뿐이라고 생각했기 때문이었다. 한데 이 아이야말로 남인이 아니냐!"

윤희는 고개를 숙였다. 틀린 말은 단 한마디도 없었다. 그녀는 인요였고, 남인이었다. 이러한 판결을 듣기 위해 여기까지 온 것이었다. 이제 남은 건 잘못하였다며 목숨을 내어 놓고 빌어야 할 일뿐이었다. 그런데 그렇게 되지 않았다. 입을 열 수가 없었다. 입을 열면 그녀 안에 갇혀 있던 슬픔이 터져 나올 것만 같았다. 여기서 울면 안 된다는 건 누구보다 그녀가 잘 알고 있었다.

"아버지, 우리는 이미 초야를 치렀습니다."

"아, 아닙니다, 합하!"

"초야를 치렀든 치르지 않았든 내게는 중요치 않아! 그와 상관없이 우례는 절대 없을 테니까!"

결국 정무의 입에서 큰 소리가 터지고 말았다. 그것은 곧장 윤희에게로 맹렬히 쏟아졌다.

"네년 따위가 감히 내 아들을, 내 가문을 위험으로 내몰고 무사할 성싶었느냐!"

"잘못이 있다면 그건 소자의 것이지 이 사람의 것이 아닙니다."

"너도 그렇다. 상감마마께오서 널 아끼신다 하니 천지 분간도 못 하겠더냐? 그 아낌이 진심이시라 여기느냐? 확실히 깨우쳐 둬라. 넌 노론 벽파를 아비로 두고 있음을! 이 아비가 상감마마의 아비를 죽이는 데 동조했던 그 일파임을! 상감마마께오선 우리가 저지를 단 한 번의 실수를 지금 이 순간도 기다리고 있음을! 무엇보다 네가 노론임을!"

"알고 있습니다!"

"알고 있는 놈이 이 혼인을 하려는 것이냐! 네가 진짜 노론이라면 이럴 순 없다."

"노론입니다! 소자를 가르친 학문은 임금께 충성하지 말라 한 적 없었고, 다른 당파는 무조건 배척해야 한다고 한 적도 없었고, 제 여인을 버려도 된다고 한 적은 더더욱 없었습니다. 이를 따르는데 왜 노론이 아니라 하십니까! 또한 소자는 노론이기에 앞서 선비입니다. 의리를 버리고 어찌 선비라 할 수 있겠습니까. 이 사람은 소자의 벗이자 아내입니다. 선비로서 이 사람에 대한 의리를 지키겠습니다."

"세상을 속이는 저따위 인요의 편을 드는 놈이 선비라고?"

"인요가 아닙니다. 가족의 생계를 위해 제 자신까지 버린 여인입니다. 효성 지극하고, 우애와 의리를 아는 여인입니다. 이러한 백성 앞에는 도덕과 법의 잣대조차 하찮을 뿐입니다."

"이 불효막심한 놈 같으니!"

정무의 팔이 목소리와 함께 높이 올라갔다. 그의 손에는 어느새 벼루가 쥐어져 있었다. 그곳에 갈아 놓은 농도 짙은 먹물이 마치 핏물처럼 그의 팔을 타고 옷자락으로 스며들었다.

"대감, 그 벼루를 어디로 던지시려는 겁니까?"

슬며시 문을 열고 들어오는 목소리를 향해 방 안에 있던 세 사람의 고개가 동시에 돌아갔다. 귀부인이 우아한 걸음으로 들어오고 있었다. 윤희의 눈이 번쩍 뜨였다. 낯익은 분이었다. 어디서 보았는지는 길게 생각하지 않아 바로 떠올랐다. 언젠가 집에 왔던 수상한 방물장수였다. 임씨는 남편의 팔을 잡아 벼루를 내려놓으며 속삭이듯 말하였다.

"본디 혼사 일이란 것은 안주인의 몫이 아닙니까? 제가 허락한 일을 가지고 이제 와서 왈가왈부하는 것은 안주인인 저에 대한 예의가 아니지요."

"부인, 이건 단순한 혼사 일이 아니오."

그녀는 죄인처럼 앉아 있는 아들과 윤희를 번갈아 보다가 난처한 미소로 남편에게 말하였다.

"단순하지 않은 일이니 소첩도 많은 고민을 하였겠지요. 설마 제가 생각도 없이 이 일을 진행하였으리라 여기십니까?"

"아니, 그런 뜻으로 한 말이 아니라……."

분위기가 이상하였다. 조금 전까지만 해도 서슬 퍼런 호랑이였던 좌의정이 찰나의 순간에 호랑이인 척하는 고양이로 변해 있는 것이 아닌가! 윤희가 적응할 틈도 주지 않고 임씨는 아들 옆에 나란히 무릎 꿇고 앉았다.

"죄를 지은 이들은 모두 이렇게 무릎을 꿇나 봅니다. 소첩도 이 아이들과 한통속이니 이렇게 앉는 것이 맞겠네요."

"부인이 그리 나온다 하여 내 마음이 바뀔 것 같소?"

강경하게 말했지만 이미 늦었다. 임씨가 크지 않은 동작으로 자신의 무릎을 통통 때리고 있는 것에 이미 신경을 빼앗기고 있었기 때문이다.

"소첩도 나이가 들어서인지 무릎이 영 시원찮습니다. 하지만 잘못을 주동하였으니 이리 꿇어앉아 있어야지요."

어쩌면 협박도 저토록 우아하게 할 수 있단 말인가. 좌의정이 세상은 호령해도 제 아들은 호령하지 못한다더니, 이는 헛소문이었다. 호령하지 못하는 것은 아들이 아니라 제 아내였던 것이다.

"두둔하여도 소용없소. 이 혼사는 없었던 것이오."

"두둔이 아니라 소첩이 주동한 거라니까요. 아들의 입을 막고 혼례를 진행한 것도 저고요. 그동안 당신을 속이느라 제 가슴이 어찌나 조마조마하였던지……."

정무는 아내를 노려보았다. 하지만 정작 그의 입에서 나온 말은 엉뚱하기만 한 말이었다.

"그러고 있지 말고 옆으로 오시오. 애들 보는 데서 그게 무슨 행동이시오?"

"그리 역정을 내시는데 무서워서 어떻게 옆으로 가겠습니까?"

"내가 화를 안 내게 생겼소? 여차하다간 우리 가문이 풍비박산 날지도 모르는데."

임씨는 남편의 옆으로 천천히 자리를 옮겼다. 그리고 마른 천을 꺼내 그의 팔에 묻은 먹물을 닦아 주면서 말하였다.

"여보, 아직 아무 일도 일어나지 않았습니다. 상감마마께오선 아직 모르시고, 우리 가문이 풍비박산되지도 않았지요."

"그러니 일이 일어나지 않은 지금, 이 혼인을 멈춰야 하오!"

정무는 아내를 보는 눈빛과는 다른 살벌한 눈빛으로 윤희를 보며 말하였다.

"네년도 글은 제법 읽었으니 인간의 도리란 걸 알 것이다. 네가 말해 봐라. 이 혼인이 인간으로서 할 짓인가를!"

"할 짓이 아님을 알기에 지금 여기에 소녀가 와 있는 것입니다."

"너와는 말이 통하는구나. 그렇다면 이 혼인을 없었던 것으로 하는 데 동의하느냐?"

"아버지!"

"여보!"

"네, 가랑 형님을 위해서라면 그 말씀에 따르겠습니다."

"내가 동의할 수 없소!"

"대감, 소첩도 이건 반댑니다. 인간의 도리를 말씀하시고서 이러면 아니 되지요."

"모두 조용히!"

정무의 고함 소리가 방 안을 장악하였다. 잠깐의 침묵 뒤에 정무는 조용하지만 명확한 어조로 윤희에게 말하였다.

"아주 몹쓸 것은 아니로군. 이제 네 볼일은 끝났으니 곧장 내 집에서 나가라!"

윤희는 자리에서 일어섰다. 그렇지만 움직였다고 하여 의식이 있는 것은 아니었다. 넋을 놓고 두 손을 포개는 그녀에게 정무의 싸늘한 말이 다시 꽂혔다.

"그 꼴로 계집 절을 할 것이냐, 사내 절을 할 것이냐?"

그러고 보니 절을 하려고 손을 모았던 것 같았다.

"내가 너에게 절을 받을 이유가 있느냐?"

"아, 아닙니다. 그만 가 보겠습니다."

윤희는 자신이 무슨 말을 하는지도 모른 채 눈에 보이는 갓을 집어 들었다. 그리고 임씨를 보았지만 어떤 말을 어떻게 해야 하는지조차 떠오르지 않아 허리만 숙여 인사한 뒤 방을 나갔다. 선준도 뒤따라 급히 일어나며 부친에게 말하였다.

"아버지, 잠시 후에 다시 뵙겠습니다."

섬뜩한 기운이 정무의 등줄기를 타고 올라갔다. 아들의 머릿속에 무언가가 있다는 직감이었다. 그렇지 않고서야 일을 이 지경까지 벌여 놓고 쉽게 물러날 리가 없었다. 그는 선준이 나간 방문을 불안한 시선으로 노려보았다.

윤희는 순돌이가 섬돌 위에 가지런히 챙겨 놓은 신발을 신고 마당으로 내려섰다. 그렇지만 우두커니 선 채 발을 떼지 못하였다. 땅이 꿈틀꿈틀 요동치며 발을 삼키고 있었기 때문이었다. 그녀의 얼굴에는 넋도 없었고 핏기도 없었다.

"그대 고집대로 하였으니 이제 속이 시원하겠소."

선준의 말이 야속하여 윤희는 뒤돌아보았다. 말과는 달리 그의 표정은 더없이 애틋하였다. 그래서 야속함을 느낄 수가 없었다.

"네, 시원합니다."

그를 위로하듯 웃어 보였다. 그것이 보기 싫어 선준은 고개를 돌려 버렸다.

"여기는 사람들이 많이 들락거리는 곳이오. 자리를 옮기도록 하오."

선준이 앞서 가자 비로소 그녀의 다리도 움직였다.

안채의 정원은 가꾸는 사람의 인격이 들어갔는지 화려하진 않아도 멋스럽고 품위가 있는 곳이었다. 아늑함이 느껴져 절로 안정이 되는 기분이 들었다.

"참 아름다운 곳입니다."

"정원보다는 방으로 들어갔으면 하오. 보여 주고 싶은 게 있소."

윤희는 고개를 저었다. 그가 보여 주려는 것이 무엇인지 알기 때문이었다. 우례를 마치고 이 집에 들어올 그녀를 위해 준비된 방, 선준과 임씨가 정성을 다해 꾸며 놓았을 그 방을 볼 수가 없었다. 윤희는 정원을 감상할 시간은 짧게 가지고, 이 집으로 오기 전까지 줄곧 다짐했던 말을 꺼냈다.

"가랑 형님, 제가 귀형의 아내가 되다가 말았습니다."

"무슨 말을 하려는지 모르나 아직 결정 난 건 아무것도 없소. 이전에도, 그리고 앞으로도 그대는 나의 아내요."

"좌상 대감께서 이 혼인을 중단하셔도 귀형께서는 고집을 버리지 않으실 거란 건 저도 모르진 않습니다. 가랑 형님, 우린 규장각으로 들어가게 되겠지요."

왜 또 이 말을 꺼내는 건지 선준은 불안하였다.

"각신들은 궁궐 안에서 직무를 보니 그만큼 상감마마를 자주 뵐 겁니다. 상감마마께오서 제 얼굴을 아시니 윤식이를 들여보낼 수도 없습니다. 분관 기간 동안 변동이 생겨 외관직으로 발령이 나면 천만다행이겠지만……."

윤희는 선준과 마주 보고 섰다. 그리고 그를 똑바로 쳐다보며 말하였다.

"제게는 귀형께 청할 수 있는 소원이 하나 남아 있습니다."

소원! 그녀의 뒷말을 짐작한 선준의 얼굴이 차갑게 굳어졌다. 그녀는 한 치의 망설임도 없이 야무지게 말하였다.

"만약에 귀형과 귀형의 가문에 누를 끼치게 되는 일이 생긴다면, 저를 버려 주십시오!"

"방금 무어라 하였소?"

"버려 달라 청하였습니다. 이번의 소원은 귀형께서 아니 된다 하더라도 무르지 않을 것입니다."

"가당치 않소이다."

윤희는 더욱 힘이 들어간 눈과 목소리로 똑같은 말을 되풀이하였다.

"다시 한 번 소원을 청합니다. 귀형과 귀형의 가문에 누를 끼치는 일이 생길 시엔 반드시 저를 버려 주셔야 합니다. 형님의 마음에서도……."

"아니 되오! 소원은 이전의 것으로 하겠소. 영원히 그대만을 사랑해 달라던 그것으로 할 것이오."

윤희는 단호하게 고개를 저었다.

"이미 그 소원은 버리지 않으셨습니까? 지나간 것입니다."

선준도 그녀 못지않게 단호해졌다.

"당연하기에 그런 것이오. 영원히 그대만을 사랑하는 건 나에겐 너무도 당연하기에! 난 그대에게 소원을 쓰지 않게 해 주고 싶었소. 죽을 때까지 그럴 필요가 없도록 해 주고 싶었소. 소원을 쓰지 않아도 될 정도로 부족함 없이……."

"마지막으로 청합니다. 그때가 오면 버려 주십시오. 지금 당장 이 자리에서 버려 달라 청하지 못하는 제 이기심을 부디 용서해 주십시오."

"내 아내는 그대밖엔……."

"말씀하지 마십시오! 그 어떤 약조도 받지 않겠습니다. 입을 여신다면 지금 즉시 저를 버려 달라 청해……."

말을 미처 끝내기도 전에 윤희의 입술은 선준의 입술에 의해 가려지고 말았다. 그를 피해 고개를 돌렸지만 그의 입술을 따돌리기엔 역부족이었다. 윤희가 필사적으로 뿌리치려고 하면 할수록 선준도 필사적이 되었고, 그녀가 아픈 말을 하지 못하도록 진심으로 막는 그의 힘을 당할 수가 없었다.

윤희가 지쳐 힘을 잃어 갈 즈음에야 선준은 그녀의 입술을 놓고 끌어안았다. 그의 품에서는 더 이상 발버둥칠 수가 없었다. 버둥거릴 작은 틈조차 주지 않았다. 그리고 그녀의 고집에 따라 말을 하지 않았다. 숨 쉴 수 없을 만큼 힘껏 끌어안은 그의 품이 말보다 더 깊은 약조를 하였기에 그 어떤 말도 필요하지 않았다.

"그 아이 표정을 보셨습니까? 제 가슴마저 먹먹해지더이다."

아내의 울먹이는 목소리를 피해 정무는 아예 등을 돌리고 앉아 있었다.

"그보다 나은 계집은 이 장안에 널렸소. 혼사는 다른 신부를 골라 다시 치를 것이오."

"대감, 진정 그 아이보다 나은 여인이 이 장안에 널렸을 거라 생각하십니까?"

정무는 대답을 할 수 없었기에 입을 다물었다.

"물론 더 어여쁜 여인은 있겠지요. 그리고 더 영리한 여인도 있겠지요. 하지만 그 아이와 같은 여인은 없습니다. 이는 대감이 더 잘 알고 계실 테지요."

"난 두말하지 않소! 즉시 다른 집안 여식을 알아보도록 하시오."

임씨는 여전히 강경한 태도로 주먹을 쥔 남편의 손을 두 손으로 감싸 잡았다.

"대감께서는 그 아이를 죽이시려는 것이 아니라 우리 아들을 죽이시려는 것입니다. 만약에 그 아이가 불행해진다면 우리 아들이 견딜 수 있을 거라 생각하십니까? 가만히 두고 보고만 있을 거라 생각하십니까?"

정무가 임씨를 향해 돌아앉았다. 아내의 인자한 얼굴이 눈물에 젖어 있었다. 자신이 결코 틀린 판단을 하고 있는 것이 아님에도 악인이 된 것만 같았다.

"부인이야말로 어찌 세상을 모르시오? 김윤식의 주위에는 남인도 있고 노론도 있소. 더불어 소론까지 있소. 들키는 날엔……."

"사람과 사람의 관계라는 것이 반드시 당파로만 나눠지는 것은 아니지 않습니까?"

"내 목을 노리고 있는 상감마마도 계시오. 절대로 아니 될 일이오!"

"대감께서는 언제나 제게 약속하지 않으셨습니까? 소첩 앞에 강이 막아서면 다리를 놓아 주고, 산이 막아서면 산을 뚫어 길을 내어 주겠노라고. 우리 앞에 다리를 놓아 주고, 산을 뚫어 주세요."

"김윤희, 그 아이가 강이고 산이오! 이번 일만큼은 부인이 고집을 꺾어 주셔야 되겠소."

"여보……."

더 이상 임씨도 우길 수 없었다. 아들도 걱정이 되지만 한편으로는 남편의 심정도 충분히 이해가 되었기 때문이다. 그리고 우례를 마치기 전에 이렇게 찾아와 실토를 해야만 했을 윤희의 양심도 원망할 수가 없었다. 이때 바깥에서 선준의 목소리가 들렸다.

"아버지, 어머니. 소자, 안으로 들어가겠습니다."

두 사람은 대답하지 않았지만, 선준은 문을 열고 들어와 부친의 서안 너머에 무릎 꿇고 앉았다. 임씨는 아들 보기에 면목이 없어 시선을 외면하였고, 정무는 아내를 설득하였다는 자신감으로 아들을 노려보았다.

"아버지!"

"널 다른 집안 여식과 혼인시키기로 결정하였다. 더 이상 이 일에 대해선 입을 열지 마라!"

"소자도 이제부터 아버지의 판단에 맡기겠습니다."

"뭐?"

놀랄 만도 하였다. 제 아들은 비록 점잖기는 해도 결코 순순한 놈은 아니다. 그러니 이렇게 어울리지 않는 말을 한 아들의 속내가 무엇일까 하여 두려움이 앞섰다.

"대신에 아버지께서 최종 판단을 하시기에 앞서 이것을 참고해 주셨으면 합니다."

선준은 제 품을 뒤져 봉서를 꺼내 서안 위에 올렸다. 정무는 쉽사리 그것을 볼 수가 없었다. 의문과 경계심 가득한 일그러진 표정으로 한참을 내려다보던 그는 어쩔 수 없이 봉서를 열어 보았다. 혼인을 축하한다는 왕의 친필 서간이었다. 순식간에 그의 얼굴은 분노로 뒤덮였고, 손바닥은 아들의 뺨을 향해 눈 깜빡할 사이에 움직였다.

쫘악!

"여보!"

임씨가 놀라서 비명을 지르는 사이, 선준은 충격을 감당하지 못하고 옆으로 비틀거렸다.

"넌 내 아들이 아니다! 가문을 해하려는 것이라면 그것이 내 아들일지라도 용서할 수가 없어!"

"하사품도 있습니다. 제 아내에게 내리신……."

"네, 네놈이 이 가문을 말아먹고자 작정을 하였구나. 이럴 줄 알았다면 차라리 바보 천치 아들이 나왔어!"

실성한 듯 소리치는 부친 앞에 선준은 눈물을 보이며 엎드려 빌었다.

"아버지, 용서해 주십시오. 저도 제가 잘못하고 있음을 어찌 모르겠습니까. 수백 번 고민하고 수백 번 다른 방법을 찾아보려고 했지만, 소자의 머리가 짧아 할 수 있는 짓이라고는 고작 이것뿐이었습니다. 하여 불효인지 알면서도 어쩔 수가 없었습니다. 도와주십시오, 제발.

소자를 살려 주십시오. 두고두고 갚겠습니다."

"아비한테 협박한 주제에 그따위 말이 먹힐 것 같으냐? 임금이 축하한 혼인을 이제 와서 엎을 수 없을 테니까? 그건 너의 오산이다! 이 이정무가 금상의 서간 따위에 좌지우지될 성싶으냐!"

하지만 엄포에도 불구하고 정무의 머릿속은 백짓장이 되어 아무 생각도 하지 못하였다. 단지 실성한 사람처럼 어지러이 중얼거리기만 할 뿐이었다.

"분관 기간 동안 무슨 수를 쓴다면……. 외관직이든, 산관散官이든……."

명색이 좌의정이다. 비록 약화된 권한이기는 하지만 인사권을 담당하는 이조는 좌의정의 영향권 아래에 있다. 이렇게 된 이상 김윤식의 등용에 적극 관여를 해서 조정으로부터, 임금으로부터, 아들로부터 멀리 떨어뜨릴 수밖에 없다. 그리고 멀어지는 것은 김윤식뿐만 아니라 이번에는 김윤희도 해당이 될 것이다. 정무는 김윤식이 왜 그토록 외관직을 고집했는지 비로소 알 수 있었다.

산관(散官) 일정한 관직 없이 벼슬의 등급만 갖는 관원.

5

좁은 부엌, 윤희는 아궁이 앞에 쪼그리고 앉아 자신과는 어울리지 않는 자개로 장식된 값비싼 빗으로 정성껏 머리를 빗어 내렸다. 임씨가 어설픈 방물장수로 변장하고 왔을 때, 언젠가 긴 머리를 빗게 만들어 줄 부적이라며 선물로 놓고 간 빗이었다. 그 빗으로 빗은 머리카락은 가위에 의해 잘려져 아궁이 속으로 던져졌다. 그것은 불길조차 일으키지 않고 사라졌지만, 서러운 냄새는 남겼다.

윤식이 방에서 나와 윤희 옆에 나란히 앉았다. 차마 그녀를 쳐다볼 수가 없었다. 눈물을 흘리고 있지는 않았지만, 머리카락을 잘라 내는 손끝은 울고 있는 것 같았다. 처음 긴 머리를 잘라 내던 그때보다 누이는 고통스러워 보였다.

"어머니는?"

마치 아무 일도 없었던 듯 반듯한 목소리였다.

"조금 전에 겨우 잠드셨습니다."

"하루 종일 우셨으니 이젠 지칠 만도 하시지."

"하루 종일 돌아가신 아버지 원망도 많이 하셨죠."

"하하, 기운도 좋으시네. 난 그럴 기운 같은 건 안 남았는데……."

윤희가 힘없이 웃으며 마지막 머리카락을 잘라 내고 손을 털었다.

"어쩌실 겁니까, 이제? 이 모든 건 다 저 때문이니……."

"아니야! 내가 잘못한 거야. 내가……, 해서는 안 되는 생각을 했었거든. 되지도 않는 욕심을 가졌었거든. 아주 잠깐, 찰나의 부러움이었지만, 그걸 하늘이 들어 버렸던 거야. 그래서 벌을 받고 있는 거야."

더욱 몸을 웅크리는 윤희의 귀에 예전 성균관에서 왕이 했던 말이 들려왔다.

'물고기가 물을 만나 용이 되는 곳, 그곳이 규장각이다. 내가 너희들이 용이 되어 마음껏 노닐 수 있는 물이 되어 주겠노라. 더 크고 강한 용이 되고 싶다면, 나는 더 깊고 넓은 물이 되어 줄 것이다.'

"그런 마음을 가지신 상감마마를 군주로 받들 수 있는 용이라면, 되어 보고 싶다는 생각을 나도 모르게 하고 만 거야. 너의 이름인데 내 것으로 착각하고선……. 가당치도 않게……."

"금상께서는 좋은 임금이겠죠?"

걱정 어린 눈으로 묻는 그에게 윤희는 웃으며 고개를 저었다.

"아니, 꼭 그렇지만도 않아. 사실 유생들이 뒤돌아서서는 불평불만을 엄청 했거든. 보통 깐깐하셔야 말이지. 우리끼리는 홍문관과 승정원은 절대 들어가면 안 된다고 수군거리기도 했고."

"그런 청요직淸要職을 왜요?"

"피똥 싸는 건 예사고, 없던 다한증까지 생긴대. 그러면 가랑 형님은 꼭 이렇게 말해."

윤희는 선준의 말투를 흉내 내며 다음 말을 덧붙였다.

"관리가 힘이 들면 들수록 그만큼 백성의 힘은 덜어지는 것……입……."

하지만 목소리에 울음이 담기는 바람에 말을 끝맺지 못하고 입술을 깨물었다. 동시에 눈에 맺히는 눈물을 숨기려고 동생의 반대쪽으로 고개를 돌렸다. 윤식도 덩달아 쏟아져 나오는 눈물을 감추기 위해 누이의 반대쪽으로 고개를 돌려 재빨리 눈물을 훔쳤다.

"그 두 분……."

"누구? 걸오 사형과 여림 사형?"

"네, 참 좋으신 분들 같던데."

"좋기는……. 아휴!"

윤희는 감당하기 힘든 사람들이라는 표정으로 고개를 절레절레 흔들었다. 그렇다고 미운 사람들이란 뜻은 아니었다.

"그 두 분께 우리 사정을 말씀드리고 도움을 청하면 안 될까요?"

"안 돼!"

윤식은 누이를 보았다. 어느새 표정이 변해 있었다. 평소의 누님이 아닌 선비의 얼굴이었다.

"두 분이 모르시기를 바라는 것은 단순히 정체가 탄로 날까 하는 두려움 때문이 아니야. 같은 죄 속에 끌어넣지 않기 위함이지. 이것이 내가 그분들께 해 드릴 수 있는 최소한의 의리거든."

윤희는 말을 끝내고 안방에서 흘러나오는 소리에 귀를 기울였다.

잠시 눈을 붙이는 듯했던 어머니가 깨어났는지 우는 소리가 들렸다. 윤식은 누이를 살폈다. 핏기가 스미도록 입술을 깨물고 있었다. 울음을 참고 있는 것이리라. 그러고 보니 누이가 우는 걸 본 적이 없다. 언제 어디에 숨어서 울었던 것일까?

"이제 어떻게 되는 걸까요?"

"괜찮아. 잡직이 아니고서는 모든 관원은 한 관청에서 오래 머물지 않아. 길게는 2~3년이고, 짧게는 넉 달 정도? 특히 우리 같은 당하관은 더 심하지. 이 주기가 너무 짧아서 금상께오서 고심은 하고 계신다지만 당장 시정될 것 같지는 않거든. 그러니까 규장각에 들어간다고 해도 길게 잡아 봐야 1년이면 오래 머문다고 볼 수 있을 거야. 그리고 청요직 당상관은 반드시 외관직을 거친 자에 한한다는 규정이 있으니, 규장각에 있다가 반년쯤 후에 그것을 사유로 외관직을 지원하면 그때는 별 무리 없이 받아들여질 거야. 석갈하는 관원 모두 외관직 시기를 언제쯤 잡을 것인가로 제일 고심하거든. 나는 좀 일찍 나갔다가 들어오는 게 더 나을 것 같아서 그런다고 우기면 이상하게 생각할 사람도 별로 없을 거고. 성균관은 1년이 걸릴지 10년이 걸릴지 감도 못 잡았는데, 규장각은 그래도 감은 잡히니까 다행 아니겠니?"

문제는 기간의 차이가 아니다. 규장각은 기간이 성균관보다 짧을지도 모른다는 기대감은 있지만, 성균관에 비하면 왕과 부딪치는 경우는 월등히 많았다. 그러니 위험도를 따진다면 규장각이 훨씬 높았다. 하지만 동생에게 그러한 말을 할 수는 없었다.

"아뇨, 제 말은 누님이 어떻게 되는지······."

그렇다. 규장각을 그만두고 나오더라도 선준의 집으로 들어갈 수는 없다. 훗날 윤희와 윤식이 서로의 이름으로 돌아간다고 해도 정무는 절대 받아 주지 않을 것이다. 윤희는 동생의 어깨를 툭툭 치며 토닥였다. 그리고 장난스러운 미소를 만들어 내면서 말하였다.

"무슨 걱정이야. 아직 숨을 쉬고 있잖아. 살아 있다는 것보다 더 큰 희망은 없더라고."

그녀는 마치 지친 마음을 기대듯 윤식의 어깨에 머리를 기댔다.

"그러니까 윤식아, 지금처럼 너도 살아 줘야 해. 건강하게……."

윤식은 누이의 어깨에 팔을 둘러 감쌌다. 작고 여린 어깨였다. 강해지고 싶다는 욕심이 다른 어느 때보다 강렬하게 치밀어 올랐다. 누이가 이렇게 힘겹게 가족을 지켜 주는 것처럼, 자신도 누이를 지켜 줄 수 있을 만큼 강해지고 싶었다. 윤희는 울음 대신 동생의 어깨를 통해 마음을 다잡았다.

아궁이의 불빛은 완전히 꺼져 온기만 겨우 머금고 있었다. 남매는 그 어둠 속에서 서로의 어깨에 기대어 앉아, 방에서 새어 나오는 어머니의 통곡 소리를 들었다.

새벽부터 좌의정의 자택은 분주하였다. 언제나 그러하였지만 오늘의 분주함은 더욱 심하였다. 잠을 이루지 못한 정무가 등청하기에 앞서 이조에 먼저 들르기 위해 하인들을 독촉하였기 때문이다. 아침도 먹는 둥 마는 둥 하고 아내의 시중을 받으며 옷을 입고 있을 때였다.

"대감마님, 방금 기별군사奇別軍士가 다녀갔습니다요."

하인이 아뢰는 소리에 정무는 대수롭지 않게 물었다.

"조보朝報가 벌써 나왔단 말이냐?"

"분발分撥이라고 하였습니다요."

그는 고개를 갸우뚱하면서 대답하였다.

"그래? 안으로 들여라."

분발을 발행할 만큼 급박한 일이 어제 있었단 말인가? 그가 아는 한에는 그런 일은 없었다. 그렇다면 간밤에 무슨 일이 있었다는 뜻이다. 임금의 변덕이 또 일을 만든 듯하였다. 정무는 붉은 관복에 옷 주름을 정성껏 잡는 아내의 손을 잡아 그만 해도 된다는 마음을 전했다. 그리고 하인이 가져다준 종이를 펼쳐 읽었다. 순간, 그의 얼굴이 흙빛으로 변하였다.

"대감, 무슨 내용이기에……."

아내가 걱정스럽게 물었지만, 그는 대답조차 하지 못하고 종이를 쥔 손을 부들부들 떨었다. 그러다가 종이를 한 손에 구겨 쥔 채 자리를 박차고 일어나 바깥으로 나갔다.

"모두 준비가 끝났느냐? 어서 가자!"

정무는 뛰다시피 하여 마당을 가로질러 나갔다. 그에 따라 하인들의 발걸음도 부리나케 움직였다. 가마꾼들이 부산하게 자리를 잡는 동안 그는 다시 종이를 펼쳐 읽었다. 어젯밤 왕의 독단으로 인사이동이 있었다는 내용이었다. 몇 명의 작은 이동은 대수롭지 않았지만, 사헌부 대사헌이었던 문근수가 이조판서로, 그리고 자신이 좌의정에서 우의정으로 이동 조치된 것은 예사로 넘길 일이 아니었다. 아무리 봐

조보(朝報) 승정원의 재결 사항을 매일 아침에 적어서 반포하던 일. 또는 그것을 적은 종이. 발간은 홍문관에서 함. 오늘날의 신문과 유사. = 기별(奇別)

분발(分撥) 조보(朝報)를 발행하기 이전에 그 긴요한 사항을 먼저 베껴 펴는 일. 오늘날의 호외, 속보.

도 그에게서 인사권을 완전히 박탈하는 것이 이번 인사이동의 목적임이 명확하였다. 왕의 의중이 암흑에 가려진 듯 잡혀지지 않았다. 정무는 초헌軺軒에 올라앉아 굳은 얼굴로 가마꾼들에게 말하였다.

"목적지가 바뀌었다. 이조가 아니라 대궐로 가자."

"아들 혼사는 잘 진행되고 있소?"

중신들이 네 번의 절을 마치고 앉자마자 왕이 던진 첫말이었다. 전체 신료들을 향한 의례적인 안부의 말도 아니고, 어젯밤에 있었던 인사이동에 관한 것도 아닌 지극히 사적이고 엉뚱한 말이었다. 정무는 무릎 꿇고 엎드린 채 바닥만 보고 있어야 했다. 왕이 고개를 들어 자신을 보라는 어명이 없었기에 표정을 살필 수가 없었다. 그래서 어떻게 대답해야 할지 고심하는 그의 입가에 경련이 일었다.

"내가 선물을 보냈는데……."

무언가를 떠보는 듯한 어투다.

"아, 그, 그러……."

"이거 엎드려 절 받기인가? 주책없이 내가 먼저 티를 내고 말다니."

"성은이 망극하옵니다. 미천한 소신의 아들에게 베풀어 주신 성택聖澤을 어찌 감히 모르겠사옵니까. 하온데!"

"하온데?"

"아뢰옵기 송구하오나 혼인하기로 되어 있던 집안의 사정으로 인하여 혼사가 중단되었사옵니다."

"무슨 사정? 남인인 것이야 알고 혼인을 허락한 것일 터이니 이제 와서 중단할 이유는 아니겠고. 하루 사이에 번복할 만한 일이라……."

그 어떤 것도 느낄 수 없는 무미건조한 어투였다. 하지만 수염을 쓰다듬는 척하며 손으로 가리는 왕의 입가에 미소가 스미는 것을 바닥만 보고 있는 정무가 알 턱이 없었다.

"하루 사이에 바뀐 것이 있다면 나의 선물인데, 우의정은 내 선물이 영 불쾌하였던 모양이오. 잘 진행되고 있던 혼사를 내가 친히 축하하자마자 중단한 걸 보면."

아직 교지도 받지 않았는데 우의정이라고 칭하는 것이 마음에 걸렸다. 한시라도 빨리 좌의정의 업무에서 쫓아내려는 것만 같았다.

"그 무슨 천부당만부당한 윤언이시옵니까! 주상 전하께옵서 친히 성택을 내리신 혼사를 이 소신이 어찌 감히 마음대로 할 수 있겠사옵니까."

"알았소. 내가 실없이 한번 해 본 말이니 그리 흥분할 필요는 없소. 혼사를 중단하든 파혼하든 다 우의정이 알아서 할 일인데, 보아하니 아직 파혼은 아닌 듯하오?"

"그, 그러하옵니다. 아직은……."

"그럼 이조에 일러 이선준의 실내室內에게 내리게 되어 있는 고신告身은 미루도록 조치하겠소. 아! 그리고 덕분에 내 고민 하나를 덜었소."

갑자기 생각난 듯 말하기는 했지만, 준비되어 있던 말임이 분명한 왕의 어투가 서늘하게 뒤통수에 박혔다. 왕이 전체 신료들을 향해 말하였다.

"모두 여기 우의정의 말을 들었을 줄로 아오. 이번 급제자들 중에 이선준과 김윤식이 사돈이 되면 상피 제도相避制度에 의해 같은 곳으로 분속이 불가하였지만, 혼사가 중단되었다 하니 이는 이제 문제될 것이 없을 것이오."

아뿔싸! 그 부분까지는 미처 생각하지 못하였다. 정무는 순간 혼인을 시켜서 김윤식의 규장각 내정을 철회시킬까도 생각하였지만, 금세 생각을 고쳤다. 규장각 내정이 철회된다고 해서 김윤식이 외관직으로 간다는 보장은 없다. 오히려 규장각 같은 내관직이나 경관직이 될 확률이 높다. 그렇게 되어도 골치 아픈 건 마찬가지가 아니겠는가. 결국 이대로 버티는 것 외엔 아직은 뾰족한 수가 떠오르지 않았다.

왕은 평소와 다름없이 태연하게 대신들과 조계를 시작하였다. 이런 태도는 조계가 끝나고 대신들이 물러날 때까지 유지되었다. 그러나 그들이 물러나자마자 차가운 미소가 왕을 지배하였다.

"혹시나 하였더니 내 짐작이 맞았나 보군. 드디어 우의정 이정무를 잡은 것인가? 그를 손에 쥔다는 것이 이런 기분이었구나. 하하하."

혼자 중얼거리던 왕의 표정은 이내 정색을 하고 굳어졌다. 그렇게 한참을 심각하게 고민하던 그는 많은 생각에 머리가 무거워졌는지 두 손으로 이마를 감싸 짚었다. 그리고 한숨과도 같은 깊은 말을 낮게 중얼거렸다.

"김윤식, 아니, 그 누이. 과연 이정무의 약점이 될 것인가, 아니면 나의 약점이 될 것인가······."

第二章

분관分館

1

이른 아침부터 승문원 앞에는 녹색 공복을 입은 서너 명이 우왕좌왕 서서 안의 눈치를 살피고 있었다. 관원들은 그들이 새로 시작된 분관의 권지權知임을 알아차리고 자신들의 예전 일이 생각나 싱긋이 웃곤 하였다. 하지만 다들 별다른 말을 붙이지는 않고 바쁜 걸음으로 들어가 버렸다. 그렇게 모여서 어정뜨게 서 있던 권지들의 눈이 확 밝아졌다. 멀리서 걸어오고 있는 파란색 공복을 발견하였기 때문이다. '가랑 도령'으로 더 유명한 이선준이었다. 그 자태를 보니 일등 신랑감이라 불리는 데는 다 이유가 있다는 생각이 절로 들었다.

"먼저 나오셨습니까? 오랜만에 뵙습니다."

선준이 정중하게 허리를 숙여 먼저 인사를 하자, 권지들도 얼떨결

권지(權知) 분관에서 실무를 익히던 임시 직함으로 일종의 훈련생.

에 함께 허리를 숙였다. 하지만 친근하게 인사를 나눌 기회는 없었다. 그의 뒤를 이어 또 다른 의미로 눈이 확 밝아지는 인물이 나타났기 때문이었다. 자신들과 똑같은 색깔의 공복과 똑같은 모양의 사모를 쓰고 있어도, 사치스런 옷태가 확연히 다른 구용하였다. 금가루를 뿌려 놓아도 저리 윤기가 흐르지는 못하리라.

그는 상대를 주눅 들게 할 정도로 정중한 선준과는 달리 아주 사교성 있는 태도로 권지들에게 일일이 인사를 건넸다. 그리고 한참 동안 그들과 대화를 나누었는데, 어떻게 저런 시시콜콜한 이야기들을 다 알고 있을까 신기할 정도의 사적인 내용이 대부분이었다. 그런 후 마지막으로 선준에게 말을 걸었다.

"가랑, 걸오는?"

선준은 아직 모습을 안 보이고 있는 윤희를 기다리느라 먼 길을 보면서 대답하였다.

"저도 이제 막 도착하였는데 못 뵈었습니다."

"그런가? 그나저나 자네는 오랜만에 보는데도 어제도 함께 있었던 것 같으이. 하하하."

"그저 반갑단 뜻은 아닌 듯 들립니다."

"요즘은 여기를 가도 자네 이야기, 저기를 가도 자네 이야기뿐이어서 말일세. 어쩌다가 장안의 호사가들 입을 즐겁게 만들어 주었는가?"

선준은 내용을 짐작하고 씁쓸하게 웃었다. 다른 사람들도 익히 소문을 들었는지라 두 사람 곁에 옹기종기 모였다. 그들의 눈에는 호기심이 가득하였다. 용하의 말대로 가랑 도령의 혼사가 틀어졌다는 소문은 순식간에 퍼져 나가, 그 이유에 관해서 여러 억측들이 난무하고 있었기 때문이다. 시선의 압박에도 불구하고 선준의 표정이 그 어떤 것도 보여 주지 않자, 그들은 용하를 보았다. 용하가 익살스런 몸짓으로 말하였다.

"그리 보았자 나도 소문으로만 아는 게 전부여서……. 단지 그 소문들 중에 신빙성이 있다고 하는 것을 말해 보자면, 첫째, 가랑 도령은 만날 책만 파던 서치라 첫날밤 치르는 법을 몰라 신부에게 쫓겨났다."

옆에 있던 사람들이 일시에 폭소를 터뜨렸다.

"그, 그런 소문이 돈단 말입니까?"

어이가 없다는 듯 일그러지는 선준의 귀에 용하 얘기에 동조하는 사람들의 말이 쏟아졌다.

"그 소문, 나도 들었소."

"나도요."

"여림 사형을 모르는 자들이 퍼뜨린 소문이겠네요. 사형 곁에 있으면 첫날밤을 치르는 법을 몰랐던 이들조차 원치 않아도 자연스레 터득하지 않습니까?"

깔끔한 부정의 말이었다. 여기에 대해서 반론을 제기하는 사람은 아무도 없었다. 용하는 크게 고개를 끄덕이며 다시 말하였다.

"둘째, 가랑 도령이 고자였다."

태연하게 말하는 용하를 대신해서 다른 사람들이 선준의 눈치를 살폈다. 선준은 아예 대답조차 하기 싫다는 태도로 먼 길을 보았다. 여태 오지 않는 윤희가 걱정되었다. 한 사람이 말하였다.

"내가 신부였다면 말이오, 가랑의 외모만으로도 좋다구나 하겠소만. 하하하!"

"하긴 신부가 옹녀가 아닌 한에는 흉측한 변강쇠보다야 얼굴만 보고 있어도 충분히 만족되는 가랑이 좋지 않겠소. 뭐, 나중에 여인이 나이 들어 색을 밝히게 되면 또 이야기는 달라지겠지만 말이오."

선준이 반발하려고 입을 떼려는데, 용하가 냉큼 말을 이었다.

"셋째, 아름답기로 명성이 높은 대물 도령만 보고 그 누이의 미모를 상상하였는데, 직접 보니 천하의 박색이라 신랑이 놀라서 줄행랑을 쳤다."

셋 중에 가장 유명하고 가장 많은 지지를 받고 있는 소문이었다.

"오옷! 나도 그 소문 들었소이다."

"나도 그렇소. 멀리서밖에 못 보았지만 대물 도령의 그 미모는 가히……. 그런 얼굴만 계속 봐 온 터라 웬만큼 생긴 여인도 박색으로 보이지 않겠소."

"박색으로 보이는 게 아니라 진짜 박색이라던데?"

터무니없는 소문에 놀란 선준은 정말 그런 소문이 있냐는 표정으로 용하를 보았다. 하지만 이들의 말은 농담이 아니었다. 실제로 가랑의 신부가 장안 제일의 추녀라는 소문은 이미 기정사실처럼 퍼져 있는 상태였다. 그래서 혹자들은 그녀를 일컬어 '모모嫫母 부인'이라 부르고 있었고, 직접 본 사람도 있다는 거짓 정보까지 나돌고 있었다. 권지들의 눈이 소문의 진위를 가려 줄 선준에게로 모아졌다.

그런데 선준이 헛소문이라는 말을 하려는 찰나였다. 느닷없이 커다란 손이 날아와 선준의 목을 거머쥐는 것이 아닌가. 정말 죽이기라도

모모(嫫母) 중국 황제(黃帝)의 부인으로 덕은 있었으나 외모가 추악하였음. 추녀의 대명사로 쓰이는 인물.

라떼와 첫 키스 석우주 지음 | 값 13,500원

한 잔의 라떼처럼 부드럽고
첫 키스처럼 달콤 씁쓸한 이야기

아무런 조건 없이 사랑하는 남자와 그 사람에게 짐이 될까 봐 사랑을 버리려 하는 여자의 이야기.

스쿠터를 타면 바람이 분다 석우주 지음 | 값 13,000원

스쿠터가 남긴 상처
그날 오후, 인연은 시작되었다

어릴 적의 상처로 사랑이 두려운 남자, 태신묵. 세상에 혼자 남겨진 여자, 연분홍. 신묵을 만날 때마다 안 좋은 일이 생기는 분홍과 자신을 밀어내려고만 하는 분홍이 이해되지 않는 신묵의 아릿하고 뭉클한 사랑 이야기.

19세기 비망록 조부경 지음 | 값 13,000원

제1회 네이버 웹소설 공모전 장려상 수상 작품!
'푸른 수염'을 모티브로 한 고딕 로맨스 소설

"우리 함께 지옥불에 떨어지게 된 김에 후회 없이 죄악을 탐해 보지 않겠습니까?"
19세기 영국, 빅토리아 여왕 시대. 충격적 비밀을 감춘 브루크사이드 대저택을 휘감은 금지된 사랑, 그리고 광기!

낭만의 경계선 조부경 지음 | 값 13,000원

청춘 드라마보다 발칙하고
순정만화보다 달달한 로맨스!

대학 캠퍼스의 도서관, 내 책상에 놓인 캔 커피 하나. 모태솔로녀 고민아는 그 커피가 자신을 향한 누군가의 고백이라 생각하며 설레는 마음으로 집어 든다. 그런데 캔 커피의 주인이라는 꽃미남 선배 차은수는 민아를 자신의 스토커로 의심하는데…….

#씬 정지민 지음 | 값 13,000원

같은 미래를 꿈꾸었던
당신과 내가 만드는 하나의 #씬

그들의 현재진행형 사랑이야기는 시청자의 마음도 사로잡을 수 있을까.
드라마라는 꿈을 이루기 위해 더욱 현실에 매진하는 인물들의 치열한 삶을 그린 청춘들의 이야기.

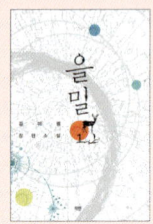

을밀 김이령 지음 | 각 권 12,000원 (전2권)

고구려 무사 을밀의 파란만장한 모험과 진실한 사랑을 다룬 역사로맨스!

왕은 사랑한다 김이령 지음 | 각 권 13,000원(전3권)

드라마 방영 예정!

부패하고 빈곤한 고려의 개혁에 힘쓴 총명한 군주로 평가받는 충선왕.
그의 사적인 일면은 어둡고 기괴하기 짝이 없었다. 그는 섬세하고 유능하면서도 잔인하고 탐욕스러운 남자였다. 소설은, 기록되지 않은 그의 사랑과 갈등을 상상으로 복원한다.

열두 달의 연가 김이령 지음 | 각 권 13,000원(전2권)

1년 열두 달을 읊은 고려가요 '동동'
세 쌍의 청춘 남녀가 펼치는 알콩달콩 사랑 이야기로
다시 태어나다!

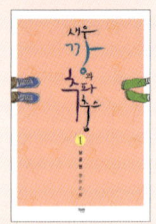

새우깡과 추파 춥스 남궁현 지음 | 각 권 13,000원(전2권)

사랑을 이루기 위해서 필요한 두 가지
상대를 향해 돌진하는 깡과 은근히 보내는 눈짓, 달콤한 추파!

어린 시절 이웃사촌으로 친하게 지냈던 혜서와 세현은 10년 후 학교에서 재회한다. 솔직하고 열정적인 그들은 '깡' 있게 다가가고 '추파'를 던지며 가까워지는데…….

오늘만 사랑한다는 거짓말 남궁현 지음 | 각 권 9,000원(전2권)

깊은 밤, 어떤 진심보다 빛나는 고백
당신을 오늘만 사랑한다는…… 거짓말

비밀을 간직한 그녀, 이자온. 광고계의 미다스, 최운. 전문 변호사, 지건영. 지난날의 어리석은 선택과 얽매인 과거 때문에 자신의 감정을 솔직하게 드러내지 못하는 세 남녀의 이야기.

파티시엘 강나예 서진우 지음 | 각 권 13,000원(전2권)

사랑이 부풀어 오르는 따뜻한 오븐 속,
그 어떤 초콜릿보다 달콤한 로맨스

파티시엘을 꿈꾸는 소녀 강나예와 이 시대 최고의 파티시에 정훈겸, 킹 과자점의 대표실장 정인재의 삼각관계 로맨스!

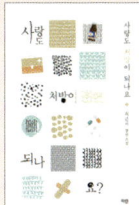

사랑도 처방이 되나요 최준서 지음 | 값 13,000원

안하무인 건물주와 위기에 빠진 세입자.
갑과 을에서 '남'과 '여'로 만나다!

조금 이른 봄 같은 남자와
아직 추운 겨울에 머무른 여자의 이야기.
김약국에서 진단하는 사랑의 처방전!

인형의 집으로 오세요 이서정 지음 | 값 13,000원

스릴러 로맨스의 새로운 장이 열린다.
지금까지 볼 수 없었던, 등골에 소름이 돋는 로맨스!

흉흉한 동네의 무당집을 물려받은 어린 유부녀 은아와 그 집 2층에 빨간 가마를 놓고서 인형을 만드는 친절한 미남 세입자 준환의 기묘한 동거 생활. 그리고 서서히 드러나는 충격적 비밀들!

셰익스피어 시리즈_커튼콜 · 오디션 · 리허설

진산 지음 | 각 권 11,000원(전3권)

진심을 다해 사랑하고 열정을 바쳐 연극을 만드는 청춘들의 이야기!!
〈햄릿〉·〈안토니와 클레오파트라〉·〈이척보척〉
세 편의 셰익스피어 연극을 배경으로 펼쳐지는 달콤 씁쓸 연애담!

아슬아슬하게 앞으로 나아가거나 아니면 쓰러지거나. 남녀의 관계는 자전거타기와 같다고 한다. 멈출 수 없이 굴러가는 시간 속에서 밀어내야 할까, 당겨야 할까? 연애라는 스릴 넘치는 과정을 그린 세 커플의 이야기.

가스라기 진산 지음 | 각 권 13,000원(전3권)

신비로운 세계관, 유려한 문체와 뛰어난 흡인력
가스라기를 뛰어넘는 판타지 로맨스는 없다!

영원을 사는 선인과 그 영원에 비하면 단 한순간에 불과한 찰나를 사는 인간. 그중에서도 가장 비천하고 위험한 존재 가스라기의 지독하게 아름다운 사랑.
동양적인 신비로운 세계관에 무협의 요소를 더한 로맨스 소설로 작가 진산의 강력한 내공을 느낄 수 있는 작품. 2005년 출간된 후 10년 만에 세 편의 외전을 추가하여 재출간하였다.

눈꽃(개정판) 홍수연 지음 | 값 11,000원

차라리 욕망일 뿐이었다면, 이렇게 아픈 사랑이 아니라
그들의 사랑은 시리도록 하얀……, 눈꽃

한겨울의 차가운 바람처럼 시린 10년간의 사랑.
미국 대재벌가의 상속자와 평범한 동양 여자, 그들이 넘어야 할
두터운 얼음벽 사랑.

불꽃 홍수연 지음 | 값 10,000원

사랑은 법보다 강하고, 용서는 사랑보다 강하다
당신의 얼음 같은 마음도 불타는 사랑 앞에서는 녹고 말 것입니다

무엇보다 야망이 우선인 여자. 끝없이 상처받으면서도
여자를 놓지 못하는 남자.
불꽃같은 사랑과 증오, 그리고 애증의 복수가 펼쳐진다!

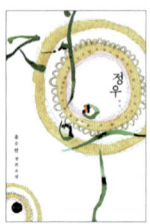

정우情友 홍수연 지음 | 값 11,000원

스물아홉과 서른 사이에 하룻밤이 있듯,
사랑과 우정 사이에 그들의 하룻밤이 있었다

'날개 없는 사랑'이라는 우정, 날개가 없어 날아가지도 않는
그 20년 우정이 문득 사랑임을 깨달았을 때 두 사람의 선택은?

바람 홍수연 지음 | 각 권 12,000원(전2권)

너는 내가 이루고 싶었던 가장 아름다운 바람…….
오랜 시간 한 남자만을 꿈꾼 여자.

어떤 장소에서 어떤 모습으로 만났어도
결국 한 여자만을 사랑한 남자.
파리, 시드니, 그리고 서울을 오가며 그들은 성장하고 사랑한다.
그리움의 바람도 커져 간다.

메이비, 메이비 낫(개정판) 김언희 지음 | 값 13,000원

누구나 사랑을 꿈꾸지만, 모두가 같은 사랑을 꿈꾸지는 않는다.

인생에 두 번 다시 결혼은 없다는 남자
다른 무엇보다 가족이 필요한 여자
서로 원하는 바가 같지 않음을 처음부터 알았지만…….

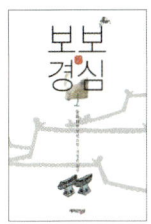

보보경심 동화 지음 · 전정은 옮김 | 각 권 14,500원(전3권)

20억 아시아인이 감동한 인기 드라마 '보보경심' 원작 정식 한국어판
2016년 방영 예정 '보보경심:려' 원작 소설

18세기 초 청나라 강희제 시대로 시간을 거슬러 간 21세기 중국 여성 장효의 사랑과 운명!

대막요 동화 지음 · 전정은 옮김 | 각 권 16,000원(전2권)

드라마 '대막요: 풍중기연' 원작 정식 한국어판
끝없이 펼쳐진 사막에서 울려 퍼지는 애절한 사랑의 노래!

청년 장군 곽거병과 유학자이자 상인인 맹서막. 이들과 남다른 감정으로 얽히고, 정치적 소용돌이에 휘말리는 늑대 소녀 옥근(금옥)의 사랑과 성장 이야기!

운중가 동화 지음 · 전정은 옮김 | 각 권 13,000원(전4권)

드라마 '운중가' 원작 소설

황궁의 암투와 권력 다툼을 숨 막히게 그려 낸 소설. 작가의 두 번째 소설 '대막요'의 후속작. 대물림되는 오해와 그리움, 슬픔과 격정의 로맨스!

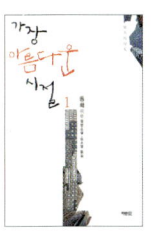

가장 아름다운 시절 동화 지음 · 유소영 옮김 | 각 권 13,000원(전2권)

드라마 '최미적시광'의 원작 소설
도시를 배경으로 하는 네 남녀의 얽히고설킨 오피스 로맨스!

동화 작가의 첫 현대소설. 첫사랑의 회사로 이직한 주인공 쑤만의 고군분투 사랑 쟁취기!

그 하늘, 그 바다 동화 지음 · 유소영 옮김 | 각 권 11,000원(전2권)

미국 아마존 중국 소설 분야 베스트셀러!
60만 부 판매량을 기록한 화제의 신작

몽환적인 색채, 독특한 설정!
바닷가 고향 섬으로 돌아온 여자와 그 여자 앞에 나타난 비밀스런 남자
그들이 펼치는 아름다운 판타지 로맨스.

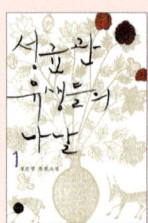
성균관 유생들의 나날(개정판) 정은궐 지음 | 각 권 11,000원(전2권)

교보문고, 예스24, 인터파크, 알라딘 베스트셀러 종합 1위!
백만 부 돌파!
일본, 중국, 태국, 베트남, 대만, 인도네시아 6개국 번역 출판
독자들이 뽑은 가장 재미있는 소설!

금녀의 반궁, 성균관에 입성한 남장 유생 김 낭자의 파란만장한 나날들!

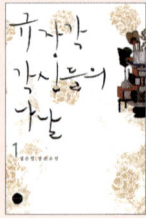
규장각 각신들의 나날 정은궐 지음 | 각 권 11,000원(전2권)

『성균관 유생들의 나날』 시즌 2, 잘금 4인방의 귀환!
'공부가 가장 쉬웠던' 성균관은 아무것도 아니었다.
'피똥 싸는 건 예사고, 없던 다한증까지 생긴다는'
무시무시한 규장각 나날이 잘금 4인방을 기다린다!

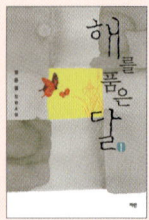
해를 품은 달(개정판) 정은궐 지음 | 각 권 13,000원(전2권)

드라마 '해를 품은 달' 원작
8주 연속 종합 베스트셀러 1위!
아시아 전역 번역 출간!

세상 모든 것을 가진 왕이지만 왕이기 때문에 사랑을 잃은 훤
사랑과 권력을 되찾기 위해 가혹한 운명에 맞선다!

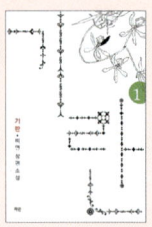
기란(개정판) 비연 지음 | 각 권 11,000원(전3권)

사랑하지 마라. 네 것이 될 수 없다.

한 여자의 남자가 되어선 절대 안 되는 황제
그를 황제가 아닌 남자로 만들어 버리는 매혹적인 꽃, 기란
그 사랑은 치명적인 독

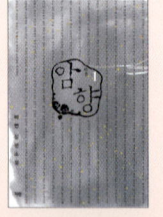
암향 비연 지음 | 각 권 11,000원(전2권)

『기란』에 이은 또 한 편의 동양판타지로맨스소설

백 년간 전쟁 중인 두 나라 순(順)과 조(趙). 순나라 황녀 하문예 아는 화친이라는 미명하에 극악무도한 살인귀라 불리는 조나라의 예친왕과 혼인해야만 한다. 위기에 빠진 조국을 위해 기꺼이 첩자가 되기로 결심한 예아. 이 위험한 정략혼에서 반드시 살아남아야 한다.

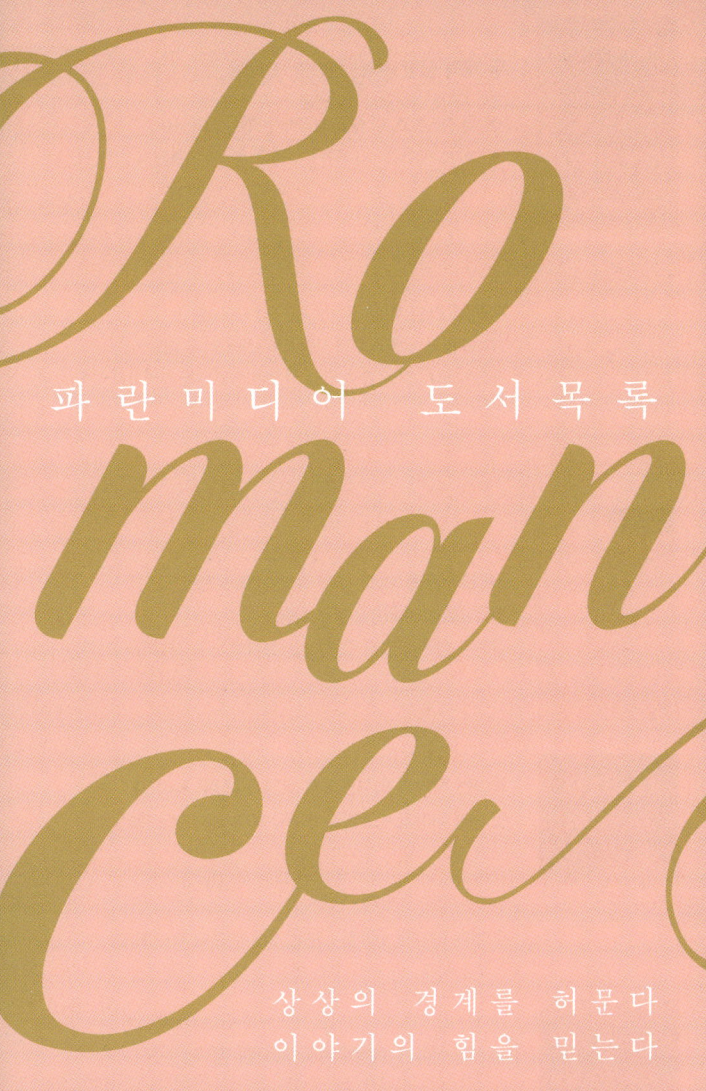

두 개의 심장 류다현 지음 | 값 13,000원

다시 시작된 100일의 계약연애
사랑을 정리하고, 이 삶을 정리하기 위한.
사랑하는 마음을 정리하려 연애를 하고, 헤어지기 위해 다시 만나는 두 남녀.

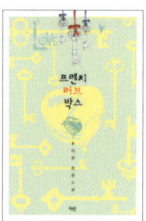

프렌치 러브 박스 류다현 지음 | 값 13,000원

기억과 망각, 우연과 운명 사이에서 갈등하는 두 사람
자신의 모든 것을 맡길 만큼 사랑했던 연인을 기억하지 못하는 남자가 다시 그 여자를 사랑하게 되면서 일어나는 운명적인 사랑.

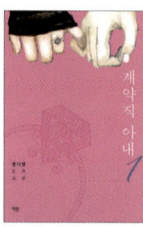

계약직 아내 류다현 지음 | 각 권 13,000원(전2권)

계약으로 묶여버린 엇갈린 사랑
결혼과 이혼을 거친 후 연애를 시작하는 두 사람의 이야기.

류다현 작가의 역사판타지 로맨스 〈신부 시리즈〉

첫 번째 이야기, 《그림자 신부》 각 권 13,000원(전2권)

모든 것의 주인인 황제일지라도
절대 가질 수 없는 가져선 안 되는 유일한 한 가지
그것은 바로 그림자 신부!

두 번째 이야기, 《맹월 : 눈먼 달》 각 권 13,000원(전2권)

손을 잡아도, 품에 안아도, 입을 맞춰도
하늘에 뜬 달처럼 아득한 신부
그녀는 슬프면서도 기이한…… 나의 달, 나의 눈먼 달.

세 번째 이야기, 《칸이 가장 사랑한 딸》 (출간 준비 중)

패배한 나라의 태자 진, 적국의 공주를 여왕으로 받들어야 하는 남편이 된다.
이오르의 속국으로 전락한 풍요의 나라 란. 그러나 여왕 이아사와 진 사이에는 사랑이 싹터 오르고……. 나라를 위해서 이아사를 버릴 것인가, 사랑을 위해서 백성들을 외면할 것인가.

하려는 듯 그 손은 사정없이 목을 조르기 시작하였다.

"걸오, 이게 무슨 짓인가? 당장 가랑의 목을 놓게!"

용하가 놀라서 외치는 소리와 재신이 고함지르는 소리가 겹쳐졌다.

"너, 이 자식! 일이 이 지경이 되도록 뭐 하고 있었나?"

"컥! 거, 걸오 사형……."

선준은 손을 버둥거리며 재신의 팔을 잡았지만 밀쳐 내기에는 역부족이었다. 어느새 권지들은 사색이 되어 멀찌감치 물러나 몸을 숨기느라 바빴다. 인간의 손으로 결코 길들일 수 없는 야생마, 걸오의 등장은 역시나 공포로 시작되는구나 싶었다. 용하는 재신의 손이 장난이 아님을 느끼고 떼어 내기 위해 그의 손목을 잡았다.

"걸오, 손 놓게! 혼사가 그리 된 건 가랑의 탓도 아니고……."

"혼사라니? 그건 또 뭔 말이야!"

엥? 그 유명한 소문을 못 들었단 말인가? 하긴 알았다면 벌써 한양이 박살 났을 것이다. 그렇다면 지금 이 폭력의 원인은 무엇인가?

"걸오, 먼저 이유를 말하게, 이유를!"

"대물 그 자식만 교서관 분관으로 들어갔다며!"

선준과 용하가 동시에 그를 보았다. 이제껏 나누었던 뜬소문들보다 더 어이가 없는 말이었다. 재신이 손에서 힘을 빼자마자 선준은 재빨리 뿌리치고 그의 멱살을 잡아 다그쳤다.

"교서관 분관이라니요? 그게 무슨 말씀입니까!"

선준과 용하는 무의미하게 주위를 둘러보았다. 아직까지 윤희의 모습은 어디에도 보이지 않았다. 순간 선준이 휘청거리며 재신의 팔을 잡았다.

"전 금시초문입니다. 언제 아신 겁니까?"

"어젯밤에 아버지한테 들은 거야. 신료들의 반대가 심해서 어쩔 수가 없었다고."

"이조판서의 말씀이면 그보다 정확한 건 없는데……."

"젠장! 너, 어제 그놈이랑 함께 있었던 거 아니었냐? 왜 다들 모르고 있었던 거냐고!"

정작 더 유명한 소문은 모르면서, 당연히 모를 수 있는 일에 고함을 지르는 재신을 보면서 용하는 고개를 저었다. 하기야 수다를 섞는 대인 관계가 이들이 고작인 재신이라면 남의 집 혼사 문제는 모르고도 남음이 있다.

"걸오 자네야말로 세상 소문에 귀 기울이는 법을 익히게나. 아무튼 대단한 신료들이야. 기어이 주상의 뜻을 꺾어 버리다니!"

"그럼 대물은 규장각도 못 들어가는 거 아냐. 이런 염병할!"

재신이 제 성질을 못 참고 날뛰자, 웬만해서는 화를 내지 않는 용하도 짜증스럽게 말하였다.

"그만 좀 하게! 지금 당황스러운 건 자네뿐만이 아니니까. 화부터 내서 어쩌자는 건가?"

"내가 용납이 안 되는 건 왜 교서관 분관이냐는 거야. 성균관 분관이어도 욕 나올 판에. 빌어먹을 조정 같으니. 이조판서부터 갈아 치워야 돼!"

"쯧쯧, 제 아비를……. 대물이 뇌물을 전혀 쓰지 않는 게 걱정되더라니. 한자리한다는 관리들 초대해서 잔치도 좀 하고, 선물도 좀 돌리고 그랬으면 이 꼴 안 났잖은가. 심지어 은문연도 아니 했다면 관직은 포기했단 말과 같지. 상감마마께서 아무리 끼고돌면 뭐 하냐는 말일세."

"너, 입 닥쳐! 이렇게 된 게 대물 탓이란 거야? 그렇게 잘 알면 돈이 썩어서 갖다 버릴 만큼 많은 네가 대신 선물을 돌리든가!"

"하이고, 돈이 있는 자나 없는 자나 살림 빠듯한 건 다 똑같으이."

이렇게 티격태격하던 두 사람은 싸늘하게 굳은 선준을 느끼고 동시에 그의 눈치를 살폈다. 자신들도 이렇게 아득한데, 홀로 교서관에 가 있을 윤희를 생각하면 선준은 머리가 멍해졌다. 그녀를 걱정하는 건 재신과 용하도 같은 마음이었다.

"자자, 모두 저를 따라오시오."

윤희는 관원이 이끄는 대로 다른 사람들과 보조를 맞춰 교서관으로 따라 들어갔다. 교서관 분관은 세 분관 중에서 급이 가장 낮은 곳으로, 주로 지방에서 올라온 문벌이 낮거나 성적이 좋지 않은 이들이 배치되는 게 다반사였다. 그래서인지 친한 사형들은 고사하고, 성균관에서 함께 수학한 사람조차 거의 보이지 않았다. 그나마 출방례 때 잠시 본 것이 전부인 낯선 사람들뿐이었다.

이들 틈이 외롭고 두려운 것은 단지 낯설다는 이유 때문만이 아니었다. 신기한 듯 윤희를 보는 사람들의 시선 때문이었다. 그녀의 외모는 고개를 숙인다고 해서 가릴 수 있는 것이 아니었기에 더욱 당당하려고 애를 썼다. 교서관 분관이라면 희망도 보였다. 이곳은 거의가 외관직으로 발령이 나거나 아예 관직을 받지 못하는 경우가 많았다. 이곳에서 규장각으로 들어가는 경우는 아예 없다고 봐도 무방하였다. 어쩌면 한 달가량 분관만 고생하면 규장각 문턱도 밟아 보기 전에 모든 것은 끝이 날지도 모른다. 윤희는 그 사실에서 위안을 얻으려고 노력하였다.

권지들이 교서관 안으로 들어가 마당에 서자, 관원이 목록을 들여다보면서 말하였다.

"호명하는 대로 나와서 사령장을 보여 주시오. 김양수!"

이렇게 호명된 권지는 한 사람씩 나가서 목록에 있는 이름과 자신의 사령장을 대조하였다. 윤희는 권지들 틈에 서서 제 차례를 기다렸다. 그런데 관원은 그녀를 제외한 마지막 사람까지 호명하여 이름을 대조한 뒤 목록을 접었다. 깜짝 놀란 윤희가 그 앞으로 가서 말하였다.

"저기, 저는 호명하지 않으셨습니다."

그는 명단을 확인할 생각도 잊고 윤희의 얼굴만 뚫어져라 확인하였다. 윤희는 당황하여 제 사령장을 보여 주었다. 관원은 콧등의 붉은 기를 감추며 그것을 보았다.

"어? 이 사령장은 다른 것들과 다른데?"

"그럴 리가요. 어제 문선사 관원이 직접 가져다준 것입니다."

"무슨 말씀이오? 사령장은 이미 한 달도 더 전에 발급되었소. 그리고 여기 교서관 분관 명단에는 성명도 없소."

"네? 아닐 겁니다. 다시 한 번 확인해 주십시오."

"한 번 확인하나 두 번 확인하나 성명은 없다니까."

승문원 분관에서 떨어진 것도 서러운데 교서관 분관에도 이름이 없다는 건 기가 막힐 노릇이었다. 안절부절못하고 동동거리고 있을 때, 너무도 낯익은 두 사람이 윤희 곁으로 다가왔다.

"김윤식, 자네가 왜 여기 있는가?"

윤희는 소리 나는 쪽으로 고개를 돌렸다. 거기에는 성균관의 스승이었던 장 박사와 유 박사가 의아한 표정으로 서 있었다.

"아! 두 분께서 여긴 어떻게?"

"우리야 여기 외각外閣으로 이동된 지 오래전일세. 그나저나 자네야말로 여기 있을 사람이 아닌데, 어떻게 된 일인가?"

"여기 분관으로 임명받아서……."

장 박사가 윤희가 건넨 사령장을 살펴보는 동안 유 박사는 반갑게 말을 걸었다.

"자네는 여전히 곱군그래. 이제 좀 사내다워질 때도 되지 않았는가?"

윤희는 방긋 웃으며 농담으로 받아넘겼다.

"두 분도 여전하십니다. 여기 계신 줄도 모르고 제가 그간 격조하였습니다. 죄송합니다."

"그러게나. 급제한 이들 중에 인사 오지 않은 이는 자네가 유일하였네."

미안함에 어쩔 줄을 모르는 윤희를 보며 장 박사가 웃으며 말하였다.

"자네 사정 뻔히 알면서 이런 말 하는 유 박사가 염치없는 인간인 거지. 흘려듣게나. 그리고 이 사령장은 임시로 발급된 것일세. 내가 아는 바로는 상감마마께오서는 자네를 이곳에 윤허한 적이 없다네."

그러더니 관원을 향해 말하였다.

"비록 명단에는 없어도 이 권지의 사령장도 가짜는 아니니 함께 데리고 가시오. 조만간 정식 사령장이 나올 것이오."

외각(外閣) 교서관. 정조 때 규장각으로 소속되면서 규장각을 내각(內閣), 교서관을 외각이라 함.

"네, 알겠습니다."

"감사드립니다. 일간 찾아뵙겠습니다."

윤희는 두 스승께 허리 숙여 인사하고 다른 권지들 뒤에 처져서 관원을 따라 건물 너머로 사라졌다. 그녀의 뒷모습을 보며 유 박사가 말하였다.

"고작 분관의 권지 임명하는데 임시 사령장이라니, 대체 무슨 일인가?"

"무슨 일은, 상감마마 속이 썩어 가고 있다는 증거지. 앞으로가 더 큰일인데 걱정일세. 뭐든 쉽게 넘어가는 일이 없으니."

"함봉銜鳳의 지엄함이 땅에 떨어진 지 오래인 걸 어찌하겠나. 이것 또한 세상이 변해서 그런 것을."

분관으로 나온 권지는 말 그대로 찬밥이었다. 관청에서 바쁘게 일하는 관원들에겐 귀찮은 존재이기 때문이다. 그래서 분관 나온다고 하면 제 올챙이 적 생각은 안 하고 방해된다고 대놓고 싫어하는 관원도 있었다. 사정이 이렇다 보니 명단을 확인한 이후로는 이렇다 할 지시 없이 승문원 구석에 있는 한 낭료에 권지들을 몰아넣고 그대로 방치해 버렸다.

권지들은 각자 두런두런 모여서 심심한 시간을 대수롭지 않은 대화로 보냈다. 한편 세 남자는 단 한마디도 없이 심각한 표정으로 앉아 있었다. 때때로 내뱉는 깊은 한숨과 내어 지르는 성질이 고작이었다. 아마 윤희의 일이 아니었다면 재신부터가 이 상황을 견디지 못했을 것이다. 그렇게 반나절을 자신들만의 생각 속에서 보내던 중, 비로소 용하가 혼잣말로 말문을 텄다.

"하아! 잘하겠지. 그 녀석이야 혼자서도 잘 헤쳐 나갈 거야."

이대로 헤어지는 건가? 교서관 분관에서 외관직으로 빠지게 되면 물론 그녀에게는 다행한 일일지도 모른다. 하지만 그렇게 되면 그녀를 두 번 다시 만나지 못할 것이다. 그것이 서운하여 견딜 수가 없었다. 서운할 바에야 차라리 위험한 것이 더 나을 것 같았다. 가까이 있으면 멀리 있는 것보다 지켜 주기가 훨씬 쉽지 않겠는가. 용하가 서운함을 뿌리치듯 다시 말하였다.

"걱정할 필요 없어. 암, 그렇고말고."

"야!"

버럭 내어 지르는 재신의 목청 높인 소리에 방에 있는 모든 사람들이 화들짝 놀랐다. 하지만 재신은 그들의 시선 따위는 신경도 쓰지 않고 여전히 큰 목청으로 소리쳤다.

"그 자식 걱정을 왜 할 필요가 없다는 거야?"

"진짜 걱정은 대물이 아니라 우리니까."

"뭐?"

"대물 없이는 우리는 더 이상 '우리'일 수 없다네."

용하의 말은 틀린 것이 아니었다. 윤희가 이들 사이에서 사라질 경우, 서운함보다 더 큰 문제가 바로 그것이었다. 더 이상 '우리'일 수가 없다는 것! 4인방이 함께 있을 수 있는 구심점은 그녀였고, 그녀가 없으면 이들의 관계는 유지될 수가 없었다. 그렇기에 그녀를 잃으면 모두를 잃는 것과 같았다. 그것을 깨닫자 재신은 더 화가 났다. 하지만 엉뚱한 말로 대신할 수밖에 없었다.

"내가 화나는 건 분관을 나눔에 있어 그 문벌이 실력보다 우선이 되는 거야. 다른 이유는 없어!"

"두 분 제발 그만 하십시오. 마음만 먹으면 얼마든지 만날 수 있지 않습니까."

용하는 한숨을 쉰 뒤, 정색을 하고 선준을 노려보았다. 용하의 얼굴에서 웃음이 깔끔하게 사라져 있었다. 그것은 이제껏 본 적 없는 낯선 표정이었다.

"가랑, 물론 오늘이라도 만날 수는 있겠지. 하지만 우리는 지금 당장에 팔 하나가 없는 듯, 다리 하나가 없는 듯 허전해서 미칠 것 같단 말일세. 자네는 우리보다 더했음 더했지 덜하지 않으면서 그리 무리한 표정으로 있지 말게. 우리 앞에서까지 태연한 척하지 말란 말일세."

그의 따끔한 충고 덕분에 선준은 담담한 척 가장하고 있던 태도를 풀었다. 그리고 두 사람 앞에 의기소침한 어깨를 드러내며 고개를 숙였다.

"죄송합니다. 어떻게 해야 할지 몰라서 저도 지금 제정신이 아닙니다."

"자네는 고약한 위인이야. 제정신이 아닌 사람의 얼굴이 그러면 쓰나."

그런데 이때 갑자기 재신이 자리에서 벌떡 일어났다. 선준과 용하도 연달아 자리에서 일어났다. 저 멀리 마당을 가로지르는 관원의 뒤를 따라 종종걸음으로 오고 있는 녹색 공복이 눈에 들어왔기 때문이었다. 관원은 권지들이 모여 있는 방으로 들어와 따라온 녹색 공복을 소개하였다.

"조금 늦었지만 여기 괴원분관에 합류하게 된 권지입니다. 인사하시오."

"안녕하십니까, 김윤식입니다. 사령장에 문제가 있어서 늦었습니다. 잘 부탁드립니다."

허리 숙여 인사하는 윤희 뒤로 관원이 말하였다.

"에, 오늘 일정은 끝났으니 귀가하셔도 좋습니다. 내일 또 뵙지요."

세 남자의 귀에 이 말이 들릴 리가 만무하였다. 다른 권지들은 하루 종일 하는 일 없이 이게 무슨 짓이냐며 불평들을 터뜨렸지만, 이 말들도 반가운 윤희의 모습에 파묻혔다.

윤희는 세 사람한테 쪼르르 달려와 다시 한 번 허리를 숙였다.

"심려 끼쳐 드려 죄송합니다."

방긋 웃으며 인사했지만 그들의 표정은 얼이 빠진 채 변화가 없었다. 그러자 혼자 웃는 자신이 겸연쩍었다.

"십년감수하고 왔더니 다들 왜 이러고 계십니까?"

은근히 눈 흘기는 윤희의 모습에 용하가 먼저 행복한 웃음을 터뜨렸다. 그 뒤를 이어 재신과 선준도 큰 소리로 웃기 시작하였다.

"하하하! 십년감수는 우리가 했다, 인마!"

재신이 반가움을 담아 쿡 쥐어박았다. 선준은 차마 끌어안지는 못하고 그녀의 작은 어깨를 꽉 잡았다. 윤희는 선준과 눈을 맞출 용기가 나지 않아 다른 두 사람을 보면서 함께 웃었다. 그렇게 세 남자에 둘러싸이자 비로소 졸였던 마음을 내려놓을 수 있었다.

네 사람을 힐끔힐끔 보면서 밖으로 나가던 사람들은 그 가운데 있는 윤희의 모습에 주목하지 않을 수 없었다. 그들 중 한 사람이 탄식처럼 말하였다.

"가랑 도령이 사기를 당했군, 사기를 당했어! 저런 얼굴과 한배에서 난 누이라는데, 박색이라고 감히 상상이나 했겠냐고."

모두 이 말에 크게 공감하였다. 동시에 '모모 부인'에 대한 궁금증은 더욱 커져 갔다. 하지만 권지들 중 몇몇은 괴원분관의 명성을 더럽힌다는 많은 신료들의 반대와 똑같은 이유로 윤희의 합류에 불만을 품었다. 아무리 어린 나이에 좋은 성적으로 급제를 하였어도 한양 내의 이름 없는 가문의 급세사는 성균관 분관으로도 충분하기 때문이었다. 괴원분관에 들지 않으면 정승을 바라보기 힘들다는 말은 괜히 생겨난 게 아니었던 것이다.

승문원을 나선 뒤에도 윤희는 자신의 뒤를 따라오는 사람들의 기척 때문에 신경이 곤두서 있었다. 그녀가 멈춰 서면 줄줄이 따라 멈춰 섰고, 오른쪽으로 가면 오른쪽으로, 왼쪽으로 가면 왼쪽으로 따라붙었다. 도저히 참을 수 없었던 윤희는 결국 뒤돌아서서 짜증을 내었다.

"가랑 형님, 그리고 두 사형들! 왜 저를 따라오십니까?"

선준도 뒤돌아서서 말하였다.

"여림 사형, 걸오 사형! 왜 우리를 따라오시는 겁니까?"

윤희는 당연하게 '우리'라고 일컫는 말 때문에 기가 막혀 헛웃음이 나왔다. 그도 일방적으로 따라오는 건 두 사형과 마찬가지가 아닌가. 용하가 선준을 지나 슬그머니 그녀의 옆에 붙어 섰다. 그리고 접선을 펼쳐 제 얼굴을 가리면서 말하였다.

"자네들이야 말로 집으로 아니 가고 어디를 그리 가는 겐가?"

잠시 동안 지금 윤희가 사는 집이 북촌인지 남산골인지를 고심하던 재신도 둘 중 아무 데라도 어떠나 싶어 말없이 윤희의 옆에 섰다. 둘 다 뻔뻔한 얼굴이다.

"전 중요한 볼일이 있습니다. 그러니 이쯤에서 각자 흩어집시다."

하지만 용하는 그녀의 말을 귓등으로도 안 듣고, 접선으로 이마에 차양을 만들었다. 그러고는 앞쪽으로 난 길을 보면서 말하였다.

"자네 볼일이야 뻔하지. 이쪽으로 가면 필동이 나오니까, 거기 책방에 돈벌이 될 만한 거라도 있나 알아보러 가는 거겠지. 보아하니 아침에 피죽도 못 먹고 나온 얼굴이구먼."

정확하게 맞혔다. 이 말을 듣고 선준과 재신이 놀란 눈을 하는 걸로 봐서 둘은 짐작도 못 했던 모양이다. 하긴 말을 한 적이 없으니 모르는 게 정상이 아니겠는가. 재신은 선준의 아침 행동과 방금 전 용하의 말을 통해 윤희가 여전히 남산골 집에 머무르고 있다는 걸 알아차렸다. 하지만 혼사가 일그러졌다는 것까지는 파악하지 못하고, 아직 남장을 풀지 못하는 사정으로 인해 편의상 그렇게 하는 걸로만 생각하였다.

"어, 어떻게 아셨습니까?"

"자네 뒤통수에 쓰여 있으니까 아는 게지."

선준은 쓸데없는 짓인 줄 알면서도 윤희의 뒤통수를 살폈다. 아무리 봐도 예쁘기만 하지 다른 건 보이지 않았다.

"네, 저 필동 가는 것 맞습니다. 거기까지 같이 갈 필요는 없지 않습니까?"

"왜 필요가 없는가? 오랜만에 필동 저잣거리 구경도 좀 하면 좋지. 사고 싶은 책이 너무 많으이."

"싫습니다! 전 혼자 갈 겁니다."

싫기는 선준도 마찬가지였다. 단둘이 하고 싶은 말도 많은데 두 사형은 언제나 그랬던 것처럼 기회를 주지 않았다.

"왜? 혹여 숨겨 둔 여인이라도 만나러 가는 것인가?"

"제가 여림 사형과 같은 줄 아십니까?"

"소문으로만 치면 자네도 나 못지않으이. 오십보백보지."

"무슨 소문이요?"

"그런 게 있다네. 암튼 숨겨 둔 여인이 없다면 같이 가도 되겠구면."

"싫다니까요! 세 분과 함께 다니는 건 정말 싫다고요!"

"야! 이 조그마한 게 듣자 듣자 하니까 못 하는 말이 없어. 싫기는 왜 싫어?"

"싫을 순 있겠지만 그렇게까지 정색할 건 뭐 있는가?"

"나도 싫다는 말은 좀 충격이오."

세 사람의 원성을 한꺼번에 받으면서도 윤희는 자신의 말을 철회하지 않았다. 이들의 행동이 오늘따라 더 유난스러워 이상하기까지 하였다.

"이렇게 네 사람이 함께 다니면 눈에 엄청 띄니까 그렇죠! 지금도 주위를 한번 보십시오."

세 사람은 동시에 주위를 둘러보았다. 그녀의 말대로 지나가는 사람들이 죄다 한 번씩은 쳐다보고 지나갔다. 아예 눈을 대고 있는 사람들도 있었다. 네 사람의 외양만으로도 그랬지만, 여기에 공복은 시선을 모으는 데 보다 큰 몫을 하였다. 이러한 시선은 윤희에게는 위험을 의미했지만, 용하는 대수롭지 않은 투로 말하였다.

"어차피 자네 혼자 다녀도 눈에 띄기는 매한가지일세. 그것보다야 우리 넷이 함께 눈에 띄는 것이 훨씬 낫지 않은가?"

여기에 대해선 반론할 수가 없었다. 그래서 슬며시 몸을 돌리고 가던 길을 가려다가 아차 하고 다시 돌아섰다. 그의 말에 자칫 설득당할 뻔하였다. 그녀 혼자 있어도 눈에 띄기는 하지만 몇몇이 힐끔힐끔 쳐다보는 수준에 불과하였다. 하지만 이들과 함께 있으면 모여드는 시선이 위험을 넘어섰다. 당황한 윤희는 잠자코 서 있는 재신을 걸고넘어졌다.

"다른 분들의 이유는 그렇다손 치더라도 걸오 사형까지 왜 따라오십니까? 예전 같으면 어디 간다는 말도 없이 이미 흔적도 없이 사라졌을 분이."

"흠흠. 그게……, 집에 들어가기 싫어서."

"언제는 집에 들어가셨습니까?"

"인마, 내 꼴을 봐라. 이런 옷 입고 딱히 어디 갈 테도 없다."

윤희는 재신의 꼴을 봤다. 여러모로 보나 마나 딱 불량 관리다. 두루마기 옷고름 풀어헤치고 다니는 건 그러려니 하고 넘어가 준다손 치더라도, 어떻게 된 인간이 갓 지은 공복마저 제멋대로 풀어헤치고 다닌단 말인가. 물론 그가 지칭한 '꼴'은 매무새가 아니라 공복만이었지만. 용하가 그녀의 시선을 피하듯 갈 길을 보면서 말하였다.

"자네가 이해해 주게. 오늘 우리는 외로웠다네. 장수를 잃은 오합지졸의 심정이었다고나 할까."

"누가 들으면 웃겠습니다. 함께 계셨던 세 분이 외로웠다고요? 그럼 혼자였던 전 외롭지 않……."

아! 지금 위로받고 있는 것인가? 오늘 그녀는 외로웠다. 그리고 두려웠다. 그 두려움은 홀로 되었기에 느낀 것만이 아니었다. 승문원에서 이 사람들한테 둘러싸여서야 비로소 안심이 되는 자신을 깨닫고 그 두려움은 더욱 커졌었다. 이들은 어느새 그녀에게 견고한 울타리가 되어 있었다. 지금 이들을 밀쳐 내려고 애쓰는 것도 이러한 깨달음에서 기인한 것이다.

윤희는 세 사람을 번갈아 보았다. 역시나 두렵게도 안심이 되는 건 어쩔 수 없었다. 그녀는 자신의 마음을 가리듯, 곧 울 듯한 표정을 소맷자락으로 가렸다. 하지만 그보다 한발 앞서 등 뒤에서 감싸 안듯 그녀의 눈을 가리는 큰 손이 있었다. 누구의 것인지 확인하지 않아도 따뜻한 감촉이 선준임을 말하고 있었다. 그 손은 하루 동안의 불안을 모두 닦아 냈다. 윤희는 그의 손에서 벗어나 한껏 미소를 만들었다.

"자, 이제 그만 가 보세. 언제까지 이러고 있을 텐가?"

용하는 귀엽다는 듯 접선으로 그녀의 사모 뒤통수를 툭 치고는 앞장서서 걷기 시작하였다. 그 때문에 사모가 앞으로 내려와 그녀의 눈을 덮었다. 윤희는 바르게 고쳐 쓰면서 대꾸하였다.

"쳇! 장수를 이렇게 취급하는 오합지졸도 있습니까?"

이들 틈에서 본의 아니게 자꾸만 의지하게 되는 자신을 감추기 위한 퉁명스런 말투였다. 한편으로는 이제는 손쓸 수도 없을 만큼 깊이 의지하고 있음을 인정할 수밖에 없었다.

2

권지들은 오전 시간 동안 각종 국가 문서를 작성하는 법을 제술관에게서 교육받았다. 적어도 하는 일이 있다는 건 고마운 일이었지만 그것도 두어 시간이 고작이었다. 설렁설렁한 가르침에 이어 모든 권지들에게 대충 높은 점수를 준 뒤, 제술관은 승문원에서의 제 업무가 바빠서 가 버렸다. 권지들은 남은 시간 동안 또 어제처럼 멍하니 앉아 있을 수밖에 없었다.

선준과 윤희는 가까이 앉아 있었지만 눈이 마주친 적은 없었다. 그것은 철저하게 시선을 외면하는 윤희 때문이었다. 그녀는 선준을 보지 않았다. 네 사람이 예전과 다름없이 웃으며 이야기를 나누는 것처럼 보였지만, 그녀의 상대는 언제나 재신과 용하였다. 그것은 주위 사람들은 느끼지 못하는 미묘한 거리 둠이었다.

그렇게 무료하게 앉아 있는 것에 제일 먼저 부아가 치밀어 오른 이는 다름 아닌 재신이었다. 그가 더 이상 참지 못하고 엉덩이를 일으키는 순간, 다행히 늦지 않게 관원이 다시 나타났다.

"어? 강의가 벌써 끝났소?"

그는 마치 의외라는 듯이 말하고는 가져온 종이 뭉치에서 한 장을 꺼내 들었다.

"호명한 사람은 나와서 종이를 받아 가시오. 그리고 각자 종이에 적힌 선진을 찾아가서 일을 배우도록 하시오. 먼저, 이선준 권지."

선준은 앞에 나가서 종이를 받아 들었다. 그 뒤를 이어 다른 사람들도 줄줄이 나가서 받았다. 이번에는 윤희도 빠뜨리지 않았다.

저작 권진복

그녀의 종이에 적힌 선진의 이름이었다. 저작은 보통 정팔품 직이니까 종팔품인 그녀보다 한 자資 높은 품계였다. 말은 선진이지만 그들의 평가가 점수가 되고, 그 점수가 다음 관직에 영향을 주기 때문에 윤희는 권진복이 어떤 사람일지 걱정부터 앞섰다. 그녀는 심호흡을 하고 세 남자를 보았다. 자신감이 생겼다. 분명 자신은 인복이 많으니 권진복도 좋은 사람일 거라는 믿음이었다.

하지만 윤희의 바람과는 달리 진복의 첫마디는 유쾌하게 시작되지 않았다.

"수염 민 꼴 하고는. 요즘 젊은것들은 부끄러운 줄도 모르고 사내가 계집처럼 꾸미고들 다니지. 아무리 시류가 그렇다고 해도 볼썽사납게 말이야, 쯧쯧."

윤희가 인사를 하자마자 걸상에 앉은 채로 혼잣말처럼 던진 말이었다. 그의 말에는 깊은 불만이 묻어 있었는데, 꼭 외모 때문만은 아닌 것 같다는 느낌이 들었다. 자신이 맡은 권지가 이번 괴원분관에서 가장 문벌이 떨어지고 가난한 데에 따른 불만이리라. 윤희는 눈동자를 살짝 굴려 옆을 보았다. 다행히 근무하는 낭료 안에 용하와 그의 선진도 함께 있었다.

순간 그녀의 눈에 용하의 동작이 포착되었다. 그는 자신의 소맷자락에서 작은 천주머니를 꺼내어 선진의 손에 쥐어 주고 있었다. 이어지는 화기애애한 분위기. 아뿔싸! 선물은 분관에서부터 준비했어야 하는 거였다. 불편한 마음으로 눈동자를 다시 돌려놓으니 진복의 손가락이 무언가를 원하는 듯 유독 세차게 꼬물거리는 것이 보였다. 그 손이 원하는 게 무엇인지 뻔히 보였다.

"앞으로 잘 부탁드립니다."

윤희는 결국 못 본 척하고 맨입으로 인사를 마무리하였다. 그러자 진복은 손가락 움직임을 멈추고 노골적으로 언짢은 표정을 하였다. 그래도 그녀에게서 나오는 것이 없자, 쓸데없이 제 옷을 툭툭 털며 걸상에서 일어났다. 그리고 또다시 들으라고 내뱉는 혼잣말을 하였다.

"허 참! 괴원분관도 예전 같지가 않군. 어려도 예의는 알아야 할 거 아냐."

진복은 책상 위에 어지럽게 널려 있는 문서 더미를 뭉쳐 쥐었다.

"저기, 제가 할 일은……."

"됐소. 김 권지는 여기 있다가 시간 되면 귀가하시오. 난 다른 일이 있어서."

그러고는 낭료를 나가 버렸다. 당황한 윤희가 용하를 보았지만 그는 무표정하게 아주 잠시 그녀를 봐 줬을 뿐이었다. 한참을 우물쭈물하고 섰던 윤희는 괜히 머쓱하여 창밖으로 고개를 쭉 빼고 두리번거렸다. 진복은 어느새 사라지고 없었다. 귀찮아해도 따라갔어야 했나? 앞으로 어떻게 처신해야 할지 암담하였다.

어제 책방 주인장과 이야기를 할 때까지만 해도 따뜻한 햇볕을 쪼이는 기분이었다. 저번에 팔라고 둔 서책의 반응이 좋아서, 필기해 둔 다른 책들까지 더 베껴서 팔기로 하였기 때문이다. 열심히만 하면 분관이 끝나고 새 관직으로 갈 때 필요한 급전은 마련이 될 거라고 생각하였다. 그런데 시작도 하기 전에 벌써 돈 들어갈 곳이 생긴 것이다. 윤희의 입에서 한숨이 저절로 나왔다.

"하아!"

"젊은 놈의 한숨이 깊으이."

윤희는 뒤돌아보았다. 용하가 밖으로 나가는 제 선진과 눈인사를 주고받으며 그녀에게 다가와 있었다.

"사형의 선진도 가신 겁니까?"

"아니. 오늘 업무 정리하러 가신 거라네. 이따가 앞에서 만나서 한잔하러 가기로 했거든."

"당연히 사형이 사시는 거겠죠?"

"내가 자네보다 나이가 많아서인지 예의는 조금 알아서 말일세."

조금 전 윤희가 진복과 나누던 말을 듣고 있었던 모양이다.

"가문과 돈이 없으면 예의도 없는 거죠, 뭐."

"하하하. 목소리가 까끌까끌하구먼. 자네는 별급別給 같은 건 받지 못하였는가?"

별급(別給) 과거 급제자에게 친인척으로부터 특별히 내려지던 토지, 노비 등의 재산 상속.

"집안 사정 때문에 친인척과 의절하고 산 지 오래되었습니다. 의절하지 않았더라도 별급을 줄 수 있는 사정들도 아니지만요."

"자네도 딱하군. 별급을 밑천으로 가지고 관직을 시작해도 패가망신하기 십상인데."

서책을 베껴 파는 것으로는 어림도 없다는 뜻이다. 윤희는 창가에 기대서서 바깥만 내다보았다.

"자네 선진의 말이 틀린 건 아니지."

"역시 지금이라도 선물을 준비해야 할까요? 어느 정도 수준이 좋을까요?"

"아니, 그것 말고 자네 수염 말일세."

용하답게 말이 또 엉뚱한 쪽으로 튀었다. 하지만 그녀는 정신이 번쩍 들었다. 그렇다. 걱정해야 하는 건 선물만이 아니라 수염도 있었다. 그동안 혼사 문제에 정신이 팔려 아무리 제정신이 아닌 상태에서 보냈다고 하더라도, 어떻게 이 부분을 까맣게 잊고 있었단 말인가.

"설마 고작 선진이 한 말 때문에 그 고운 얼굴에 수염을 기르거나 하진 않겠지?"

"네? 아, 그건 좀 생각을 해 봐야……."

"난 절대 반댈세! 자네가 수염을 기른다니, 그건 정말 끔찍해. 자네를 흠모하던 여인들도 다 떨어져 나갈 것이네."

절대 찬성을 외쳐도 나지 않는 수염을 어쩌란 말인가. 아교로 털을 붙인다면 오히려 더 이상하게 보일 것이다. 용하는 속을 알 수 없는 알쏭달쏭한 눈웃음을 짓더니, 짧게 손을 흔들며 낭료를 나섰다. 그리고 문을 나가기 직전, 다시 한 번 윤희를 돌아보고 눈웃음을 지었다.

"내가 적군 옷을 입을 수 없다면 적군들에게 아군 옷을 입게 하는 수밖에."

직접적으로 말해도 될 것을 괜히 빙글빙글 돌려 말하는 저놈의 몹쓸 습성! 윤희는 그에게 손을 흔들어 보였지만 얼굴 가득히 인상을 썼다. 적군들에게 아군 옷을 입게 하라? 대체 뭔 말인가! 다른 권지들도 선물을 하지 못하게 막으란 뜻인가? 그건 애초에 글렀다. 이미 용하는 선물을 했고, 지금은 또 접대까지 하러 가고 있지 않은가. 윤희는 이 순간까지도 알지 못했다. 승문원의 관원 중에 용하가 뿌린 선물을 받지 않은 사람이 없다는 것을.

"휴우! 역시 내가 적군 옷을 입는 방법밖엔 없구나. 그런데 무슨 선물을 하지?"

윤희는 땅을 꺼지게라도 하려는 듯 한숨을 푹푹 내쉬며 낭료를 나섰다. 차라리 교서관 분관에 있는 편이 나았을지도 모른다는 생각이 들었다. 비슷한 사람들끼리 있으면 혼자 두드러져 보이지도 않을 테니 말이다. 이대로 대충 지내다가 분관을 마치는 방법도 생각해 보았다. 점수가 나쁘면 외관직으로 빠질 확률도 높아지니까 그만큼 위험도 줄어들 것이다. 아닌가? 그래도 명색이 괴원분관인데, 아무리 성적이 나빠도 경관직 중에 한직閑職으로 떨어질 위험도 배제할 수는 없지 않은가. 윤희는 고개를 세차게 저었다. 나쁜 평가라도 받게 되면 신료들의 반대에도 불구하고 이곳으로 권점하신 상감마마께 큰 누가 되는 것도 고려하지 않으면 안 되었다. 이리저리 아무리 궁리해 보아도 무식하지만 닥치는 대로 열심히 하는 것 외엔 별다른 방법이 떠오르지 않았다.

윤희는 터덜터덜 승문원을 나왔다. 빨리 집으로 가서 서책을 베껴야 한다는 생각에 발걸음은 서서히 빨라졌다. 머릿속에서는 집에 있는 물건 중에 돈이 될 만한 거라도 있는지 열심히 뒤적거렸다. 워낙 궁핍한 살림이라 겨우 하나 걸린 것이 혼수로 장만해 놓은 이불이었다. 하지만 그건 어머니의 철통 수비 때문에 건드리는 건 불가능하였다. 그 외에는 쓰다 남은 먹 자투리와 닳을 대로 닳은 붓이 전부였다. 이런 일이 있을 줄 알았다면 듣도 보도 못한 친지들이 보내온 선물들을 받아 챙길걸 그랬다. 후회막급이다.

이때, 누군가가 성큼성큼 다가와 윤희의 옆에서 나란히 걸었다. 그녀는 옆으로 돌아보지 않고도 선준인 걸 알아차리고 마음으로만 웃었다. 그는 아무 말 없이 옆에서 걷기만 하였다. 걷기만 해도 좋았다. 그 일 이후로 두 사람은 이야기를 해 본 적이 없었다. 서로에게 할 수 있는 말도 없을뿐더러, 말을 해 보았자 결론이 없는 것들뿐이었다. 그녀는 여전히 땅만 보고 걸으며 윤희가 아닌 김윤식이 되어 물었다.

"가랑 형님, 혹여 귀형은 선진께 선물을 하셨습니까?"

"선물? 무슨 선물을 말하는 거요?"

맞다. 선준과 재신 같은 극소수의 인간은 선물하지 않아도 되는 부류임을 깜빡 잊었다. 자신들이 고개 숙이지 않아도 선진들이 먼저 그들 뒤의 문벌을 향해 고개를 숙일 테니까. 아니다, 어쩌면 두 사람이 조금 특이한 편일지도 모르겠다. 문벌 높은 인간일수록 더한 경우가 오히려 숱한 게 현실이다. 게다가 그들은 액수도 크게 놀지 않는가. 윤희는 더 이상 묻지 않았다. 만약에 선진들에게 선물하는 문제에 대해 물으면 선준은 이치에 맞지 않는다는 연설을 할 것이고, 재신은 버럭버럭 고함부터 지르면서 비리 척결을 외칠 것이 분명하였다. 윤희는 고고하게 굴어도 되는 배경이 있는 선준과 재신이 어쩐지 미워지는 것 같았다.

"부모님께 많이 감사드리세요."

심술 가득한 그녀의 말에 선준은 의아한 듯 눈만 끔뻑거렸다. 구체적인 내용은 모르지만 미움 받았다는 느낌은 확실히 들었다. 이상하게 억울하였다. 선준은 그 말이 무슨 뜻인지를 묻고 싶었지만, 씩씩하게 걷는 그녀가 겁이 나서 그럴 수가 없었다. 윤희는 그를 따돌리기라도 하려는 듯 빠르게 걷고 있었다. 오늘 할 일이 급해서였다. 하지만 선준의 걸음이 더 빠르기에 아무리 기를 쓰고 빨리 걸어도 나란히 걷는 모양이 되었다. 그의 기세를 보건대, 이러다간 뒷간까지 따라오고도 남겠다.

"그런데 어디까지 따라올 생각이십니까?"

"당신이야말로 어디를 그리 급히 가오? 그러니 자꾸 따라가게 되질 않소."

"집에 가지 제가 어딜 가겠습니까?"

"아직 늦은 시각도 아니오. 어제는 사형들의 방해로 힘들었지만, 오늘쯤은 나와 잠시라도 함께 있어 주면 좋겠소."

'전 댁들같이 팔자 좋은 신분이 아니라니까!'

윤희는 목구멍까지 올라온 말을 겨우겨우 누르면서 머릿속을 벅벅 긁었다. 선진에게 줄 선물을 사러 가야 된다고는 절대로 말할 수 없었기에 입을 다물 수밖에 없었다. 하지만 그녀의 빠른 걸음은 선준에게 자신을 밀쳐 내는 도망으로만 보여 마음의 거리를 느끼게 하였다.

"약소하지만 성심껏 준비했습니다."
윤희는 진복 앞에 먹이 든 작은 상자를 내밀었다. 값비싼 먹은 장만할 여력이 안 되어, 중간 수준의 가격대로 하였다. 뇌물 축에는 끼도 못할 정도의 선물이었다. 그는 슬쩍 상자 안을 훔쳐보더니 시큰둥하게 제 서랍 속에 챙겨 넣었다. 속에 든 것을 게워 내듯 힘들게 짜낸 돈으로 마련한 것이건만, 그의 마음에는 차지 않는 모양이다. 진복은 윤희는 상관하지 않고 제 업무를 계속하였다.
"제가 할 일이라도……."
"지금은 바쁘니까 방해되지 않게 나가서 놀든가, 마음대로 하시오."
"네? 그, 그건……."
윤희는 기운이 쭉 빠졌다. 한강에 술 한 잔 부어 놓은 것처럼 표도 나지 않는 기분이었다. 이럴 바에야 차라리 선물을 하지 않는 편이 나았을지도 모른다는 후회가 몰려왔다. 윤희는 의기소침하여 창밖을 멍하니 보았다. 마당에는 권지들이 삼삼오오 모여 잡담을 하거나, 바쁘게 뛰어다니는 관원들의 뒤를 어리뻥뻥하게 따라다니고 있었다. 그랬다. 딱히 그녀만 홀대를 받는 게 아니라 권지는 언제 어디서나 귀찮은 존재일 뿐이었다.
"점수 나쁘게 주거나 하지는 않을 테니까 신경 쓰이게 그렇게 있지 말고 나가라니까."
다시 한 번 진복이 재촉하였다. 그러고 보니 책상 위에는 많은 문서 더미가 헝클어져 있었고, 그는 그것을 일지에 베껴 쓰느라 정신이 없었다. 정말 바쁜 듯하였다.

"얼마 안 있으면 표문表文 감진이 있어 괴원 전체가 이런 상태요. 나야 서계書契나 정리하는 신세지만."

진복이 투덜거리며 말하기가 무섭게 서리가 달려와 소리쳤다.

"권 저작께서는 본관으로 어서 오시랍니다."

"또 서계가 들어온 모양이로군. 아무리 감진 일이 중요해도 그렇지, 가뜩이나 일도 많은데 나한테 계속 몰아주면 어떻게 하라는 거요? 일만 많고 알아주지도 않는 이따위 일만, 젠장!"

서리는 민망하게 서 있다가 진복의 불평불만이 어제오늘 일이 아니라는 듯 대답하지 않고 그냥 가 버렸다. 덕분에 윤희만 그의 짜증스런 투덜거림을 한참 동안 들어야 했다. 그의 투덜거림은 윤희가 분관에서 아무리 열심히 해도 결국 표도 나지 않는 업무 외에 다른 일은 없다는 뜻이었다. 그렇다면 굳이 몸을 사릴 필요가 없었다.

"저기, 그렇게 바쁘시면 작은 일이라도 좋으니 제가 도울 수 있는 건 시켜 주십시오."

진복은 잠시 생각하다가 문서 몇 장을 차례로 겹쳐 윤희에게 건넸다. 그리고 일지도 마저 주면서 말하였다.

"그럼 글 베껴 쓰는 건 어렵지 않으니까 한번 해 보시오. 이 문서를 순서대로 여기 일지에 옮겨 쓰기만 하면 되오. 내가 본관에 다녀올 동안만 해 보시오."

"네, 다녀오십시오."

표문(表文) 우리나라 국왕이 중국 황제에게 올리던 글.
서계(書契) 우리 정부와 일본 사이에 왕래하던 외교 문서.

진복은 일을 맡겨 놓고도 안심이 안 되는 듯 불안해하며 밖으로 나갔다. 윤희는 재빨리 소맷자락을 토시로 묶은 뒤 붓을 잡았다. 오래전부터 글 베껴 쓰는 걸로는 이력이 난 그녀였다. 하지만 지금의 필사는 이전의 것과는 확연히 다른 성격의 일이다. 드디어 나랏일을 하게 되는 순간이었다. 비록 그 가치가 형편없는 것이기는 해도 말이다.

가슴속에서부터 퍼져 나온 기쁨이 온몸을 흔들며 머리카락 끝에서부터 손끝 발끝까지 휘저었다. 붓끝도 그 영향으로 가늘게 떨렸다. 윤희는 떨리는 붓끝을 발견하고 잠시 붓을 벼루에 내려놓았다. 그리고 큰 숨을 가슴에 채워 넣으며 다시 붓을 들었다. 일지 위로 내려앉은 붓은 잠시 떨렸던 것은 잊어버리고, 미끄러지듯 움직이기 시작하였다. 그렇게 몇 장 되지 않는 문서는 한 장씩 순식간에 일지로 옮겨졌다.

담당 관원과 함께 본관으로 가던 선준은 창 안에 있는 윤희를 발견하였다. 눈인사라도 건네 볼 생각으로 창 가까이 다가갔지만, 발걸음만 멈추고 말은 하지 못하였다. 윤희는 춤추는 무희가 긴 소맷자락을 펄럭이듯 긴 문서를 펼치고 있었다. 그리고 눈으로는 내용을 읽어 내리면서도 붓을 잡은 손은 학이 날갯짓을 하듯 우아하게 움직였다. 간간이 벼루의 먹물을 붓으로 훔치는 동작은 연못에 발을 담그는 학의 춤사위에 비할 바가 아니었다.

일에 몰두하고 있는 윤희는 행복해 보였다. 그래서 다른 어느 때보다 아름다워 보였다. 선준은 그녀의 행복 근처로 접근할 수가 없었다. 가까이 다가가면 그 행복은 달아나 버릴지도 모른다는 생각이 들었다. 그는 무엇이 그녀를 행복하게 만들었는지는 알 수 있었지만, 어째서 행복할 수 있는지는 이해할 수 없었다.

"이 권지, 가다 말고 뭐 하시오?"

선준은 자신을 부르는 선진에게 들은 체를 하고 다시 윤희를 보았다. 그 어떤 소리도 그녀 곁을 침범하지 못하였다. 그래서 결국 말 한 번 걸어 보지 못하고 선진과 함께 본관으로 향하였다.

윤희는 맡은 일을 다 끝내고 붓을 놓았다. 혹시 잘못 옮긴 건 없는지 확인까지 마쳤다. 그래도 진복은 돌아오지 않았다. 윤희는 천천히 끝낼 걸 그랬다는 후회가 들었다. 할 일이 없어지자 또다시 멍하니 있어야 했기 때문이다.

창밖을 보았다. 권지들은 여전히 방치되어 있었다. 그들 중에서 선준과 재신, 용하는 보이지 않았다. 선준은 어디서 무엇을 하고 있는 걸까? 한 번쯤 얼굴을 비쳐 주면 좋으련만, 아무리 두리번거려도 그의 모습은 찾을 수가 없었다. 윤희는 씁쓸하게 웃었다. 얼굴을 비쳐 주면 또 무슨 소용이 있겠는가. 어차피 웃어 주지도 못하고, 뒷걸음질만 치면서 말이다.

"그새를 못 참고 게으름 피우고 있소?"

윤희는 갑자기 들려온 진복의 목소리에 깜짝 놀라 뒤돌아보았다. 그가 탐탁지 않은 표정으로 쳐다보고 있었다.

"아닙니다. 시키신 일이 다 끝나서……."

"뭐? 그걸 다 끝냈다고?"

그는 도리어 화를 내면서 윤희가 써 놓은 일지를 집어 들었다.

"일지는 날려서 글을 쓰면 안……."

진복은 내어 지르던 말을 도중에 삼켰다. 그리고 숨도 함께 삼켰다. 눈이 부실 만큼 아름다운 서체가 지저분한 일지 위에 펼쳐져 있었다. 진복은 자신의 눈을 의심하였다. 이 어린놈이 이런 서체를 쓰는 것도 거짓말 같은데, 자신이 자리를 비운 그 짧은 시간에 이걸 다 썼다는 건 더욱 거짓말 같았다. 더군다나 일지 형식을 가르쳐 준 적 없는데도 전혀 어긋난 부분이 없었다.

"잘못된 거라도 있습니까?"

"아, 아니……, 뭐, 나쁘지는 않군. 일지 쓰는 법은 어떻게 알았소?"

"마침 오늘 오전 강의에서 배웠습니다."

진복은 겉으로는 고개를 끄덕였지만 속으로는 여전히 의아하기만 했다. 처음 일지 기록을 할 때 수많은 실수를 거듭하고서야 제대로 할 수 있었던 자신의 경험에 비추어 보면 그럴 수밖에 없었다. 그는 책상 위에 있던 문서 몇 장을 더 챙겨서 윤희한테 넘겼다.

"하는 법을 알았으니 이것도 계속하시오."

"네."

윤희가 문서를 정리해서 막 자리에 앉으려는데, 진복이 자신의 자리에 앉으면서 다시 말하였다.

"아! 그 전에 이리 와서 내가 하는 것도 보는 것이 좋겠소."

윤희가 그의 옆에 가서 서자, 그는 새로 가져온 서계를 펼치며 이전과는 다른 상냥한 말투로 말하였다.

"오늘 새로 들어온 서계요. 이에 대한 회답 서계는 다른 관원이 짓기로 하였지만, 내 일은 이번의 것과 유사한 내용이 이전에도 들어온 적이 있는지, 또 어떤 답을 보냈는지를 정리해 둔 일지에서 찾아내야 하오. 표문이나 서계를 짓는 관원이라면 모를까, 애석하게도 나에게서는 배울 것이 그다지 없소."

윤희는 큰일이 아니라 소소한 일이기에 열심히 해도 눈에 띌 위험이 적다는 사실이 더 마음에 들었다. 진복이 문서를 읽는 어깨너머로 윤희도 따라서 읽었다. 그걸 느낀 진복이 웃으며 물었다.

"누가 보낸 건지는 알겠소?"

"대마도주對馬島主가 예조에 보낸 문서입니다."

"무슨 내용인 것 같소?"

"동래에 드나드는 왜인의 수에 대한 규제를 완화해 달라는 것입니다."

진복은 잠시 윤희를 쳐다보다가 다시 문서로 눈을 돌렸다.

"이제 갓 스물이라고 하였소?"

"네, 그렇습니다."

"소문 무성하던 최연소 급제자가 귀관이었구려. 외국과 오가는 문서라는 것은 의례에 치중하다 보니 불필요한 글자들이 많소. 이 긴 글에서 그런 짧은 요약을 해내는 것은 좋은 능력이오. 김 권지의 급제는 가히 운이 좋았던 것만은 아니었소."

그의 분위기는 확연히 부드러워져 있었다.

"내일 아침까지 예조에 올릴 정문呈文을 써야 하오."

"그럼 일지를 기록하는 것보다 정문이 더 급하겠군요. 이 일부터 도와드릴까요?"

일에 대한 호기심과 열의로 반짝이는 윤희를 보며 진복은 기분 좋게 웃었다.

"하하하. 우리의 일은 먼지와 사투를 벌이는 것이오. 권지는 그저 놀기만 해도 되는 자리인데, 괜찮겠소? 오전에 이문을 습독하는 것만으로도 버거울 텐데."

"하겠습니다."

진복은 자리에서 일어나 문서들을 분류해서 책상 위에 놓고 말하였다.

"함께 가오. 이번의 경우는 워낙 비일비재해서 쉽게 찾을 수 있을 거요. 가장 최근으로부터 적어도 두 가지 이상의 전례를 찾으면 된다오. 음, 그리고……."

그는 바깥으로 나가면서 말하였다.

"……또 한 가지 찾아야 될 것이 있소. 무엇인지 알겠소?"

윤희는 그의 말을 유심히 들으면서 따라갔지만 답은 알 수 없었다. 곰곰이 내용을 떠올리던 그녀에게 진복이 물었다.

"맨 마지막에 있던 대목을 기억하시오?"

"변변찮은 예물을 보내서 송구하다고 되어 있었습니다. 아! 혹시 어떤 물종이 오갔는지도 찾아야 합니까?"

"맞소. 그건 아주 중요하오. 조공을 받았으면 반드시 답례를 해야 하고, 그 범위가 전례에 크게 어긋나면 안 되니까."

윤희는 일과 관련된 대화를 나누며 진복을 따라 일지 창고인지, 먼지 창고인지 분간이 되지 않는 곳으로 들어갔다. 그곳에서 이번 서계와 관련된 내용을 찾으며 다른 교린 문서들도 본의 아니게 눈 도둑질을 하게 되었다. 모든 것이 신기하고 재미있었다. 그리고 다 찾은 전례는 진복이 내용을 간추려 정리하고, 윤희는 그것을 종이에 깨끗하게 옮겨 정문을 완성하였다.

해가 어둠을 부르기 직전의 늦은 시각까지 윤희는 혼자서 남아 있는 문서를 일지로 옮기고 있었다. 일에 집중하고 있었기에 선준이 낭료로 들어오는 것도 느끼지 못하였다. 그는 작은 기척을 하면서 그녀의 맞은편 걸상에 앉았다.

"다른 권지들은 이미 다들 갔소. 뭘 그리 열심히 하오?"

윤희는 그를 힐끔 보다 말고 창밖으로 고개를 돌렸다. 붉어진 하늘에서 시간이 훌쩍 지났음을 확인하였다.

"이렇게 시간이 지났는지 몰랐습니다. 가야겠습니다."

"당신 선진은?"

그녀는 여전히 그에게 눈동자를 보내지 않은 채 문서와 일지를 정리하였다.

"다른 일 때문에 자리를 비웠습니다. 저에게는 가도 좋다고 그랬는데, 이걸 끝내면 내일이 더 편할 것 같아서……."

윤희는 잠자코 자신을 보고 있는 그를 느꼈다.

"그렇게 보지 마십시오. 귀형을 남색이라 의심하는 이들이 늘어날까 두렵습니다."

"단둘이 있을 때조차 가까이 가지 못하는 걸로도 모자라, 아예 바라보지도 말라는 말이오?"

"제 약한 마음이 다른 이들의 시선보다 더 두려워서요."

"난 그대가 진정 두려워하는 것이 무엇인지 궁금하오."

선준의 고개가 창밖으로 향하였다. 그러자 비로소 윤희는 그를 보았다. 그는 조금 전에 그녀가 보았던 하늘을 보면서 말하였다.

"오늘 부질없는 의심을 해 보았소. 우리의 혼사가 이리 되었을 때, 당신은 내심 기뻐했을지도 모른다는……."

"그럴 리가 없지 않습니까!"

선준의 고개가 자신을 똑바로 쳐다보고 있는 윤희에게로 돌아왔다.

"곰곰이 한 번 생각해 보시오. 그대는 가족에 대한 책임이나 나에 대한 사랑보다는 벼슬자리에 더 욕심이 있는 사람이오."

"곰곰이 생각하지 않아도 얼토당토않은 말씀입니다. 이 땅은 남편이 무엇을 하고 무엇을 이루는가에 따라 여인의 신분이 맞춰지는 곳입니다. 그런데 가랑 형님과 혼인하면 저절로 받게 되는 품계가 지금의 품계보다 높은데, 벼슬자리에 더 욕심이 있다니요?"

발끈하여 소리치긴 했지만, 마음 깊은 곳에서부터 그의 말을 완전히 부정하지 못하는 자신을 발견하고 깜짝 놀랐다. 그에 대한 사랑보다 벼슬자리에 더 욕심이 있다는 건 부정할 수 있었지만, 벼슬자리에 욕심이 있다는 부분은 이상하게 부정이 되지 않았다. 잠자코 그녀를 보고 있던 선준이 차분한 어조로 말하였다.

"그러게 말이오. 그대의 말대로라면 내 의심이 분명 어리석은 것인데……."

"기뻐하지도 않았습니다!"

이번은 마음 깊은 곳에서부터 자신 있게 말할 수 있었다. 하지만 선준은 대답해 주지 않았다. 숨죽인 그녀를 고문이라도 하듯 아무 말 없이 오래도록 침묵하기만 하였다. 윤희가 참지 못하고 먼저 외쳤다.

"가랑 형님!"

"의심이지 원망의 뜻은 아니오. 책망은 더더욱 아니고."

선준은 자리에서 일어나 윤희의 옆으로 다가갔다. 그리고 책상 위에 있는 그녀의 손 위에 제 손을 포개면서 말하였다.

"그러니까 그 말이 진심이라면 단둘이 있을 때만큼은 나를 밀어내지 마시오. 그것조차 거부한다면 내 인내는 그리 길지 않음을 경고해 두는 것이오."

윤희는 손을 빼지 않았다. 그저 사이좋게 포개진 손을 하염없이 바라보기만 하였다. 다른 날의 다정함과는 달리 그의 손바닥은 쓸쓸한 분노를 전하고 있었다. 그 분노는 윤희가 아닌, 자신을 향한 것이었다.

더욱 붉어져 가는 하늘이 이러한 시간조차 두 사람에게서 거둬 갔다. 그러자 윤희의 손이 그의 손 아래에서 빠져나갔다.

"가야겠습니다."

"내 인내는 길지 않다고 분명 경고하였소."

"단둘이 있는 것을 거부하는 게 아닙니다. 저도 함께 있고 싶지만, 귀형과는 달리 집이 멀어서요. 어서 가지 않으면 인경에 걸리고 맙니다."

"아, 그런 문제가 있었군. 권지 때야 일찍 마치지만, 정식으로 석갈하게 되면 이보다 늦게 마치는 경우가 비일비재한데……."

윤희가 정리하는 동안 선준은 골똘히 생각에 빠졌다. 그렇게 한참을 고민하던 그는 갑자기 환하게 웃으며 말하였다.

"알았소. 앞으로 시간이 없다는 핑계는 쓸모없게 만들어 주겠소."

윤희는 의아해하며 그를 보았다. 선준은 오랜만에 들뜬 표정으로 웃고 있었다.

3

이른 아침부터 황 판교는 분주하게 움직였다. 예조에 들어가는 날은 언제나 그렇지만 오늘따라 갖고 들어가야 할 서류 종류가 많아 그만큼 점검할 것도 많았다. 그는 눈으로는 바삐 문서를 읽으면서 앞에 있는 참교參校와 교감校勘에게 물었다.

"대마도주에게서 들어온 서계와 관련된 정문은 누가 맡았소?"

"다들 업무가 많아서 권 저작한테로 넘어간 것으로 알고 있습니다."

"뭐요? 그러면 빨리 사람을 보내서 재촉을 해야지, 그 사람 손에서 언제 나올 줄 알아서······."

"그 정문은 어제 들어와 있습니다."

서리가 대답하면서 서류를 찾아 황 판교 앞에 내밀었다. 모두 놀라서 서리를 보았다. 황 판교도 의외라는 표정으로 서류를 펼치며 말하였다.

"오래 살고 볼 일이로군. 권 저작이 일을 미리 끝내는 경우도 다 있다니, 하하하. 그 사람한테 일이 가면 막판에 바쁜 걸음 하기가 예사인데. 응? 가만, 필체가……."

그는 서류를 뚫어지게 보다가 불쾌한 듯 인상을 찌푸리며 언성을 높였다.

"권 저작 이 사람, 영 못 쓰겠구먼! 고작 다섯 줄짜리 정문을 쓰는데 사자관寫字官을 부려 먹다니!"

"그럴 리가요. 요즘 사자관들은 표문 감진이 코앞이라 다들 정신이 없을 텐데……."

교감이 고개를 갸우뚱하며 대답하자, 황 판교는 다시 문서를 유심히 살폈다. 그의 인상은 더욱 찌푸려졌지만 불쾌한 표정은 점점 사라졌다.

"권 저작 필체일 리는 없고……. 우리 승문원 사자관 중에 이런 솜씨를 가진 자가 있었단 말인가?"

"판교 영감, 지금 그거 한 장 들여다보면서 지체할 시간이 없습니다. 어서 이것도 마저 점검하셔야지요."

황 판교는 읽던 것을 서류 더미에 던지며 황급히 일어섰다.

"아이고, 내 정신 좀 보게. 나머지는 가면서 검토하는 게 좋겠소. 이러다가는 예판께 또 한소리 듣겠소이다."

그가 부산하게 앞서 나가자, 서리가 서류들을 챙겨 들고 뒤를 따랐다. 그리고 참교와 교리도 손에 서류를 든 채로 얼떨결에 따라 나섰다. 마치 숟가락을 들고 입에 밥을 퍼 넣으며 뛰어가는 모습과 흡사하였다. 그런데 이런 꼴도 오래가지 않았다. 문밖에서 기다리고 있던 권지가 허리를 숙여 인사를 하였기 때문이다.

사자관(寫字官) 글자를 깔끔하게 베끼어 쓰는 일을 맡아 보는 관직.

"자네는 뭔가?"

걸음을 멈춘 황 판교의 물음에 옆의 관원이 인사를 올렸다.

"오늘 견습하기로 되어 있는 이선준 권지입니다."

황 판교는 시력도 나쁜데다가 짜리몽땅하기까지 하였다. 그래서 선준의 키가 고개가 아플 만큼 아득하게만 보여 자세히 눈을 두지 않고 말하였다.

"아아! 그 유명한 가랑 도령이로구먼. 맞아, 분관 중이었지. 허 참, 우리가 좋은 본을 보여야 하는데……."

그러면서 은근슬쩍 참교와 교리의 눈치를 보았다. 그들은 어느 틈엔가 서류를 감추고 언제 부산하였나 싶게 점잔을 빼고 있었다. 새로 조정을 배우는 젊은 눈 앞에서 자유로운 행동을 하기란 여간 뻔뻔하지 않고서야 힘들었다. 이렇게 되면 가는 길에 서류를 검토하거나 의논하기는 글렀다. 선준을 제외한 나머지 사람들은 역시 권지라는 것은 귀찮은 존재라는 생각을 동시에 하면서 천천히 예조로 발걸음을 옮겼다. 하지만 여유로운 척하는 겉과는 다르게 속으로는 달음박질을 치고 있었다.

선준은 알 수 없는 어색한 분위기에 어리둥절하면서 뒤를 따랐다.

황 판교는 아랫사람들을 뿌리치고 홀로 어슬렁거리며 승문원 여기저기를 돌아보았다. 마치 관원들을 격려하는 양 꾸미고 있었지만 진복을 찾는 것이었다. 더 엄밀히 말하면 진복의 주위에 있는 어떤 사람을 찾는 것이기도 하였다. 그는 이름 좀 있다 하는 서예가의 작품을 수집하는 취미가 있었는데, 이를 찾아내는 안목도 높았다. 그런데 며칠 전에 보았던 그 서체를 머리에서 좀처럼 떨쳐 낼 수가 없었다. 그 어떤 문서를 보아도 그 서체와 비교되어 보였다.

그의 어슬렁거림은 어느 한 낭료 앞에서 멈춰졌다. 나쁜 시력을 쥐어 짜내며 창문 안을 확인하니, 관직에 나오기에는 어림없을 정도로 앳된 관원이 눈에 들어왔다. 처음에는 의아해서 쳐다보다가, 다음에는 옆에 진복과 함께 있어서 한 번 더 유심히 쳐다보았다. 황 판교는 이번 과거의 최연소 급제자임을 알아차렸다. 그도 나이 어린 급제자를 둘러싼 이런저런 소문은 들었던 적이 있었다. 그중에서 그가 당장 떠올린 건 시권의 서체를 보고 상감마마가 극찬을 아끼지 않았다는 부분이었다. 그는 갑자기 급한 마음이 들어 그들이 일하고 있는 낭료 안으로 들어갔다.

갑작스런 판교의 등장으로 인해 진복은 화들짝 놀라서 허리를 굽혔다. 그 옆에서 윤희도 붓을 든 채로 허리를 숙였다. 물론 어떤 사람인지는 알지 못하였다.

"파, 판교 영감께서 가, 갑자기 여긴 어떻게……."

당황하여 말을 더듬는 진복을 본 황 판교는 웃으며 진정시켰다.

"놀라지 말게. 승문원 시찰 중에 잠시 들렀네."

말을 하면서도 그의 눈은 줄곧 윤희에게 가 있었다. 진복은 서리도 없이 홀로 시찰 중이라는 것이 이상하였지만, 감히 토를 달지는 못하였다.

"이쪽은 권지인가?"

"네, 처음 뵙겠습니다. 김윤식입니다."

그는 윤희 얼굴을 인상까지 써 가며 자세히 보려고 애쓰다가 포기하고, 방금 전까지 윤희가 적고 있던 일지를 들어 올렸다. 진복이 더욱 당황하여 말하였다.

"저기, 소인이 제 일을 미룬 게 아니라, 김 권지가 일을 경험해 보고 싶다고 해서 어쩔 수 없이……."

황 판교는 진복의 변명은 제대로 듣지 않고, 입가에 반가운 미소를 띠었다. 일지에 있는 건 며칠 전에 봤던 그 필체였다.

"오늘은 내가 시간이 안 되고……, 귀관은 내일 시간 괜찮은가?"

"네? 무슨 시간을 말씀하시는지……."

"잠시 나에게 내어 줄 시간이 있는지 물었네."

질문이 너무 뜬금없는지라 윤희가 선뜻 대답을 못 하자 진복이 거들어 주었다.

"김 권지는 내일 오전에는 강의가 있어서 아니 되지만, 정오 이후부터는 저를 견습하기 때문에 괜찮을 듯합니다."

"그럼 김 권지는 내일 오전 강의를 마치는 대로 나에게 오게."

여전히 어리둥절한 채로 가만히 있는 윤희에게 진복이 어서 대답하라는 눈짓을 하였다. 그래서 얼떨결에 머리 숙이며 말하였다.

"아, 네! 알겠습니다."

황 판교는 싱긋이 웃어 보인 뒤 바깥으로 유유히 걸어 나갔다. 그의 모습이 사라지자마자 윤희의 물음은 곧장 진복을 향하였다.

"무슨 일일까요? 제가 주제넘게 일지를 써서……."

"휴! 나도 어찌 된 영문인지 모르겠소. 귀관이 도와줘서 급한 불은 꺼 가고 있었는데……."

그러면서 내심 자신에게 나쁜 불똥이 튀지 않아서 다행이란 생각을 우선으로 하였다.

 황 판교와의 뜻하지 않은 만남은 윤희에게 몇 가지 고민거리를 안겨 주었다. 그가 부른 이유도 고민이었지만, 더 급한 것은 그에게 갈 때 빈손으로 가야 하느냐 선물을 가져가야 하느냐와, 가져간다면 어떤 것을 준비해야 하느냐에 대한 부분이었다. 이러한 고민 뒤에는 또 반드시 따라오는 것이 있었다. 그건 바로 선물을 마련할 돈 구멍이 없다는 것이다.

 하루 일과를 마친 윤희는 승문원 앞에 서서 용하를 기다렸다. 이런 종류의 고민을 상의하기에는 용하만큼 적격인 사람이 없었기 때문이다. 다행히 선준과 재신에게 걸리기 전에 그가 먼저 나타나 주었다.

 "아니, 우리 대물 도령이 나를 다 기다려 주다니, 이런 황송한 일이 있나."

 윤희는 용하의 농담에 쭈뼛거리며 가까이 다가갔다.

 "응? 정말 나를 기다린 거였나?"

 "저기, 여림 사형. 그러니까……."

 "용건이 뭐기에 그리 뜸을 들이는가? 가랑은 아까 마치자마자 무슨 용무가 그리 급한지 휑하니 가 버렸고, 걸오는 어느 샌가 바람처럼 사라졌는데."

 벌써 갔다고? 함께 있겠다고 떼를 부리던 사람이 무슨 일이지? 선준의 행방은 그녀의 귀를 솔깃하게 하였지만, 일과를 마치고 이렇게 용하를 기다리고 선 이유는 다른 용건이었다.

 "그게 아니라 여림 사형께 의논, 아니, 부탁이 있어서……."

 "오호, 이런 영광이 있나. 우선 여기는 좀 그러니, 슬슬 가면서 들음세."

먼저 걷기 시작하는 용하의 옆으로 윤희도 천천히 걸으면서 마른입만 다셨다. 이게 생각보다 쉽게 나와지지 않았다. 말도 못 하고 애꿎은 제 입술만 씹어 대는 그녀에게 용하가 먼저 운을 떼 주었다.

"혹여 돈 문제인가?"

"네? 아니, 그게 아니라……. 네, 맞습니다."

기어들어 가는 소리로 겨우 대답한 그녀에게 용하가 마음 편하게 만드는 미소로 말하였다.

"예전에도 말했지만, 난 자네만 원한다면 얼마든지 돈을 줄 수 있네."

"조금만 빌려 주십시오. 조만간 갚을 수 있을 겁니다."

"받을 돈이라면 주지 않지. 난 고리대금업자가 아닐세. 그런데 갑자기 왜 돈이 필요한 것인가? 집안에 일이라도?"

윤희는 고개를 숙이고 기운 빠진 다리로 터덜터덜 걸으며 대답하였다.

"집안에 필요한 돈은 아니고요."

"대물, 아직 시작도 하지 않은 관직인데 벌써부터 빚을 등에 업고 가다가는 몇 발짝 못 가서 주저앉고 마네. 아직은 힘 빼지 말게나."

용하의 진심 어린 걱정이 그녀에게도 전해졌다. 하지만 걱정이 덜어지기보다는 더하여졌다.

"무슨 일로 돈이 필요한 건지 내가 좀 들어 보면 아니 되겠는가?"

한참을 망설이던 윤희는 결국 오늘 황 판교와 있었던 자초지종을 털어놓았다. 이야기를 끝마칠 즈음, 열심히 듣던 용하가 걸음을 멈추었다.

"황 판교가 분명 자네가 쓴 일지를 보았다고?"

윤희도 함께 걸음을 멈추고 고개를 끄덕였다.

"아무래도 내 생각에는 말일세, 이번은 빈손으로 뵙는 게 나을 듯허이. 내가 아는 바로는 판교 영감이 남인이라고 하였거든."

"그런가요? 하지만 그럴수록 빈손은……."

"물론 그 양반이 뇌물을 싫어하는 위인은 아니지만, 나를 믿고 그냥 가 보게나. 뇌물을 안 쓰면 불이익을 당할 것 같은 눈치면 이후에 보내도 늦지 않으니까. 원래 그런 분은 자택으로 살짝 보내는 게 더 낫다네."

아마도 그는 이런 방법으로 황 판교에게 고가의 선물을 이미 하였을지도 모른다고 윤희는 생각하였다. 그리고 이런 부분의 문제는 선준이나 재신보다는 용하의 가르침이 정답에 가까우리라는 생각도 하였다.

"그럼 여림 사형의 말씀대로 해 보겠습니다. 고맙습니다. 아차! 그리고……."

윤희가 뒷말을 하기도 전에 용하가 대신 말해 주었다.

"알았네. 가랑에게는 아무 말 하지 않음세. 대신 황 판교를 만나 보고 뇌물이 필요하겠거든 그때는 꼭 나에게 달라고 하게. 혼자 속 끓이지 말고."

윤희는 환한 웃음으로 대답을 대신하고는 급하게 제 갈 길을 갔다.

그녀가 가고 난 뒤, 내내 웃는 얼굴이었던 용하의 표정이 싸늘하게 바뀌었다. 그는 자신의 표정을 감추기라도 하듯 접선을 펼쳐 얼굴을 가렸다. 접선과 입술 사이의 아주 좁은 틈으로 그의 목소리가 맴돌았다.

"자칫하다간 우리 대물의 출세 길이 엉뚱한 쪽으로 열리겠어. 이렇게 되면 재미없는데……."

"거기 앉게."
윤희는 머뭇거리다가 황 판교가 가리킨 걸상에 앉았다.
"무슨 일로 소생을 부르셨는지요?"
그녀보다 키가 작고 옆으로 벌어진 황 판교는 대답 없이 싱긋이 웃으며 책상 서랍을 뒤적였다. 그리고 작은 상자를 꺼내면서 물었다.
"며칠 전, 예조로 들어가는 정문의 글을 쓴 이가 귀관인가?"
"네, 그렇습니다. 혹여 그것이 문제가 되었습니까?"
"그 솜씨가 문제가 될 턱이 있나. 그래서 부른 게 아니라 귀관의 재주를 조금 빌리고 싶어서라네."
윤희는 동그랗게 뜬 눈으로 그를 보았다. 징조가 나쁘지 않았다.
"마침 내 명자名刺가 다 되어서 그러는데, 귀관이 써 주었음 하네만."
"네? 아니, 소생이 감히 어떻게 그걸!"
당황한 나머지 자신도 모르게 목소리를 높인 그녀에게 황 판교가 서운하다는 듯이 말하였다.
"바빠서 아니 된다면 어쩔 수 없네만……."
"바쁜 것이 아니라, 소생의 필체는 아직 보잘것없는지라……."
"내가 좋다지 않는가. 정히 그렇다면 한 장만 써 보게."
윤희는 그가 밀어 건네는 작은 상자를 자기 쪽으로 당겨 받았다. 그 안에는 손바닥 두 개를 합쳐 놓은 크기의 깨끗한 종이가 가지런히 쌓여 있었다. 제법 많은 양이었다. 윤희는 먹으로 잘 갈아 놓은 벼루가

명자(名刺) 오늘날의 명함.

이미 준비돼 있는 것을 보았다. 그 옆으로 붓도 정돈된 채로 그녀의 손을 기다리고 있었다. 이렇게 되면 안 써 줄 수가 없다. 그녀의 의사 따위는 이 상황에선 불필요한 것이기 때문이다. 윤희가 여기 오기까지 줄곧 하였던 고민이 무색하게도, 더없이 좋은 뇌물을 하는 꼴이 되고 말았다.

"어떻게 쓰면 됩니까?"

황 판교는 기존에 사용하던 명자를 꺼내어 보여 주었다. 품계와 관청명, 벼슬명 등은 해서로, 성명은 초서로 되어 있었다. 하는 수 없이 종이 한 장을 앞에 놓고 붓을 잡는 그녀에게 황 판교가 대뜸 물었다.

"듣자 하니 남인이라고?"

갑작스런 질문이었지만 예상하고 있던 것이기도 하였다. 윤희는 붓을 잡은 손을 잠시 쉬면서 대답하였다.

"네, 그에 가깝습니다."

그리고 다시 붓을 잡아 먹물의 농도를 살폈다.

"가깝다라……. 하긴 같은 남인이라도 우리 때와 요즘 젊은이들은 생각이 많이 다르지. 음, 혼인은 하였을 테고……."

"집안 사정으로 인해 아직 하지 못하였습니다."

"정말인가? 그래도 급제까지 하였는데 혼사가 오가는 집안은 있겠지."

"송구하지만 없습니다."

"그래? 흠, 아직 미쳐하였단 말이지……."

윤희는 그의 얼굴에 반가운 표정이 완연한 것을 미처 보지 못하고, 작은 종이쪽의 면적과 글자 사이의 간격을 눈으로 어림잡아 머릿속에 그려 본 뒤 글씨로 옮겼다. 반듯한 해서와 멋들어지는 초서가 빈 종이 위에 어우러졌다. 황 판교는 자신이 예상한 것보다 훨씬 만족하여 말하였다.

"이 이상 무엇을 바란단 말인가. 나머지도 다 써 주면 반드시 후사하겠네."

"어찌 이런 일에 후사를 바라겠습니까? 소생의 미천한 재주를 귀히 대해 주시는 것만으로도 감사드립니다."

윤희는 스스로가 아부에 일가견이 있다고 생각되었다. 마음에도 없는 말이 어쩜 이리도 술술 나와 준단 말인가. 선물과 뇌물, 아첨과 겸양의 경계를 찾기가 어려웠다. 그녀는 가볍게 목례를 한 뒤, 본격적으로 명자를 써 나가기 시작하였다. 다른 서류를 뒤적이며 스쳐 지나가던 황 판교의 눈을 그녀의 붓놀림이 낚아챘다. 자세히 보고자 하는 그의 노력이 눈 주위에 수많은 주름을 만들어 내었다. 어린 권지의 손은 빨랐다. 마치 활자로 찍어 내는 글자인 양 흐트러짐이 없는데도 그 빠르기는 눈으로 보면서도 믿어지지 않을 정도였다. 황 판교의 눈은 더이상 서류를 보지 않았고, 손은 서류를 넘기지 않았다. 자신이 발견해낸 어린 남인 인재를 욕심내느라 한동안 아무것도 할 수가 없었다.

다음 날 아침, 먼저 와서 강의를 기다리는 선준의 옆에 용하가 슬그머니 다가가 앉았다. 선준이 가볍게 눈인사를 하려고 그를 보았지만, 이에 앞서 용하의 팔이 먼저 선준의 어깨에 얹어졌다.

"여림 사형, 밤새 무고하셨습니까?"

용하는 답인사 한마디 없이 눈에 장난기 가득한 미소만 담고 있었다. 잘못한 것 하나 없는데도, 그의 이런 눈 모양은 지레 뜨끔함을 느끼게 하였다.

"하실 말씀이라도?"

"내가 말일세, 어젯밤 아주 재미있는 이야기를 들었네만……."

"사형께 재미없는 이야기도 있습니까?"

"물론 어제 들은 이야기 중에서 아주 재미없는 이야기도 있었다네. 우선 그건 놔두고, 재미있는 쪽은 자네 이야기라서 말일세."

선준은 그가 하려는 말을 짐작도 하지 못하였다. 그래서 그를 뚫어지게 쳐다보았다. 용하는 싱글싱글 웃으며 마치 비밀 접선이라도 하듯 주위를 슬쩍 두리번거리다가 속삭였다.

"가랑, 자네가 요즘 무언가를 구하러 다닌다던데?"

선준은 깜짝 놀랐지만, 태연을 가장하고 느슨한 미소로 되물었다.

"애매한 물음이십니다. 알고 묻는 것입니까, 아니면 떠보는 것입니까?"

"내가 알고 묻는 것 같은가, 아니면 떠보는 것 같은가?"

선준은 다시 그를 뚫어지게 쳐다보았다 이번에는 그의 속을 향한 시선이었다. 용하는 알고 묻고 있었다.

"도대체 그걸 어떻게 아신 겁니까?"

"자네같이 유명한 인사가 그 동네를 뒤지고 다녔다는데 어찌 모를 수 있겠는가?"

"그게 벌써 소문났을 리는 없지 않습니까?"

"나에 대한 감탄은 잠시 접어 두고, 우선 자네가 구하려고 하는 그 '물건'에 대해서 대화해 봄세."

"아직은 못 구하였습니다."

"지금 시기상, 당연히 못 구했겠지. 그리고 앞으로도 어려울걸세. 자네 아비의 위세를 빌려 강제로 빼앗는다면 가능할지도 모르지만."

그의 말은 조금도 틀리지 않았다. 선준은 깊은 한숨을 내쉬며 이마를 짚었다. 그러다가 퍼뜩 지나가는 생각을 잡았다.

"제게 이렇게 말씀하시는 건, 여림 사형은 그 '물건'을 구할 수 있다는 뜻입니까?"

"구할 수 있는 게 아니라, 이미 가지고 있다면 어찌할 텐가?"

선준의 고개가 그를 향해 서서히 돌아갔다. 그러는 동안 입가에는 미소가 생겨났다. 말없이도 그의 입술은 그 물건을 줄 수 있느냐는 질문을 전하였다.

"문제는 나도 그 물건이 반드시 필요하다는 것일세."

"어쩐지 제 것이 될 확률도 있어 보입니다. 줄 생각이 아예 없으셨다면 애초부터 저에게 이런 식으로 말을 꺼내는 일은 없었을 테니까요."

용하는 긍정하듯 실처럼 가는 눈웃음을 지었다. 그러자 선준은 제 어깨를 두르고 있던 그의 팔을 조심스럽게 걷어 냈다.

"이 이후의 싸움은 물건부터 확인한 뒤에 하겠습니다."

자신 있게 말을 끝맺으려는 그에게 용하가 더욱 가늘어진 눈웃음으로 말하였다.

"엇! 우리 대물, 가엾게도 발이 불편한 게로군."

선준의 고개가 저절로 돌아갔다. 멀리 마당을 가로질러 오고 있는 윤희는 그의 말대로 힘겨운 걸음을 하고 있었다. 익숙하지 않은 흑목화를 신고 매일같이 먼 길을 다니느라 작은 발의 여기저기에 물집이 생긴 탓이었다. 용하가 슬그머니 자리에서 일어서면서 귓속말을 남겼다.

"물건을 확인한 뒤에 뺏어 보게나. 하지만 이기는 건 강한 자가 아니라, 약점이 없는 자라네."

선준은 귀로는 그의 말을 들으면서 눈으로는 윤희의 불편한 걸음걸이를 보고 있었다.

윤희는 섬돌에 다리를 올리고 청에 털썩 주저앉았다. 물집 잡힌 발만 무거운 게 아니었다. 마음은 그 어느 때보다 더 무거웠다. 어젯밤, 황 판교의 일을 끝내고 집으로 가다가 자칫 잘못하면 인경에 걸릴 뻔하였다. 귀가가 늦은 만큼 필사는 하지 못했고, 돈이 들어올 구멍은 멀어지고 말았다. 나랏일을 한 것도 아니고, 돈벌이를 한 것도 아니었다. 그저 윗분의 사적인 일을 해 주느라 팔이 아프도록 시간을 낭비한 것이 허탈하고 기운 빠졌다. 그런 마음 때문인지 이제껏 더 심하게 사용했을 때도 멀쩡하던 어깨가 욱신거리는 것 같은 기분마저 들었다.

"야, 비켜!"

재신의 목소리가 들리는 순간, 윤희는 자신의 몸이 하늘로 붕 떠오르는 것을 느꼈다. 그리고 잠시 후 그의 어깨에 걸쳐졌다는 것을 깨달았다. 하지만 놀랄 사이도 없이 그녀의 몸뚱이는 놀라서 일어서는 선준의 품으로 내동댕이쳐졌다. 꽈당 소리와 함께 두 사람의 몸은 사선으로 뒤엉켜 바닥에 나뒹굴었고, 사람들은 모두 놀라 곁눈으로만 이들 쪽을 보았다. 마치 헤엄이라도 치듯 허우적거리는 그녀를 안은 채로 선준이 소리쳤다.

"걸오 사형, 위험하게 이게 무슨 짓입니까!"

"그럼 내 길을 막고 앉은 놈을 짓밟고 지나가는 편이 나았냐?"

윤희와 선준, 그리고 용하는 기가 막히고 어이가 없어 동시에 그를 쳐다보았다. 하지만 재신은 모든 시선을 무시한 채, 책상 하나를 차지하고 철퍼덕 앉았다.

"징그럽게 사내 녀석들끼리 그러고 있지 마라."

윤희는 화들짝 놀라 선준과 떨어져 앉았다. 그리고 흐트러졌던 사모를 고쳐 쓰면서 항의하였다.

"대체 누구 때문에 이러고 있게 되었답니까?"

하지만 이 말도 재신은 코웃음으로 튕겨 냈다. 원래도 심술궂은 사람이지만, 요즈음 그는 유달리 신경이 날카로운 듯하였다. 윤희는 방금 전에 자신을 집어던진 것도 잊고 걱정되어 물었다.

"걸오 사형, 요즘 안 좋은 일이라도 계십니까?"

재신은 한쪽 눈썹을 치켜뜨고 그녀를 노려보다가, 이내 감정을 누그러뜨리고 책상에 턱을 괴었다.

"언제는 내게 좋은 일이라도 있었냐?"

노려보는 눈이지만 눈동자는 슬퍼 보였다.

"그래도 요즘 계속 화가 나 계신 듯해서요."

재신은 턱을 괸 채로 그녀를 멍하니 보면서 작은 목소리로 말하였다.

"식아, 다 때려치우고 예전처럼 벽서 붙이며 다니고 싶다. 욕해 주고 싶은 놈들은 넘쳐 나는데 속에 든 걸 토해 낼 곳이 없어."

말이 아니었다. 그것은 온전한 한숨이었다. 윤희는 행여 누가 들었나 싶어 주위를 두리번거렸다.

"소심한 놈 같으니. 걱정 마라, 멀리까지는 안 들렸으니까. 젠장! 집에 들어가기 싫어 미치겠다."

그리고 쓰러지듯 책상에 엎어졌다. 그런데 엎어졌던 재신이 몸을 벌떡 일으켰다. 옆에서 들려오는 용하의 키득거리는 웃음소리가 귀에 거슬렸기 때문이다.

"야, 그쳐!"

"큭큭, 누가 더러운 역마살을 타고난 놈 아니랄까 봐. 벽서는 이제 아니 될 말이고, 정 그렇다면 집 나와서 나와 동거하는 건 어떻겠는가?"

"뭐, 그것도 괜찮은 생각이군."

시큰둥한 대답이었지만, 용하의 눈은 보기 드물게 동그란 모양이 되었다.

"어, 정말 그리 생각하는가? 나랑 살고 싶다 이거지?"

"어차피 우리 아버지나 너나 오십보백보니까 어느 쪽과 같이 살든 내게는 똑같다 이거다."

"어쨌든 같이 살 의향은 있다는 거 아닌가. 좋았어! 하하하."

용하의 웃음소리가 승문원 전체에 들릴 정도로 크게 터져 나왔다. 속에 잡다한 생각들을 품은 것이 아닌, 순수하게 행복을 견디지 못하고 터져 나온 웃음이었다. 곧이어 재신의 성질 사나운 발에 걷어차이긴 하였지만, 그의 웃음소리는 그칠 줄을 몰랐다. 이들 중 용하가 이렇게 웃는 이유를 알아차린 이는 선준뿐이었다.

第三章

괴물 신랑

1

모처럼 노는 날이 되었다. 관리에게도 정기적인 휴일이 있다는 게 윤희에게 있어선 여간 다행이 아니다. 매월 1일, 8일, 15일, 23일과 절기를 합하면 한 달에 평균 여섯 번의 휴일이 있지만, 명절과 국기일國忌日까지 포함하면 더 많은 날을 휴일로 가질 수 있다. 다른 관리들은 놀기 위해 책력의 이 날짜에 붉은색 동그라미를 그려 놓았지만, 윤희는 또 다른 돈벌이를 위해 동그라미를 몇 바퀴나 그려 놓았다.

윤희는 아침 일찍부터 크게 기지개를 켜며 하루 동안의 목표량을 점검하였다. 그간 하지 못한 것이 마음에 걸려 자꾸만 욕심이 과해졌다. 그런데 필사할 공책을 뒤적이던 그녀는 깜짝 놀라 옆에서 책을 읽는 윤식을 보았다. 비어 있어야 하는 곳에 빼곡하게 글자가 채워져 있었기 때문이다. 우렁각시라는 건 세상에 없으니 이 일을 한 건 동생뿐이다. 윤식은 이제껏 시치미 떼고 있다가 누이가 발견하고서야 겸연쩍은 듯 웃어 보였다.

"누님보다는 못하지만, 공부하는 김에 조금 적어 본 겁니다. 괜히 공책만 낭비한 건 아닌지……."

"아냐, 훌륭해! 정말 내 필체와 비슷한걸."

아파서 누워 있는 줄로만 알았던 동생이 이렇게 성장해 있는 것이 윤희는 무엇보다 기뻤다. 그녀가 성균관에 있는 동안 동생도 함께 자라고 있었던 것이다.

"하지만 누님에 비하면 속도는 훨씬 떨어지는걸요."

"할 만하던? 힘에 부치진 않았어?"

"누님도 제가 일을 했던 거 전혀 눈치 못 채셨잖아요. 그 정도로 거뜬했습니다."

"다행이다. 그럼 우리가 힘을 모으면 훨씬 많이 필사할 수 있겠어."

신이 나서 말하는 그녀에게 윤식은 떨떠름하게 말하였다.

"제가 필사를 한 건 그 시간에 누님이 좀 쉬었으면 해서였는데요."

"요즘은 그래도 매일 밤 푹 자는걸, 뭐. 성균관에서는 누워 본 기억이 별로 없……. 아, 아니, 그게 아니라. 참! 얼마 정도 한 거야? 이것만?"

"아뇨, 이것도……."

윤식은 누이가 하다 만 이야기를 못 들은 척하며 자신이 써 둔 서책을 골라서 보여 주었다. 그가 누이를 따라가기 위해 얼마나 노력하고 있는지를 보여 주는 것이기도 하였다. 이런 작은 것이나마 누이의 고심을 덜어 주고 싶었다. 동생의 마음을 헤아리듯 윤희는 승문원에서 자신이 읽은 문서와 작성한 문서에 관해 자세히 설명해 주었다. 중요한 부분은 글자를 써 가며 보다 정확하게 보여 주기도 하였다.

남매가 머리를 맞대고 대화를 하는 동안 조씨는 아침밥을 지어 가지고 들어왔다. 아침밥이라고 해 봤자 상 위에 있는 거라고는 멀건 죽 세 그릇이 고작이었다. 윤희는 물인지 죽인지 구분되지 않는 것을 보다 보니 자신도 모르게 보자기에 꽁꽁 싸매서 모셔 둔 이불을 떠올렸다. 조씨는 딸의 머릿속을 읽기라도 한 듯 딱 부러지게 말하였다.

"이불은 안 된다! 쓸 날이 반드시 올 게야. 난 이 서방을 믿어."

선준이야 믿고도 남지. 그 집안을 못 믿어서 그렇지. 그러고 보니 요 며칠 그를 제대로 본 적이 없었다. 일과가 끝나면 기다려 주는 낌새도 없이 숨겨 둔 기생 찾아가듯 어김없이 사라져 버렸다. 물어봐도 대답 없는 것이 더 수상하였다. 비밀리에 무언가를 준비하고 있는 듯한데, 그것은 윤희를 불안에 떨게 하였다. 그 사람이 그녀를 위한답시고 벌이는 일들은 대체로 손쓸 수 없을 만큼 황당한 경우가 많았기 때문이다. 이번 혼인도 그의 작품이 아니었던가. 선준은 웬만하면 얌전하게 책만 읽었으면 좋겠는데. 윤희는 한숨을 쉰 뒤, 맥 빠진 목소리로 대답하였다.

"네, 제가 좀 더 열심히 일해 볼게요. 얼마 안 있으면 분관도 끝나고요."

그리고 동생을 보면서 방긋 웃었다.

"이젠 우리 윤식이도 도와줄 수 있으니까……."

"그런데 윤희야."

조씨가 숟가락을 들면서 어렵사리 말을 꺼냈다.

"동네 사람들이 그러는데, 요즘 우리 집에 대해 이것저것 물어 가는 사람들이 있다더구나."

"네? 어떤 사람들이요? 뭘 물어 간대요?"

"어떤 사람인지는 모르지만 이 동네 사람은 아닌 게 분명하다던데. 얼마 전에는 아들에 대해 꼬치꼬치 캐묻는 게, 아무래도 윤식이한테 혼처를 넣으려는 것 같더라고 그러더구나. 그런데 저번에도 낯선 사람이 물어 갔다고 해서 그런가 보다 여겼는데, 결국 매파 머리털도 못 봤거든."

"왜 제게 말씀하지 않으셨어요?"

"소식이 없어서 네게 들어올 혼처였나 싶었지. 게다가 그때는 주로 너에 대해 묻는 거였단다."

어머니를 안심시키느라 아무렇지 않은 표정으로 숟가락을 들었다. 하지만 윤희에게 몰려든 불안은 그 덩치가 컸다. 만약에 처녀가 있다고 해서 혼사를 넣을 목적으로 조사했는데, 이미 혼례를 치렀다고 해서 끝낸 거라면 걱정할 건 없었다. 그리고 그럴 가능성도 꽤 높았다. 하지만 다른 경우도 의심 안 할 수가 없었다.

"오늘이 네 혼삿날이다."

재신은 밥을 뜨던 숟가락을 툭 떨어뜨렸다. 그리고 오랜만에 얼굴에서 핏기를 없앴다. '오늘이 네 제삿날이다.'라는 말은 부친에게서 자주 들었지만, 이 말은 생소하여 처음에는 잘못 들은 것인 줄 알았다. 어쩐지 요즘 부쩍 집에 들어오기가 싫더라니. 근수는 밥상을 끼고 앉은 재신에게 선 채로 말하였다.

"군소리 말고 장가가라. 신부 인생 망치고 싶으면 도망가도 되고."
"어떤 정신 나간 집안에서 망나니로 소문난 제게 딸을 보낸답니까?"
"이 아비 덕분인 줄이나 알아라."

재신은 배알이 뒤틀렸다. 딸이 남편한테 매일 구타당하며 살든 말든 이조판서 댁과 사돈 맺어 보려는 작자인 게 뻔하였다. 부친이 요란한 소리를 일으키며 방문을 닫고 나가자, 재신은 하얀 쌀밥을 푹 떠서 입에 쑤셔 넣었다. 혼자서 늦은 아침을 먹는 중이었다. 그런데 자꾸만 화가 치밀어 올라왔다. 결국 숟가락을 던지듯 놓고 방바닥에 대 자로 드러누웠다. 천장에서 사람의 얼굴이 보였다.

"염병할!"

화가 짙어질수록 그 얼굴은 점점 뚜렷한 형태가 되었다. 입에 가득 차 있던 밥을 꿀꺽 삼켰다. 밥은 힘겹게 넘어갔다. 하지만 얼굴은 삼켜지지 않았다. 재신은 이미 다른 사내의 아내가 된 윤희를 떠올린 자신이 어이가 없었는지 덧없이 웃기 시작하였다.

"하하하, 이 멍청한 놈. 나 같은 놈도 사내라고……."

그러다가 자리에서 벌떡 일어나 서안 앞에 앉았다. 붓을 들어 절절한 사랑시를 지어 나갔다. 언제나처럼 화자는 거친 자신과는 정반대인 다소곳한 여인이었고, 한문으로 지은 시문 아래에 언문으로 풀어 적는 것도 잊지 않았다.

근수는 아들의 방이 조용한 것이 수상하여 바깥에 서서 떠나지를 못하였다. 만일을 대비하여 완력이 좋은 하인 넷을 대기해 두었다. 여차하면 밧줄로 꽁꽁 묶어서라도 끌고 갈 심산이었다. 그런데 어째 조용해도 너무 조용하다. 안의 동정을 살피고 싶은데, 대책 없이 들어갈 수도 없는 노릇이다. 마침 준비해 둔 혼례복을 가지고 오는 하녀가 있었다. 근수는 손짓으로 어서 안으로 들어가 보라고 재촉하였다. 이 댁 도령의 고약한 성질을 일하는 하녀라고 어찌 모르겠는가. 때문에 지옥에라도 들어가는 표정으로 재신의 방으로 들어갔다.

하녀는 들어갈 때의 표정과는 다르게 나올 때의 표정은 귀신에 홀린 듯한 얼굴을 하고 있었다. 근수가 소곤소곤 물었다.

"안의 동정은 어떠하더냐?"

"그게 말입죠, 고함을 안 지르시던뎁쇼?"

하녀에게는 그것만으로도 놀라운 사건일 터이다. 하지만 근수는 속이 터졌다.

"나 참! 그 정도는 내 귀도 알 수 있는 것이고. 그 외는?"

"가만히 뭔가를 적고 계셨습니다요. 갈아입으시라고 여쭙기는 하였는데, 의복은 잠깐 쳐다만 보셨고요."

근수는 그녀를 보내고 대기해 둔 장정 넷을 불렀다. 강제로 옷을 갈아입히기 위해 방으로 막 투입시키려는 찰나, 믿을 수 없는 일이 벌어졌다. 재신이 자진해서 혼례복으로 갈아입고 나오는 것이 아닌가. 그는 마루에 털썩 앉으며 하인들을 향해 짧게 소리쳤다.

"신발!"

근수는 너무 놀란 나머지 하인이 움직이기도 전에 아들 앞에 흑목화를 옮겨 놓았다. 자신도 모르게 해 버린 일이었다. 아니나 다를까, 아들의 입에선 고약한 말이 나왔다.

"왜 이러십니까, 체통머리 없이."

"이놈이! 이럴 땐 고개 숙여 감사하는 거다. 어떻게 이런 놈을 급제시킨 거야? 내가 계속 사헌부에 있었다면 넌 바로 파면 대상이다."

"햐! 이러니 사헌부 먹통들도 누군가가 감찰해야 된다니까. 제 발 썩은 것도 모르고 남의 발 썩었나 감찰하고 앉았거든."

"누구더러 먹통이란 거냐!"

"사헌부 놈들 말입니다. 제가 언제 이판이신 아버지라고 했습니까? 혼잣말은 걸고넘어지지 맙시다."

근수는 한바탕 야단치고 싶은 것을 두 주먹 불끈 쥐고 꾹 참았다. 지금 시작했다가는 하루가 훌쩍 저물고 말 것이다. 그나마 순순히 혼례복을 입고 나와 준 게 어디냐. 패 죽이고 싶어도 손자는 생산시키고 죽여야 되지 않겠는가.

이 두 사람은 서로 아들 성질이 고약하네, 아비 성질이 고약하네 하면서 으르렁거리지만, 다른 사람 눈에는 딱 부전자전이었다. 근수도 조정에서는 성질 나쁘기로 치면 임금도 어쩌지 못할 정도로 단연 으뜸인 사람이었다. 그런데 이제는 재신이 급제를 하였으니 그 자리를 내어 놓게 생겼다. 재신이 신을 신고 벌떡 일어섰다.

"어딜 가려고?"

"장가가라 하셨잖습니까."

근수는 의외의 말에 잠시 멈칫하다가, 신부 집으로 떠날 채비를 마치고 웅성웅성 기다리고 선 무리 쪽으로 턱을 튕겼다.

"저기 가서 말에 타라. 그럼 알아서 데리고 가 줄 터이니."

비록 귀찮다고 투덜거리기는 하였지만, 아들은 제 발로 그쪽으로 걸어가 말에 훌쩍 올라탔다. 이렇게 되자 만반의 준비를 하고 있던 장정 넷은 할 일이 없어졌다.

"내 아들이지만 저놈 속은 알다가도 모르겠다니까. 너희 넷도 예정대로 따라가라. 신방에 들어갈 때까지는 방심하지 말고 끝까지 저놈 곁을 지켜야 한다. 알겠느냐?"

"네!"

장정들과 함께 아들의 행렬이 출발하는 것을 보면서도 근수는 꿈을 꾸는 것 같았다. 감개무량해서가 아니었다. 가장 기운을 뺄 것이라 여겼던 일이 가장 시시하게 끝나서, 아무 일도 하지 않은 기분이 들어서였다.

"가만. 그러고 보니 저놈, 세수도 안 하고 갔잖아!"

근수는 급히 아들의 행렬을 따라 대문으로 뛰어갔다. 하지만 세수시키자고 다시 끌고 오기에는 이미 늦은 듯하였다.

재신의 행렬은 족히 한 시진은 걸어서 목적지에 도착하였다. 장정 넷은 한시도 경계를 늦추지 않았지만, 재신 자체가 도망에 대해서 별 의욕이 없었다. 물론 혼인에 대해서는 더욱더 의욕이 없었다. 문득문득 윤희 얼굴이 생각나면 그의 머릿속엔 수많은 시들이 눈물 섞어 갈아 놓은 먹물인 양 수없이 번져 가며 지어지고 지워졌다. 그래서 사처에 도착하기까지 그가 머릿속으로 지은 시문은 제 평생 쓸 양은 될 정도였다.

"쳇! 글자로 남겼으면 시책 서너 권은 충분히 묶을 수 있었는데."

그가 말에서 내릴 때 한 첫마디였다. 혼인에 욕심이 없으니 신부 집에 대해서도 그렇고, 신부에 대해서도 별 흥미를 가지지 않았기에 주위 상황들에도 무심하였다. 그래서 도착을 하여서도 그는 계속 한 얼굴을 지우려 기를 쓰고 중얼중얼대면서 시 구절을 읊었다.

그런데 이때, 시끌벅적하게 모여 있는 사람들의 틈바구니 속에서 낯익은 한 놈이 손을 흔들며 방긋 웃는 것이 보였다. 용하였다. 본인도 몰랐던 혼례식 날을 저 인간은 어떻게 알고 먼저 와 있단 말인가. 재신은 자신도 모르게 그의 주위를 훑었다. 하지만 다른 낯익은 놈들이 보이지 않자 이내 관심을 끊었다.

신랑의 도착이 늦은 탓에 물 한 모금 마실 틈도 없이 신부 집으로 이동하였다. 모여든 사람들은 온갖 흉흉한 소문을 들은 터라 소문과 다른 허우대 멀쩡한 신랑을 구경하느라 북새통을 이루고 있었다. 이것은 그러잖아도 힘들게 참고 있는 재신의 신경을 긁고 말았다.

"젠장! 뭔 구경거리 났어?"

평소에 비해 크게 지른 소리도 아니건만, 주위에 몰려든 구경꾼들이 잽싸게 흩어졌다. 그리고 멀리 서서 자기들끼리 수군거렸다.

"아이고, 저놈의 성질 보소. 소문이 참말이었나 보네."

"그러니 저 나이 될 때까지 장가를 못 갔지. 저 봐, 저 봐. 아까부터 계속 중얼중얼 욕하더라니까. 생긴 게 아깝다, 아까워."

"겉만 멀쩡하면 뭐 해? 저 신랑이 그동안 패서 죽인 사람들이 그렇게 많다는데. 내 사촌의 친구의 사돈의 육촌이 성균관에 같이 있어서 잘 아는데, 허구한 날 피투성이가 돼서 돌아다닌다더라고. 아무도 가까이 못 간대."

"아이고, 우리 착한 애기씨 불쌍해서 어쩌누. 아첨꾼 아비 잘못 만나 저런 불한당한테 시집가다니. 쯧쯧쯧."

"돈, 권력이 아무리 좋아도 아비한테나 소용 있지, 애기씨한테 무슨 소용이람. 딸을 저리 이용해 먹다니, 벌 받을 겨."

이런 이야기들이 용하의 귀에는 아주 잘 들렸다. 그래서 웃음이 터져 나오려는 걸 가까스로 참았다. 여기서 웃었다간 즉각 재신의 주먹이 날아올 테고, 그렇게 되면 소문은 더욱 흉흉해지고 말 것이다.

초례상을 앞에 두고 신부와 마주 서고 나서야 재신은 제 신부가 될 여자의 얼굴이 궁금해졌다. 그러고 보니 이름이나 나이도 모르고 있었다. 얼굴 가리개 너머로 슬쩍 훔쳐보았지만, 요란한 초례상과 신부복 덕분에 기본적인 것조차 가늠이 되지 않았다. 재신의 호기심은 그리 오래가지 않아서 끝이 났다. 줄곧 그를 따라다니는 용하의 음흉한 웃음이 그의 신경을 빼앗아 갔기 때문이다. 얼굴도 알지 못하는 제 신부가 앞에서 바들바들 떨고 있는 것이 보이지 않았다면, 용하의 미소와 지겹도록 긴 혼례 의식을 결코 참아 내지 못했으리라.

"다른 놈들은 놔두고 너 혼자 온 거냐?"

재신은 짜증스럽게 물으며 용하의 옆에 앉았다. 상을 함께 공유하고 있던 사람들이 순식간에 제 수저를 가지고 달아나는 바람에 커다란 상 하나를 두 사람이 차지하게 되었다.

"어이, 어서 오게. 그래, 식은 다 끝났는가?"

"끝났으니까 왔지. 다른 두 놈은?"

"대물 도령이야 열심히 돈벌이 중일 터이고, 가랑은 지금쯤 다리품깨나 팔고 있을 테지. 두 사람 모두 자네 혼인날인 거 모를 것이네."

재신은 아침밥을 먹다가 중도에 끌려온 터라 빈속부터 챙겼다. 그리고 술병도 몇 개를 챙겨 눈앞에 늘어놓았다.

"가랑 그놈이 다리품을 왜 팔아?"

"그러게 말일세. 제 아비더러 방귀 한 번만 뀌어 달라 하면 다 해결될 것을 사서 고생하는 꼴이니, 원. 요즘 세상에 억울한 백성 재산 뺏는 게 뭐가 드문 일이라고. 누가 갑갑한 샌님 아니랄까 봐."

"집구석에 처박혀 제 아내나 예뻐하고 있을 것이지. 나 같으면 얼굴만 쳐다보고 있어도 시간이 모자라겠다."

재신은 제 입에서 나온 말이 못마땅하여 술이 가득 담긴 사발을 들고 벌컥벌컥 들이켰다. 그리고 괜히 자신을 감시하고 선 장정 넷을 노려보았다. 이쪽에서는 도망갈 생각이 전혀 없는데, 그들은 긴장을 늦추지 않고 있었다. 용하는 말귀를 못 알아들은 척하며 말하였다.

"자네 아내는 예쁜가 보이?"

"아직 얼굴도 못 봤는데 예쁜지 안 예쁜지 내가 어떻게 알아?"

재신은 술을 연거푸 두 잔을 비우고 중얼거리듯 말하였다.

"가량은 혼인 생활 잘하고 있나 모르겠다. 우의정 대감 성격이 보통이 아니라서 쉽지 않을 텐데."

용하는 아무 대답도 하지 않았다. 지금 재신은 아무것도 모르는 편이 나을 듯해서였다. 어차피 자신도 제 입에서 무슨 말이 나오고 있는지 모르고 중얼거릴 터이다. 재신은 제 혼인날임에도 불구하고 끊임없이 다른 여인을 떠올리는 게 화가 나, 마치 상을 두 조각이라도 낼 듯이 사발을 내려놓았다. 쾅 소리가 요란하게 났지만 어느 누구도 감히 이쪽을 보거나 하지는 않았다. 다행히 사발은 깨지지 않은 채 다시 가득히 술로 채워졌다. 그리고 사발은 곧바로 또다시 비워졌다. 그러기가 수차례 되풀이되자, 그를 감시하고 있던 장정들의 안색이 조금씩 굳어지기 시작하였다. 날이 어두워져 신랑이 신방에 들어가야 할 때쯤에 이르러 재신은 술에 완전히 취해 대 자로 뻗어 버리고 말았다.

할 일이 없었던 장정 넷은 술에 취해 실신한 재신 덕분에 비로소 할 일이 생겼다. 이 네 명 외에 그 누가 피투성이가 되어 돌아다닌다느니, 사람을 패서 죽였다느니 하는 소문 무성한 신랑의 몸에 손을 댈 용기를 내겠는가. 그들은 각각 팔다리를 하나씩 잡기에 숫자도 딱 맞아떨어졌다. 재신은 그렇게 붙잡혀 인사불성이 된 채 신방으로 옮겨졌다. 그들은 의식 없는 재신을 강제로 앉혀 놓고 마음 편하게 그 자리를 떴다. 그들 임무는 '신방에 들어갈 때까지'였으므로 뒷일은 상관할 바가 아니었다.

가엾은 신부는 방구석에 웅크리고 있다가 장정들이 나가자 조금씩 신랑의 곁으로 다가가 앉았다. 소맷자락 너머로 보이는 신랑은 어두운 촛불 때문에 잘 보이지 않았을뿐더러, 축 처져서 당장이라도 머리가 땅에 닿을 듯하였다. 순간 기우뚱하며 재신이 꼬꾸라질 뻔하였다. 하지만 재빨리 그의 이마를 받아 든 신부의 두 손이 한 박자 빨랐다. 이 잠깐의 충격으로 재신의 불완전한 정신이 돌아왔다. 그녀는 얼떨결에 신랑의 머리를 잡고 있는 제 손을 발견하고 겁먹은 눈으로 더듬거렸다.

"그, 그, 그러니까……."

"뭐야? 아, 맞다! 신부. 내가 혼례를 올렸지."

취기에 가로막힌 그의 눈에 신부의 족두리가 어슴푸레 보였다.

"그래, 족두리를 벗겨야지. 옷고름도……."

그의 거친 손이 족두리를 덮쳤다. 그런데 비녀에 걸려 넘어가지 않아 반쯤 벗기다 중도 포기하였다. 다음으로 옷고름을 잡아당겼지만 이것도 완전히 풀지는 못하였다.

"젠장! 내 할 일은 다 했으니까 나머지는 알아서 벗어!"

재신은 혀 꼬인 목소리로 이렇게 외쳐 놓고 벌러덩 드러누워 완전히 정신을 놓았다. 겁에 질려 있던 신부는 한동안 꼼짝도 않고 앉아 있다가 신랑의 다리를 발끝으로 살짝 건드려 보았다. 아무 반응이 없는 걸로 봐서 잠든 것이 분명하였다. 그녀는 고민 끝에 신랑이 시키는 대로 제 손으로 족두리를 마저 벗었다. 그리고 커서 거추장스러웠던 활옷을 행여 소리라도 날세라 조심스럽게 벗어 곱게 개어 놓았다. 어두운 촛불이 아직 덜 자란 손과 발을 가진 자그마한 어린 신부, 반다운을 비추었다. 그녀는 당장이라도 눈물을 쏟을 것 같은 눈으로 지네 괴물보다 소문 나쁜 신랑을 바라보았다.

그런데 꿈틀하던 재신이 벌떡 일어나 앉았다. 이에 겁에 질려 있던 어린 신부가 시체 깨어날 때보다 더 혼비백산하였음은 물론이다. 차마 비명도 지르지 못하고 몸을 숨긴답시고 뒤로 물러났지만, 버선발이 미끄러져 뒤로 발라당 넘어갔다. 제 실수에 더 기겁하여 재빨리 몸을 돌려 엉금엉금 기었다. 하지만 이번에는 몸에 맞지 않는 옷자락이 자꾸만 다리에 밟혀 버둥질만 하는 꼴이었다. 도망치려고 애쓰면 애쓸수록 옷은 더 칭칭 감겨들어 왔다.

울음을 터뜨리기 일보직전이 되었다. 다운은 문득 혼자서만 난리를 부리고 있다는 걸 깨달았다. 그래서 동작을 멈추고 조심스럽게 뒤를 돌아보았다. 재신은 일어나 있긴 하였지만 의식은 여전히 없는 상태였다. 하지만 말은 하였다.

"야, 불 꺼!"

그녀의 입에서 생각보다 바람이 먼저 나왔다. 입으로 불어서 끄면 안 되는 신방 촛불을 그렇게 꺼 버리고 만 것이다. 재신은 벗고 자는 버릇 때문에 무의식중에 버선과 옷을 훌렁훌렁 벗었다. 그리고 바지와 적삼 차림이 되자 다시 뒤로 벌러덩 넘어갔다. 이 잠깐의 순간 동안 자신이 제 신부에게 얼마나 많은 식은땀을 흘리게 했는지 알지 못한 채.

다운은 넋을 잃고 한참을 앉아 있다 보니 흥건했던 식은땀이 사라진 것처럼 겁도 가라앉은 것 같았다. 그러자 방자하게도 호기심이 스멀스멀 올라오는 게 아닌가. 신랑의 흉악한 소문은 워낙 많이 들어왔던 터라 더 이상 궁금할 것도 없었지만, 신랑의 얼굴은 그렇지가 않았다. 흉한 행적에 대해서만 떠들어 댔지, 신랑 외모에 대해 말해 주는 이들은 없었기 때문이다. 조금 전 옅은 불빛에 보였던 모습도 호기심을 더욱 부채질하였다. 무서워서 똑바로 보지는 못하였지만, 자신이 상상했던 무시무시한 산적의 모습은 결코 아니었던 이유도 있었다.

다운은 이번에는 신중하게 움직였다. 먼저 짧은 다리를 최대한 뻗어 그를 건드려 보기로 한 것이다. 그에게서 도망가고픈 마음은 몸을 뒤로 밀었고, 반대로 호기심은 발을 앞으로 뻗게 하였다. 그렇게 몸과 다리 사이에 오랫동안 실랑이가 벌어졌다. 발끝이 닿을 듯 말 듯 하며 다리에 경련을 줄 때쯤 신랑을 건드리는 데 성공하였다. 재신은 아무 반응이 없었다. 조금 더 용기를 내어 발바닥으로 밀어 보았다. 여전히 반응은 없었다. 이번에야 말로 깊은 잠에 빠진 것인가? 다운은 비로소 그의 곁에 다가가 앉았다.

그런데 기껏 용기를 냈건만 어두워서 잘 보이지 않았다. 불빛이 필요했다. 다운의 눈은 제 입으로 꺼 버린 촛대를 향해 정지하였다. 그러다가 강아지가 물기를 털듯 도리질을 하였다. 그건 너무 위험했다. 그렇다고 포기하기에는 이 기회가 아까웠다. 다운은 도리질을 멈추고 두 손으로 재신을 흔들어 보았다. 깨어나지 않았다. 그래서 나머지 용기도 끌어다가 초에 불을 붙이는 데 이용하였다. 촛불이 평소에 비해 몇 배는 밝은 듯하여 그녀의 간은 더욱 콩알만 해졌다.

다운은 보다 자세히 보고 싶었다. 그래서 촛대를 당겼다. 촛불이 제일 먼저 커다란 발을 지났다. 그리고 긴 다리도 거쳤다. 신랑의 키가 굉장히 크다는 건 어림으로 알고 있었지만 촛대가 지나는 길이가 만만치 않았다. 적삼이 들춰진 허리 부분을 지날 때였다. 촛대를 끌던 그녀의 손이 소스라치게 놀라 잠시 멈추었다. 신랑의 옆구리에는 소문을 사실로 입증하는 큰 흉터가 뚜렷하게 자리하고 있었다. 다음으로는 손이 보였다. 발이 크고 다리가 긴 만큼 손 하나도 그녀 얼굴을 덮고도 남을 만큼 컸다. 이런 손바닥으로 뺨을 갈기면 목쯤은 쉽사리 부러질 것 같았다. 그곳에도 어김없이 크고 작은 흉터들이 있었다. 촛대가 서서히 재신의 얼굴에 가까워졌다. 그런데 막상 촛불이 신랑의 얼굴을 비추자 다운은 자신도 모르게 두 눈을 질끈 감아 버리고 말았다. 온몸이 피투성이인 도깨비가 누워 있을 것만 같아서였다. 다운은 마음을 다잡고 힘겹게 눈을 떴다. 파르르 떨리는 눈꺼풀은 한쪽만 올라갔다.

"와!"

다운은 조금 전의 그 무서웠던 순간에도 앙다물고 참았던 비명을 그의 얼굴을 본 순간 감탄으로 내놓았다. 어떻게 이렇게 훤칠하게 생긴 사람이 지네 괴물보다 흉악하다는 걸까? 그녀는 설레는 신기함으로 인해 재신의 얼굴에서 눈을 떼지 못하였다. 그런데 이상하다. 그의 눈가에 반짝이는 무언가가 있었다. 그 누가 봐도 알 수 있는 것이건만, 자신이 얘기 들어왔던 신랑과는 어울리지 않는 것이라 손끝으로 만져 보았다. 물기가 느껴졌다. 비가 온 적이 없었으니 천장에서 빗물이 샌 것은 아닐 터이다. 이윽고 다운은 알아차렸다. 모든 인간이 가지고 있고, 그녀는 특히 많이 가지고 있는 눈물이란 것을.

어떻게 해야 할지 몰라 당황하던 다운은 주위를 두리번거리며 눈물 닦을 만한 것을 찾았다. 하얀 광목천이 수건처럼 놓여 있는 것을 발견하였다. 왜 갖다 놓았는지 알 수 없었지만, 우선 그것으로 신랑의 눈물을 살짝 찍어 냈다. 닦아 낸 곳에서는 다시 눈물이 흘러나왔다. 그래서 다시 찍어 냈다. 꿈틀! 재신은 조금 찡그렸을 뿐인데, 다운은 깜짝 놀라 냉큼 촛불을 껐다. 그리고 돌처럼 굳은 채 가만히 있었다.

잠시 후, 다운은 더욱더 굳어 버렸다. 재신이 몸을 뒤틀어 그녀의 무릎 위에 얼굴을 묻었기 때문이다. 숨도 쉴 수 없는 것으로 보아 심장도 굳어 버린 듯하였다. 다운은 알 수 있었다. 그는 어둠 속에서 술기운과 섞여 잠든 채로 울고 있었다. 그렇게나 무섭다는 사람이, 이렇게나 큰 덩치를 가진 남자가 흐느끼며 울고 있었다. 너무나도 슬프게……. 그래서 그가 차지한 제 작은 무릎을 차마 뺄 수가 없었다.

2

어둠 속에서 재신의 손이 움직였다. 더듬더듬 머리맡을 휘젓다가 가까스로 신음 소리를 냈다.

"으, 으……. 물……."

방 안이 촛불로 밝아졌다. 그는 힘들게 몸을 일으켜 앉아 깨질 것 같은 머리를 감싸 쥐었다.

"젠장!"

"저기, 여기……."

재신은 눈앞에 불쑥 다가온 그릇을 보았다. 물이었다. 목이 타듯이 말랐던지라 상대는 보지 않고 그릇만 받아 들이켰다. 그런데 이것의 맛이 이상하였다. 재신은 잠시 입에서 떼서 그릇 안을 보았다. 입이 써서 물맛이 달다고 느낀 것이 아니라 꿀물이었다. 그제야 재신은 벌어지지 않는 눈을 억지로 떠서 실눈으로 앞을 보았다. 방 안에는 고개

숙이고 앉아 제 옷고름을 만지작거리고 있는 어린 여자아이밖에 없었다. 그녀는 워낙 자그마해서 큰 눈과 톡 튀어나온 짱구 이마밖에 보이지 않았다. 대략 열한두 살가량으로 보이는 게, 신부의 몸종인 듯하였다. 족두리와 부피 큰 활옷을 벗고 알맹이만 남은 다운은 어제에 비해 훨씬 작아 보였기 때문에 재신은 눈앞의 소녀가 제 아내라는 사실을 꿈에도 생각하지 못하였다.

재신은 꿀물을 마저 다 마셨다. 미각이 덜 돌아와서 그런지 혀가 떨어져 나갈 만큼 다디단 꿀물이었다. 오히려 물보다는 꿀에 가까웠지만 그는 군소리하지 않았다.

"주인은?"

퉁명스런 그의 말에 다운은 빈 그릇을 받아 들며 큰 눈만 감았다가 떴다. 무슨 말인지 알아듣지 못해서였다. 재신은 어젯밤의 기억이 전혀 없었다. 그에 앞서 이 방으로 들어오기 전의 기억도 없었다. 그래서 아무래도 신부가 기분이 상해 자리를 비킨 거라고 생각하고 말을 돌렸다.

"뭐, 됐다. 지금 시각은?"

"깨시기 바로 전에 파루가 울렸습니다."

목소리가 카랑카랑하고 야무졌다.

"염병할! 늦겠다. 세숫물은 어디 있느냐?"

"세숫물? 아! 제가 받아오겠어요."

다운은 발딱 일어나 나가다가 제 치맛자락을 밟고 기우뚱하였다. 다행히 넘어지지 않고 방을 나갔다. 재신은 다운의 작은 뒤통수에 엉성하게 꽂힌 비녀가 눈에 거슬렸다. 양반가에서는 합방은 훗날 치르더라도 어려서 혼인시켜 놓는 일이 드물지 않았지만, 어린 노비가 혼인을 했다는 건 누군가 몸을 건드렸다는 의미였다. 그건 대개 강간에 의한 경우가 많았다.

"어떤 변태 새끼가 저 어린것의 머리를 올린 거야!"

그의 불쾌한 중얼거림은 다운이 나간 방문을 넘어가지는 않았다.

다운은 야심 차게 밖으로 나오기는 했지만 난생 처음 세숫물을 받으려니 어떻게 해야 하는지 몰랐다. 꿀물은 어머니가 만드는 걸 자주 보아서 비슷하게 흉내 낼 수는 있었지만 말이다. 다행히 나이 든 하녀가 마루에 서서 우왕좌왕하고 있는 그녀를 발견하였다.

"애기씨, 새벽이라 쌀쌀한데 왜 나와 계세요?"

안에 들릴세라 낮춘 목소리였지만, 새신랑을 두려워하는 기색이 역력하였다.

"응, 세숫물."

"여기 계세요. 제가 얼른 가져올 테니까."

하녀가 뛰어가 버리자 다운은 마루에 앉아 다리를 까닥이며 기다렸다. 간간이 신랑이 뭐 하고 있을까 궁금하여 뒤돌아보기는 했지만 들어가지는 않았다.

재신은 깊은 생각에 빠져 있었다. 어젯밤의 일을 떠올려 보려고 애쓰는 중이었다. 술을 마셨고, 사람들한테 붙잡혀 이 방으로 들어왔고, 그리고 잔 것 같았다. 아니다, 그 전에 신부의 족두리와 옷고름을 푼 것도 같았다. 그리고 잤나? 아니다, 자신의 옷을 스스로 벗은 것도 같았다. 그리고 무슨 일이 있었지? 재신은 지끈거리는 머리를 엄지 손끝으로 꾹꾹 눌렀다. 분명히 그 뒤는 자 버린 것 같은데, 새까만 기억 사이에 알 수 없는 어떠한 찜찜함이 그를 괴롭혔다. 그것은 술기운 탓도 있었지만 기억해 내기 싫은 그의 자존심과도 맞물려 더욱 암흑을 헤매었다.

재신의 기억 되돌리기는 세숫물이 들어오는 바람에 중단되었다. 조그마한 계집이 큰 대야를 들고 들어오는 것이 위태로워 정신이 확 깨어났다. 그녀는 하녀가 시키는 대로 신랑 앞에 수건을 깔고 세숫대야를 놓은 뒤, 화로 위의 주전자를 부어 더운물을 섞었다. 익숙하지 않은 일인 듯 서투르기 짝이 없었지만, 큰 실수 없이 세숫물을 완성하였다. 재신은 망건을 풀고 세수를 하였다. 그러는 동안 다운은 옆에 무릎 꿇고 앉아 말똥말똥한 눈으로 제 신랑을 구경하였다.

세수를 끝낸 재신은 물이 뚝뚝 떨어지는 얼굴을 손으로 훑고 그녀에게로 손을 내밀었다. 다운은 물끄러미 커다란 손을 보았다.

"야! 닦을 거."

재신이 소리를 버럭 지른 탓에 어깨가 들썩할 정도로 소스라치게 놀랐지만, 부리나케 수건을 찾아 두 손으로 공손하게 내밀었다. 재신은 물기를 닦으면서 말하였다.

"인사는 하고 가야 되는데."

그는 신부를 말한 것이었지만 다운은 부모님을 말하는 것으로 알아듣고 대답하였다.

"지금 주무셔요. 깨우기에는 너무 이른 새벽이라……. 그래도 깨울까요?"

"됐다."

재신은 다른 방에서 자느라 아침에 나타나지도 않는 신부가 괘씸하다고 생각되었다. 한편으로는 기억나지 않는 어젯밤의 어떠한 일 때문에 자는 척하는 것일지도 모른다는 막연한 기분이 들었다. 다운은 몸을 옆으로 돌리고 앉아 신랑을 곁눈으로 힐끔힐끔 훔쳐보느라 여념이 없었다. 깔끔하게 세수를 마치고 상투를 다듬어 다시 망건을 쓴 그는 어젯밤에 몰래 훔쳐볼 때보다 훨씬 멋있었다. 재신이 어제 입었던 옷을 끌어당기자 그녀는 놀라서 물었다.

"지금 가시려고요?"

"응."

차가운 짧은 대답만 하고 옷을 입으려는 그에게 다운은 우물쭈물하면서 말하였다.

"아, 아침진지는 드셔야 해요. 그냥 가시면 제가 야단맞을 거여요."

재신이 옷을 들던 손을 멈추었다. 부끄러운 듯 눈을 마주치는 다운에게 건네는 그의 눈빛은 다정함도 없고 예의도 없이 사납기만 하였다. 미간을 잔뜩 찌푸린 건 단지 두통 때문이었지만, 그 사정을 알지 못하는 다운은 어쩔 줄을 몰랐다.

"야, 밥을 가져와야 먹을 거 아냐! 언제까지 멍청하게 앉아 있을 거야!"

재신이 버릇처럼 질러 대는 고함에 다운의 작은 몸 전체가 경기하듯 놀랐다. 늦어서 밥 먹을 생각이 없었지만, 그녀를 야단맞지 않게 하려고 가져오라는 그의 마음 씀씀이를 알지 못하기에 심장은 더욱 오그라들었다.

"자, 잠시만 기다리셔요. 빠, 빨리, 차, 차려 올게요."

가까스로 대답하는 그녀의 목소리가 울먹거렸다. 떨리는 다리로 겨우 일어서서 나가는 그녀를 보면서 재신이 한 생각이라고는 몸에 비해 옷이 너무 크다는 것뿐이었다. 게다가 어디서 얻어 입었는지 제 옷 같지도 않았다.

또다시 밖으로 나온 다운의 눈에 눈물이 이슬처럼 동그랗게 맺혔다. 그녀는 소매로 쓱쓱 문질러 닦았다. 혼례를 올리기 전날 밤, 어머니가 그랬다. 여자는 남편이 화를 내도 참고, 때려도 참는 거라고. 아무리 맞아도 도망치면 안 된다고. 맞아 죽더라도 시집가는 집에서 죽어야 한다고. 울면서 하신 그 말씀을 떠올리며 다운은 다시 한 번 흔적도 없이 눈물을 지우고 부엌으로 달려갔다.

"애기씨, 여기까지 왜……."

"지금 나가셔야 된다고 밥 가져오래. 바쁘시대."

"네? 아이고, 이 일을 어쩨. 급하다 급해"

하녀는 부산하게 어제 쓰고 남은 찬거리를 뒤졌다. 그리고 빠른 동작으로 상을 준비하였다. 다운은 달리 할 수 있는 일이 없었기에 그 옆에서 풀이 죽은 채로 쪼그리고 앉아 하염없이 기다렸다.

"애기씨, 여기서 이러고 계시지 말고 들어가세요. 제가 다 차려서 갖다 드릴게요."

다운은 힘없이 고개를 젓고는 그 상태로 꼼짝하지 않았다. 겁먹은 표정이 역력하였다.

"마님이라도 깨워 드릴까요?"

다운은 이번에도 역시 고개만 저을 뿐이었다. 하녀는 어린 아기씨가 가엾어 주인이 자고 있을 사랑채를 노려보며 입에 담지도 못할 욕을 속으로 퍼부었다.

대강의 상을 차린 하녀는 별채에 마련된 신방까지 가져다주었다. 다운은 그 옆에 붙어 따라갔다. 마루에 상을 올린 하녀가 방까지 가지고 들어가려 하자 다운이 그녀의 치맛자락을 잡아당겼다.

"괜찮아. 이제 내가 할게."

그러고는 마루로 올라가서 상을 들어 올렸다. 하녀는 안에 들리지 않게 목소리를 잔뜩 낮추어 말하였다.

"애기씨, 문지방이 높으니까 조심하세요."

"응, 고마워."

간략하게 차린 상이라서 한 사람이 들기에 힘든 무게는 아니었지만, 작고 어린 다운에게는 쉬운 일이 아니었다. 그래도 무사히 문을 열고 안으로 들어갔다. 상을 잠시 내려놓고 문을 닫을 때까지도 큰 실수는 없었다. 그런데 지나치게 문지방을 의식한 나머지 제 치맛자락을 깜빡 잊고 말았다. 다시 상을 들고 재신이 있는 쪽으로 발을 떼려는 순간, 상을 든 채로 그녀의 작은 몸이 앞으로 휘익 넘어간 것이다.

쾅! 와장창!

작은 몸과 상이 엎어지는 소리는 그리 크지 않았지만, 그녀의 귀에는 세상이 뒤집어지는 소리보다 더 크게 들렸다. 다운은 공포에 질려 바닥에 엎어진 채로 고갯짓조차 하지 못하였다. '맞아 죽는다!'는 생각만 가득하여 바들바들 떨기만 하였다.

"안 다쳤냐?"

여전히 성질 사나운 목소리였지만 그녀의 몸을 걱정하는 말이었다. 다운은 의외의 말에 죽을 각오로 고개를 들었다. 고개만 드는데도 온몸에 진땀이 흘렀다. 그런데 재신을 본 순간, 다시 고개를 푹 숙였다.

어제 입었던 옷으로 말끔하게 갈아입고 있었던 그에게 상에 있던 음식들이 날아가 더덕더덕 붙어 있는 것이 아닌가. 이번에는 진짜 죽었다는 생각이 들었다. 다운은 살려 달라는 말을 하고픈데, 공포가 목구멍을 막아서 그 어떤 소리도 내지 못하였다.

"야, 진짜 다친 거 아냐? 일어나 봐."

다운은 기를 쓰고 겨우 일어나 앉았다. 다치지는 않았지만 그녀가 겁을 먹었다는 건 재신의 눈에도 뚜렷하게 보였다. 하지만 그 원인이 자신이라고는 짐작도 하지 못하고, 주인의 야단을 두려워한 것으로만 이해하였다. 그는 제 옷에 묻은 것을 툭툭 털어 내고 잠시 고민하다가 상을 일으켜 옆으로 치웠다. 그리고 바닥에 떨어진 것을 손으로 집어 우적우적 먹기 시작하였다. 다운의 큰 눈이 당황하여 동그래졌지만 말릴 용기가 나지는 않았다. 그러기에는 우선 그녀의 정신이 제정신이 아니었기 때문이기도 하였다.

재신은 굶주린 짐승처럼 다 먹어 치운 뒤, 수건으로 제 손과 얼굴을 대충 닦았다. 그리고 물리지 않고 두었던 세숫물에 수건을 적셔 다시 한 번 닦았다. 옷에 묻은 양념도 닦아 냈다. 그래도 더러워진 것은 완전히 없어지지 않았다.

"넌 상 엎은 적 없었던 거다. 알겠냐?"

다운은 얼떨결에 고개부터 끄덕였다. 상황 파악은 아직 못 한 상태였다.

"나머지는 네가 치워라."

재신은 이렇게만 말해 놓고 급한 걸음으로 방을 나갔다. 아무래도 집에 들러 옷을 갈아입고 승문원으로 가기에는 시간이 빠듯하여 곧장 말을 달려야 했다.

앞에서 제술관이 강의를 하는 내내 재신은 자신의 갑갑한 머리를 원망하고 있었다. 머리 주변에만 머물면서 떠오를 듯 떠오를 듯 약 올려 대는 기억 때문이었다. 작은 파편들이 번쩍하면서 나타나기는 하였지만, 순간적으로 사라져 버려서 더 속이 터졌다. 그런데 그 짧은 파편들마다 기분을 더럽게 만들었다. 그는 모든 것을 털어 버리기 위해 머리를 힘차게 저은 뒤 앞을 보았다. 윤희의 뒷모습과 함께 슬픈 감정들도 그의 안으로 들어왔다. 그 순간, 흩어져 있던 파편들이 줄을 지어 늘어서더니 갑자기 하나로 이어졌다.

쫘악! 재신이 제 양쪽 뺨을 사정없이 때리는 소리였다. 그의 얼굴은 분노로 일그러져 당장이라도 폭발할 듯이 시뻘겋게 달아올랐다. 그래도 강의하던 제술관은 마치 아무 소리도 못 들은 듯, 아무것도 보지 못한 듯 후들거림을 참고 계속 강의를 하였다.

재신은 달아오른 제 얼굴을 짓이겼다. 어젯밤 눈물을 흘렸던 것 같았다. 얼굴도 모르는 신부가 눈물을 닦아 준 것도 같았다. 그 손길이 고와서, 그녀의 무릎에 이마를 얹고 울었던 것도 같았다. 꿈일 뿐이라고 스스로를 다독여 보았지만 그 느낌이 너무 생생하였다. 그는 다시 한 번 양손으로 머리를 때렸다. 아무리 떨쳐 내려고 해도 한 번 이어진 파편은 떨어지지 않았다. 제술관은 점점 더 험상궂어지는 재신이 두려워 안절부절못하다가 대충 강의를 끝마치고 달아나 버렸다.

"걸오 사형, 무슨 일입니까?"

"어디 편찮으십니까?"

"결오, 왜 이러는가?"

선준과 윤희, 용하가 동시에 몰려들며 질문을 하자, 참고 있던 재신의 성질이 애꿎은 사람들을 향해 폭발하였다.

"다들 입 닥쳐!"

하지만 그의 화가 통하지 않는 세 사람이다. 그들은 물러나지 않고 그의 주위를 에워싸면서 질문을 퍼부었다.

"어제 혼례를 치렀다면서요? 그것 때문입니까?"

"어떻게 우리한테 일언반구도 없을 수 있습니까? 사형이야말로 도둑장가이십니다."

"그만 해라."

"그래, 첫날밤은 잘 치렀는가? 아내는 어떻던가, 응?"

"닥치라고 했잖아!"

쾅! 재신은 이마로 책상 위를 사정없이 내리치고 말았다. 그제야 세 사람은 사태의 심각성을 알아차리고 일제히 조용해졌다. 낭료 안도 조용했다. 이미 다른 권지들은 이곳에서 꽁지 빠지게 달아난 후라 네 사람만 남은 뒤였다. 재신은 창피한 기억으로 인해 고개도 들지 못하고 온몸을 부르르 떨었다. 선준과 윤희는 무슨 일이냐며 용하를 보았지만, 그도 머리만 절레절레 흔들 뿐이었다. 아무리 용하라 하더라도 간밤의 일까지 어찌 알 수 있으랴.

재신은 부끄럽기도 하고 자존심이 상하기도 해서, 이 이후로 신부 집으로 발걸음을 하지 않았다. 또한 자신의 집으로도 가지 않았다.

분관 기간이 끝나 갈 즈음, 권지 예닐곱 명이 술집에 모였다. 그들은 괴원분관부터 시작해서 다른 두 분관까지 섞여 있었다. 그들 중 한 사람이 모인 이들을 둘러보면서 물었다.

"여림이 안 보이는데, 연락을 하지 않았는가?"

아무도 불렀다는 이가 없었다. 여기에는 일부러 연락하지 않은 이가 있다는 뜻이었다.

"홍군회紅裙會를 그 사람 없이 어떻게 의논하려고?"

"어차피 친한 사람들끼리 놀기로 한 것이니, 굳이 그를 부를 필요가 있겠습니까?"

"그래도 다른 사람이면 모를까, 그런 자리에 여림을 부르지 않으면 뒷감당이……."

말은 그렇게 하였지만 용하를 부르는 건 모두 탐탁지 않게 생각하고 있었다. 이제 막 과거에 급제한 권지들끼리 분관을 마친 기념으로 여는 홍군회다. 그러니 이번 놀이의 목적은 겉으로 내색하지는 않지만, 적어도 기생 한 명 정도는 각자 찜을 해 두려는 것이었다. 그런데 용하를 부른다면 어찌 될지는 불 보듯 뻔하다. 분명 그와 더불어 다른 세 사람도 함께 올 가능성이 높아진다. 잘금 4인방이라 불리는 가랑, 대물, 걸오, 여림! 이 네 사람을 두고 어떤 기생이 자신들에게 눈길을 주겠는가. 그렇게 되면 이번 놀이는 시작도 하기 전에 김이 샜다고 볼 수 있다.

"어쩌나……."

"원래가 홍군회에서 좌객을 초대할 때는 좌객座客을 불러야 한다지

홍군회(紅裙會) 기생을 거느리고 노는 놀이.

좌객(座客) 원래는 '자리에 초대한 손님'이라는 뜻이지만, 풍류객들 사이에선 '못생기고 남루한 사람'을 일컫던 은어로도 쓰임.

않았소."

이 말에 모두 고개를 끄덕이며 동조하였다. 예로부터 내려온 말은 버릴 게 없다는 핑계가 동방同榜을 따돌리는 데 대한 양심의 가책을 덜어 주었다.

"어쨌든 불행히도 여림이 이 자리에 없으니 이젠 어쩔 수 없소. 문제는 기생을 주선할 색차지인데……."

"아, 그거라면 내가 잘 아는 색차지가 있소. 그를 통하면 문제없소."

용하보다는 썩 미덥지 않지만, 그도 나름대로는 유명한 오입쟁이였기에 모두 찬성하였다. 그리고 홍군회가 무사히 끝날 때까지 이 일이 용하의 귀에 들어가지 않도록 최대한 조심하자는 맹세도 하였다.

하지만 용하가 어떤 인간인가. 대궐 담벼락에 붙은 귀조차 제 편인 사람이 아닌가. 그러니 그들의 맹세가 허망하게도, 사건의 전말이 속속들이 그의 귀에 도달하기까지는 반나절이 채 걸리지 않았다. 그리고 반대로 용하가 그 일을 알게 되었다는 것을 그들은 꿈에도 알지 못하였다.

분관 마지막 날, 느긋하게 분관을 마무리 짓고 막 퇴원하려던 권지들은 갑자기 낭료 안에 갇히는 신세가 되었다. 재상 급에 해당하는 관원이 승문원에 나타나는 바람에 비상이 걸렸기 때문이다. 권지들은 정확하게 어떤 관직에 있는 누구인지 알지 못한 채 꼼짝하지 않고 모여 있었다.

한편 황 판교의 방으로 안내된 재상은 이조판서인 문근수였다. 그는 반갑게 자신을 맞는 황 판교가 귀찮다는 듯 걸상에 앉으며 말하였다.

"날 왜 이리로 안내하였소? 내가 부탁한 건 문재신 권지를 좀 잡아 두라는 거였는데."

"물론 붙들어 두었습니다."

단지 명령이 잘못 전해진 탓에 재신뿐만 아니라 다른 권지들도 덩달아 잡혀 있을 뿐이었다.

"황 판교, 보다시피 난 지금 공복을 입지 않았소. 평복을 입고 아들 녀석을 족치러 온 아비에게 무슨 말씀을 하려는 것인지……."

"오늘은 분관이 끝나는 날이 아닙니까? 그래서 전 또, 암행 나오신 줄 알았습니다."

"허허, 내가 이래 봬도 판서 자리를 꿰차고 앉은 사람이오. 아들놈 잡는 것도 바빠서 차일피일 미루다가 오늘에서야 겨우 시간 낸 것인데, 암행이라니. 하하하."

"그러니 더 영광이지요. 제가 방금 전, 오늘이면 분관이 끝난다고 아뢰었습니다."

근수는 웃음을 그치고 정색을 하고 앉았다. 때마침 다모가 차를 가지고 들어왔다.

"아, 놓고 가거라. 내가 하마."

황 판교는 다모를 급히 내보내고 직접 찻주전자를 잡았다. 근수의 입가에 쓴 미소가 잡혔다. 표정이 재신과 판박이다.

"이리 오시지 않았다면 제가 애를 먹을 뻔하였습니다. 그러잖아도 대감을 만나 뵐 방법이 없어 노심초사하던 중이었지요."

"남인인 황 판교께서 소론인 나에게 인사 청탁을 해 보시겠다는 심사로군."

황 판교가 근수의 찻잔에 차를 따랐다. 근수는 신경질적으로 다리를 꼬고 팔짱을 끼었다. 얼굴엔 여전히 쓴 미소를 지었다. 행동거지까지 영락없는 재신이다. 황 판교는 이에 아랑곳하지 않고 그 앞으로 찻잔을 밀었다.

　"이조에 제가 친분을 두고 있는 자들이 없지는 않습니다. 단순한 인사 청탁이라면 그쪽을 통해도 충분하였을 겁니다."

　"용건만 간단히 하시오. 내가 방금 전, 아들 녀석을 잡으러 가야 한다고 말하지 않았소."

　그는 이렇게 한가하게 쓰잘머리 없는 대화나 나누고 있을 틈이 없었다. 재신이 워낙 동물 같은 놈이라 또 냄새 맡고 도망칠지 모르기 때문이다. 가문의 사활이 걸린 문제이니만큼 마음이 조급하였다.

　"영윤을 비롯하여 이미 규장각으로 내정되어 있는 권지들이 있다 들었습니다."

　근수는 잠시 멈칫하더니 한숨을 쉬면서 말하였다.

　"하! 미치겠군. 황 판교가 아니어도 그것으로 나를 들들 볶는 사람들이 한둘이 아니오. 그에 대한 문제라면 더 이상 앉아 있을 이유가 없소."

　자리를 떨치고 일어나려는 그의 앞에 황 판교는 소맷자락에서 꺼낸 명자를 내밀었다. 너무 뜬금없는 짓이라 근수는 얼떨결에 그것을 들어서 보았다. 그리고 인상을 풀고 다시 자리를 잡았다. 황 판교가 싱긋이 웃으며 말하였다.

　"글자가 몇 개 되지 않는 걸 보고도 대감이시라면 그 진가를 알아보실 거라 생각하였습니다."

"이 글자를 쓴 권지를 승문원으로 달라?"

"네, 그렇습니다. 우리 승문원에서도 인재 좀 부려 먹어 봐야겠습니다."

근수는 찻잔을 잡아 천천히 마시면서 말하였다.

"그 권지가 이번에 규장각으로 내정되어 있는 모양이로군. 그런데 말이오, 문과에 급제한 인재를 기껏 잡직에 불과한 사자관으로 부리겠다는 데는 동의할 수 없소. 게다가 사자관이라면 규장각에도 있는 자리오."

"네, 애석하게도 사자관이라면 규장각에도 있지요. 승문원에만 있어야 하는 사자관을 규장각에도 둔 문제는 차후에 다시 말씀드릴 기회가 있을 터이고……. 그 인재에 대해 우선 말씀드리자면, 대감 말씀이 지당하십니다. 설마 제가 고작 사자관으로 써먹자고 이러겠습니까?"

"남인이오?"

"네, 그렇습니다."

"김윤식! 그놈이로군."

근수의 찻잔이 다시 한 번 천천히 입으로 기울어졌다. 김윤식이라면 잘 알고 있다. 예전에 그의 뒤통수를 쳤던 녀석이다. 필체 뛰어나다는 소문도 익히 들어 알고 있었지만 황 판교 같은 안목이 덤빌 정도면 더 이상 볼 필요도 없었다.

"뭐, 굳이 꼭 승문원으로 달라는 건 아닙니다. 단지 규장각으로 가는 건 막아 주십사 하는 것입니다. 제가 김윤식 권지와 인맥이 있는 것도 아니고 뇌물 먹은 것도 없으니, 이건 인사 청탁이 아니지 않습니까? 오직 조정과 나라의 인재를 걱정하는 마음에서 드리는 말씀입니다."

"나라의 인재이기에 앞서 남인의 인재겠지."

"어느 쪽이든 현재로서는 같은 의미입니다. 규장각이란 곳은 노론의 서얼은 들어갈 수 있을지언정 남인은 감히 얼씬도 할 수 없는 곳이 아닙니까? 게다가 각신들 모두 김윤식은 결사반대를 외치고 있다 들었습니다. 그런 곳에 그 어린 남인을 넣겠다는 건 피를 말려 죽이겠다는 것이 아니고 무엇이겠습니까? 젊은 인재를 지키는 것, 이것이야말로 상감마마의 지엄하신 뜻을 따르는 것이라 사료됩니다."

근수는 차를 한 모금 마시고 한숨을 쉬었다. 그러고는 황 판교의 명자를 소맷자락에 챙겨 넣으며 일어섰다.

"말씀은 잘 들었소."

"끝까지 들어주신 것만으로도 감사드립니다."

근수는 밖으로 나와서 기다리고 있던 장정 넷을 손짓으로 보냈다. 그들은 재신이 있는 곳으로 관인의 안내를 받으며 달려갔다. 혼자 남겨진 근수는 깊은 시름에 잠겼다. 오늘 분관이 끝났으니, 내일이면 권지들의 종합된 평가가 이조로 들어올 것이다. 성격 급한 임금이 많은 신료들이 눈여겨보고 있는 인재들을 분관이 시작되기도 전에 규장각으로 내정을 해 버리는 바람에 벌써부터 과열된 분위기였다. 말이 좋아서 인재를 자기 관청에서 쓰겠다는 것이지, 그 이면을 보면 규장각을 견제하고자 하는 저의가 더 컸다. 이러다가는 왕과 신하들 사이에 끼어 이조만 새우 등 터지는 꼴이 될 공산이 크다. 그의 입에서 또다시 큰 한숨이 터져 나왔다.

"놔! 이거 안 놔? 이 자식들 다 죽고 싶어?"

재신의 우렁찬 목소리가 들리는 듯싶더니, 발목과 손목을 밧줄로 포박당한 채 네 명의 장정들에게 끌려 나오는 모습이 보였다. 근수는 아들을 보자마자 화부터 확 올라왔다. 그래서 이곳이 어디인지조차 깜빡 잊고 그쪽으로 달려가 아들의 엉덩이부터 냅다 걷어차왔다.

픽!

"악! 아버지!"

"아차! 여긴 집이 아니었지. 어험! 어험!"

"이거 놓으시죠. 창피하게 우리 이러지 맙시다!"

"네놈이 창피한 게 뭔 줄이나 알아? 집안 망신은 이 정도도 과하니 우선 집으로 가자. 가서 얘기해! 몹쓸 놈 같으니."

저 멀리 담벼락 너머로 세 놈들의 얼굴이 쏙하고 나타났다. 아들놈과 어울려 다니는 녀석들이었다. 그들은 친구를 끌고 가는 사람이 부친인 것을 확인하고 납득한 얼굴로 고개를 끄덕였다. 이상한 곳으로 끌려가는 건 아닌가 하여 뒤따라 나온 것이리라. 근수는 그들을 못 본 척하면서 앞서 걸었다.

"끌고 오너라."

"아버지, 이건 풀고 가셔……."

"볼썽사납게 그 입도 막아 주랴?"

재신은 네 명의 손에 질질 끌려가는 게 창피하여 어울리지 않게 목소리를 낮추었다.

"도망 안 칠 테니까 풀어 주십시오. 제 발로 따라가겠습니다."

"널 믿느니, 왜놈을 믿겠다. 잔말 말고 끌려 와!"

오늘이야말로 온 동네 창피를 당하는 한이 있더라도 이 녀석을 길

들여 보리라는 근수의 야심 찬 계획에 따라 재신은 속수무책으로 하인들의 손에 끌려갔다.

숨어 있던 선준과 윤희, 용하는 참고 있던 웃음을 터뜨리며 마당으로 나왔다.

"와, 이판 대감 성격도 보통이 아니십니다. 하하하."

"나도 여기서 엉덩이를 걷어찰 줄은 몰랐네."

"아들을 죄수처럼 포박해서 끌고 가는 건 어떻고요. 전 또 포도청에서 덮쳤나 하여 깜짝 놀랐습니다."

"요즘 죄수는 몽두라도 씌우고 끌고 가지. 저건 죄수보다 못한 거요."

모두 한마디씩 주고받으며 와자지껄하게 웃고 있는데, 황 판교가 세 사람 곁으로 다가왔다. 그들은 멈춰지지 않는 웃음을 억지로 숨기며 인사를 하였다.

"모두들 오늘까지 수고 많았네. 김 권지는 잠시 나 좀 보세나."

윤희는 어리둥절하다가 그의 뒤를 따라갔다. 선준과 용하에게서 거리를 두고 선 황 판교는 귓속말처럼 말하였다.

"그동안 힘든 일은 없었는가?"

"영감 덕분에 편안히 마쳤습니다. 그동안 신경 써 주셔서 감사드립니다."

입이란 건 참으로 간사해서 마음과는 다른 말을 잘도 할 수 있었다. 그동안 얼마나 귀찮았던가. 그래도 이보다 적당한 인사말은 없었다.

"내가 이것저것 너무 부려 먹은 건 아닌가 싶으이."

"아닙니다. 무슨 그런 말씀을······."

"그래서 말인데, 내가 사례로 자네에게 줄 게 있었는데, 오늘 깜박하고 집에 두고 나왔지 뭔가. 언제라도 시간 나면 내 집에 한번 들르게나."

"소생이 할 일을 하였을 뿐인데 사례는 가당치도 않습니다. 마음만 감사히……."

"오게! 오는 것으로 알고 기다리고 있겠네."

황 판교는 품에서 미리 적어 두었던 자택 약도를 꺼내 주고는 건물 안으로 들어갔다. 윤희는 손에 쥐어진 종이를 물끄러미 보았다. 예감이 좋지 않았다. 일부러 집으로 불러들이려는 의도임을 알 수 있었기 때문이다. 용하의 말이 들렸다.

"음, 황 판교 같은 연줄이면 나쁘지 않지. 무수히 많은 뇌물을 갖다 바쳐도 시원찮을 마당에 웬 울상인가?"

선준은 무슨 일인지를 눈으로 물어 왔고, 용하는 황 판교가 사라진 쪽을 고개를 갸웃하며 보았다. 그도 예감이 좋지 않았다. 윤희는 두 사람에게 의논을 해 볼까 잠시 고민하였다. 그러다가 다녀와서 이야기해도 늦지 않을 것 같아서 포기하였다. 황 판교의 말대로 작은 선물을 주려는 것이 초대한 목적의 전부일지도 모른다. 미리 넘겨짚고 걱정할 필요가 없었다.

한편 재신은 묶인 채로 집까지 끌려갔다. 그리고 일행을 삼킨 육중한 대문이 닫히자마자 집 안에서 찰싹! 퍽! 딱! 쿵! 등의 둔탁한 소리와 으악! 윽! 따위의 비명 소리가 터져 나왔다.

"악! 아버지, 이건 비겁합니다. 묶어 놓고 패다니!"

"풀어놓으면 네가 가만히 맞을 놈이냐? 내가 늙은 것과 네가 묶인 게 오히려 공평하다, 인마."

근수의 주먹이 땅에 주저앉은 재신의 뒤통수를 후려쳤다.

딱!

"악! 늦기는 누가 늦었답니까? 주먹의 힘도 이렇게 좋으면서. 대체 왜 이러십니까?"

"신부 집에는 왜 안 가? 혼례식 치른 다음 날 나와서 한 번도 안 갔다면서? 그런 주제에 집에도 안 들어오고. 우례 치르자고 기껏 사람 보냈더니 도망이나 치고. 우례는 치러야 할 거 아냐!"

재신은 또다시 창피함에서 오는 불쾌감이 확 올라왔다. 그것은 표정에 노골적으로 드러났다. 근수는 아들의 표정이 의아하여 쳐다보았다.

"거기서 무슨 일이라도 있었냐? 첫날밤에 요에다 오줌이라도 누었다든가······."

"이판의 머리에서 나오는 생각이 고작 그런 유치한 거라니."

재신의 등짝에 근수의 손바닥이 찰싹 붙었다가 떨어졌다.

"그럼 왜 안 가는 거야?"

재신은 입을 꾹 다문 채 열지 않았다. 차라리 얻어맞겠다며 버티는 모양새였다. 이번에는 협박으로 나갔다.

"광에 갇힐래, 신부 데리러 갈래?"

재신은 여전히 묵묵부답이었다. 그가 택한 건 차라리 광이었다. 어차피 광에 갇히는 건 어려서부터 이골이 난 벌이라 마음은 편하였다.

"신부가 마음에 안 들더냐?"

대답을 기다렸지만, 재신의 입은 여전히 고집불통이었다. 근수의 얼굴이 차갑게 변하였다.

"그렇다면 할 수 없지. 그럼 그 신부는 버리도록 하마. 네 어미에게 일러 지금 당장 다른 집안에 매파를 보낼 터이니 그리 알아라."

"자, 잠깐! 아버지, 그럼 그 신부는?"

"뻔한 걸 왜 물어봐? 그 신부가 자결을 하든지 그대로 늙어 죽든지 난 알 바 아니다."

"얼토당토않은 협박은 하지 마십시오."

"흥! 이정무 그 작자도 하는 일을 내가 못 할까 봐서?"

이정무? 선준의 부친을 말하는 것인가? 그렇다면 선준과 윤희의 혼사도? 재신의 안색이 굳어졌다. 그러고 보니 그동안 두 사람 사이가 이상해 보이기는 하였다.

"아버지, 그게 무슨 말씀입니까? 그 집안 혼사가 어떻게 되었는데요?"

"다들 수군거리는 일인데, 넌 매일 붙어 다니면서 모르고 있었느냐?"

"대체 무슨 일이냐고 묻지 않습니까!"

"내가 그 집안일을 어떻게 구체적으로 알겠느냐! 단지 우례를 하지 않고 혼사가 중단되었다는 것만……."

"아아악!"

마치 성난 짐승이 내어 지르듯 비명을 울부짖는 재신으로 인해 근수는 말을 중단하였다. 손발이 묶인 채로 온몸을 부르르 떠는 비명이 슬퍼서 더 이상 팰 수조차 없었다. 그래서 아들의 절규가 멈출 때까지 잠자코 기다렸다.

3

다운은 퉁퉁 부은 얼굴로 고개를 들었다.

"정말? 정말로 지금 오고 계신다고?"

"네, 그렇다니까요. 방금 그 댁 하인이 와서 속히 준비하고 있으라고 하였습니다요."

몸져누워 있던 주씨가 일어나 앉아 믿기지 않는다는 듯 하녀를 보았다.

"그러니까 마님도 기운 차리셔야지요. 애기씨도요."

"그래, 오긴 오는구나. 다행이다. 난 또 이대로……."

주씨는 말을 잇지 못하고 눈물부터 쏟았다. 그동안 오지 않는 사위를 기다리며 마음 졸이다 앓아눕기까지 하였다. 다운은 어떻게 돌아가는 상황인지 알지는 못하였지만 어머니의 불안을 덩달아 느끼고는 있었다. 아마도 신랑이 오지 않는 이유가 그날 상을 뒤엎은 제 잘못 때문일지도 모른다는 생각은 그녀의 작은 가슴을 새까맣게 태웠다. 주씨가 급하게 일어났다.

"내가 이러고 있으면 안 되지. 어서 맞을 준비를 하고……. 아차! 다운아, 너도 네 방에 가서 의복을 갖춰 입고 갈 채비를 해야지."

부랴부랴 준비하는 주씨는 그나마 딸을 데리러 와 주는 것만으로도 감사하여 연거푸 눈물을 훔쳐 가며 움직였다. 세상에는 하룻밤만 지내고 버려지는 여인이 드물지 않아서였다. 특히 가문이 영 기우는 집안에서는 항의를 하는 건 생각조차 하지 못하였다. 만약에 다운에게 그런 일이 생긴다면 주씨가 먼저 목을 맬 각오까지 하였다. 그런데 연락 한 번 없던 신랑이 와 준다니 어찌 눈물이 나지 않겠는가. 하지만 다행이란 생각은 신랑이 도착하자마자 황급히 달아나 버렸다.

재신은 대문을 들어설 때부터 분노와 슬픔에 사로잡힌 표정이었다. 근수에게서 강제로 보내진 탓에 몸만 왔을 뿐 정신은 윤희와 선준에게 가 있었기 때문이다. 이것이 주씨의 눈에는 '난 오기 싫었는데 억지로 끌려왔소.'라는 말로 들렸다. 더 심장이 떨어진 것은 신부가 고개를 숙이고 소매로 얼굴을 가리고 나타났을 때, 아예 반대편으로 고개를 돌려 버리는 모습이었다. 재신은 신부 부모께 나란히 절을 올릴 때조차 실수로라도 신부 쪽으로 눈길 주는 일이 없었다.

결국 주씨의 눈에서 참았던 눈물이 펑펑 쏟아져 내렸다. 급기야 통곡 소리까지 터져 나왔다. 신부가 마음에 들어 말뚝에 절을 해 대는 사위도 어려운 판에, 한 소리 하기조차 힘든 하늘같은 가문의 포악하기로 유명한 놈이 대놓고 신부 싫은 티를 내니 억장이 무너져 내리지 않을 수 없었다. 옆에서 남편이 노려보아도 주씨의 통곡은 멈추지가 않았다. 그녀를 따라 다운도 소매에 얼굴을 묻고 울었다. 잔칫집이 아니라 초상집이 되어도 재신은 딸을 떠나보내는 슬픔이 조금 과하다고만 생각하였지, 자신으로 인해 이런 분위기가 된 줄은 몰랐다. 알았다고 해도 원래가 그렇게 생겨 먹은 놈이니 달라질 건 없었지만 말이다.

마지막 인사를 끝내고 마당으로 나온 재신은 뒤도 돌아보지 않고 말에 올랐다. 신부가 가마에 오르든 말든 별 관심이 없는 태도였다. 주씨는 차라리 딸이 버림받는 편이 나았다 싶으면서도, 발을 돋우어 사위의 팔을 잡고 간청하였다.

"우리 딸, 예뻐해 주게. 응? 제발······."

재신이 뭐라고 답하기 전에 남편이 먼저 화를 내었다.

"이 여편네가 왜 자꾸 주책이야? 지금 초상났어?"

그러면서 사위에게서 강제로 떼어 내었다.

"그만 가 보게. 댁에서 기다릴 터인데, 어서."

재신은 눈에 보일 듯 말 듯 고개를 까딱하고 말의 엉덩이를 때렸다. 그러자 긴 행렬이 신부의 집을 떠나기 시작하였다. 그 행렬의 뒤를 따라 주씨의 통곡 소리가 이어졌다. 지네 괴물의 제물로 어린 딸을 보내는 어미의 심정과도 같은 슬픔으로 주씨의 통곡은 그칠 줄을 몰랐다.

재신은 말을 몰고 윤희의 집으로 달려가고픈 마음과 싸웠다. 그의 의식에는 뒤따르는 신부의 행렬 따위는 전혀 들어 있지 않았다. 고삐를 쥔 손만이 마음의 싸움을 드러내며 부르르 떨렸다. 이제 와서 어쩌자는 것인가. 어차피 일찍 알았더라도 달라질 건 아무것도 없었다. 자신이 할 수 있는 일은 아무것도 없었다. 선준이 윤희를 포기하지 않으리라는 것을 알기 때문이다. 그리고 윤희 또한 선준을 사랑하는 마음을 버리지 않으리라는 것을 알기 때문이다. 알고는 있지만 안타까운 마음을 내려놓을 수가 없었다.

집에 도착하니 하인과 하녀가 즐비하게 나와 우귀 행렬을 맞았다. 재신은 말에서 훌쩍 뛰어내린 뒤, 고삐를 하인의 손에 넘겨주고 대문 안으로 들어갔다. 가마꾼들이 가마를 멘 채로 문 앞에 피워 둔 짚불을 발로 찬 뒤에 재신의 뒤를 따라 들어갔다. 가마가 문 안으로 들어가자 하녀가 가마 위로 콩을 한 주먹 뿌렸다. 재신은 뒤도 돌아보지 않고 안채의 섬돌 위에 올랐다. 가마도 그곳에 대었다. 그런데 사람들의 시선이 재신에게로 몰렸다. 그는 왜 보냐는 표정으로 짜증스럽게 그들을 쳐다보았다. 사람들은 말은 못 하고 손짓으로만 열심히 설명하였다. 신랑이 가마 문을 직접 열어야 한다는 거였다.

"염병할!"

신경질적으로 말을 뱉으면서도 어쩔 수 없이 가마 문을 손끝으로 툭 건드려 열었다. 섬돌에 선 재신의 옆으로 다운이 가마에서 내려 나란히 섰다. 그녀의 얼굴은 말라붙은 눈물로 범벅이 되어 있었다. 신부가 다 내렸는지를 눈으로 힐끔 확인한 재신은 바로 눈길을 피하였다. 하지만 그것도 잠시, 그의 눈은 다시 신부에게로 돌아갔다. 겁에 질려 다소곳하게 선 작은 키의 신부가 아는 얼굴이었기 때문이다. 재신의 거친 손이 다운의 여린 양팔을 우악스럽게 잡았다.

"너, 너 뭐야? 네가 왜 여기에……."

"네? 네? 왜, 왜라니요? 뭐, 뭐가……."

재신의 성질 사나운 표정으로 말미암아 다운은 겁을 집어먹고 큰 눈에 눈물을 글썽였다. 강한 손아귀 힘 때문에 팔이 아파서 더 무서웠다. 재신은 상황 파악이 되기가 무섭게 밀치듯이 그녀의 팔을 놓고 안방으로 뛰어 들어갔다. 이내 그의 고함 소리가 지붕을 들썩이게 만들었다.

"아버지, 저게 뭡니까! 저딴 게 제 신부라고요?"

근수는 갑자기 뛰어 들어온 아들이 고함부터 지르는 바람에 어안이 벙벙하여 맞받아칠 기회를 놓쳤다. 재신은 선 채로 계속 고래고래 고함만 질렀다.

"저건 어린애라고요, 어린애! 이제 갓 젖을 뗀 땅꼬마요!"

"대체 신부가 어떻기에 이러는 것이냐?"

근수는 아들의 지나친 반응에 의아해하면서 나란히 앉은 아내를 보았다. 황씨가 혼사를 주관하였기 때문에 아들의 반응에 대한 대답을 해 줄 거라고 생각하였던 것이다. 하지만 그녀 역시 의아한 듯 아들만 멀뚱멀뚱 볼 뿐이었다. 황씨는 정신이 온전하지 못한 여인이었다. 평소에는 그저 느릿느릿한 말투에 태평한 성격이었다. 그리고 남편과 아들의 고함에 반응하는 속도가 일반 사람들에 비해 한 박자 늦었다. 게다가 큰아들의 죽음 이후로 1년에 두어 번은 완전히 정신이 나가 버리게 된 것이다. 그럴 때면 하루 종일 멍청하게 앉아만 있었다. 심지어 친아들인 재신을 못 알아보기도 하였다.

"어머니, 젖먹이 어린애라니까요!"

재신이 어머니를 향해 소리를 지르자, 그녀는 여전히 멀뚱멀뚱 있다가 싱긋이 웃으며 조용하게 말하였다.

"애야, 소리 낮춰라. 밖에서 듣겠다. 그런데 어린애라고? 그럴 리가 없는데……. 가만, 몇 살이더라?"

"막 열 살 넘긴 것처럼 보인단 말입니다!"

황씨는 느릿느릿하게 자신의 기억을 더듬었다. 그리고 그녀의 대답은 언제나처럼 성격 급한 부자가 동시에 숨넘어가기 일보직전에 나왔다.

"열……네 살이었구나. 그래, 열네 살이었어. 어여쁠 때지. 어린애가 아니야. 나도 열네 살에 시집왔는걸."

"대신 그때 아버지는 열세 살이었잖아요. 전 스물네 살이라고요!"

"음……, 스물다섯 살 처녀는 구할 수 없단다, 애야."

"그 뜻이 아니라니까요, 어머니."

재신은 기운이 쭉 빠졌다. 언제나 어머니의 느린 속도에 말린다. 더구나 그녀의 동문서답에는 당해 낼 재간이 없다. 그래도 이어서 할 말은 하였다.

"열여섯이나 열일곱 살짜리는 얼마든지 있지 않습니까. 게다가 저 꼬마는 열네 살로 보이지도 않는다고요."

황씨는 또 멍하게 앉아 있다가 사람 좋은 미소로 말하였다.

"2년만 지나면 열네 살은 열여섯 살이 된단다."

"네? 어머니!"

"2년은 금세 흘러. 10년도 눈 깜빡할 사이인데 2년은 더 빠르지. 그리 조급해하지 않아도 된단다."

"제가 지금 조급해하는 게 아니라……. 저 녀석은 10년이 지나도 열여섯 살은 절대 아니 될 것 같다니까요!"

"어머나, 부럽기도 하지. 세월이 피해 가다니, 그보다 부러운 게 어디 있누."

"어머니, 제 말은……. 아, 참! 정말 환장하겠네."

근수도 답답하기는 아들과 마찬가지였다. 그래서 아내에게 소리쳤다.

"자네는 아들 나이도 잊었는가? 당연히 급하지. 열네 살이면 수태는 가능한 것인가?"

"아버지, 수태가 가능해도 열네 살은 아니 될 말이죠!"

재신의 반발은 부부간의 대화에 파묻혔다.

"글쎄요, 가능한 여인도 있고 아닌 여인도 있죠. 저는 그때 어떠하였더라?"

황씨가 멍한 시간에 빠져들 동안 근수는 참지 못하고 바깥을 향해 소리쳤다.

"신부를 들어오라 해라! 직접 보면 될 걸 가지고."

이들이 나누는 소리가 바깥까지 안 들릴 리가 없었다. 다운은 그 자리에 우두커니 서서 두 손을 꼬옥 쥐고 모든 대화를 듣고 있었다. 모아 쥔 작은 손이 바들바들 떨리고 있었다. 재신의 고모가 감주가 든 잔을 신부의 입에 대어 주면서 속삭였다.

"이건 마시고 들어가야 되는 거니까 입만 적시더라도 마시게. 걱정 말고, 응?"

그 목소리가 다정하여 다운의 눈에선 눈물이 주룩주룩 흘러내렸다. 감주를 마시는 동안 볼을 타고 흐르는 눈물이 입으로 들어가는 감주의 양보다 더 많았다. 그런데 다 마시고 난 후에도 안으로 들어갈 용기가 나지 않았다. 눈물은 계속 흐르고 다리는 움직이지 않았다. 다시금 근수의 목소리가 집 안에 쩌렁쩌렁하게 울렸다.

"안 들어오고 뭐 하는 것이냐!"

다운은 결국 고모의 손에 이끌려서야 겨우 안으로 들어갈 수 있었다.

근수는 신부를 보자마자 어이가 없어서 입이 떡 벌어졌다. 재신은 그것 보라는 듯 눈에 힘을 실었다. 고모 손 잡고 팔뚝 소매에 눈물을 닦아 가면서 들어온 꼴이 영락없는 어린애였던 것이다. 마치 엄마 꽁무니에 매달린 아이와도 같았다. 그런데 근수의 화난 얼굴을 보고 남모르게 사색이 된 이가 있었으니, 그건 다름 아닌 고모였다. 근수의 화난 눈초리는 아내 쪽을 향하였다.

"자네, 일을 어떻게 한 것인가?"

그런데 더 기가 막힌 건 아내의 표정이었다. 그녀 또한 신부를 처음 본 듯하였다. 부자의 속이 터지든 말든 상관하지 않고 황씨는 태평하게 말하였다.

"열네 살치고는 조금 작기는 하구나. 아가, 열네 살이 맞니?"

다운은 여전히 눈물을 닦아 가면서 고개를 끄덕였다.

"네, 히끅. 열네 살이어요. 히끅히끅!"

눈물을 삼켜 가며 우는 소리도 딱 어린애의 울음소리였다. 그 모습을 본 재신은 더 이상 화를 낼 기력조차 잃었다. 아직 엄마 품에 있어도 될 어린 나이에 낯선 곳, 낯선 사람들만 있는 곳으로 올 수밖에 없었던 어린 심정이 가여워서였다. 그녀라고 이런 나이 든 신랑을 원했겠는가. 게다가 모두 화를 내고 있으니 지금 이 순간이 얼마나 불안하고, 또 얼마나 두려울 것인가. 하지만 당장 대를 이을 손자가 급했던 근수는 재신과는 달리 분노로 일그러졌다.

"간선은 누가 보고 온 거요?"

"그게……, 가만, 누구였더라?"

황씨가 멍하니 있는 동안 덜덜 떨리는 손바닥 하나가 일찌감치 이실직고하였다. 신부의 손을 잡고 있던 고모였다.

"야! 너!"

"오, 오라버니, 제 말부터 들어 보세요. 그러니까 이게 어떻게 된 거냐 하면……."

"네 눈은 제대로 박힌 거냐? 어떻게 저런 걸 신부로 택할 수가 있어? 내 이놈의 매파를 당장!"

고함지르는 모양새가 자신과 빼다 박았지만 재신은 부친의 말만 심하다고 생각하였다. 재신은 곁눈으로 신부를 힐끔 보았다. 그녀는 소매로 눈물을 닦아 가면서도 고모의 옷자락을 꼭 쥐고 있었다. 이곳에서 기댈 데라고는 그것이 유일한 것인 양, 떨리는 주먹이 놓지 않았다. 고모는 황씨에게 두 손을 모으는 시늉을 하면서 눈짓으로 오라비에게서 살려 달라는 간청을 하였다. 하지만 그녀의 입에서 나온 말은 이번에도 뜬금없는 것이었다.

"음……, 몰랐는데 우리 아들이 굉장히 크구나."

모두 어이없는 눈으로 황씨를 보았다. 그녀는 환하게 웃으며 느릿한 말투로 말하였다.

"뭣 하러 쓸데없이 그리 크게 자랐느냐? 당신도 그만 하세요. 우리 아들이 큰 걸 탓해서 뭐 하겠어요."

"뭐라고? 내가 지금 내 아들 큰 걸 탓하는 것으로 보이는가!"

"그, 그래요, 오라버니. 우리 재신이가 큰 거라니까요. 제가 쟤를 본 지 하도 오래되어서요. 둘이 함께 섰을 때를 염두에 두고 봤어야 했는데. 제가 간선 보러 가서 멀리서 신부만 보았을 때는 이렇게 작은 줄 몰랐어요. 다른 신붓감들 중에는 더 작은 아이도 있었는걸요. 매파도 우리 재신이를 본 적이 없어서 이 아이면 적당하다고 생각한 거예요. 봤으면 이렇게 되지 않았죠."

"곧 죽어도 잘했다고? 일을 이 지경으로 만들어 놓고?"

황씨는 옆의 떠들썩한 소리는 아랑곳하지 않고 다운을 보면서 웃기만 하였다. 겁에 질려 끊임없이 울던 다운과 눈이 마주치자 그녀는 조용히 제 앞의 방바닥을 손바닥으로 두드리면서 말하였다.

"이리 오렴, 아가."

다운에게는 시끌벅적한 주위의 소리보다 힘없이 조곤조곤한 황씨의 목소리가 더 크게 들렸다. 다운은 잠시 눈치를 보다가 그녀 앞으로 다가가 시키는 대로 앉았다. 황씨는 손수건을 꺼내 다운의 얼굴을 닦아 주었다.

"참 예쁜 아이구나. 착하지? 그만 울렴."

공기 속에 녹아들 듯 조용한 목소리였다. 얼마나 작은 소리인지 귀에 들리는 것이 신기할 정도였다. 그녀는 다운을 보면서 말은 남편에게 하였다.

"그래서 어떻게 하자는 거예요?"

"어떻게 하긴, 돌려보내야지!"

군수가 소리를 버럭 지르자 다운의 어깨가 움찔하였다. 동시에 그쳐 가던 눈물이 다시 동그랗게 덩어리져 맺혔다. 황씨는 소리 지르고 조금 지나서야 한쪽 눈을 깜빡이면서 웃었다.

"귀한 사람을 들여 놓고 참 야박한 말씀을 하시는구나. 그렇지, 아가?"

그녀는 다운의 엉덩이를 토닥이면서 맺혔던 눈물도 마저 닦아 주었다.

"아가, 신랑 옆으로 가서 한번 앉아 보려무나. 재신이 너도 바로 앉고."

다운은 신랑을 힐끔 보고는 주춤거리면서 물러나 앉았다. 재신의 옆에 나란히 앉으니 그녀는 더욱 작아 보였다. 다운은 마음 기댈 곳이 없어 시모만 뚫어지게 보았다. 황씨의 느릿한 미소는 눈물만이 아니라 두려움까지 멎게 하였다.

"재신아, 네가 말해 보렴. 넌 어떻게 하면 좋겠느냐?"

"그게……, 이왕 이렇게 된 거 어쩌겠습니까."

체념한 아들의 대답을 들은 다음, 황씨는 남편을 보았다. 근수는 여전히 화가 삭지 않아 씩씩거렸다.

"여보, 이 아이는 어려서부터 잔병치레 한 번 하지 않았다 해서 제가 욕심냈답니다. 가장 큰 복을 타고 태어난 거지요. 지금 가진 복은 보지 않고 조금만 기다리면 오게 될 복이 현재 없다고 내치신다면, 그것보다 어리석은 일은 없을 거예요."

그녀는 고모를 보면서 눈웃음으로 인사하였다.

"고맙네. 자네 덕분에 이런 복덩이를 들였구먼."

고모는 오라비의 눈치를 슬쩍 살핀 다음 그녀에게 고맙다는 눈인사를 하였다. 근수가 고민에 빠진 동안, 다운은 불안하여 두 손을 모아 잡았다. 고모 옆에 있었을 때는 옷자락이라도 잡을 것이 있었지만, 지금은 옆의 신랑도 무섭기는 마찬가지였다. 재신이 제 팔을 슬그머니다운 쪽으로 밀었다. 그녀가 의미를 모르고 퉁퉁 부은 눈만 말똥거리자, 소맷자락 끝을 조금 펄럭거려 보였다.

"잡을 거 없으면 이거라도 잡든가."

무심하게 반대쪽으로 고개를 돌리고 한 말이었지만, 다운은 의미를 알아차리고 재신이 빌려 준 자락 끝을 꼬옥 잡았다. 제 편 들어주는 고모의 옷자락보다, 시모의 부드러운 미소보다 무서운 신랑이 퉁명스럽게 빌려 준 소맷자락이 더 안심이 되었다. 그래서 행여 놓칠세라 옷이 구겨질 정도로 힘주어 잡았다.

어째서 하나같이 다 큰 것일까? 다운은 홀로 웅크리고 앉아 방을 두리번거렸다. 이제부터 이 큰 방이 그녀의 것이라고 하였다. 친정보다 훨씬 큰 집에, 많은 하인에, 큰 목청들에, 심지어 신랑까지 컸다. 이 낯선 상황을 견디기에는 신부가 아직 어렸다.

"아가, 잠들었느냐?"

개미 소리만 한 목소리. 시모였다. 다운은 발딱 일어나 문을 열었다.

"아니어요, 아직……."

황씨는 방 안으로 들어오면서 다운의 얼굴을 살폈다. 눈가가 여전히 촉촉하였다.

"낯설지?"

그녀는 미소로 이렇게 묻고는 방바닥에 앉았다. 눈짓으로 다운도 앞에 앉혔다.

"방이 너무 커서……."

다운은 힘없이 대답하고 고개를 숙였다. 또다시 눈물이 나올 것 같아서였다. 새신부가 이렇게 자꾸 울면 미움 받을 것 같아서 얼굴을 들 수가 없었다. 황씨는 그 마음을 다 안다는 듯 등을 토닥여 주면서 말하였다.

"그래, 쓸데없이 크지. 내가 한 가지만 물어보려고 왔단다. 괜찮지?"
"네, 말씀하시어요."
"음……, 우리 아가는 월경을 하느냐?"

다운은 이리저리 눈동자를 굴리며 생각하다가 순진무구하게 대답하였다.

"그것이 무엇이어요? 가르쳐 주시면 열심히 배우겠어요."

황씨는 다운의 야무진 말보다 한 박자 늦게 말하였다.

"그래, 모를 수도 있지. 모르는 것을 아는 척하다가 실수하는 것보다, 모르면 모른다고 말하고 배워 나가는 것이 좋은 거란다. 하나하나 배워 가자꾸나. 그래, 월경은 아직 멀었다는 얘기지? 가슴이 없어서 그렇지 않을까 싶었더랬지. 음……."

황씨는 웃는 눈매로 고심하다가 다운의 작은 손을 잡고 물었다.

"아가는 신랑 방이 궁금하진 않더냐?"

다운의 눈이 반짝였다. 고개를 끄덕이지 않아도 눈동자만으로 맹렬하게 대답하고 있었다.

"가 보자꾸나. 가서 이부자리도 좀 봐 주고. 되도록 신랑의 이부자리와 의복은 다른 사람 손에 뺏기지 말거라."

황씨는 안채에 있는 다운의 방을 나와 사랑채에 있는 재신의 방으로 갔다. 그녀의 뒤를 들뜬 얼굴로 다운이 따랐다. 보통 사람들보다 훨씬 느린 걸음의 황씨였기에 다운은 앞질러 달려가고 싶은 조급한 마음을 꾹 참아야 했다.

재신의 방 앞에서 황씨가 조용한 소리로 말하였다.

"애야, 들어가도 되느냐?"

"네, 들어오십시오."

다운은 퉁명스런 목소리가 반가웠다. 그녀는 시모보다 먼저 올라가 방문을 열었다. 마루에 올라 문을 들어가서 병풍 앞에 앉기까지 황씨의 동작은 날이 샐 만큼 느렸다.

"아가도 재신이 옆에 앉거라."

미소로 권하는 시모의 말에 다운은 부끄러운 듯 등을 살짝 돌리고 앉았다. 하지만 재신은 신부한테는 관심조차 없이 모친을 보았다.

"두 사람, 초야는 어떻게 치렀느냐?"

"어머니도, 참! 이런 어린애와 치르긴 뭘 치릅니까! 술 취해서 그냥 잠만 잤습니다."

"그건 자랑거리가 아니니 목소리를 낮추렴. 아무튼 잘되었구나."

황씨의 말이 잠시 중단되었다. 멍하니 있는 표정이 할 말을 까먹은 듯하였다. 재신이 쳐다보자, 그녀는 당황한 듯 웃었다.

"음……, 내가 여기 왜 왔더라?"

"밤도 깊었으니 가서 주무십시오. 꼬맹이 너도."

황씨는 야박한 재신의 말에 서운해하는 다운을 보고 눈을 몇 번 깜박이다가 할 말을 떠올렸다.

"그렇지. 재신아, 이 어미한테 약속해 주련?"

"무슨 약속이요?"

"두 사람의 합방일은 훗날 새로 잡아 줄 터이니, 그때까지는 네 아내의 몸에 손을 대서는 아니 된다. 알겠느냐?"

"어머니, 절 어떻게 보십니까? 전 변태가 아닐뿐더러, 이런 어린애는 제 취향도 아닙니다."

"변태여도 취향이어도, 합방일은 날을 받아야 하는 것이 법도니라."

"변태도 취향도 아니라니까 그러시네. 아, 알았습니다. 법도도 저와는 안 맞지만 시키는 대로 하겠습니다."

"고맙구나. 날을 잡아 주면 군소리 없이 합방하겠다니."

"어머니! 그 뜻이 아니지 않습니까!"

재신이 지르는 고함에도 아랑곳하지 않고 황씨는 천천히 제 할 말을 하였다.

"네가 아쉽겠지만, 합방일이 당장 나오지는 않을 것 같구나. 몇 년을 기다리게 될지도……."

"조금도 아쉽지 않다니까요!"

"알았다, 알았어. 난 그만 가 볼 터이니, 아가는 내가 시킨 거 해 놓고 넘어오너라."

"네."

다운이 방긋 웃으며 대답하기가 무섭게 재신이 펄쩍 뛰면서 반발하였다.

"뭘 시켜 놓으셨는데요? 거치적거리니까 얘도 그냥 데리고 가십시오."

황씨는 재신의 말은 무시하고 다운을 향해 눈웃음을 보냈다. 그리고 느릿한 걸음으로 방을 나갔다. 단둘이 되자 다운의 고개는 부끄러움으로 인해 절로 숙여졌다.

"어머니가 뭘 시키셨냐?"

"아! 맞다."

다운은 방 안을 두리번거리며 이불을 찾았다. 제 눈높이에서는 고개를 여러 번 돌려도 찾지 못하다가 고개를 뒤로 젖혀 눈높이를 높여서야 삼층장 위에 있는 것을 발견하였다. 그녀는 쪼르르 달려가 그 앞에 섰다. 그런데 발을 돋우고 팔을 뻗어 내리려니 쉽지가 않았다. 삼층장이 높은데다가 이불의 무게도 만만치 않아서였다. 낑낑거리며 애를 쓰던 그녀 뒤로 재신이 다가와 섰다.

"야, 비켜! 그 키로 뭘 하겠다고."

재신은 이불을 가로채서 바닥에 던졌다. 그런데 그 이불을 끝까지 잡고 있던 다운도 함께 넘어가 엉덩방아를 찧었다. 이런 허술한 어린애가 눈물을 닦아 주었을 리가 없다. 그건 분명 꿈이었을 것이다. 이렇게 생각하니 신부의 얼굴을 대하기가 훨씬 편해졌다.

"참, 여러 가지 한다. 어머니가 내 이부자리 봐 주라고 하셨냐?"

다운은 민망하기도 하고 속상하기도 해서 흐트러진 이불을 깔고 앉아 고개만 끄덕였다. 재신이 허리를 숙여 그녀 얼굴 가까이에 제 얼굴을 들이밀고서 물었다.

"이름이 뭐냐?"

"반다운이어요."

"반다운? 반 토막이 아니고? 키를 보나 나이를 보나 딱 내 반 토막이다."

다운은 발딱 일어나 다리에 힘주고 서서 신랑을 보았다. 적어도 반 토막은 아니라는 걸 증명해 보이고 싶었다. 하지만 재신이 숙였던 허리를 펴고 꼿꼿하게 서자, 다리에서 힘이 절로 빠졌다. 조금 전에 나란한 높이에서 보였던 그의 얼굴이 까마득하게 높은 곳에서 내려다 보고 있었다. 정말로 그에 비해 제 키가 딱 반 토막만 한 것 같았다. 마치 깔보듯 내려다보는 그의 시선도 얄밉기 그지없었다.

"그, 그래도 반 토막보다는 더 커요. 그리고 나이도……, 꿀꺽! 나이도 바, 반 토막보다는 많아요, 뭐."

"이불이나 깔아."

다운은 제 말을 완전히 무시하는 신랑이 얄미워 등을 돌리고 서서 입술을 쌜쭉하였다. 그리고 던져 놓은 더미에서 요를 골라 방바닥에 폈다. 크고 무거운 요가 마음대로 되지 않아 용을 써야만 하였다.

"네가 요를 까는 게 아니라 요가 너한테 깔려 주는구나. 비켜!"

재신은 발로 다운을 툭 쳐서 밀치고 순식간에 요와 이불을 깔았다.

"이제 다 했으면 가라."

"의복 갈아입는 것도 시중들어야……."

"난 여기서 벗기만 하면 된다. 귀찮으니까 어서 가!"

재신이 성질을 부리자 그제야 깜짝 놀란 다운은 신랑의 방에서 쪼르르 나갔다. 하지만 그것도 잠시, 재신이 서안 앞에 앉기도 전에 다시 문을 열고 작은 얼굴을 쏙 들이밀었다.

"뭐야? 왜 또?"

"그, 그게……, 무서워서 제 방까지 못 가겠어요."

어이가 없는 나머지 재신의 손바닥은 자신도 모르게 제 이마를 때렸다.

"뭐? 아이고, 환장하겠네. 혼인 잘못해서 마누라 똥 기저귀 갈아 주게 생겼군."

신랑의 말에 자존심이 상했지만, 다운은 문밖에 두고 있는 엉덩이에 귀신이 손을 얹는 듯한 무서움이 들어, 들어가지도 못하고 그렇다고 나가지도 못한 채 울상이 되었다. 재신은 짜증스럽게 투덜투덜하면서도 별다른 말은 곁들이지 않고 앞장서서 방을 나섰다. 다운은 그의 옆에 붙어 서서 옷자락을 꼭 쥐고 종종걸음으로 뛰다시피 따라갔다. 적어도 신랑이 귀신보다는 무섭지 않았다. 그는 다운의 방 앞에 도착하여서는 행여 또 발목 잡힐세라 뒤도 돌아보지 않고 귀찮은 물건 내팽개치듯 그녀를 버려두고 황급히 도망쳤다.

4

윤희 집의 좁은 마당으로 지체 높은 집안의 하인쯤으로 보이는 남자가 한양 내에서도 보기 드문 근사한 말의 고삐를 잡고 들어왔다.

"실례지만, 주인 계십니까요?"

아침 밥상을 물리고 막 서안에 앉던 윤희는 문틈 사이로 방문객을 살폈다. 무슨 용건으로 왔는지 전혀 감을 잡을 수가 없었다. 조씨가 앞치마에 손을 닦으며 부엌에서 나와 손님을 맞았다.

"어떻게 오셨소?"

"여기가 김 권지 댁이 맞습니까요?"

"네, 맞소만······."

"이 서찰을 전하러 왔습니다요."

그는 품에서 봉서를 꺼내어 조씨에게 공손하게 전했다. 조씨는 그것을 받아 들고 궁금해하면서 안으로 들어갔다.

무슨 일인가 하여 부리나케 봉서를 뜯어 읽던 윤희의 얼굴이 점점 기가 막힌다는 듯이 일그러졌다. 아주 잠시라도 긴장한 것이 허탈하게도 서찰을 보낸 사람은 용하였다. 그것도 어처구니없게도 뱃놀이에 와 달라는 내용이었다. 하루 종일 입에 풀칠할 돈을 벌어야 하는 마당에 뱃놀이라니, 이 무슨 어울리지도 않는 사치란 말인가.

"누님, 어디서 온 서찰입니까?"

"팔자 좋은 양반이 보낸 쓰잘머리 없는 서찰. 분관하는 동안 조금 잠잠하다 싶더니, 여림 사형의 버릇이 어디 가겠어?"

윤희는 서찰을 무시하고 옆으로 치우려다가 끝에 추신으로 달린 글귀로 인해 다시 종이를 들여다보았다. 그녀의 입에서 사내들이나 쓰는 거친 말이 저절로 나왔다.

"젠장! 여림 사형, 이 빌어먹을 양반 같으니!"

뱃놀이에 기생들을 불렀다는 내용이 서찰 말미에 있었다. 더군다나 선준과 재신도 불렀단다. 기생과 선준, 이것을 어떻게 무시할 수 있단 말인가. 윤희는 선준은 그런 자리에 나가지 않을 거라고 마음을 다독였다. 하지만 그도 사내인데 설마 굳이 그런 자리를 마다할까 하는 의심도 들었다. 그러다가 윤희는 다시 정신을 차렸다. 선준은 뱃놀이에 갈 확률이 높다는 결론이 나왔다. 용하가 분명 이 서찰을 이름만 바꿔서 선준과 재신에게도 보냈을 것이기 때문이다. 그녀가 선준이 그곳에 갈 약간의 확률로 인해 자신도 나가야 한다는 결심을 한 것처럼, 그도 윤희와 똑같은 마음으로 나갈 것이다.

"어머니, 저 나갔다 와야겠어요."

"왜? 무슨 일인데?"

조씨가 놀란 눈으로 묻자 윤희는 아무 일도 아니라는 듯 농담처럼 대답하였다.

"여림 사형이 또 엉뚱한 일을 벌였거든요."

그러면서 자세한 이야기는 삼갔다. 기생 놀이에 간다고 했을 때의 조씨의 반응은 족히 예상하고도 남음이 있었다.

"여림이라면 그때 그 서글서글한 양반 말이냐?"

"서글서글이 아니라 능글능글이에요. 윤식아, 미안해. 오늘도 일하기는 그른 것 같네. 분관이 끝나서 이제부터 팍팍 뽑아 보려고 그랬는데."

"걱정 말고 다녀오십시오. 그동안 제가 해 보는 데까지 해 보겠습니다. 그리고 누님이 제술관에게서 배웠다면서 적어 준 각종 문서 있죠? 어디 두셨습니까? 그거 아직 다 못 외웠는데."

"어, 내가 어제 보던 서책 사이에 꽂아 뒀어."

윤희는 나갈 채비를 하면서 오늘도 쉬지 못하는 발바닥을 보았다. 터졌다가 가라앉는 물집도 있었고, 새로 생겨나고 있는 물집도 있었다. 추했다. 그녀의 입에서 한숨이 새어 나왔다.

"나더러 모모 부인이라고 한다더니, 헛소문은 아니었구나."

모든 준비를 마치고 마지막으로 갓을 쓰면서 바깥으로 나가니, 그곳에는 아직도 하인이 서 있었다.

"기다리고 있었습니다. 말에 오르십시오. 제가 모시겠습니다요."

윤희는 까마득하게 키가 큰 말을 올려다보았다. 오를 엄두가 나지 않았다. 예전에 딱 한 번 말을 탔던 적이 있기는 하였지만, 그때는 혼자가 아니라 선준과 함께였기에 가능했었다.

"난 걸어가겠소."

"아니 됩니다요. 우리 주인어른께서 반드시 말로 모시고 오라셨습니다요."

"하지만 말이 익숙하지 않아서."

"쉰네가 고삐를 단단히 잡고 모실 터이니 걱정 마십시오."

발 사정도 그렇고 해서 윤희는 결국 말을 타고 가기로 하였다. 어차피 말을 끄는 건 하인의 일이고 그녀는 가만히 앉아만 있어도 되기에 괜찮을 것 같아서였다. 윤희는 윤기 흐르는 높은 말에 버둥버둥하며 어렵게 올라탔다. 아찔한 높이가 무섭기도 하였다. 비록 옷과 갓은 보잘것없어도 말로 인해 고관대작이 된 기분이 들었다.

윤희가 탄 말은 한강 변의 많은 정자들 중의 한 곳으로 이끌어졌다. 그곳에는 아직 선준과 재신은 없었지만, 용하는 멀리서부터 그녀를 발견하고 환하게 웃으며 접선을 흔들고 있었다. 기생 비슷한 것은 보이지 않았다. 하지만 기다리기 지루한 표정으로 대금을 들고 앉아 있는 떠꺼머리 악공은 있었다. 윤희는 말에서 내려 정자에 걸터앉아 있는 용하 쪽으로 걸어갔다. 그런데 순간, 이상한 느낌에 걸음을 멈추었다. 용하가 웃고 있는 것이 기분이 이상하였다. 저 양반 웃음이야 어제오늘 일도 아니지만, 지금의 저 지나치게 환한 웃음은 등골을 오싹하게 만들었다.

"어이! 우리 대물 도령, 어서 오게! 역시 대물이야. 기녀 부른다니까 눈썹 휘날리게 달려왔군그래. 하하하!"

평소보다 몇 배는 더 음흉한 웃음으로 인해 윤희의 눈에 헛것이 보였다. 용하가 자기 앞에 구덩이를 파서 그 위에 나뭇가지와 풀로 교묘하게 덮어 놓고는 '어서 오게. 여기는 엄청 좋은 곳이야.'라며 방글방글 웃으며 손짓하는 모습이었다.

"아, 예. 서찰 받고 바로 왔더니 좀 일렀나 봅니다."

그녀는 웃는 얼굴로 손을 흔들며 앞으로 갔다. 하지만 생각과는 달리 걸음은 자꾸 뒤로 밀려났다.

"왜 뒷걸음질인가? 어서 오게나."

또다시 치아가 훤히 드러날 정도로 환한 미소를 보이자, 불현듯 그녀의 머릿속으로 한 가지 생각이 떠올랐다.

'저쪽으로 가면 당한다!'

윤희의 몸이 자신도 모르게 반대편으로 휙 돌아서졌다. 갑자기 이렇게 불러낸 데는 저의가 있다는 생각을 왜 출발하기 전에는 못 했단 말인가! 하지만 몇 걸음 달아나지 못하고 누군가와 마주쳤다.

"먼저 왔소?"

고개를 들어 보니 선준이었다. 한동안 못 만나나 싶었던 얼굴을 이렇게 마주하고 보니 조금 전의 괜히 왔다는 생각은 저 멀리 강 너머로 달아났다.

"저도 막 도망, 아니, 도착하던 참이었습니다."

"마음이 급해서 말을 타고 왔는데, 어찌 먼저 도착하였소?"

"여림 사형이 저기 있는 말을 보내 주셨습니다."

선준은 제 말의 고삐를 하인 손에 넘겨주면서 떨떠름하게 말하였다.

"왠지 등골이 오싹한걸."

용하가 두 사람을 향해 또 지나친 웃음으로 손을 흔들자 그의 인상은 윤희와 마찬가지로 더욱 떨떠름해졌다.

"역시 수상한데……."

"그렇죠? 제 생각도 그렇습니다."

"그나저나 귀공께서는 기녀라 하면 빠지지를 않소이다?"

컥! 대체 누구 때문에 아까운 시간 허비해 가며 여기까지 나왔는데? 윤희는 기분 나쁜 표정을 과장되게 드러내면서 말하였다.

"똥 묻은 개가 겨 묻은 개 나무라는 격입니다. 분관 동안 무슨 용무가 그리 급한지 일과를 마치기가 무섭게 사라지신 분이 누구시더라? 한데 기녀 불렀다니까 열 일 제쳐 두고 달려오셨네요."

"여림 사형, 저 왔습니다."

마치 그녀의 말을 피하듯 정자 쪽으로 가는 선준의 뒷모습이 용하보다 더 미심쩍었다. 용하는 그가 옆에 앉자마자 접선을 펼쳐 입을 가리고 귓속말처럼 넌지시 말을 던졌다.

"그동안 물건은 구하였는가?"

선준은 웃는 얼굴로 윤희를 보면서 입술을 살짝 움직여 용하에게만 들리게 말하였다.

"아시면서 뭘 물으십니까?"

용하는 선준에게 들으라는 듯 큰 소리로 윤희에게 말하였다.

"어이, 대물 도령! 요즘 발은 괜찮은가? 여전히 물집투성이지?"

그녀는 여전히 경계하느라 정자 쪽으로 안 오고 멀찍이 서서 대답하였다.

"그걸 아시는 분이 이렇게 불러냈습니까?"

"그래서 내가 말을 보내 주었지 않은가."

하긴 말까지 보낸 건 좀 새삼스럽긴 하였다. 윤희는 제 나름대로 배려해 준 용하에게 손바닥을 들어 고맙다는 인사를 하였다.

이때 다급하게 달려오는 말발굽 소리가 들렸다. 그는 말을 세우기도 전에 뛰어내려서는 용하에게 곧장 달려갔다. 재신임을 인지할 겨를도 없었다.

"야, 무슨 꿍꿍이냐?"

"왔는가?"

"무슨 꿍꿍이냐니까! 기생 뱃놀이가 맨정신에서 나올 소리냐? 놀려면 혼자 놀지, 우리는 왜 끌어들이냐고! 꿍꿍이가 있지 않고서야."

정자 기둥을 주먹으로 치면서 소리 지르는 재신에게 용하는 놀라는 시늉을 해 보였다.

"아이고, 귀청 떨어져 나가겠네. 분관 동안 힘들었으니 다 털어내고 놀자는 걸 가지고. 내가 언제 자네들에게 해 되는 짓을 한 적 있던가?"

재신은 손을 들어 다섯 손가락을 쫙 펴 보이고는 이를 갈면서 말하였다.

"손가락을 꼽아 봐서 이 다섯 개가 모자라면 추가되는 개수만큼 팬다?"

용하는 골똘히 생각하다가 조용히 재신의 다른 쪽 손을 잡아 마저 올린 뒤 씨익 웃었다.

"이 정도로 해 주면 아니 되겠는가?"

"이 열 손가락이면 충분하다는 거냐? 오냐, 네놈이 우리한테 끼친

해악이 얼마나 되나 이번 기회에 꼽아 보자."

용하는 옆에 앉은 선준을 향해 애원하듯 말하였다.

"이보게, 가랑. 내가 설마 자네들에게 해코지하려고 불렀겠는가. 걸오한테서 구해 주게."

선준은 아무 말 없이 재신을 보았다. 그리고 잠시 고심하더니 점잖게 재신의 열 손가락 중에 두 개를 꼽아 주었다. 재신의 한쪽 눈썹이 선준의 응원에 힘을 입어 의기양양하게 치켜 올라갔다.

"자, 잠깐만! 가랑, 걸오. 정말 놀자고 불렀네. 자네들 생각해서 기녀도 부를까 하다가, 다들 어디를 갔는지 오늘따라 구하기 힘들더라고. 보게나, 기생이 여기 어디 있는가."

재신은 그제야 주위를 둘러보았다. 용하의 말대로 기생 같은 건 없었다. 선준이 옆에서 태연한 표정으로 이야기하며 긴장감을 유지시켰다.

"전 기녀가 없는 것이 더 수상해 보입니다. 여림 사형이라면 없는 기생을 만들어서라도 데리고 올 분이 아닙니까."

"아무리 나라고 해도 없는 기생을 어떻게 데리고 오나, 이 사람아."

세 사람 모두 의심의 눈초리로 쏘아보자, 용하는 애꿎은 접선만 펼쳤다 접었다를 반복하면서 웅얼거렸다.

"그래, 장안 기생이 다 없어질 리는 없지. 적당히 속아 주면 좀 좋은가. 내가 얼마나 자네들이 보고 싶었으면 이럴까, 이해까지는 바라지도 않네. 자네들과 어울려 다닌다고 다른 벗들은 모두 내 곁을 떠났는데, 흑!"

용하가 흐느끼는 소리를 내기가 무섭게 재신이 윽박지르며 말을 잘랐다.

"우는 척하지 마라. 눈두덩이 시퍼래져서 다니고 싶지 않으면!"

윤희가 나무 사이로 보이는 강 쪽을 향해 기지개를 켰다. 날씨가 화창하여 기분이 상쾌해졌다. 용하가 불러 주지 않았다면 그동안 승문원에서 기력을 낭비한 것으로도 모자라, 오늘도 내내 방 안에 갇혀 글자만 베끼고 있었을 것이다. '이런 데는 윤식이도 데리고 올 수 있으면 좋을 텐데. 그러면 건강이 훨씬 좋아질 텐데.' 하는 생각이 들었다. 혈색이 좋아지지 않는 건 어쩌면 방에만 있어서 그럴지도 몰랐다. 선준은 그녀를 보면서 기분 좋게 말하였다.

"걸오 사형, 어차피 이렇게 나온 거 즐겁게 뱃놀이나 합시다. 가끔 이런 시간을 보내는 것도 좋지요. 만약에 규장각에 들어가게 된다면 오늘의 이 여유는 상상조차 못 할 겁니다."

재신은 윤희와 선준을 번갈아 보았다. 예전과 다름없는 모습에 그동안 괴로웠던 마음이 어느 정도 사라지는 것 같았다.

"가랑, 네 혼사……."

"제 혼사는 아무 문제도 없습니다. 우례라는 것이 원래 정해진 기한이 없지 않습니까. 요즘에는 친영 이후에 사흘 지나서 하기도 하지만 몇 달, 혹은 몇 년 지난 후에 하는 경우도 많이 있습니다."

흔들림 없는 강직한 눈빛, 제 아비를 상대로 대체 어디서 나온 똥배짱이란 말인가! 재신은 허탈하게 웃으며 자리에서 벌떡 일어났다.

"그래. 까짓 뱃놀이 해 주지, 뭐."

그러고는 정자를 내려가 윤희 옆에 서서 웃었다. 선준도 그녀 옆으로 다가가 섰다. 음흉한 웃음을 되찾은 용하가 그들을 향해 물었다.

"이보게들, 이런 자리를 마련해 준 내가 고맙지 아니한가?"

하지만 그의 말에 답하는 이는 아무도 없었다.

놀잇배는 늙은 사공의 손에 이끌려 강을 거슬러 천천히 올라갔다. 아무 곳이나 한적하게 세워 두고 놀아도 될 터인데, 더 멋진 풍경으로 간다는 말에 그러려니 하였다. 악공은 뱃머리에 서서 대금을 연주하였다. 선준과 윤희, 재신과 용하는 마주 보고 앉았다. 옅은 색의 담백한 천막이 드리워진 아래에서 여유롭게 강바람을 쏘이니, 용하를 의심한 것이 미안할 지경이었다.

선준은 강물을 따라 흘러 내려오는 꽃잎을 보았다. 그것은 한 잎 두 잎 떠내려 오더니, 한 송이가 아예 통째로 내려왔다. 흘러가는 대로 두려고 하였지만, 배 옆을 빙그르르 돌며 내려가는 모양이 예뻐서 선준은 팔을 길게 뻗어 꽃 한 송이를 건져 올렸다. 앞에 두 사형이 시커먼 눈으로 쳐다보지 않았다면 그 꽃은 윤희의 손 위로 올려졌을 것이다. 하지만 눈들을 어찌하지 못하여 무심한 척 그녀의 발등에 던지듯 놓았다. 윤희는 그의 속을 보기라도 한 양 미소로 아무 말이나 중얼거렸다.

"이건 강을 타고 내려왔을까요, 하늘을 타고 내려왔을까요?"

비록 사내 목소리를 흉내 낸 것이었지만, 선준의 귀에는 애교 어린 여인의 콧소리로 들렸다.

"강에 웬 꽃이냐?"

재신은 심술로 던진 말이었지만 선준과 윤희는 문득 의아해졌다. 강물 위의 꽃은 좀 뜬금없기는 하였다. 용하가 생각할 틈을 주지 않고 의아함을 덮었다.

"걸오, 부친과는 자주 대화를 하는가?"

"내가 미쳤냐?"

"음, 그럼 우리 관직이 어떻게 논의되고 있는지 모르겠군그래? 가랑과 결오 자네는 규장각이 확실한 것 같고, 대물은……."

"우리 아버지, 그제부터 정청에 드셔서는 집에 못 들어오신다. 그래서 나도 몰라."

선준이 걱정스럽게 말하였다.

"이판께서 쇄직을 할 정도라면 분관을 끝낸 권지뿐만 아니라 전체적으로 많은 변동이 있겠군요."

"금상께오서 무모하신 거지. 규장각에도 정원이 있는데 어쩌자고 한꺼번에 우리 넷 모두를, 쯧쯧. 우리가 들어가려면 그곳에 있던 다른 관원을 죄다 이동시켜야 되는데, 어떤 각신이 반대를 아니 하겠냐? 당파를 떠나서 나라도 반대다."

"반대가 계속되고 있다는 뜻이군요. 왜 자꾸 저만 문제가 되는 건지……."

윤희가 기운 빠져서 말하자, 용하가 손을 휘휘 저으며 분위기를 띄웠다.

"자자! 이런 자리에서 우리 걸오의 시를 한 수 듣지 아니 하면 서운하지. 부탁함세."

재신도 그녀의 기분을 위해 순순히 응하였다.

"운은?"

"자유로운 하늘 아래, 강물 위에서 운에 묶일 터인가? 요즘 자네가 고심하는 운이 있으면 그것으로 읊어도 좋고."

재신이 턱을 괴고 잠시 시상에 잠겼다. 그의 머릿속을 도와주는 악공의 대금 솜씨가 기가 막혔다. 그리고 그 소리는 멀리서 메아리를 만들어 냈다. 하나의 대금이 메아리로 돌아올 때는 여러 개의 소리를 이끌고 오기도 하였다. 차츰 메아리가 가까워지는 듯도 싶었다. 그런데 이상하였다. 메아리가 가까워질수록 돌아오는 소리는 전혀 다른 가락이 아닌가. 간간이 다른 악기 소리도 섞여 있었다. 악공이 신의 능력을 지녔대도 있을 수 없는 일이다. 이윽고 사내들과 계집들의 웃음소리가 음악 소리에 뒤섞여 들려왔다.

선준과 윤희, 재신은 일제히 뱃머리 너머의 먼 곳을 보았다. 다섯 척의 놀잇배가 많은 남녀를 태우고 넘실거리고 있었다. 윤희가 대수롭지 않게 말하였다.

"우리 말고도 뱃놀이를 하는 일행들이 있었네요. 뭐 하는 사람들이지?"

하지만 선준은 이상한 예감으로 이맛살을 찌푸렸다. 재신도 마찬가지였다. 네 사람을 태운 배가 서서히 그 일행과 가까워져 갔다. 그들을 빙 돌아갈 거라고 생각하였지만, 배는 그런 기미가 보이지 않았다. 이윽고 세 사람의 표정이 서서히 변해 갔다. 홍군회를 즐기고 있는 일행은 이번에 함께 급제를 하여 분관까지 한 동방들이었기 때문이다. 그들의 사나운 눈빛이 동시에 용하에게로 돌아왔다.

"뭐야? 너, 이 자식!"

"난 모르네. 모르는 일이야."

용하가 두 손을 힘차게 저으며 부정하여도 누가 그의 말을 믿겠는가.

"한순간이라도 여림 사형을 믿은 우리가 바보입니다!"

윤희의 강력한 항의에, 재신이 배에서 벌떡 일어서며 뱃사공을 향해 외치는 소리가 겹쳐졌다.

"배 돌려! 지금 당장!"

"네네, 그리합지요."

뱃사공이 치아가 뭉떵 빠지고 없는 잇몸을 드러내며 상냥하게 웃었다. 하지만 뱃머리는 여전히 홍군회를 하는 놀잇배들 쪽을 향하고 있었다.

"배를 돌리라고 하잖아!"

"네네, 그리합지요."

사공조차 이상하였다. 표정과 말이 처음 배에 오를 때부터 줄곧 똑같았다. 용하가 접선을 불필요하게 흔들며 기어들어 가는 소리로 말하였다.

"그 사공은 귀가 안 들린다더군. 젊어서 귀앓이를 심하게 하고 그리 되었다나? 그래도 참으로 성실하여 이렇게 노를 놓지 않는다네."

그러는 사이, 선준은 제 소맷자락에서 접선을 꺼내 윤희의 손으로 넘겨주었다. 윤희는 그것으로 우선 얼굴부터 가렸다. 옆에서는 재신의 고함 소리가 계속되고 있었다.

"의사소통은 어떻게 하는 거냐? 하는 방법은 있을 거 아냐!"

"평생을 함께 산 아내의 손짓 발짓만 유일하게 알아듣는다더군. 나도 그 아내를 통해서 부탁한 거라네."

"이 자식이!"

재신이 배에 선 채로 용하의 멱살을 잡아끌며 광폭하게 움직이자 배가 휘청거렸다.

"어, 어이. 가만히 좀 있게. 여기는 육지가 아니라 배 위일세. 이 얇은 판자 아래는 시커먼 물속이라고."

"그따위 핑계로!"

재신은 용하의 멱살을 더욱 세차게 흔들어 댔다. 그럴수록 배도 덩달아 세차게 흔들렸고, 선준은 긴장하여 윤희의 팔을 움켜쥐었다.

"거, 걸오! 대물이……. 자네들이야 헤엄이라도 치겠지만, 대물과 나는 바로 죽는단 말일세."

윤희가 거론되어서야 재신의 폭주가 멎었다. 하지만 잡은 멱살은 놓지 않았다.

"너, 일부러 이런 사공을 구했지?"

"아무리 나라고 하더라도 어떻게 일부러 안 들리는 뱃사공을 구할 수 있겠는가."

"너라면 멀쩡하게 들리던 귀도 안 들리는 척할 수 있는 뱃사공을 구하였겠지!"

"그렇게 해서 내가 얻는 이익은 뭔가? 나란 놈은 이익이 있어야만 움직인다는 건 자네들이 더 잘 알 텐데?"

재신은 용하의 멱살을 놓고 털썩 앉았다. 그리고 이마를 주먹으로 괴었다. 그러고 보니 용하가 이런 일을 벌인 목적을 알 수 없었다. 그에게 이익이 될 만한 것이라……. 세 사람이 고민하는 동안, 네 사람을 태운 배는 어느덧 홍군회 무리 사이로 접어들고 있었다.

사람들의 웃음소리가 멎었다. 그리고 그들의 시선이 유유히 이동해 오는 한 척의 놀잇배로 집중되었다. 배가 싣고 있는 네 사람이 누구인지 알아보는 데에 그리 긴 시간을 낭비하지 않았다. 이윽고 같은 일행이었던 그들은 창백하게 굳어진 사내들과 환희로 들뜬 여인들로 나

뉘어졌다.

"반궁의 잘금 4인방이다!"

이렇게 소리치는 이는 물론 없었지만, 각자의 머릿속에는 모두 이 말이 떠올랐다. 선준이 자리에서 일어나 바람에 날리지 않게 갓을 손끝으로 잡고 동방들을 향해 가벼운 목례를 하였다. 그를 조금이라도 가까이서 보려고 몸을 기울이는 여인들로 인하여 배가 전복되지 않은 게 다행이었다. 선준의 외모야 두말할 필요도 없었지만, 그의 담백한 눈빛과 근사한 분위기는 여인들로 하여금 강물에 뛰어들어 헤엄을 쳐서라도 배를 건너고픈 충동을 일으키게 하였다. 윤희는 접선으로 가려야 할 것은 제 얼굴이 아니라 선준의 얼굴이라고 생각하면서도 잠자코 앉아 있었다.

기생들은 선준의 옆에 있는 대물 도령에게도 주목하였다. 기생들 사이에서는 전설과도 같은 인물이 아닌가. 저 아름다운 이가 천하의 초선을 굴복시킨 사내다. 접선으로 가린 얼굴을 마음껏 볼 수 없음이 아쉬운 노릇이지만, 언뜻언뜻 보이는 고운 얼굴선이 감질났다. 보고 싶은 것은 가릴수록 그 신비로움이 더 커지기에 선준이 급히 건네준 접선은 오히려 역효과를 내었다.

고리타분한 선비와는 전혀 다른 걸오. 그도 기생들을 괴롭히기는 마찬가지였다. 그의 사랑시가 흘러 흘러 기방으로도 들어갔기에 그를 흠모하는 여인들이 적지 않았다. 장안 제일의 바람기를 자랑하는 여림도 의외로 인기가 높았다. 물론 용하는 자신이 4인방 중에 제일로 인기 있는 줄 알고 있지만. 때마침 바람이 여인들의 욕망을 대신해 네 사람의 몸을 훑고 지나갔다. 나풀거리는 옷자락과 몸매에 시선이 쏟아졌다. 어떤 버들가지의 낭창한 휘어짐이 저보다 탄력이 있겠는가.

　기생들의 눈에는 4인방을 태운 배는 더 이상 자신들과 같은 놀잇배로 보이지 않았다. 똑같은 크기와 모양의 배이건만, 자신들 쪽은 뱃사공의 뗏목 같았고, 4인방 쪽은 향안랑香案郞들을 태운 화방畵舫 같았다. 근접할 수 없는 신비함이 하늘을 떠가는 구름으로도 보였고, 한 치의 흔들림 없는 것이 얼음판 위를 미끄러져 지나가는 썰매로도 보였다. 물결의 움직임에 몸을 맡긴 배가 어찌 흔들림이 없겠느냐마는, 오직 흔들리는 것이 있다면 자신들이 탄 배이겠거니, 자신들의 마음이겠거니 여겼다.

　4인방의 놀잇배가 홍군회 무리의 정중앙으로 들어섰다. 하지만 배는 뱃사공의 표정과 말과 더불어 처음 출발할 때와 똑같은 속도를 유지하고 있었다. 이번 홍군회를 주도한 동방들의 곁을 스쳐 지날 때였다. 용하가 접선을 천천히 부치며 마치 혼잣말처럼 그들에게 말하였다.

　"우리 네 사람의 뱃놀이에 웬 좌객들이 이리 많은지······."

　'좌객'이란 단어에 힘을 주어 말하는 것을 듣고서야 동방들은 사태를 알아차렸다. 자신들의 계획을 용하는 이미 알고 있었던 것이다. 그리고 이러한 등장은 4인방을 따돌린 데에 대한 작은 복수였고, 앞으로 조심하라는 경고의 목소리이기도 하였다. 하지만 이 작은 복수가 동방들의 분노를 자극하는 계기가 되었다. 예로부터 당파 싸움보다 문중의 선산 싸움이 더 무섭지만, 이 두 싸움을 합쳐도 사내들의 계집 싸움에는 미치지 못한다고 하였다. 온갖 정성과 돈을 들여 홍군회를

향안랑(香案郞) 옥황상제를 곁에서 모시는 선관(仙官).

차려 놓았더니 애먼 놈들이 와서 여인들의 시선을 다 앗아 간 격이니 분노를 안 할 수가 없었다. 4인방의 놀잇배가 꽁무니를 보이며 멀어져 갔다. 하지만 용하가 홍군회 무리에게 흩뿌려 놓은 눈웃음은 좀처럼 사라지지 않았다.

배에서 내려 땅에 서자마자 재신은 싱긋이 웃는 얼굴로 용하의 어깨에 팔을 둘렀다. 용하는 어차피 달아나 봐야 붙잡히는 건 시간문제이기에 포기하고 '전 아무것도 몰라요.'라는 순진무구한 눈웃음을 무한정 던졌다. 윤희와 선준도 팔짱을 끼고 다른 곳으로 도망가지 못하게 버티고 섰다. 윤희는 기생들 앞에 선준을 세운 것이 기분 나빴고, 선준도 마찬가지였다.

"아마도 여림 사형께 이익이 되는 뭔가가 있었나 봅니다. 우리가 모르는……."

용하는 선준의 말에 핑계도 댈 수 없었다. 재신의 팔이 조여 오는 목이 고통스러웠기 때문이다.

"이곳 땅에서는 배가 뒤집힐 걱정은 없지. 너, 예전부터 내 손에 죽고 싶다고 지껄였냐? 오늘 그 소원을 들어주마."

"사, 살려 주게, 가랑! 걸오한테서 날……."

선준은 점잖게 재신을 향해 섰다. 그리고 허리를 숙여 말하였다.

"걸오 사형, 살생은 선비가 할 도리가 아닙니다. 대신……."

그는 허리를 들고 두 사람을 보면서 여전히 점잖은 표정으로 말을 이었다.

"……죽지 않을 정도로 패는 건 도리에 그리 크게 어긋나지는 않을 겁니다. 걸오 사형, 아무쪼록 야무지게 부탁드리겠습니다."

용하는 사색이 되어 선준을 향해 외쳤다.

"이, 이보게, 농담은 그리 진지하게 하면 아니 되네. 걸오 놈은 멍청해서 참말로 받아들인다고. 여보게, 가랑! 대물!"

하지만 선준과 윤희는 이미 두 남자에게서 등을 돌리고 저 멀리로 가고 있었다.

"으, 으악!"

윤희와 선준은 뒤에서 들려오는 비명 소리를 외면하고 총총걸음으로 자리를 피하였다. 그리하여 그날 이후로 용하를 본 사람은 아무도 없었다, 까지는 아니어도 그에 버금가는 험한 꼴을 당하였다.

윤희와 선준, 재신은 알지 못하였다. 원래도 입에서 입으로 자주 건너다닌 4인방이었지만, 오늘 자신들이 나타남으로 인하여 더 많은 사람들의 입으로까지 건너다니게 될 줄은. 시류라는 것이 여인들은 사내가 좋아하는 여인을 따르고, 사내들은 여인이 좋아하는 사내를 따르기에 4인방의 외모를 흉내 내는 사내들도 부쩍 늘어나게 되었다. 그래서 세상을 기록하는 각종 풍속도 등에서조차 심심치 않게 수염 없는 아름다운 사내를 구경할 수 있었다. 이것은 '내가 적군 옷을 입을 수 없다면 적군들에게 아군 옷을 입게 하는 수밖에.'라고 했던 용하의 말이 옮겨진 것이기도 하였다.

4인방에 대한 이야기는 장안에만 머물지 않았다. 소문이란 놈에게는 그 어떤 높은 담장도 가소로우니, 대갓집 담이든 대궐 담이든 가리지 않고 쉽게 뛰어넘었다. 그러니 구중궁궐 여인네라 하여 이들에 대한 소문을 듣지 못하는 것은 아니었다. 4인방이 규장각으로 들어오기를 바라는 이는 임금이었지만, 그보다 더 간절했던 쪽은 아마도 궁궐

안의 여인들이었으리라. 그리고 손꼽아 기다리는 그 여인들 중에는 그리움과 복수라는 두 마음을 지닌 초선도 있었다.

5

문선사 앞에는 선준과 재신, 용하가 초조함을 감추지 못하고 윤희를 기다리고 있었다. 분관이 끝나고 관직을 기다리는 동안 줄곧 그리하였지만, 막상 교첩을 받으러 이곳에 와서 느끼는 긴장은 더욱 심하였다. 제일 먼저 도착한 이는 용하였다. 그런데 대과 급제자 명단을 확인할 때보다 더 떨려서 서성거리다 보니 선준이 왔고, 인사를 몇 마디 나누지 않아서 재신이 도착하였다. 이왕 셋이 모인 김에 윤희까지 오면 함께 교첩을 받으러 들어갈 생각으로 이렇게 기다리게 된 것이다. 세 사람은 규장각이 거의 기정사실이었지만, 윤희는 뜬금없이 승문원으로 가게 된다는 소문이 돌고 있었기에 그녀의 교첩을 확인하는 것이 가장 시급하였다. 그런데 이 가장 시급하고 궁금한 녀석이 나타나지 않았다.

"이 녀석, 다른 곳에서 헤매고 있는 거 아냐?"

"그런 실수를 할 사람이 아닙니다. 분명 여기가 교룡처交龍處라고 했으니까……."

"하여간 대물 그놈은 은근히 속 썩인다니까. 좀 빨랑빨랑 다닐 것이지. 평소에는 부지런한 녀석이 이럴 때 굼뜬 건 뭐야?"

선준의 걱정 어린 말과 재신의 투덜거리는 소리를 들으며 용하는 접선으로 머리를 긁적거렸다. 무언가를 깜박 잊은 것이 있는 듯한데, 그것이 무엇인지 도무지 생각이 나지 않았다.

"내가 분명히 할 일이 있었던 것 같은데……."

하지만 그의 중얼거림에 관심을 가져 주는 이는 없었다. 재신의 투덜거림은 계속되었다.

"어떤 자식이 분관 때 그리 열심히 하느냐고. 그러니 승문원에서 데려가려고 꼼수를 쓰지. 젠장."

"열심히 하는 사람이 욕먹는 세상에서 사는 거 그다지 즐겁지 않은데요?"

등 뒤에서 들려오는 윤희의 목소리에 놀라 세 남자는 일제히 뒤돌아보았다. 윤희가 떨떠름한 표정으로 문선사에서 나오고 있었다.

"어? 대체 언제 들어갔다 온 거요?"

"아까부터 안에서 기다리고 있었습니다. 아무도 안 오시기에 나와 봤더니, 사내대장부가 뒤에서 험담이나 하고 있……."

"어디요?"

"어디냐?"

"어딘가?"

세 남자가 동시에 소리쳤다. 윤희는 귀청이 떨어져 나갈 듯하여 인상을 쓰면서 대답하였다.

"어디냐고요? 제 관직 말씀이시죠?"

"이 멍청아! 당연히 관직을 묻는 거잖아!"

재신이 고함을 버럭 지르자 윤희는 고약하게 맞받았다.

"멍청이라 하셨습니까? 승문원에서 데려가려고 꼼수까지 쓴 인재를? 그런데 어떤 꼼수였기에 이리 되었는지 궁금합니다."

윤희가 침울하게 어깨를 축 늘어뜨렸다. 세 남자는 순식간에 장수를 잃은 오합지졸의 표정으로 바뀌었다. 용하가 창백해진 선준을 슬쩍 보면서 말하였다.

"우리가 평화롭게 결과만 기다리고 있는 동안 보이지 않는 곳에서는 치열했다니까. 시간상 일일이 다 말하기는 뭐하네만. 그런데 정말 승문원인가?"

윤희가 소맷자락에 넣어 둔 교첩을 뒤적뒤적하였다. 그 동작이 느려 터진 것처럼 느낀 건 비단 성격 급한 재신뿐만이 아니었다.

"규장각인지 승문원인지부터 말해 주시오!"

선준의 재촉에도 불구하고 그녀는 끝까지 교첩을 뒤져 꺼내서는 일부러 느릿느릿하게 펼쳤다. 그리고 제 얼굴 앞에 펼쳐 보였다.

"저, 김윤식, 규장각 대교로 임명받았습니다."

끝으로 방긋 웃음도 곁들였다. 세 남자가 할 말을 잃고 멍하니 있는 동안, 그녀는 다시 종이를 차곡차곡 접어 소맷자락에 넣으면서 약 올리듯이 중얼거렸다.

"대체 승문원에서 무슨 꼼수를 썼기에 이리 되었지? 그 꼼수가 영 시원찮았나?"

선준은 이내 창백했던 안색을 풀고 입 꼬리를 올렸다. 재신은 기가 막힌다며 비아냥거림과 헛웃음을 번갈아 하였고, 용하는 윤희의 시치미에 허를 찔린 게 재미나 소리 내어 웃었다.

"하하하, 우리 대물 도령의 능청이 나날이 늘어."

"세 분도 어서 안으로 들어가 보셔야지요."

세 남자가 급히 안으로 들어가던 중, 용하가 걸음을 멈추고 손뼉을 짝 쳤다.

"맞다! 나 한동안 자네들과 말도 아니 할 생각이었는데, 깜빡하였군."

"왜요?"

"그날 그런 배신을 당하였는데, 하해와 같이 넓은 나라도 어찌 삐치지 않을 수 있겠는가. 실컷 뱃놀이시켜 줬더니. 아무튼 난 삐쳤네. 그건 알아주게. 내가 깜빡 잊고 이리 말을 트고 말았지만, 지금도 삐쳐 있는 중이네. 응?"

하지만 이번에도 그의 말에 반응을 보이는 이는 아무도 없었다.

교첩을 받아 드는 순간, 선준의 표정이 경직되었다. 재신과 용하는 예정대로 규장각이라 한숨 돌리는데, 선준의 어이없는 한탄이 들렸다.

"어? 이런……."

"왜 그러십니까?"

윤희의 걱정스런 물음에 선준이 짙은 눈썹을 구기고 말하였다.

"난 홍문관이오."

그런데 심각한 그와 어울리지 않게 세 사람이 동시에 웃음을 터뜨렸다.

"푸하하! 한 번 속지 두 번 속나? 대물이 먼저 우려먹은 농담은 시시하네."

"저기, 홍문관 맞는데……."

"넌 무슨 농담을 그리 진지한 표정으로 하냐?"

선준은 결국 세 사람 앞에 교첩을 펼쳐 보였다.

"홍문관 저작, 보이십니까? 제 눈이 잘못된 것이 아니죠?"

세 사람은 머리를 모으고 종이 안으로 들어가기라도 할 태세로 글자를 확인하였다. 아무리 되풀이해서 읽어 보아도 선준의 말은 농담이 아니었다. 윤희는 완전히 넋 나간 얼굴로 그를 보았다. 이건 꿈에서조차 상상해 보지 못한 상황이었다. 선준도 그녀와 눈을 맞췄지만 어떤 말도 할 수가 없었다. 생각이란 것을 할 수 있는 감각은 모조리 마비가 된 상태였다.

"저, 저기……."

누군가가 네 사람에게 말을 걸어 왔지만 의식조차 하지 못하였다. 기껏 정신을 차린 재신은 냅다 소리부터 질렀다.

"무슨 이런 엿 같은 경우가 다 있어!"

용하가 선준에게서 교첩을 빼앗아 들고 꼼꼼히 다시 확인하였다. 그런다고 글자가 달라지지는 않았다.

"이럴 리가 없어. 상감마마께오서 노린 건 우리가 아니라 자네일세. 우리는 자네 따라가는 덤일 뿐이라고."

"저, 저기……."

또다시 누군가가 덜덜덜 떠는 목소리로 말을 걸었지만, 재신의 고함 소리에 묻히고 말았다.

"염병할! 너 없이 우리가 그따위 규장각에 왜 들어가냐고!"

윤희는 새파랗게 질린 선준을 위로하기 위해 손을 뻗었다. 그런데 자신의 손이 더 떨고 있는 것을 발견하고 도로 밑으로 내렸다. 그가 없는 규장각이라면 들어가고 싶지 않았다. 성균관을 들어가는 것도 그로 인해 욕심을 부린 거였고, 성균관을 나오는 것도 그로 인해 노력한 것이었다.

"저작이라면 자네 품계보다 낮은 관직일세. 이건 잘못되어도 한참 잘못된 것이야."

"잘못된 거라면 우리가 규장각에 임용된 것부터가 잘못이지. 규장각에는 직각이 한 명, 대교가 한 명으로 정원이 한정되어 있지 않느냐고. 그런데 우리 셋을 모두 대교로 집어넣은 게 정상이냐고. 규장각 몸집 불리기라도 하려는 거야?"

"저, 저기……."

"아닐세. 진짜 몸집 불리기를 할 요량이었다면, 우리 셋보다 가랑을 택했어야지."

"저기, 제 말씀 좀 들어주십시오."

재신은 거슬리는 낯선 음성을 향해 고함을 질렀다.

"뭐야! 어떤 자식이야!"

네 사람은 그제야 옆에 문선사 관원도 함께 있는 것을 알아차렸다. 네 사람의 시선을 한 몸에 받게 되자 그는 얼이 빠져 버렸다. 그들이 가진 분위기는 같은 남자임에도 불구하고 얼굴을 화끈거리게 만드는 그 무언가를 가지고 있었다. 관원은 울먹이는 목소리로 말을 더듬거렸다.

"어, 어떤 자식이 아니라 여기는 무, 문선사 안이고, 저는 여기 관원입니다. 아까부터 계속 말씀을 드리는데 아무도 제 말은 듣지 않으시고……."

선준이 정신을 차리고 미안한 듯 웃었다. 그 미소는 관원의 얼을 더욱 빠지게 하였다.

"일하는 곳을 시끄럽게 하였나 봅니다. 미안합니다. 빨리 나가겠습니다."

"여기는 원래가 시끌벅적한 곳이라 괜찮……. 아, 아니, 그게 아니라, 이걸 빠뜨리셨는데……."

관원이 내미는 종이를 보며 선준이 물었다.

"이것은 또 무엇입니까?"

그는 진땀까지 줄줄 흘려 가며 주절주절 말하였다.

"그러니까 규, 규장각 직각은 홍문관 관직을 역임해야 한다는 관례상, 겸직을……. 제가 이것을 아니 드린 것은 결코 아니고, 어쩌다 보니 두 장이 떨어져서……. 제가 아까 잠깐 살펴보다가 분리가 된 것도 같고……. 그러니까 제 실수도 있지만, 두 관직을 겸직하는데 두 종이에 분리해서 내린 게 잘못이기도 하고……."

그 종이를 제일 먼저 낚아챈 건 윤희였다. 그리고 내용을 확인한 그녀는 눈 깜짝할 사이에 선준의 목을 끌어안았다. 기쁨에 말보다 몸이 먼저 움직인 것이다. 이 돌발 행동에 깜짝 놀란 용하가 종이를 빼앗아 제대로 확인하지도 않은 채, 얼른 두 사람을 묶어서 부둥켜안는 척하였다. 재신은 관원을 슬쩍 살핀 뒤, 꼭 붙어선 세 사람을 향해 성질 사나운 발길질을 하였다. 그러자 셋은 휘청거리면서 흩어졌다. 다행히 관원은 별다른 의심 없이 두터운 우정이라고만 생각하는 듯하였다.

"사내자식들이 낯간지럽게!"

재신은 막상 소리를 질러 놓고 곰곰이 생각해 보니 이게 영 기분이 나빴다. 둘은 아무렇지 않은데 옆에서 지켜보는 사람은 가슴이 조마조마한 것이, 어쩐지 고생문이 활짝 열린 것 같았다.

"젠장! 내가 왜 이 녀석들이랑 계속 엮여야 하냐고!"

"미친 양반일세. 조금 전까지만 해도 다 같이 규장각이 아니라고 날뛰어 놓고서는. 쯧쯧."

이렇게 타박을 주기는 하였지만 용하도 재신과 같은 마음이기는 하였다. 두 사형의 속을 알 길이 없는 선준과 윤희는 졸였던 마음을 내려놓고 기분 좋게 웃었다. 재신의 주먹이 둘을 향해 불끈 올라왔다가 내려가고, 다시 불끈 올라왔다가 내려가기를 되풀이하였다.

"여기는 뭡니까?"

"여기는 뭐냐?"

윤희와 재신의 입에서 동시에 나온 말이었다. 웬일로 쌍이 된 선준과 용하가 두 사람을 끌고 와서 한 건물 앞에 세웠기 때문이다. 윤희의 등줄기를 써늘한 기운이 훑었다. 용하가 싱글싱글 웃으며 말하였다.

"여기는 내 집일세."

"네? 정말요? 여림 사형의 자택치고는 많이 검소하십니다. 상상했던 것과는 다르네요."

"그러니까 내 집이라고. 우리 집이 아니라. 홀로 이곳으로 분가하였다네."

"에? 이, 이렇게 큰 집이?"

"하하하, 별급으로 받은 것 중의 하나일세. 이렇게 서 있지들 말고 들어가세."

윤희는 다시 한 번 고개를 들어 건물을 보았다. 궁궐 근처의 익랑골, 이렇게 좋은 동네에 이 정도 크기의 집은 상당히 비쌀 것이다. 혼자 살 집치고는 사치가 아닐 수 없다. 그녀는 맨 뒤에 따라 들어가면서 예의상 물었다.

"이리 갑자기 찾아오면 실내께 실례가 아닐지……."

"내 아내는 본가에 있다네. 조강지처는 본가를 떠나서는 아니 되니, 이곳에는 첩을 데려다 놓으라더군."

"농담을 굉장히 잘하시는 분인가 봅니다."

"농담이라는 걸 모르는 여자일세. 차라리 농담이라면 좋으련만……."

아무리 그래도 그렇지 제 남편더러 첩질을 하라고 부추기는 여자가 어디 있담?

"사형께서는 아내 말씀을 잘 듣는 분은 아니실 텐데요."

"모르는 말씀. 난 아내가 무서우이. 앞에만 서면 오금이 저린다고."

그래서 시키는 대로 첩질을 하시겠다? 혹시 부인이 순돌이를 닮은 건가? 미인이 아닌 아내 때문에 그리도 심하게 바람을 피우는 건가? 용하가 그녀의 머릿속을 읽기라도 한 듯이 중얼거렸다.

"부용화……. 나의 아내는 부용화를 닮았다네. 아니, 부용화가 내 아내를 닮은 것이지."

어떤 부용화를 말하는 거지? 말 그대로 연꽃을 말하는 것인지, 예전의 병조판서 여식인 그 미인 규수를 말하는 것인지 알 수가 없었다.

"넓디넓은 연못에 홀로 핀 슬픈 부용화가 내 아내일세."

연꽃을 말하는 것이었나? 윤희는 그 속을 알 수 없는 용하에게서 시선을 돌려 사랑채 마루에 걸터앉고 있는 재신과 선준을 보았다. 행동하는 모양이 마치 제 집인 양 자연스러웠다. 재신이야 아무 곳이던 익숙하게 몸을 잡는 인간이기에 이상할 것이 없었지만, 선준마저 이곳에 익숙한 듯하였다.

"아이고, 예쁜 선비님! 이제 오십니까요?"

응? 이 큰 울림통의 목소리는? 윤희는 소리 나는 곳으로 고개를 돌렸다. 도깨비 같은 시뻘건 얼굴. 순돌이였다.

"네가 여긴 어떻게?"

어리둥절한 그녀에게 용하가 말하였다.

"나 홀로 살기에는 집이 조금 큰 듯하여 안채만 떼어 세를 놓았다네. 가랑에게 말일세."

'그의 고래 등 같은 자택은 궁궐과 가까우니 굳이 이곳에 세를 살 필요가 없을 텐데.'라는 생각을 하였지만 내색은 하지 않았다. 윤희는 별 의심 없이 선준의 옆, 마루에 걸터앉았다.

"안으로 들어가세들."

"전 금방 일어설 겁니다. 이 근처에 잠시 들러야 할 곳이 있어서 함께 온 것이라. 아무튼 이젠 한시름 덜었습니다."

용하는 인사 나온 늙은 하녀에게 먹을 것을 지시하고는 그녀의 말에 반론을 달았다.

"한시름은 덜었지만 앞으로 남은 시름이 얼마인지는 헤아리기 힘들지. 하여 제일 처음 가로막고 있는 시름을 의논코자 이곳으로 오자

한 것이니, 사양 말고 안으로 드세나."

"네? 여기서 함께 살자고요?"
윤희의 목소리가 높아졌다가 선준의 표정을 살피고 다시 가라앉았다. 방으로 들어서자마자 들려온 말치고는 어처구니가 없었다. 재신은 마치 제 집인 양 겉옷을 훌훌 벗어 던지고 비싸 보이는 비단 보료에 길게 드러누웠고, 선준과 용하도 그 옆에 편하게 앉았다. 그녀는 방문과 가까이에 앉으면서 대답하였다.
"말씀은 감사하지만, 저는 집에서 오고 가는 것이 편합니다."
"궐에서 자네 집까지 오고 가는 건 무리일세."
"그동안 큰 무리는 없었습니다. 그러니……."
"정식 관직이 분관과 비슷할 거라 생각하면 오산이지. 세를 내라는 것도 아닌데 뭔 고집인가? 우리 넷, 재미있을 것 같지 않은가?"
재미? 상상만으로도 시끌벅적하고 정신이 쏙 빠진다.
"제가 누누이 말씀드렸지만, 사형들과 계속 붙어 다니면 제 신상에 해롭다니까요."
"우리 다 같이 규장각인 걸 잊고서 하는 말은 설득력이 없네."
윤희가 정색을 하고 거절할 낌새를 보이자 선준이 말을 돌렸다.
"여림 사형, 의논할 것이 있다 하지 않으셨습니까? 우선 그것부터 말씀하시지요."
용하의 표정이 갑자기 진지하게 돌변하였다. 자세도 가다듬었다. 한동안 말을 꺼내지 않고 접선을 이리저리 돌려 가며 머릿속을 정리하는 모양새를 보건대, 아직 감조차 잡지 못한 일에 대한 것인 듯하였다. 그가 잡지 못한 감이라면 다른 세 사람도 그다지 도움이 되지는 못할 터인데.

"새로 관직에 들어가면 으레 받게 되는 신참례가 있지 않은가. 그런데 이 신참례가 반궁에서의 신방례는 어린애 장난으로 느껴질 정도로 지독하거든."

"제가 듣기로 규장각의 침학은 다른 곳과 비교하면 없는 것과 마찬가지라 하였습니다. 게다가 우리 윗분이라고는 네 분뿐인데다가 대부분 겸직이시니, 면신연은 간단하게 합시다."

대수롭지 않은 듯 말하는 선준에게 용하는 고개를 저었다.

"간단하지 않으니 하는 말일세. 어제 신참례를 드리겠다고 말씀 올렸다가 거절당하였거든. 네 분 모두 입을 맞춘 것처럼 똑같이 말일세."

뇌물 바치는 데 있어서는 참으로 발 빠른 양반이다.

"저기, 교첩은 오늘 받았는데요?"

"어쨌거나. 신참례는 받을 생각들이 없으시다 하였네. 돈 굳었다 여기면 되지만……."

"뒷말 붙이지 말고 그냥 돈 굳었다 여기고 맙시다, 네?"

윤희에게 있어서는 더없이 반가운 말이었다. 각종 선물과 기생을 대동하는 잔치, 용봉성현龍鳳聖賢이라 불리는 고급 음식들에 들어가는 돈을 마련하려다가는 집 한 채도 모자랄 것이다. 게다가 각신들의 눈에 차는 수준으로 준비하는 게 쉬운 일은 아니다. 선준이 말한 '간단하게'는 그녀에게 있어서 '기둥뿌리 뽑힐 정도로'와 같은 말이다.

"아니 받겠다고 하였으면 된 거지 무슨 의논할 게 있다고. 나도 면신연인지 뭣인지 하는 거 해 주고 싶은 생각 없었거든. 침학을 받아 줄 생각은 더더욱 없었고."

재신도 대수롭지 않은 말투였다. 하지만 용하는 접선을 계속 매만지며 입 안에서 이리저리 말을 굴렸다.

"그래도 기분이 찜찜한 것이 예감이 영 좋지 않으이. 그래, 가랑 말대로 규장각의 신참례는 약하다고 하니 별일 없을 테지. 예문관처럼 짓궂지도 않고, 홍문관처럼 까다롭지도 않고, 사헌부처럼 잔인하지도 않고, 승문원처럼 위험하지도 않으니. 이들 관청처럼만 하지 않는다면야……."

같은 시각, 궐에서는 경연을 마친 왕이 신하 몇 명의 발목을 잡아 간단한 다과상 앞에 앉혀 놓고 있었다.

"마침 이렇게 경들과 마주 앉았으니, 오랜만에 사담이나 나눠 보오."

마침이 아니었다. 경연 때문에 나온 홍문관 대제학과 규장각 제학은 '마침'에 해당될지 몰라도, 예문관 대제학이나 사헌부 대사헌, 승문원 판교와 같은 다른 이들은 뜬금없는 호출에 당황해하고 있던 차였다.

"이번 신래들의 분속에 대해 경들의 불만을 모르는 바는 아니오."

인사 불만에 따른 이야기를 하려는 것인가? 하지만 여기에 해당되는 것은 선준을 탐냈던 홍문관이나 윤식을 탐냈던 승문원, 원하지 않았던 규장각이지 다른 관서는 해당되지 않았다. 여기에 대해 이야기하고자 한다면 용하를 강력하게 원했던 호조를 빼서는 안 되는 것이었다. 게다가 홍문관은 절반이라도 선준을 얻었으니 불만을 가질 이유가 없었다. 지금 모인 이들의 공통점이 보이지 않으니, 임금의 심중도 알 길이 없었다.

"모든 관리가 그러하듯이 한곳에 오래 머무는 신래는 없소. 그들이 이번에 분속된 관서에서 얼마나 오래 근무하게 될지는 아무도 모르오. 심지어 나조차도 알지 못하는 부분이오. 여섯 달이 될지, 한 달이 될지, 아니면 단 며칠에 불과할지는……."

이렇게만 말을 던져 놓고 왕은 싱긋이 웃으며 한동안 침묵하였다. 그 심중은 알 수 없어도 신하들을 단명케 하려는 의도는 확실한 것 같았다. 갑갑함을 참지 못한 규장각 제학, 이인욱이 입을 뗐다.

"단 며칠에 불과하다 하오시면……."

"지금 내가 경에게 발언을 허락하였던가?"

차가운 왕의 말이 인욱의 입을 다물게 하였다. 각감들이 김윤식의 이름에 끝까지 권점 찍기를 거부했던 일에 대한 대가인 듯하였다. 이번 인사의 과정에서 가장 큰 불만을 가진 이는 신하들이 아니라 오히려 임금이라 하여도 과언이 아니었다. 하지만 결국 임금 고집대로 되었다. 과정이야 어찌 되었든 결과만 본다면 불만은 신하들의 몫이어야 했다.

"신, 송구하와 몸 둘 바를 모르겠사옵니다. 급한 마음이 예를 앞질렀사오니 부디 용서해 주시옵소서."

"그래서 규장각에서는 시시하게도 이번 신래침학은 아니 하겠다고?"

"네에? 신래침학?"

인욱은 주위를 세심하게 둘러보았다. 그러고 보니 지금 이 자리에 모인 관서의 공통점을 굳이 찾아보라면 신래침학에 있어 그 악명이 높은 곳이라 하겠다. 기껏 제외할 수 있는 곳은 규장각쯤이다.

"신, 규장각 제학 아뢰겠사옵니다."

"말해 보게."

"우리 규장각에서는 예전부터 신참례는 크게……."

"시시하다고 하였지 않은가, 신래침학을 아니 하겠다고 하는 것은! 모두들 들으시오. 예로부터 신참례를 한 것은 교만한 선비의 기를 꺾고, 상하의 등분을 엄하게 하여 그들로 하여금 규칙을 지키게 하기 위함이라 하였소."

신하들의 눈이 휘둥그레져서 서로를 둘러보았다. 지금 임금의 입으로 신래침학을 부추기는 것이 믿기지 않아서였다. 이제까지 신래침학은 근절하려는 왕과 유지하려는 신하 간에 늘 논란이 되어 왔었지만, 이런 반대 경우는 처음이었다.

"신참례는 신래가 사진仕進을 허락받기 위한 것. 이러한즉슨, 신래침학을 넘어서지 못한다면 그 관직도 허락되지 못하니, 내가 어찌 모른 척하고 있겠소."

신하들의 눈과 가슴이 떠졌다. 왕의 말대로라면 아직 끝난 것이 아니다. 하지만 어느 누구도 입을 열고 머릿속에 떠오르는 생각들을 말하는 이가 없었다. 신료들의 반대에도 불구하고 힘들게 규장각에 넣은 신래들을 신참례의 제물로 던져 넣을 만큼 호락호락한 임금이 아니다. 분명 이 말 너머에 꿍꿍이를 깔고 있는 것이리라.

"다들 내 의중이 궁금한 것이오?"

사진(仕進) 벼슬아치의 출근(出勤).

이렇게 먼저 말해 주는 것이 고마울 따름이다. 언제나 그랬다시피 북 치는 이도 임금이요, 장구 치는 이도 임금이 아니었던가.

"요사이 일련의 일들로 인해 나는 많이 지쳤소. 사헌부의 서경에서도 아무 탈 없는 신래들을 사사건건 트집 잡지 못해 안달인 신료들이 불쾌하여 견딜 수가 없었단 말이오."

차분하게 말하려고 노력하였지만, 마음 깊은 곳에서부터 들끓는 화가 목소리로 표출되어 나오고 말았다. 왕은 애써 감정을 가라앉히고 말을 이었다.

"흠흠! 그러하나 경들의 의견도 충분히 옳다고 생각하였소. 내가 신래들을 잘못 보았을지도 모르지. 경들은 내게 그것을 증명해 보이시오. 내 판단이 잘못된 고집이었음을. 이번 신참례를 통해서!"

황 판교는 과자를 한입 물면서 머릿속으로 중얼거렸다.

'강한 놈만 거두시겠다? 호랑이 새끼 키우기인가······. 뭐, 밑져야 본전이니 우리로서는 거절할 이유가 없군.'

인욱은 왕에게서 확실한 뜻을 듣기 원하였다. 어영부영 넘어가다가 뒤통수 맞은 적이 한두 번이 아니었다.

"그렇다면 그들 중 낙오되는 자가 있다면 소신들의 진계를 받아들이시겠단 뜻이옵니까?"

왕은 한쪽으로 올라가는 입 꼬리를 숨기지 않고 드러내면서 말하였다.

"그깟 신래침학도 이겨 내지 못하는 녀석들이라면 나 또한 딱히 귀애하고픈 생각이 없소. 하지만 그들이 신래침학을 넘어선다면 앞으로 여기에 관한 더 이상의 불만은 꺼내지 않으리라 믿소."

사헌부 대사헌이 머리를 조아리며 물었다.

"상감마마의 깊으신 뜻은 헤아리고도 남음이 있사옵니다. 하오나 규장각의 신래는 규장각의 관할이온데, 이렇듯 소신들까지 한자리에 앉힌 연유가 무엇이옵니까?"

"방금 규장각 제학이 제 입으로 말하지 않았소? 규장각에서는 신래 침학에 관한 한 재주가 없다고. 이왕 하는 거, 독하게 해야 불만 많은 입이 다물어질 터이니, 예로부터 명성이 자자한 경들의 관서에 협조를 구하는 것이오."

황 판교는 깜짝 놀라 손가락으로 집어 올리던 과자를 떨어뜨렸다. 옆의 홍문관 대제학은 차를 마시던 채로 콜록거렸고, 나머지는 여전히 이해하지 못한 눈으로 두리번거렸다. 이것은 강한 놈만 거두겠다는 것이 아니라, 강한 놈까지 버리겠다는 의미였다. 신하들의 의아함을 즐기듯, 또는 놀리듯 왕은 큰 소리로 웃었다.

6

윤희는 남자들의 걱정거리를 깔끔히 잘랐다.

"아무튼 신참례는 걱정하지 않는 것으로 알겠습니다. 사실 어떤 자가 머리를 쓰더라도 반궁 신방례 때의 여림 사형만 하겠습니까?"

용하도 마음의 찜찜함을 털어 내기 위해 웃으면서 대꾸하였다.

"내 값을 그리 쳐 주니 고맙군그래. 아차! 값이라 하니 생각이 났는데, 자네가 승문원 판교의 명자를 적어 주었나?"

"네, 그랬습니다."

"황 판교 그 영감이 제 명자를 여기저기에 뿌리고 다니는 통에 다들 어느 명자장이 솜씨인지 궁금해하고 있다네. 조만간 자네에게 부탁하는 이들이 늘어날걸세."

"그거 혹시 돈이 될까요?"

윤희의 눈동자가 반짝이다 못해 엽전의 광채를 뿜었다.

"되다마다. 솜씨 좋은 명자장이는 부르는 게 값일세. 이따가 자네 집으로 종이를 보내 줄 터이니, 내 명자도 부탁함세. 다른 이들한테는 비싸게 받고, 내게는 자네가 명자를 새길 종이를 공급해 주는 걸로 계산 끝내 주게."

그런데 보료 위에서 몸을 길게 뻗던 재신이 갑자기 벌떡 일어나 앉으며 고함을 질렀다.

"아, 맞다! 명자!"

세 사람은 깜짝 놀라 그를 보았다.

"저번에 우리 아버지가 너에게 명자 부탁했는데."

재신은 제 친구에게 부탁하려면 쌀가마니는 내놓으라고 했다가 얻어맞았던 게 생각이 났다. 그때 맞은 뒤통수가 욱신거리는 듯하여 손으로 문질러 보았다.

"젠장! 아직도 아프네. 나중에 쌀과 종이를 보내 줄 테니까 해 주라. 내 것도."

윤희는 민망하여 머리를 긁적이며 말하였다.

"종이만 보내 주십시오. 사형들한테 어떻게 그 값을 받겠습니까?"

"줄 때 받아. 이판같이 못된 벼슬아치한테는 그 정도 받아먹어도 돼."

내키지 않아 고심하는 그녀에게 용하가 방글방글 웃으며 말하였다.

"그럼 걸오 값은 놔두고 이판 대감 값만 받는다고 여기면 되지 않겠는가. 내게는 종이만 받고. 대신, 난 양을 많이 해 주게나."

"많이 적어 뒀다가 다른 관서로 옮기게 되면 어찌시려고요?"

"걱정은 접어 두게. 각신들은 다른 관서의 더 높은 관직으로 가도 계속 규장각 명자를 사용한다네."

윤희의 반짝이는 눈매가 선준을 향하였다. 그도 싱긋이 웃으며 말하였다.

"나도 부탁하오. 값은 따로 쳐 주겠소."

그녀의 입이 가로로 넓게 걸렸다. 값은 필요 없었다. 그의 명자를 손수 써 줄 수 있다는 것이 기분 좋을 뿐이다. 윤희는 자리를 털고 일어났다.

"왜 벌써 가려고?"

"면신연에서 탁주 한 사발이라도 올리려면 한 푼이라도 더 벌어야지요."

"여기 함께 사……."

용하의 말을 가로막으며 선준이 말하였다.

"그럼 먼저 가오. 나중에 다시 이야기하오."

윤희는 세 남자에게 골고루 인사를 하고 방을 나갔다. 문이 닫히기가 무섭게 용하가 물었다.

"왜 대물을 그냥 보내는가? 여기서 함께 사는 건 확실히 다짐을 받아야지."

"다짐받을 필요가 따로 있겠습니까?"

그의 선한 웃음에 용하는 한쪽 눈을 끔벅였다.

"가랑 자네도 제법일세. 암, 필요가 없지."

용하는 고개를 돌려 얼굴 가득 웃음을 담고 재신을 쳐다보았다. 그런데 재신이 먼저 선수를 쳤다.

"나도 여기서 함께 살자고? 사랑채에서 제일 좋은 방으로 준비해 둬라. 오가는 길에 들를 테니까."

예상했던 것처럼 순순히 승낙을 얻어 낸 것이 기뻐, 용하는 그를 와락 끌어안고 소리쳤다.

"고마우이! 역시 자네도 나와 같은 마음이었어. 그깟 첩이 자네에 비할쏜가. 아무도 필요 없네. 자네만 있으면 돼."

"야, 떨어져! 오가는 길에 들른다고 했지, 산다고는 안 했다. 집에 귀찮은 물건이 하나 더 늘어났을 뿐이니까."

"고롬고롬. 자네는 오가는 길에 들를 뿐이지. 그런데 귀찮은 물건이라니?"

"있어, 반 토막."

같은 시각, 제 낭군에게서 반 토막이라고 불리는 다운은 비지땀을 흘려 가면서 재신의 서안을 뽀독뽀독 소리가 날 정도로 윤기 나게 닦고 있었다.

한편 밖으로 나온 윤희는 이따금 안쪽을 살펴 가며 대문 앞을 서성거렸다. 행여나 선준이 뒤따라 나올지도 모른다는 기대감 때문이었다. 그러기를 한참 뒤, 결국 그녀는 깊은 한숨만 땅에 떨어뜨려 놓고 실망한 걸음으로 용하의 집 앞을 떠났다.

황 판교는 흔들리는 남여에 앉아 왕이 했던 말들을 되풀이해서 새김질하고 있었다. 어찌하실 의중인지 헤아리지 못하는 것은 아니지만, 그것이야말로 왕의 오만이란 생각이 들었다. 왕의 계획대로라면 신참례를 통과할 수 있는 신래는 아무도 없었다. 쫓아낼 방법을 제시해 준 것에 불과하였다. 혹시 숨겨 놓은 꿍꿍이가 따로 있는 것인가? 그는 황급히 도리질을 하고 생각을 떨쳐 내었다. 어차피 선택권은 신하들의 손으로 건너왔다. 그리고 제일 첫 깃발은 승문원에서 잡았다. 그 깃발이 뒤의 관서로 넘어가는 일은 없을 것이다.

집 앞에 가까워졌을 때였다. 대문 앞에서 젊은 청년이 자신을 향해 허리를 숙이는 모습이 보였다. 남여에서 내려 그에게로 다가가서야 침침한 눈이 김윤식임을 알아보았다.

"오, 자네로구먼."

"이제야 찾아뵈어 죄송합니다. 아니 계시다기에 돌아가려던 참이었습니다."

"섭섭하게 기다리지도 않고 돌아가려 하였나? 어서 안으로 들어가세. 그러잖아도 소식이 없어 서운하였다네."

황 판교는 앞서 대문 안으로 들어가서 하인에게 귓속말로 무언가를 지시하였다. 그리고 천천히 사랑채로 들어갔다. 그가 먼저 안쪽 병풍 앞에 앉자, 윤희도 맞은편에 따라 앉았다.

"소생을 부르신 이유가……."

"성격 급하기도 하지. 우선 찻상이 들어오거든 천천히 이야기 나눔세."

잠시 머쓱한 시간이 지나고 하인이 들어왔다. 그리고 이상하게도 윤희가 앉은 옆으로 발을 내려 달았다. 황 판교에게 무슨 일인지를 표정으로 물었지만, 그의 나쁜 시력이 알아보지 못하였다. 이때, 방 밖에서 얌전한 규수의 목소리가 들렸다.

"아버지, 찻상을 들이겠습니다."

윤희의 뒤통수 머리털이 요상한 상황을 감지하고 바짝 곤두섰다. 그와 동시에 누가 밀치기라도 한 것처럼 자리에서 벌떡 일어났다.

"아, 자네는 자리에 그냥 앉아 있게. 서영아, 들어오너라."

윤희는 잠시 망설이다가 어쩌지 못하고 다시 자리에 앉았다. 화려한 모란꽃 그림이 그려진 발을 사이에 두고 윤희 옆에 서영도 다소곳하게 앉았다. 그림 덕분에 사람 형태만 보일뿐 얼굴은 자세히 보이지 않았다. 하인이 실내용 작은 풍로를 비롯하여 여러 가지 도구들을 가져다 놓고 사라졌다. 세 사람만 남아서야 황 판교가 말하였다.

"내 여식일세. 우리 집에서 차 달이는 솜씨가 제일 좋지. 언제나 나 혼자 즐기는 것이 아까웠는데, 이렇게 자네에게 대접할 수 있어서 기쁘군그래. 우리 서영이의 차를 마시는 사내는 나 이외에는 자네가 유일하다네."

"여, 영광입니다."

유일하다는 건 영광이 아니었다. 지금 선을 보고 있는 것이다. 이런 상황은 바로 직전까지도 예상 못 한 일이라 윤희는 어떤 말과 행동을 해야 할지 갈피를 잡지 못하였다. 발 너머의 여인은 살포시 고개를 숙여 인사한 뒤에 군더더기 없는 동작으로 끓여 온 찻물을 풍로 위에 올렸다.

"규장각으로 들어가게 되었다고?"

"네? 네, 그렇습니다."

"아쉽군. 자네는 꼭 우리 승문원으로 와 주었음 하였는데. 노론과 소론 소굴인 그곳이 자네에게 해가 되지 않을까 걱정일세."

"염려에 감사드립니다."

이 상황을 어떻게 모면해야 할지에 모든 신경을 쓰느라, 지금 자신이 제대로 대답하고 있는지도 분간이 되지 않았다.

"자네도 남인이라 하였지? 혹시 가까이 지내는 이들 중에 내가 아는 자라도 있는가?"

어울리는 남인이 있느냐는 질문이었다. 성균관에서도 사형들 틈에 몸을 숨기느라 같은 당파끼리는 인사만 하고 지내는 처지였다.

"아마도 없을 것입니다."

"그렇다면 가끔 우리 집에 오게나. 많지는 않지만, 우리 남인들끼리 이곳에서 더러 어울리곤 한다네. 자네도 알아 두면 손해 보지 않을 사람들일세."

윤희가 거절하는 의미로 싱긋이 웃기만 하자 황 판교는 친절하게 뒷말을 붙였다.

"길을 가다 왈자들의 칼부림을 받는 것은 무리 지어 다니는 사람이 아니라 홀로 다니는 사람이라네. 이와 마찬가지로 당파라는 무리를 짓는 것은 공격을 위한 것이 아니라, 방어를 위한 것일세."

출세에 큰 보탬이 될 제안이었다. 만약에 자신이 진짜 김윤식이었다면 말이다.

"말씀드리기 죄송하지만, 소생은 사귐에 있어 당파로 경계 짓지 않습니다. 당파보다는 그 이익을 떠난 벗이 더 견고한 무리라 생각합니다."

"자네의 말은 치기로 하는 우스개일세. 틀린 건 아니지. 현실과 동떨어졌을 뿐이니까. 당파보다 더 강한 방어는 없네, 아직은."

"공격과 방어도 모르고 당파도 잘 모릅니다. 소생이 스스로를 남인이라 하는 것은 사람들의 무리가 가리켜서가 아니라, 책에서 배운 것들이 소생을 가리켜 남인이라 하기 때문입니다."

"그러나……."

옆의 서영이 일부러 찻잔 부딪치는 소리를 내어 어색해진 대화를 중단시켰다. 윤희는 볼 수 없었지만, 황 판교는 딸의 표정을 보고 환하게 웃었다. 윤희는 다시 긴장하지 않을 수 없었다. 그렇다. 지금 어쩌면 선일지도 모르는 것을 보고 있었다. 태평하게 당파가 어쩌고를 논할 처지가 아니었다. 그녀는 예전에 황 판교와 나눈 대화들을 하나둘 기억해 내었다. 그가 혼인을 하였는지, 혼사가 오가는 곳이 있는지를 물었었다. 그리고 그에 대한 답으로 혼인하지 않았고, 혼사가 오가는 곳도 없다고 말했었다. 지금에 와서 갑자기 말을 바꿔 혼사가 오가는 집안이 있다고 거짓말을 하기에는 늦은 감이 있었다. 그랬다가는 감히 판교 집안을 퇴짜 놓는 꼴이 될 위험이 컸다.

"본의 아니게 자네에 대해 몇 가지를 알아보았다네. 원래가 과년한 자식이 있는 부모는 괜찮다 싶은 녀석이 있으면 이것저것 재어 보는 게 당연하니 불쾌하게 여기지 말아 주게나."

아! 동네 사람들에게 소문을 기웃거리던 이가 있다던 것이 황 판교의 소행이었구나. 어느덧 그녀의 등에서는 빗물처럼 땀이 흘러내리기 시작하였다.

"우리 서영이는 나를 닮지 않아 박색은 아닐세."

"만약에 박색이라 하여도 발에 비치는 모습의 우아함이 그것을 덮고도 모자랄 듯합니다."

윤희의 고개가 자신의 말에 기운을 잃고 절로 숙여졌다. 이건 제 손으로 무덤을 파는 격이었다. 이 난관을 어떻게 피하나 고심하고 있는데, 발이 조금 걷어지면서 아래로 작은 다과상이 밀려왔다. 그 위에는 찻잔이 덩그러니 놓여 있었다. 고운 소맷자락이 뻗어지니 황 판교의 서안 위에도 찻잔이 올라갔다. 황 판교가 먼저 찻잔을 들고 맛을 보았다. 그를 따라 윤희도 차를 마셨다. 그런데 갑자기 그가 찻잔을 내려놓고 일어나면서 말하였다.

"아, 갑자기 볼일이……. 미안하지만 잠시만 차 마시고 있게나. 내 금방 다녀옴세."

그러더니 방 밖으로 훌쩍 나가 버렸다. 정말로 뒷간이 급해서일지도 모르지만, 왠지 서영과 단둘이 남겨 두려는 의도로 보였다. 이를 뒷받침하듯 서영이 조용하게 말하였다.

"아버지의 실례를 소녀가 대신 사죄드려도 되겠습니까?"

"실례라니요? 아닙니다."

"하지만 도련님께서 당황하시는 모습이 아버지께 앞뒤 정황도 듣지 못하신 듯하여……. 민망함에 소녀가 몸 둘 바를 모르겠어요."

윤희는 미안함으로 인해 입을 다물었다. 그렇지만 서영의 민망함을 모른 척할 수도 없는 노릇이었다.

"차는 입에 맞으시는지 모르겠습니다."

마치 어쩌지 못하는 윤희를 배려하여 화제를 돌린 듯한 상냥한 어투였다. 그 마음이 고마워서였는지 날카롭던 윤희의 신경도 차츰 가라앉았다. 다시 한 모금 차를 마신 뒤, 그 배려에 대답하였다.

"소생이 한미하게 자란 탓에 차 맛을 알지 못합니다. 하여 이리 귀한 대접을 받고도 가벼운 감상 한마디 얹지 못함을 용서해 주십시오."

"소녀도 차만 우려 낼 줄 알았지 그 맛은 알지 못한답니다. 그저 쓴맛이겠거니, 떫은맛이겠거니, 혹은 신맛이겠거니 여기는 정도이지요."

"쓴맛도 났고, 떫은맛도 났고, 신맛도 났습니다."

"그 모든 맛을 느끼셨다니, 그보다 더한 극찬이 어디 있겠습니까."

윤희는 한 모금을 더 마시고 황 판교의 빈자리를 멍하니 보았다. 이 영감탱이는 사람 속 터지게 해 놓고 돌아올 기미가 없었다. 윤희는 어떻게 해서든 이 자리를 모면하기 위해 당치도 않은 말을 술술 하였다.

"낭자께는 죄송하지만, 소생이 난봉기가 있어 여자 버릇이 썩 좋지 않습니다."

동생에게는 미안하였지만 달리 핑계가 떠오르지 않았다. 하지만 서영의 답변은 더없이 양갓집 규수다웠다.

"사내에게 그만한 책은 오히려 자랑거리지요."

지금의 발언은 같은 여자로서 심히 유감이 아닐 수 없다. 그렇지만 이 말이 진심이 아니라는 것쯤은 윤희도 모르지 않았다.

"또한 소생의 처지가 워낙 궁핍하여……."

"사람이 궁핍한 것보다는 처지가 궁핍한 것이 더 낫지 않겠습니까?"

윤희의 시선이 저절로 드리워진 발로 돌아갔다. 화려한 모란꽃 그림이 두 사람의 눈길이 이어지는 것을 방해하였다. 얼굴은 보이지 않아도 목소리에서 느껴지는 느낌과 말이 주는 기품을 통해 '좋은 여자'임을 알 수 있었다. 그래서 어렴풋하게 보이는 여인의 형체와 꽃 그림이 뒤엉켜 여인이 곧 꽃이고, 꽃이 곧 여인으로 보였다.

"화중왕마저 그 빛을 잃으니 낭자야 말로 화중괴花中魁일 듯합니다."

"난꽃이 가엾습니다. 소녀는 겨우 면추한 정도인걸요. 찻잔을 다시 주십시오."

윤희는 찻잔을 발 아래로 밀어 주었다. 이윽고 다시 채워진 찻잔이 고운 손끝에 밀려 나왔다. 아주 작은 소리조차 허락하지 않는 움직임이었다. 문득 발 너머의 여인이 궁금해진 이유는 선준에게 부끄러워서였다. 그리고 눈길을 거두고 고개를 숙인 이유는 선준에게 이렇게 좋은 여자가 되어 주지 못하는 미안함 때문이었다. 윤희는 찻잔을 다과상에 올려놓고 안개를 피워 올리는 고요한 초록빛 물을 하염없이 바라보았다. 그 물에 자신이 아닌 동생의 모습이 떠올랐다.

"이 제의는 거절할 것입니다. 이건 결코 낭자 때문이 아닙니다. 오직 소생의 문제입니다. 이러한 결정이 얼마나 어리석은 짓인지 모르지는 않지만, 안타깝게도 이럴 수밖에 없음을 이해해 주시기 바랍니다."

"길게 여쭙지 않겠습니다. 도련님 뜻에 따르겠습니다."

"한 가지 부질없는 말을 덧붙이자면, 지금 이 자리에 이렇게 앉게 된 것이 소생에게는 얼마나 큰 영광인지를 알아주시기 바랍니다. 잊지 못할 것입니다."

윤희의 눈길은 찻잔에서 일어나지 않았다. 하지만 물속에 보이는 동생의 눈길은 서영을 향해 있는 것 같았다. 어쩌면 동생에게 가야 할 행복이 자신으로 인해 방해받고 있을지도 모른다는 생각이 눈을 감게 하였다.

"어이쿠, 기다리게 해서 미안하네."

천연덕스럽게 웃으며 들어오는 황 판교 소리에 윤희는 눈을 뜨고 자리에서 일어났다.

"번거롭게 왜 일어나는가. 그래, 내가 없는 동안에 대화는 좀 나눠 보았는가? 발이 펄럭이거나 하지는 않았고?"

그는 평상복으로 옷을 갈아입은 모습이었다. 윤희는 다시 자리에 앉으면서 대답하였다.

"바람 한 점 없어 다행히 발은 펄럭이지 않았습니다. 저……, 영감께서 왜 소생을 이 자리에 앉혔는지 알고 있습니다. 여기에 대해서는 진심으로 감사드립니다. 하지만 소생의 처지가 그 성의를 받아들일 수 없습니다. 죄송합니다."

"무슨 처지? 가난해서? 집에 계신 폐혼 당한 누님 때문에? 내가 그런 것도 알아보지 않고 자네를 여기에 앉혔는 줄 아는가? 난 자네의 장래를 보는 것일세. 그걸 따진다면 우리야말로 언감생심 어찌 자네를 넘보겠는가."

"아버지, 도련님 가셔야 합니다. 긴 말은 폐가 되니 그만 보내 드리셔요."

황 판교는 서운한 표정을 숨기지 않다가 딸을 보더니 기분을 풀었다.

"우리 서영이 얼굴을 보았다면 자네 마음이 달라졌을지도 모르는데. 쩝!"

그의 섭섭함을 뒤로하고 윤희는 서영의 도움으로 겨우 그 자리를 벗어날 수 있었다.

윤희를 배웅하고 마주 앉은 황 판교는 서영에게 차를 한 잔 받아 마신 뒤 말하였다.

"너도 그 녀석 얼굴을 보았다면 그냥 보내란 말은 하지 못했을 게다. 당파까지 같은 그런 놈은 흔하지 않거든. 그런데 방싯방싯 웃는 걸 보니 너도 지아비로 삼을 만하였던 모양이구나."

"스스로를 난봉기가 있어 여자 버릇이 좋지 않다고 하더군요."

"뭐? 그런 버릇은 곤란한데……. 그런데 넌 왜 그리 웃느냐?"

"한데 그 말씀을 함에 앞서 죄송하다 하셨어요. 못난 사내들은 그것이 죄송한 짓인지도 모른다지요. 거절당하기 위한 핑계로 건 것이 난봉기라니, 소녀로서는 그분의 거절이 안타까울 수밖에요."

"그는 승문원으로 데리고 올 것이다. 네가 그리도 마음에 든다면 내가 다시······."

"아버지, 아닙니다. 그러시지는 마셔요. 필시 무슨 곡절이 계신 듯하였습니다."

그는 실망감이 스민 딸의 얼굴을 보자 아쉬운 마음이 더해지는 것을 감출 길이 없었다.

황 판교의 집을 나선 윤희는 갑작스럽게 선준이 그리워지기 시작하였다. 기운이 빠지면 그 빈자리만큼 그를 채우려는 본능이 있는 듯하였다. 하지만 아무리 가까운 거리라고 해도 다시 용하의 집으로 가면 이상하게 보일지도 모른다는 생각이 그녀의 발걸음을 집으로 향하게 하였다.

남산골 묵동으로 들어가는 길목에 이르러서였다. 그곳에는 윤희를 기다리는 사람이 있었다. 애석하게도 그리웠던 선준이 아니라 그의 부친이었다. 그 자리에서 얼어붙은 채 인사조차 올리지 못하는 그녀를 향해 정무는 짧은 말을 던졌다.

"잠시 따라오너라."

정신을 가다듬을 틈도 주지 않고 성큼성큼 앞서 걷는 그의 뒤에서 윤희는 얼어붙은 걸음으로 힘겹게 따라붙었다. 사진을 하면 다른 건 몰라도 상관을 대함에 있어 두렵지는 않을 것 같았다. 판교와 우의정이 번갈아 이렇듯 더없이 좋은 훈련을 시켜 주니 말이다. 한마디도 없이 가는 동안 윤희는 신기함을 느꼈다. 이 나라의 재상이 가마와 가마꾼, 심지어 구종 한 명 없이 이런 허름한 동네에 나타나는 건 쉽게 볼 수 있는 광경이 아니다. 게다가 일반 백성들이야 재상이 만날 놀고먹는 줄 알지만, 실제는 눈코 뜰 새 없이 바쁜 자리가 아닌가. 그래도 고급스런 옷차림은 힐끔힐끔 쳐다보는 사람을 모을 정도로 재상다워 보였다.

그들이 간 곳은 아무도 없는 길을 지나 한적한 곳에 쓸쓸히 세워진 정자였다. 정무는 정자에 걸터앉아 우두커니 선 윤희를 보았다. 웬만한 사내가 부럽지 않을 정도로 팔다리가 시원시원하게 뻗은 미인이었다. 오늘 다시 찬찬히 보니 훤칠한 미모가 어쩐지 제 아내를 닮은 것도 같았다.

"앉아라."

윤희는 정자와 땅바닥을 번갈아 보다가 결국 정자 아래의 땅에 무릎 꿇고 앉았다. 그가 위로 올라와 앉으라고 해 주리라 생각했기 때문에 죄인으로서의 약소한 성의를 보였던 것이다. 하지만 정무는 별다른 반응 없이 물었다.

"기어이 규장각으로 들어가는구나. 이제 어쩔 셈이냐?"

규장각으로 들어가게 되어 설레었던 감정을 숨기고 참담한 표정을 최대한 드러내 보였다.

"그러니까 어떻게 해야 할지……. 소생은, 아니, 소녀는……."

자신을 가리켜 여자라는 것이 낯 뜨겁고 어색하여 잠시 침을 삼키고 말을 이었다.

"……이러한 결과가 나오기 전에 합하께서 손을 쓰실 거라 생각하였습니다."

정곡을 찔린 탓에 윤희의 말이 불쾌하였다. 그래서 괜히 짜증을 섞어 말하였다.

"그럴 수 있는 상황이 아니었다. 각설하고, 내가 이렇게 널 찾은 것은 아내와 아들과는 달리, 너와는 대화가 통하지 싶어서다."

윤희는 바닥을 살펴보지 않고 아무 데나 앉아 버린 것을 후회하였다. 정강이 쪽에 거친 돌부리가 박혀 벌써부터 통증이 느껴졌기 때문이다.

"폐혼을 당하였는데도 불구하고 아직 자결하지 않은 것이 용하구나. 염치란 게 없는 탓이지."

윤희는 고개를 들어 정무를 똑바로 보았다.

"왜 제가 자결해야 합니까?"

비록 목소리는 힘이 없었지만 그녀의 의지는 그렇지 않았다. 정무의 대답이 없자, 윤희는 다시 말하였다.

"말씀드리기 송구하지만 제가 자결할 이유는 없습니다. 형님의 처가 되지 못한 것은 물론 뼈가 부서지는 고통이나, 형님의 여자인 것은 변하지 않습니다. 앞으로 다른 여인을 처로 들이고 저를 영원히 버린다 하여도, 저를 영원히 잊는다 하여도 제 마음이 정절을 버리지 않을 것이니 자결할 이유가 없습니다."

"네가 이대로 살아 있으면 우리 모두가 죽을 수도 있기 때문이다."

그의 목소리도 힘없이 소곤거렸다. 하지만 차가운 살기를 머금고 있었다.

"그래서 제게 자결을 권하기 위해 여기까지 오신 겁니까?"

"권하면 할 것이냐?"

"할 수 없습니다."

한 치의 빈틈도 없는 질문에 한 치의 망설임도 없는 대답이었다. 정무는 비웃음인지 한탄인지 알 수 없는 미소를 보이면서 한숨처럼 말하였다.

"하지 마라."

윤희는 의외의 말에 눈을 깜박였다. 조정의 모진 바람 속에 살아온 사람이라서 그런지 말의 억양과 표정만으로는 그 속을 가늠하기가 쉽지 않았다.

"자결하지 말고 악착같이 살아남아라. 금상께서 사인을 규명하겠다고 설쳐 대시기라도 했다가는 더 골치 아파지니까. 행여 죽어야 할 상황이 닥치면, 네 흔적들은 모조리 지우고 죽어라."

살의를 드러내는 눈빛과는 어울리지 않는 말이었다.

"그리고 내 아들의 흔적……, 네 몸에 남기지 마라. 내 아들의 씨는 네가 받을 수 있을 만큼 하찮은 것이 아니다."

바람마저 정지해 버린 듯한 공간, 그 안에서 잠시 말조차 정지하였다. 윤희는 정강이의 고통으로 가는 신경을 정무의 표정으로 가져오기 위해 애를 썼다. 그가 자리에서 일어나 윤희 앞에 섰다. 그리고 바람조차 훔쳐 듣지 못하게 하려는 양 작은 목소리로 말하였다.

"금상께오서는 이 땅에서 첫울음을 하시기도 전에, 뱃속에서부터 죽음의 칼날 위에서 버텨 온 분이시다. 그래서 의심도 많고, 그만큼 눈치도 빠르지. 궐내각사는 그렇기에 위험한 곳이야. 사진하는 즉시,

네 손으로 사임 원서를 올리도록 해라. 단 하루도 지체하지 마라."

정무도 왕 못지않게 의심이 많은 것이리라. 이렇듯 수행하는 사람 하나 없이 왔다는 건 극도로 조심하고 있다는 것이고, 또한 같은 노론일지라도 그 어떤 누구도 믿지 않는다는 뜻이기도 하였다. 그의 고급스런 신을 보고 있던 윤희의 눈앞에 그의 얼굴이 내려왔다. 왕만큼이나 죽음과 마주하고 살아온 그의 주름 아래로 길고 하얀 수염이 미세하게 움직였다.

"정순(呈旬)할 수 있는 기회는 주마. 한 달이다. 사진하고부터 한 달 안에 반드시 관직을 그만두고 내 아들 곁에서 사라져야 한다. 흔적도 없이."

귓가에 겨우 들릴 정도의 작은 속삭임이 무릎 위에 가지런하게 올린 그녀의 주먹을 떨게 만들었다. 그의 목소리는 더욱 작아졌다.

"담보는 너의 동생과 어미의 목숨이다."

정순(呈旬) 당하관이 사임할 때에 열흘에 한 번씩 세 번을 계속하여 소속 상관에게 원서를 제출하는 일.

第四章

신참례 新參禮

1

아직 날이 채 밝지도 않은 이른 아침부터 대루원待
漏院에는 사람들이 하나둘씩 모여들었다. 그 사람들 속에는 윤희도 섞여 있었다. 늦지 않기 위해 꼭두새벽부터 설친 결과였다. 윤희는 먼저 온 사람들에게 인사를 하면서 빈자리에 대충 걸터앉았다. 사람들이 새로운 얼굴에 대한 소문을 들었는지 저들끼리 한두 차례 귓속말을 주고받다가 이내 관심을 껐다. 앉기가 부섭게 피곤에 지쳐 각자 졸기에 바빴기 때문이다.

윤희도 대루원 땅바닥에 풀어헤쳐진 채로 뒹굴고 있는 두루마리가 이상하여 잠시 눈여겨보다가, 고개를 숙여 얼굴을 감추고 조는 척하였다. 처음으로 규장각에 들어가는 것이라 심장이 쿵쾅거려 잠이 올 턱이 없는데도 애써 노력하였다. 조는 척하면서도 신경에 거슬리는

대루원(待漏院) 이른 아침에 대궐에 출근하는 사람들이 궐문이 열릴 때까지 기다리며 대기하던 곳.

두루마리에 이따금씩 게슴츠레한 시선을 주었다. 아무도 건드리지 않았다. 옆으로 치우는 사람도 없었고, 밟는 사람도 없었다. 역병이라도 묻어 있는 것처럼 슬금슬금 피해서 지나다닐 뿐이었다.

그러기를 한참 뒤, 귀에 익은 목소리가 귓가에 들려왔다.

"어이, 눈만 감고 있는 거 다 아니까 얼른 일어나게나."

굳이 실눈을 하지 않아도 용하임을 알 수 있었다. 그래서 더 눈을 뜨지 않았다.

"진짜 잠든 것이오?"

걱정 어린 다정한 목소리, 선준이다. 눈이 번쩍 떠졌다. 그녀 앞에 선준과 용하, 그리고 재신까지 서 있었다.

"가랑 형님, 사형들. 어떻게 다 함께……."

"너무하는군. 내 말에는 꼼짝도 아니하더니."

용하는 그녀에게 이렇게 말해 놓고 선준과 재신을 번갈아 보면서 떠들었다.

"거 보게, 내가 여기 앉아 있을 거라 하지 않았는가. 분명 어젯밤 잠을 이루지 못하였을 터이고, 행여 늦을세라 누구보다 먼저 와서 얼뜨기처럼 앉아 있을 거라고."

윤희는 옷을 털고 일어나면서 대꾸하였다.

"다른 말씀은 다 맞는데, 얼뜨기는 틀렸습니다."

"틀리긴 뭐가 틀렸냐? 사서 고생하는 꼴이 딱 얼뜨기구먼."

입이 찢어져라 하품하면서 빈정거리는 재신을 향해 윤희는 눈을 흘겨 주었다. 세 남자가 함께 올 수 있었던 것은 함께 살고 있기 때문이리라. 아마도 선준의 등쌀에 아침잠 많은 재신도 억울하게 일찍 끌려

나왔으리라. 그러는 사이, 선준은 윤희의 안색을 꼼꼼히 살펴 나쁜 기운을 찾아내었다.

"잠을 설친 게 하룻밤만은 아닌 것 같은데, 무슨 일 있었소?"
"네? 아뇨, 별다른 일은 없었습니다. 긴장해서 그렇겠지요."

그의 말대로 하룻밤만 잠을 설친 게 아니었다. 정무와 헤어진 이후로 줄곧 잠을 잘 수 없었다. 규장각에 머무르는 기간을 여섯 달 정도로 잡았던 윤희에게 정무는 단 한 달을 주었다. 그 의미는 아울러 선준의 곁에 머물 수 있는 기간도 한 달만 주겠다는 것이었다. 관직을 관두는 건 사임 원서만 올리면 되니까 어렵지 않게 해결할 수 있을 것이다. 규장각 당상관들이 그녀를 모두 반대했으니 얼씨구나 좋구나 하면서 받아 줄 것이 분명하다. 그렇기에 한 달 후를 더 걱정할 수밖에 없었다.

윤희는 선준의 미심쩍은 눈초리를 피해 괜히 뒹굴고 있는 두루마리를 보았다. 세 남자의 시선도 그녀를 따라 움직였다. 재신이 퉁명스럽게 말하였다.

"이건 뭐야? 웬 두루마리가 여기 있어?"

용하는 어색하게 피해 다니는 사람들을 두리번거리다가 두루마리를 유심히 보았다.

"상소문? 이거 상소문 같으이."

용하의 말에 놀란 선준이 허리를 숙여 두루마리를 잡으려고 하자, 옆에 앉아 있던 관원이 소리쳤다.

"아니 되오!"

네 사람의 눈이 한꺼번에 관원에게로 쏠렸다. 그는 분위기에 눌려 볼을 붉힌 채 말을 더듬었다.

"그, 그건 건드리지 않는 게 좋겠소. 상감마마께오서 여기에 일부러 버린 상소문이라오."

여기저기서 신경을 끊는 게 편하다는 사람들의 눈짓이 날아왔다. 이런 일이 처음은 아닌 모양이었다. 네 사람의 눈이 동시에 두루마리로 돌아왔다. 검은 글자들이 보였다. 그런데 상소문의 구색과는 맞지 않는 붉은 글자도 드문드문 보였다. 의아함과 궁금증이 글자를 읽는 데 집중력을 높였다. 제일 먼저 선준이 입술을 깨물었다. 상소문의 요지는 규장각을 철폐해야 한다는 내용이었고, 이것을 올린 이는 명망이 높은 학자였다.

하지만 4인방을 경악하게 만든 것은 검은 글자가 아니라, 왕이 손수 적은 붉은 글자였다. 그것은 상소문에서 잘못된 문장을 조목조목 짚어 놓은 것으로도 모자라 전체 내용의 오류까지 지적해 놓았다. 학자의 자존심을 잔인하게 짓밟는 것과 동시에 다른 이들까지 상소문을 올릴 의지를 꺾어 버리는 행위였다. 아마도 글을 쓴 학자는 대루원에 뒹구는 상소문보다 지적당한 문장에 더 깊은 상처를 받았을 터이다. 마음에 들지 않는 상소문을 올린다고 목을 베는 멍청한 폭군보다 이렇듯 똑똑한 군주가 더 무섭다. 그리고 그보다 더 효과적인 상소문 차단 방법은 없으리라.

규장각에 첫 사진하는 날, 규장각 철폐를 요구하는 상소문과 맞닥뜨린 상황이 절묘하였다. 우연치고는 기가 막혔다. 한동안 두루마리만 보고 있던 네 사람 중 선준이 허리를 숙였다. 내용이 무엇이건 간에 신하가 올린 상소문을 이렇게 취급하는 것은 군주의 덕이 아니기에 다른 사람들처럼 못 본 척할 수가 없었다. 선준이 상소문을 집어 올리자 잠의 파도가 갑자기 대루원을 덮치기라도 한 듯 사람들은 누가 먼저랄 것도 없이 일제히 자는 척하였다.

윤희의 손이 상황을 파악하려는 머리보다 먼저 움직여 두루마리에 붙었다. 선준만 앞세우느니 공범이 되기로 한 것이다. 재신의 손도 아무 말 없이 두루마리에 붙었다. 하지만 용하는 싱긋이 웃기만 할 뿐 공범을 자처하지는 않았다. 선준은 흙을 깨끗이 털어 내고 두루마리를 둘둘 말아 끈으로 깔끔하게 묶었다.

"그걸 어떻게 할 셈인가?"

"이것을 올바로 처리했어야 할 곳은 원래가 승정원이니, 그곳에 가져다주어야지요."

재신이 순식간에 두루마리를 낚아채 갔다.

"줍는 건 네가 했으니 갖다 주는 건 내가 하마."

윤희는 어쩌면 고생하지 않고 선비의 명예까지 챙기면서 파직당할 수 있는 기회일지도 모른다는 생각이 퍼뜩 들었다. 그래서 두루마리를 빼앗기 위해 매달리면서 말하였다.

"제가 파직당하……, 아니, 빨리 갖다 주겠습니다."

세 사람은 서로 갖다 주겠다며 옥신각신하였다. 용하가 주위를 곁눈으로 보면서 말하였다.

"우릴 보고 '순진한 건지 미련한 건지. 그렇게 자처하지 않아도 앞으로 골치 아픈 일 천지일 터인데, 쯧쯧. 저런 패기도 다 한때지.'라고 주무시는 여러 분들이 생각할지도 모르겠네."

제 생각을 읽힌 데에 놀라 지레 움찔하는 몇 명이 보였다.

때마침 멀리서 뿔피리 소리와 함께 대궐문이 활짝 열렸다. 그러자 졸던 사람들이 벌떡 일어나 일제히 대루원을 빠져나갔다. 4인방도 휑한 건물에서 나왔다. 끝이 보이지 않는 담장과 웅장한 금호문이 앞을 가로막고 서자, 시커먼 긴장이 달려와 윤희의 숨을 틀어막았다.

"슬슬 들어가 볼까?"

시건방진 재신의 말투에 웃음이 피식하고 터져 나왔다. 선준의 손이 윤희의 어깨를 힘주어 잡아 주었다. 그러자 몸속으로 들어와 있던 긴장이 연기처럼 옅어졌다. 윤희는 자신의 등 뒤에 병풍처럼 선 세 남자에게 먹구름을 쫓아낸 맑은 산처럼 웃으며 말하였다.

"까짓, 들어가 봅시다."

"그래서 그 상소문이 다시 승정원에 돌아와 있다고?"

왕의 한쪽 입술이 올라가 있는 건 선전관이 대루원에서 있었던 사건을 소상히 아뢰기 시작하자마자부터였다. 그리고 이야기를 다 듣고 마지막에 되물을 때는 더 이상 올라가지 않을 지점에 도달해 있었다.

"네, 그러하옵니다."

왕은 차갑게 웃으며 물러가라는 손짓을 하였다.

"건방진 놈들 같으니. 드디어 왔구나."

혼자 중얼거리는 말은 분명 비난인데, 표정은 그렇지가 않았다. 왕은 문서가 가득 쌓여 있는 서안을 밀치고 자리에서 일어났다.

"잠시 아침 바람이나 쏘이고 오자."

"하오나, 지금 빈청에서 진접晉接을 기다리고 있는 대신들이……."

"잠시라고 하였다. 나는 그들의 덜떨어진 계본도 허구한 날 기다려 주는데, 그들은 나를 잠시라도 기다리면 아니 된다는 말이냐?"

얼토당토않은 핑계를 갖다 댄 왕은 그 길로 바로 선정전을 나와 이문원을 향해 쏜살같이 걸었다. 그래도 대신들을 완전히 무시할 수는 없었는지 빈청이 있는 쪽으로 가지 않고, 인정전을 지나서 가는 길을 택하였다. 왕의 행렬이 여러 문을 거쳐 마지막으로 승안문을 통과하였다. 그리고 대유재의 모퉁이를 도니 비로소 이문원 마당에 나란히 서 있는 네 명의 신참들이 보였다.

윤희와 선준, 재신, 용하는 이문원과 대유재 건물 사이로 갑자기 나타난 왕에 놀라 일제히 땅바닥에 엎드렸다. 이문원에서 아침 사무를 준비하고 있던 각신 네 명도 부리나케 내려와 허리를 숙였다.

"잠시 산책 중에 지나는 길이니 신경 쓰지 말게."

가장 바쁜 이 시간에 산책이라고? 4인방이 보고 싶어서 엉덩이를 붙이고 있기 힘들어서라는 걸 모르는 사람은 아무도 없었다. 그들의 생각을 뻔히 아는 듯 왕은 또 다른 핑계를 붙였다.

"신관 주제에 사진하는 첫날부터 내 심기를 어지럽혀서 말일세."

인욱이 의아해하며 물었다.

"이들은 계속 여기에 서 있었사옵니다. 한데 어찌……."

무슨 일인지 짐작한 4인방이 더욱 머리를 조아리자 왕이 노여운 목소리를 꾸몄다.

"어리석은 신하를 깨우치기 위해 대루원에 던져 놓았던 상소문을 동서도 분간 못 하는 이놈들이 승정원으로 도로 가져다 놓았다더군. 미칠 노릇이야."

"아니, 그런 천인공노할 일이! 상감마마, 이 일은 엄히 다스림이 옳으신 줄로 아옵니다."

 혹시 각신들은 간신들만 모아 놓은 곳인가? 재신이 발끈하여 고개를 드는데, 그를 앞질러 왕이 먼저 소리를 높였다.

 "그만! 이에 관한 것은 차후에 논하고, 이 괘씸한 놈들더러 일어서라고 하게."

 4인방은 손도 털지 못하고 일어나 허리를 숙였다. 왕은 네 사람을 골고루 쳐다보다가 선준의 얼굴에서 눈길을 멈추었다.

 "향안랑 4인방이라……. 너희들 덕분에 내가 옥황상제도 되어 보는구나."

 왕의 이 뜬금없는 농담이 어디서 나온 것인지를 알아차린 이는 용하뿐이었다. 왕은 나란히 선 4인방 앞을 왔다 갔다 하면서 한동안 말없이 살피기만 하였다. 그러다가 어느덧 발길은 오고 가도 그 눈길은 한 사람에게만 고정이 되었다.

 눈앞을 오고 가는 왕의 발걸음만 주시하던 윤희는 자신에게로 꽂혀 있는 왕의 시선을 어렴풋하게 느끼게 되었다. 그녀가 식은땀을 흘린 건 왕이 이곳에 모습을 드러낼 때부터 이미 시작되고 있었지만, 시선을 느끼면서부터는 더욱 심해졌다. 그런데 왕이 윤희 바로 앞에서 발걸음을 뚝 멈추었다. 그 순간, 윤희의 숨도 뚝 멈추었다.

 "신참례, 허투루 하지 마라. 사귀일성四歸一成! 한 사람이 낙오되면 모두 낙오되는 것임을 명심하라."

 왕이 잠시 말을 멈춘 동안 4인방 모두는 그 말뜻을 이해하지 못해 어리둥절하였다. 다른 곳도 아닌 이곳 규장각에서 신참례를 거론하는 것이 이상하였지만, 네 사람 모두 동시에 등골이 오싹해짐을 느끼고 말았다.

"그러면 너희 셋은 나의 신하가 될 것이다."

이렇게 마저 말을 해 놓고 왕은 왔던 길로 발걸음을 옮겼다.

'무릇 정치는 세력을 얻어야 한다. 저 새로운 젊은 피들이 나의 세력이 되어 줄 것이다.'

왕은 머리 가득히 이 말을 머금고 있었다. 그리고 대유재 뒤로 사라지기 직전, 왕의 마지막 시선은 윤희에게 갔다가 건물 뒤로 넘어갔다. 더불어 차가운 미소를 가득 문 입술도 건물 뒤로 넘어갔다.

4인방이 고개를 든 것은 왕의 행렬이 완전히 사라지고 난 뒤였다. 하지만 왕의 마지막 말인 '셋'이라는 대목이 찜찜하여 입을 여는 이가 없었다. 셋! 넷이 아니라 분명히 셋이라고 하였다. 그 말의 뜻을 이해하는 사람은 아무도 없었다. 용하도 예외는 아니었다. 그래서 잘못 들었거나 왕이 말실수를 한 것이라고만 생각하였다. 그사이 당상관들은 이문원에 들어가 보이지 않았다. 유일하게 남은 사람은 인욱이었다.

"신관들은 신참례를 올리지 않았으니 아직 사진을 허락할 수 없소. 하니 청에 오르지 마시오."

깜짝 놀란 용하가 급하게 말하였다.

"잠시만 기다려 주십시오. 아뢰기 송구하지만, 각감들께서 거절을 하시지 않았습니까?"

"신참례를 받지 않겠다고 한 것은……."

왕이 꼭 신참례를 받아야 한다는 억지를 부렸다고 말할 순 없는 노릇이 아닌가.

"……그 전에 과제를 해야만 하기에 그랬던 것이오."

4인방의 얼굴에 똑같은 색깔이 드리워졌다. 기어이 신래침학을 하겠다는 뜻이다. 인욱이 선준을 보면서 말을 이었다.

"이선준, 귀관은 신참례가 끝나기 전까지는 홍문관에 아니 가도 되오. 그곳도 귀관들의 신참례를 같이 받기로 되어 있소."

예사롭지 않은 분위기다. 4인방은 뒤돌아서서 들어가는 인욱의 등을 뚫어지게 쳐다보았다. 그가 다른 지시 없이 방으로 들어가자 아무도 남지 않은 청에는 각종 수교 현판들만이 남았다. 제대로 지켜지지 않는 각신들의 입직일, 사진과 퇴진 시각을 명시한 현판도 있었고, 족자처럼 긴 여러 개의 나무 현판도 기둥 곳곳에 있었다.

'손님이 오더라도 일어나지 마라.', '각신은 직에 있는 중에는 관을 쓰고 의자에 앉아 있으라.', '비록 대관과 대제학이라도 전임 각신이 아니면 당위에 오르지 마라.', '모든 각신은 근무 중에는 공무가 아니면 청을 내려가지 마라.' 등이었다.

이 모든 것에 왕이 각신들에게 부여해 준 권위와 배려가 나타나 있었다. 마치 각신들에게 지시하기 위한 것이 아니라, 이곳에 오는 타 관원에게 경고하기 위한 현판인 듯하였다. 그래서 이곳 이문원에는 다른 궐내각사들과는 달리 사람들의 출입이 잦지가 않았다. 이러한 특징은 사람들의 시선에서 얼굴을 숨겨야 하는 윤희에게 있어서 고마운 일이 아닐 수 없었다. 아무도 오지 않는 것이 아닌, 아무나 올 수 없는 이곳에서 4인방은 어떤 행동도 취하지 못하고 하염없이 마당에 서 있어야 하였다. 나무조차 낮고 앙상하여 그림자를 느낄 곳도 없었다.

"가랑뿐만이 아니라 우리도 홍문관에 신참례를 해야 한다는 거냐? 대체 왜?"

근질근질함을 참지 못한 재신의 입으로 세 사람의 시선이 모였다.

"말하면 아니 된다고는 하지 않았잖아! 염병할!"

많은 현판 중에 말을 거칠게 하지 말라는 현판이 없기에 망정이다. 용하가 소맷자락에 넣어 둔 접선을 펼쳐 이마를 가렸다.

"접선으로 햇빛을 가리지 말라고 한 적도 없었네. 게다가 이곳에만 있으라고 한 적도 없지 않았는가."

그들은 그늘을 찾아 대유재 건물 쪽으로 붙어 섰다. 그러면서도 이문원에서 눈을 떼지 않고 소곤거렸다.

"어이, 너 무슨 소문 들은 거 없냐?"

재신의 질문에 용하는 고개만 절레절레 저어 보였다.

"여림 사형조차 들은 것이 없다는 말입니까? 이건 정말 불안한데요."

"홍문관 관원들에게서 나온 말이 없는 것을 보니, 그 윗선인 대제학 정도만 아는 일이라는 것인데. 이럴 줄 모르고 규장각 쪽에만 귀를 열어 두고 있었으니……."

용하의 말이 결말을 맺지 못하고 흐려졌다. 그 뒤를 이어 선준이 말하였다.

"신참례를 친히 거론하신 상감마마께오서도 연관이 있을 것 같습니다."

"대체 어떻게 돌아가는 거야!"

재신이 제 머리를 짚었다. 윤희가 주저앉듯 자리에 쪼그리고 앉으며 말하였다.

"사귀일성, 넷이 모여 하나를 이룬다. 한 사람이 낙오되면 모두 낙오되는 것이다. 한 사람이 낙오되면 모두……."

"우리 넷이 하나라고? 웃기고 있군."

용하는 재신의 빈정거림을 무시하고 그녀처럼 쪼그려 앉아 말하였다.

"신참례든 뭐든 간에 우리에게는 대물 도령이 있지 않은가. 예전 반궁의 신방례도 자네가 장원이었으니, 이번도 부탁함세."

"야! 수작 부리는 데는 네놈이 단연 으뜸이잖아. 그때 신방례도 네 녀석 소행이었다면서? 이번에야말로 네 실력 좀 보자."

"수작을 부리는 데는 자신 있지만, 수작에 당하는 건 익숙하지 않아서……. 하아!"

용하의 한숨을 끝으로 제각각의 고민 속에서 한동안 대화가 단절되었다. 이런 침묵은 한참 뒤 한 관인이 나타나면서 깨졌다. 그는 밀봉된 큰 봉투를 인욱에게 건네고 돌아갔고, 인욱은 그 봉투를 뜯어 안을 뒤적이다가 서찰을 꺼내 읽었다. 그러더니 우두커니 있던 4인방을 불렀다. 그들은 세 개의 붉은 나무 계단 아래로 와서 나란히 섰다.

"오늘 첫 신참례는 승문원에서 받기로 하였는데, 지금 그 첫 과제가 왔소."

"잠깐만요, 소관들이 승문원과 무슨 상관이 있기에 그곳에까지 예를 올려야 합니까?"

재신이 소리를 높여 말하자, 그는 자신도 납득하지 못한 일이라 대답을 회피하고 서찰에 적힌 것을 하나하나 확인해 가며 봉인되지 않은 봉투 네 개를 꺼냈다.

"우선 이것을 한 개씩 나눠 가지시오."

4인방이 끈을 풀어 나눠 가지는 동안 인욱은 밀봉된 다른 봉투를 꺼냈다.

"이 안에 문제가 들어 있소. 이 문제의 답을 방금 나눠 가진 그 봉투에 든 종이에 적으면 문을 여는 열쇠가 되오."

이번에는 용하의 목소리가 높아졌다.

"무슨 문을 말씀하시는 겁니까?"

"승문원 판교 댁의 대문."

"그러니까 어째서 승문원과……."

"질문은 받지 않겠소! 시키는 대로 하는 것이 신관의 예의요."

재신의 눈에 힘이 들어갔다. 하지만 대들지는 못하였다. 인욱은 큰 봉투에 든 마지막 봉서를 꺼냈다. 그것은 붉은색으로 다른 것들과 구분이 되었다.

"이 봉서에는 과제를 완수하지 못했을 시, 벌연에서 올려야 하는 물품 항목이 들어 있소. 과제를 완수하면 필요 없는 것이기도 하오."

인욱은 봉서 두 개를 선준에게 건넸다. 그리고 계단 위에 서서 말하였다.

"귀관들은 지금부터 이 서규西奎 일대를 벗어나서는 아니 되오. 하지만 이문원을 제외한 다른 건물은 얼마든지 들어가도 되오. 출발은 이곳에서 인경이 울리기 직전, 곧 대궐 문이 닫힘과 동시에 시작하고, 판교 자택의 문은 이경이 끝나기 전까지만 열 수 있소. 그리고……."

그는 자신이 생각해도 어이가 없고, 말을 전하는 입장임에도 불구하고 미안하여 잠시 말을 삼켰다가 작아진 목소리로 뒷말을 이었다.

"……보통은 신래침학 때는 통행을 눈감아 주었지만, 이번에는 다르오. 순라군이 길을 비켜 주는 일은 없을 것이오. 걸리게 되면 평소와 똑같은 죄가 적용되고, 그에 따른 벌을 받을 것이오."

"농담이 심하십니다! 지금 그것이 말이 되는 것입니까?"

재신의 무례한 고함 소리에 인욱은 화를 내기는커녕 자신도 기운이 빠져서 대충 마무리를 하였다.

"질문은 받지 않는다고 하였소. 승문원에는 예를 다해 임하고, 아울러 귀관들의 건투를 비오."

그는 4인방을 버려두고 이문원 안으로 들어가 버렸다. 용하가 한숨을 내뱉으며 바닥에 주저앉았다.

"미치겠군. 누가 이 일을 작당하였는지 모르지만, 우리를 규장각에서 내쫓고 싶은 것이 분명하네."

출발부터 도착까지 주어진 시간은 단 한 시진, 그리고 그 사이를 지키는 순라군! 이것은 가능성이 없는 싸움이었다.

방문을 거칠게 닫은 인욱은 눌러 참았던 화를 터뜨리듯 걸상에 털썩 주저앉았다. 그러고도 남은 화를 주체할 수 없어 주먹으로 책상을 내려쳤다. 한 사람이 낙오되면 모두 낙오된다! 애초에 이런 조건은 없었다. 규장각에서 이 일에 협조를 결심한 데는 신참례 중에 김윤식을 내쫓을 구실이 필요해서였다. 그런데 지금에 와서 그러한 조건을 붙이면 가지려거든 네 명을 다 가지든가, 아니면 모두 뱉어 내라는 협박과 무엇이 다른가. 고작 김윤식 같은 놈 때문에 이선준을 홍문관에 빼앗길 수는 없다. 이물질 하나 때문에 보석 세 개를 잃느니, 이물질과 보석을 함께 가지는 쪽이 낫다. 이물질은 차후에 차차 제거하면 될 일이다.

4인방은 앉을 만한 장소를 기웃거리다가 이문원 뒤에 있는 향나무 아래에 모여 앉았다. 그리고 먼저 과제 봉서를 뜯어 안에 든 종이를 꺼냈다. 종이에는 이런 글귀가 있었다.

각자 다른 세 가지의 일을 써라.

윤희는 각자에게 주어진 봉투 안의 종이를 꺼내 보았다. 예상한 대로 백지였다. 하지만 왼쪽 아래의 모퉁이에는 승문원 인장이 찍혀 있었다. 다른 종이로 바꾸지 못하게 하려는 의도인 듯하였다. 이와 더불어 한 번 적은 답은 고치지 못한다는 뜻이기도 하였다. 이대로 과제를 이행하지 못한다면? 그럼 규장각에 들어가지 않아도 된다. 그렇게 되면 굳이 사임 원서를 올리지 않아도 저절로 우의정의 요구대로 되는 것이다.

그녀는 세 남자를 골고루 보았다. 그들 뒤로 성균관이 보였다. 과거를 앞두고 추운 비천당에 모여 공부하던 그때가 보였다. 한 사람이 꾸벅 졸면 옆에 있던 이가 허리를 찌르던 모습도 보였고, 눈이 내리는 마당에서 잠을 쫓으며 뛰어다니던 모습, 입김으로 손을 데워 책장을 넘기던 모습도 보였다. 거저 얻은 관직이 아니었다. 그들에게서 관직을 빼앗을 권리 따위는 자신에게 없었다. 사형들과의 의리와 가족의 평안이 그녀의 머릿속을 둘로 쪼개었다.

이번에는 용하가 붉은 봉투를 열었다. 그 안의 종이에 적힌 품목을 읽던 그는 기가 막힌다는 듯 웃음을 터뜨렸다.

"하하하! 우리 넷이 이걸 나눈다고 하더라도 과하네."

"여림 사형께서 과하다면……."

이제까지 들었던 말들 중에서 윤희의 안색을 가장 새파랗게 질리게 한 말이었다. 사형들과의 의리고 가족의 평안이고 간에 벌연은 절대

할 수 없다! 관직도 쫓겨나고 거기에 빚까지 지면, 가족 셋이 동시에 목을 매달게 되리라. 이러한 신참례는 처음에는 음관으로 관직을 차지하는 세력가의 자제를 혼내 주는 용도로 생겨났다. 하지만 지금은 관직에 들어오는 세력 없는 자를 방해하는 용도로 이용되고 있었다. 어떤 제도라 하여도 제도 자체는 악하지 않다. 단지 그것을 이용하는 인간에 따라 악하고 선한 게 달라질 뿐이다. 용하가 그녀의 분노를 느끼고 미소로 달랬다.

"자네는 읽지 않는 게 좋겠네."

선준도 종이를 건네받아 읽더니 그녀를 향해 고개를 설레설레 저어 읽지 말라는 의견을 전하였다. 대체 얼마나 호화 품목이기에? 궁금함을 참지 못한 윤희가 종이를 향해 손을 뻗자 재신이 잽싸게 가로챘다. 그러더니 순식간에 갈기갈기 찢어 하늘로 던져 버렸다. 깜짝 놀란 세 사람의 눈이 동시에 휘둥그레졌고, 말문은 막혀 입만 멍청하게 벌렸다.

"자네, 뒷감당을 어찌하려고 그러는가?"

"면신연이든 벌연이든 해 줄 생각 없으니까!"

"하여간 고약한 성질 하고는……. 쯧쯧."

하지만 4인방의 생각은 통일되어 있었다. 절대로 벌연까지는 가지 않겠다는 것이었다. 제각각 이유는 달랐다. 선준은 예에 어긋나는 것은 받아 줄 수 없어서, 재신은 남에게 굴복하는 것이 싫어서, 용하는 자신이 골탕 먹는 것은 재미가 없어서, 윤희는 호화 품목을 감당할 돈이 없어서였다.

고개를 저어 정신 사나운 것을 떨친 윤희는 선준에게서 과제가 적힌 종이를 건네받아 유심히 읽었다. 지금 당장 급한 것은 여기에 대한 답이었다. 그녀는 벌연까지는 가지 않으려고 발악하듯 머리를 뜯었다.

"각자 다른 세 가지의 일이라니, 이 막연한 문제는 대체 뭘까요?"

재신이 키득거리면서 말하였다.

"여림, 네놈의 세 가지 일은 알지. 오입질, 돈질, 간신질."

"어찌 그리 심한 말을 하는가? 내가 오입질, 돈질은 하였을지도 모르겠네만, 간신질은 한 기억이 없네."

"글쎄, 과연……."

접선을 펼친 용하는 거만한 태도를 과장되게 하면서 말하였다.

"『한비자』에 따르면 간신이란, 군주의 비위를 맞춰 신임과 총애를 받고 유리한 위치를 차지하려는 자로서, 군주가 어떤 것을 좋아하면 그것을 극찬하고, 군주가 어떤 것을 싫어하면 따라서 내치는 것이라고 하였네. 나로 말할 것 같으면 말일세, 상감마마께오서 싫다 하시는 것을 권한 적은 있어도, 그 반대 짓은 하지 않았네."

"네가? 언제?"

"허허! 예전에 반궁에서의 일을 기억하지 못한단 말인가? 상감마마께오서 그리도 여색을 싫어하시는데, 내가 나서서 여색을 즐기시라 간하지 않았는가. 군주가 싫다 하여 그에 따르지 않았으니, 어찌 간신이라 하겠는가."

선준과 윤희의 눈이 가늘어지면서 눈동자는 용하에게로 쏠렸다. 재신이 어깨를 튕기면서 이죽거렸다.

"그래그래, 그냥 충신 해라."

"상인을 나라 망치는 좀벌레라고 칭하지만 않았어도 내가 한비를 싫어하지는 않았을 터인데……."

"어차피 한비도 네가 싫을 거다."

투덕투덕하는 두 사람에게로 윤희의 화가 날아갔다.

"결오 사형, 여림 사형! 문제에 집중 좀 해 주십시오. 전 벌연을 할 돈이 없단 말입니다."

둘의 입이 찔끔하여 꾹 다물어졌다. 종이를 가운데 두고 4인방의 머리가 모였다. 하지만 글만 들여다보고 있다고 하여 답이 나올 리가 만무하였다. 윤희는 종이 속으로 들어가기라도 할 태세로 뚫어지게 보다가 소리쳤다.

"세 가지의 일! 이 문장은 '각자 다른 세 가지'가 아니라 '세 가지의 일'이 중심입니다."

4인방의 머리는 다시 종이로 빨려 들어갔다. 하지만 긴 시간을 허비하고 나서 용하의 입에서 겨우 나온 말은 이것이었다.

"오입질, 돈질, 간신질."

"여림 사형, 농담할 시간 없다니까요."

"아니, 예를 들면 그렇다는 말일세. 이런 식의 세 가지가 아닐까 하네."

"세 가지의 일……. 오입질, 돈질, 간신질. 이런 식?"

윤희의 중얼거림을 따라 선준도 그녀의 말을 되풀이하였다.

"세 가지의 일……. 3사三事?"

4인방이 동시에 고개를 쳐들었다. 3사라면 어느 책에서인가 읽은 기억이 있었다. 재신과 용하는 선준의 입술만 보았다. 이곳을 벗어날 수 없으니 이제 믿을 건 많은 서책을 읽고 그것을 기억하고 있는 선준밖에 없었다.

"3사란 벼슬하는 사람이 지켜야 할 세 가지 일, 즉 청렴, 근신, 근면입니다. 이것은 신래가 명심해야 할 첫 번째입니다."

선준의 말을 필두로 윤희도 한 수 거들었다.

"사람 된 도리로 지켜야 하는 3사도 있습니다. 사군, 사친, 사사."

"우리는 네 사람일세. 또 기억나는 것 없는가?"

"나라를 다스리는 데 있어서의 3사도 있습니다. 정덕, 이용, 후생."

세 사람은 동시에 손뼉을 쳤다. 『서경』에서 외웠던 기억이 났다. 이렇게 해 놓으니 어렵게 느껴졌을 뿐 알고 나니 간단한 문제였다. 선준은 잠시 턱을 괴고 나머지 하나를 구하기 위해 생각에 잠겼다. 그런데 순간, 재신의 고개가 뒤의 담장 쪽으로 휙 돌아갔다. 세 사람의 고개도 그의 시선을 따라 자신들도 모르게 휙 움직였다. 재신의 눈이 가 있는 곳에는 아무것도 없었다.

"무슨 일인가?"

"여러 개의 눈이 우리를 엿보고 있었어."

재신은 집게손가락을 제 입술 앞에 세우더니, 재빠른 동작으로 담장 밑에 몸을 낮춰 붙어 섰다. 아주 잠시 자세를 고른 그는 순식간에 담장을 짚고 위로 올라가서 소리쳤다.

"누구냐!"

"꺄악!"

"엄마야!"

갑자기 계집들의 비명이 담장 너머에서 떠들썩하게 들려왔다. 그리고 이내, 여러 개의 작은 발짝 소리가 멀어졌다. 재신은 담장 위에 걸터앉은 채로 어안이 벙벙하여 중얼거렸다.

"뭐야, 저것들은? 여기에 웬 나인들이야?"

"내버려두고 이리 오게. 그들도 목숨을 걸고 여기까지 왔을 터이니."

재신은 땅으로 훌쩍 뛰어내린 뒤 손을 탈탈 털면서 대꾸하였다.

"그러니까 여기까지 저것들이 왜 오냐고!"

"우리를 구경하고 싶어 왔지, 왜 왔겠는가?"

"우리를? 왜? 어떻게 알고?"

용하는 고개를 갸웃하여 자신도 모르는 일이라는 의미를 전했지만, 눈웃음은 결코 모르는 모양이 아니었다. 그는 싱글거리면서 말하였다.

"자네들, 사내의 가운뎃다리라는 게 아무리 줏대가 없어도 나인은 건드리지 말게. 관직은 고사하고 목숨도 건사하지 못할 수 있으니까. 만의 하나, 나인이 끊임없이 유혹을 하더라도 말일세."

재신은 그의 어깨를 무릎으로 쿡 찌르며 구박하였다.

"네놈 가운뎃다리만 잘 간수하면 여기서 일 저지를 놈 없다."

혼비백산하여 도망가던 세 명의 나인들은 한 사람이 주저앉자 따라서 멈추었다.

"헉헉! 예분아, 조금만 더 뛰어."

예분은 동무들의 재촉에 일어서려 안간힘을 써 봤지만 다리에 힘이 들어가지 않았다.

"다친 거야?"

"아, 아니. 나도 모르겠어. 그냥 힘이 없어."

쿵쿵거리는 것을 진정시키려 가슴을 손바닥으로 눌렀지만 얼굴로 올라오는 더운 열기까지 기승을 부렸다. 궐내각사 쪽과 거리가 멀어진 것을 확인한 다른 나인들도 예분의 주위에 퍼질러 앉아 가쁜 숨을 정리하였다.

"그런데 난 제대로 못 봤어. 금난아, 넌?"

"봐, 봤어. 예분아, 너는?"

예분은 떨리는 두 손을 모아 제 입을 막았다. 그녀의 눈가는 붉게 젖어 있었다.

"그분이 가랑 도령이라는 분일까? 키 크고 잘생긴……, 마치 향나무같이 점잖게 앉아 계셨던 분."

"대물 도령은 어떤 분인지 딱 봐도 알겠더라. 어쩜 그렇게 생기실 수가 있지? 향나무에 하얗게 핀 목련화 같아서 그 향나무가 목련나무가 아닌가 싶더라니까."

세 명의 나인은 하늘을 우러러보았다. 나무에 가려진 하늘은 좁고도 좁았지만, 언제나 보는 하늘이고 약간만 모양을 달리 하는 구름일 뿐이라 새롭지가 않았다. 하지만 오늘의 이 기분은 분명 다른 날과 달랐다.

2

"나머지 하나는 모르겠는가?"

선준은 여전히 손으로 턱을 괴고 있었다. 나머지 하나를 몰라서가 아니라 고민되는 부분이 있어서였다.

"사형들과 대물은 나온 것 중에 한 가지씩 고르십시오."

그의 말이 떨어지기가 무섭게 용하가 제일 먼저 제 몫을 챙겼다.

"난 정덕, 이용, 후생으로 하겠네. 청렴이 들어간 것은 양심상 조금 꺼려져서 말일세."

"전 제가 말한 것으로 하겠습니다."

"그럼 난 남은 거. 가랑, 넌 어떻게 할 거냐?"

"제가 아는 3사는 두 개가 더 있습니다. 하나는 3정승의 일로 영의정, 좌의정, 우의정. 또 다른 하나는 계절에 따른 농사일."

"응? 사계절인데 3사가 되냐?"

"네, 3농월이라 하여 봄, 여름, 가을까지 농사일을 한다고 하였습니다."

"겨울이라고 쉬지는 않잖아?"

"겨울은 농사일 대신 군역을 한다 하였습니다. 그렇기에 백성들은 어느 한 계절도 쉴 수가 없지요."

이야기를 듣고 있던 용하가 거들었다.

"우리는 이제 막 벼슬자리에 드는 것이니 3정승을 알아야 하네. 그것으로 하게. 난 아부를 권하겠네."

선준은 빙그레 웃고는 차분하게 말하였다.

"저는 벼슬자리가 아니라 백성의 일을 택하겠습니다. 파종, 경운, 추수. 나라의 근간을 이룸에 있어 이보다 중요한 일은 없습니다."

윤희는 용하와 선준을 번갈아 보다가 걱정스럽게 말하였다.

"자신이 우선으로 하는 것보다 정답을 찾아야 하지 않을까요?"

"그렇기에 농사일이오. 만약에 문제를 출제한 이가 정답을 3정승으로 생각하였더라도, 이 답을 오답이라 하면 스스로가 부끄러워 그러지 못할 것이오."

용하와 재신도 고개를 끄덕여 그의 뜻을 지지하였다. 재신이 유쾌하게 웃었다.

"하하하! 이거 너무 시시한걸. 열쇠를 너무 쉽게 채웠어."

용하는 시시하다는 걸오의 말을 비난하듯 지고 있는 해를 눈짓으로 가리켰다.

"그나마 가랑이 있어서 이 정도로 알아냈지, 아니었으면 지금까지 종이만 들여다보고 있었을 것이네."

윤희가 용하의 소맷자락을 잡아당겨 손가락으로 자신을 가리켰다.

"망거목장網擧目張! 그물을 든 건 저였습니다. 그 덕분에 그물코가 펴졌고요."

"야, 사내대장부가 모양 빠지게 치사를 받고 싶냐?"

그녀는 장난스럽게 고개를 크게 끄덕였다. 선준이 기분 좋게 웃음을 터뜨렸다. 하지만 이내 웃음을 지우고 또 다른 문제를 일깨웠다.

"승문원 판교 자택이 어디에 있는지 아십니까?"

그는 용하를 보았지만 대답은 엉뚱한 곳에서 들려왔다.

"제가 알고 있습니다."

세 남자의 시선이 윤희에게로 집중되었다. 그녀의 눈이 둥그레졌다.

"왜요? 전 그 댁을 알면 안 된답니까?"

"의외여서 그렇소. 난 당연히 여림 사형이 아시지 않을까 하였는데."

"당연히 나도 알기는 하네만, 대물 자네도 알 거라고는 생각하지 못하였네."

용하는 저번에 약도를 주고받던 장면을 기억해 냈다. 그 댁에서 그녀만 따로 부른 이유를 묻고 싶었지만 윤희가 대답하기 곤란해하는 걸 알고 입을 다물었다.

"그 댁이 어디쯤이냐 하면요……."

윤희는 나뭇가지를 잡아 땅에 약도를 그려 나가기 시작하였다. 그 옆에서 용하가 세밀하게 덧붙여 가면서 설명도 곁들였다. 재신은 설명을 들으며 종종 깊은 생각에 잠겼다. 순라군을 피해 밤길을 가는 것은 그에게 의지할 수밖에 없었기에, 설명을 하는 사람이나 듣는 사람이나 모두 재신의 표정만 살폈다.

 윤희의 걸음은 이문원 마당을 바삐 돌아다녔다. 인경이 울릴 때가 다 되어 가고 있었다. 하지만 다가오고 있는 시간보다 그녀의 불안을 더 부추긴 것은 옆에서 골똘히 생각에 잠겨 자꾸만 갸웃거리는 용하의 고개였다. 이따금씩 이런 말도 삐져나왔다.
 "무언가 잊은 것이 있는 듯한데……."
 "답지는 잘 챙겼는지 다시 한 번 점검해 보십시오."
 선준의 지시에 따라 세 명은 소맷자락에서 답을 적어 둔 봉투를 확인하였다. 그러는 동안에도 용하의 고갯짓과 중얼거림은 중단되지 않았다. 재신이 짜증스럽게 그를 노려보았다.
 "야, 그만 해! 우리와 말 안 하기로 한 걸 또 까먹었던 거 아니냐?"
 "아니네. 그때 건은 내 마음이 넓어 이미 용서를 하였고……. 햐! 뭐지? 이 찜찜한 기분은?"
 윤희와 선준도 불안하여 그를 보고 있자 재신은 더욱 짜증을 냈다.
 "그만 하라고 했다! 그보다 그 승문원의 땅딸보 판교 댁이 가까워서 다행……."
 "아! 승문원!"
 모두 놀란 눈을 하기도 전에 용하가 벌떡 일어서면서 다시 외쳤다.
 "모두들 어서 옷을 벗게!"
 느닷없기는 둘째가라면 서러운 양반이다. 윤희는 옷을 벗기는커녕 오히려 옷섶을 꽉 쥐면서 물었다.
 "왜요? 옷을 벗으라는 주문은 없었잖아요."

"회자回刺! 승문원의 신래는 인간으로서는 문을 넘지 못한다. 모르는가? 개나 다른 짐승을 택하면 네 발로 기는 시늉을 해야 하니 그나마 두 발로 걸어 들어갈 수 있는 귀신이 낫네. 모두 공복 벗고 귀신 분장을 하게. 시간 없으니까, 어서!"

"젠장! 하여간 승문원은 별 해괴한 짓거리는 다 한다니까."

투덜거리면서도 재신은 재빨리 공복을 벗고 봉투를 품속에 챙겨 넣었다. 하지만 윤희는 옷섶만 쥔 채로 발만 동동거리며 선준을 보았다. 그런데 없었다. 바로 전까지만 해도 옆에 있었던 사람이 눈 깜박할 사이에 사라진 것이다. 용하가 공복을 벗어 놓고 어디론가 느릿느릿 뛰어갔다. 제 딴에는 재빠른 달리기였다. 그 옆을 스쳐 선준이 오고 있었다. 그런데 팔에 커다란 하얀 천이 둘러져 있는 게 보였다. 그는 윤희의 손을 옷섶에서 떼어 내고 눈 깜박할 사이에 공복을 벗겨 냈다. 이 사람의 손이 이렇게 빨랐던가? 이 능력을 초야 때 사용했더라면, 지금쯤 뱃속에 세쌍둥이는 족히 자라고 있으리라. 선준은 가져온 큰 천을 그녀의 몸에 덮어씌웠다.

"이건 어디서 났습니까?"

"급한 대로 소유재에 있는 이불을 뜯어 왔소."

선준은 제 공복을 벗은 뒤, 다시 그녀의 상투부터 풀어 주었다. 윤희는 그의 상투를 풀었다.

"이봐! 자기 건 자기가 해! 그러니까 더디잖아!"

재신의 고함 소리에 둘은 잽싸게 분리되어 각자의 상투를 풀어 머리카락을 헝클어뜨린 뒤 각자의 봉투를 챙겼다. 그사이, 용하는 두 손을 모아 쥐고 뒤뚱뒤뚱 뛰어왔다. 그는 선준의 손에 흰색에 가까운 회색 잿가루를 건네주고 재신에게로 달려갔다. 그리고 재신의 얼굴과 옷에 덕지덕지 회색 칠을 하였다. 대충 칠을 마친 용하는 그의 얼굴을 잡아 제 얼굴을 비벼 대었다. 하지만 즉시 그의 주먹에 나가떨어졌다.

"이 자식이! 지금 뭐 하는 짓이야!"

"어이쿠야! 내 얼굴 단장도 하느라 그랬네. 봐 주게. 잘 되었는가?"

재신이 그의 팔을 아프도록 비틀어 올려 손에 묻어 있던 뿌연 재를 마치 때리듯이 그 얼굴에 마저 발라 주었다.

"자, 이젠 제대로 됐다! 넌 봉투 챙겼냐?"

"아이고, 내 정신!"

두 사람이 티격태격하는 동안 선준과 윤희도 잿가루 단장을 마쳤다. 아무렇게나 벗어 놓은 옷과 사모는 제일 손이 깨끗한 윤희가 걷어 이문원 뒤편에 있는 소유재 방 안에 던져 놓았다.

이렇게 우왕좌왕하는 사이에 주시동宙侍童이 이문원으로 뛰어 들어왔다. 그런데 컴컴한 마당에서 귀신들을 발견한 꼬마는 그만 비명부터 질렀다.

"아악!"

이 소리에 입번 중이던 인욱이 놀라서 뛰어나오다가 주시동과 똑같은 비명을 지르고 말았다.

"으악!"

"저, 저기, 저희들입니다."

4인방이 하나같이 당황하여 신분을 밝히고 나서야 인욱과 꼬마는 동시에 정신을 차렸다. 주시동이 4인방을 경계하면서 카랑카랑하게

주시동(宙侍童) 궁궐을 돌며 현재 시각을 알리는 어린 하인.

소리쳤다.

"약속된 시각이 다 되었다고 합니다! 곧 궐문이 닫힌다고 합니다!"

인욱은 4인방을 노려보면서 외쳤다.

"이제 출발하시오!"

말이 끝나기가 무섭게 제일 먼저 재신이 신을 벗어 던지고 버선발로 앞서 달리기 시작하였다. 세 사람도 신을 벗고 그 뒤를 따라 뛰었다.

금호문을 지키던 수문장들은 머리를 풀어헤치고 갑자기 뛰어나온 귀신들로 인해 아연실색하였다. 그 귀신들은 그들의 비명에 아랑곳하지 않고 허리춤에 매달린 표신을 가리킨 뒤, 쏜살같이 달려 사라졌다. 제일 뒤에 헉헉거리며 따라가는 꼴찌 귀신을 제외하면 모두 재빠른 동작이었다. 귀신들이 모두 사라진 뒤에야, 수문장들은 오늘 전해들은 신래임을 알아차리고 일제히 웃음을 터뜨렸다.

몇 발짝 달리지 않아 도성 안 가득히 종소리가 울리기 시작하였다. 하지만 재신의 다리는 멈추지 않았다. 선준은 두고라도, 그의 빠르기를 따르기에는 턱없이 느린 윤희와, 그보다 더 느린 용하를 전혀 의식하지 않는 듯하였다. 한 모퉁이에 다다라 재신은 달리기를 멈추었다. 그의 뒤에 선준과 윤희가 차례로 붙어 섰다. 그리고 세 사람이 한참을 기다렸다고 생각했을 때쯤 용하가 넘어가는 숨을 참아 가며 붙었다. 재신이 주위를 살피면서 손짓으로 담을 넘어 건물 안으로 들어가라는 지시를 하였다. 먼저 선준의 어깨를 밟고 윤희가 넘어갔다. 그다음 용하가 버둥거리면서 윤희의 도움까지 받아 겨우 넘어갔다. 선준은 가볍게 담을 넘었고, 마지막에 경계를 거둔 재신이 날듯이 넘어갔다.

넘어가자마자 재신이 다시 뛰려고 하자, 용하가 땅에 뻗은 채로 그의 다리를 끌어안고 매달렸다.

"조, 조금만 더 쉬고. 헉헉! 나 죽네."

숨도 제대로 가누지 못하는 그에게 재신은 소곤거리는 소리로 고함을 질렀다.

"잔말 말고 일어나!"

"헉헉! 계집질을 하라면 밤새 하겠지만, 이건 더 이상 못 하네. 난 못 가. 헉헉!"

재신은 마지못해 땅에 털썩 주저앉았다.

"염병할! 제일 난제가 이 여림 녀석이었어, 젠장!"

덕분에 선준과 윤희도 앉아서 숨을 골랐다.

"여기가 어디인가요?"

윤희의 질문에 재신은 주위를 두리번거리지도 않고 대답하였다.

"몰라."

세 사람이 동시에 긴장하였다.

"어디인지도 모르고 이렇게 들어온단 말입니까?"

"이 근처에서 이런 집에 사는 주인이라면 관직에 있는 인간일 확률이 높지. 관직에 있는 집안 특징은 새벽 사진을 위해 이 시각에는 다들 세상모르고 자거든."

"그 말씀인즉슨, 이제부터는 길을 따라 가는 게 아니라 관원들의 집과 집을 넘어가겠다는 것입니까?"

선준의 말에 윤희와 용하는 벌써부터 지친 기색이 만연한 얼굴로 한숨을 쉬었다.

"그래, 시간은 더 걸리겠지만 그 편이 더 안전해. 아니다, 이 여림 자식을 보니 그것도 어렵겠어."

말이 쉬워 담을 넘겠다는 것이지 실제로 궐 근처의 관원들 집에서 허술한 담은 찾아보기 힘들다. 대부분 행랑채를 담처럼 둘러놓았기 때문에 그 틈을 발견하기란 쉬운 일이 아니었다. 여차하다간 행랑채를 타고 넘어야 했다. 재신은 골칫덩어리를 한참 동안 노려보다가 대뜸 말하였다.

"여림은 버리고 갈까?"

"사귀일성. 헉헉!"

재신이 짜증스럽게 먼 곳으로 고개를 돌려 버리자 용하는 겨우 정신을 차리고 일어나 앉았다.

"그나저나 혹시 걸오 자네, 밤마다 의적입네 하면서 돌아다니는 건 아니겠지? 밤길을 아는 모양새가 제법 솜씨 좋은 도둑일세."

"내가 그런 멍청한 짓을 할 것 같나? 그건 소뿔 바로잡으려다가 소 죽이는 짓이라고."

"홍벽서였던 사람이 할 말은 아니지 않은가?"

"벽서와 도둑질은 근본이 달라!"

"오호! 그런……"

"쉿!"

재신의 지시에 따라 숨을 들이켜 소리를 죽이자마자, 그들이 기댄 담장 너머로 순라군이 지나갔다.

4인방이 잠시 숨어 있던 그 시각, 승문원 관청에 수상쩍은 그림자가 나타나 잠시 대문 앞에서 서성거리다가 사라졌다. 그런데 이 그림자는 흔적을 남겼다. 대문에 덩그러니 붙은 벽서 한 장이 그것이었다.

이러한 사실을 알 일이 없는 4인방은 다시 전열을 가다듬었다.
"가랑은 대물을 맡아라. 난 여립을 끌고 갈 테니까."
이제 겨우 살맛 난 용하가 능청을 떨었다.
"역시 자네는 나를 더 좋아하였구먼. 그래, 마음껏 다뤄 주게. 난 자네 것……, 읍!"
그의 입은 재신의 손가락에 집혀 비명도 지를 수 없었다. 손가락은 뒤틀기까지 하였다.
"네놈 몸뚱이가 더 구제불능이라서 그렇거든. 한 번만 더 이 주둥이를 나불댔다간 쥐어 터질 줄 알아."
재신은 눈물이 쏙 빠질 정도로 뒤틀고 나서 손을 놓았다. 그리고 귀신 꼴을 한 동지들을 훑어보았다. 다들 얼굴과 옷이 형편없는데, 용하의 옷만 말끔하였다.
"어이, 왜 네놈만 옷이 깨끗한 거야? 우리 옷은 이 지경으로 만들어 놓고."
"나는 먹다 죽어 때깔 좋은 귀신. 헤헤!"
그의 헤픈 웃음소리를 향해 재신의 성난 꿀밤이 날아갔다. 그러는 동안 선준은 보이지 않는 등 뒤로 윤희의 손을 꼭 쥐어 안심을 전하였다. 조급함이라고는 없는 그의 깊은 맥박은 그녀의 마음을 안정시켰다.
"좋아, 출발!"
재신의 구령에 맞춰 4인방은 발소리를 죽여 가며 누구 집인지도 모르는 마당을 가로질러 달리기 시작하였다. 서로의 어깨와 손에 의지하여 담을 넘고, 또 마당을 가로지르고, 때로는 행랑채를 타고 뛰기도 하면서 승문원 판교의 집으로 달려갔다.

황 판교는 평소에는 잠들어 있을 시각에 깨어 있으려니 연방 나오는 하품을 참을 수가 없었다. 그래서 잠도 깰 겸 마당에서 하늘을 보고 있었다. 승문원에서 나온 몇 명의 관원도 사랑채 마루에 걸터앉아 과연 신래가 나타날지 안 나타날지를 농담으로 주고받았다. 이 시각까지 잠을 못 자는 불쌍한 인간은 이들 관원뿐만이 아니었다. 이 집의 하인들도 졸지에 못 올지도 모르는 손님을 기다리느라 잠을 이루지 못하고 있었고, 서영도 하녀들과 함께 부엌에서 김윤식 이하 신래들이 먹을 음식을 장만하면서 기다렸다.

아직 삼경을 알리는 누고 소리가 들리지 않았다. 바깥도 쥐 죽은 듯이 고요하였다. 순라군들조차 조용하였다. 네 명이나 되는 무리가 순라군에게 들키지 않고 이렇게 조용히 오기는 힘들다. 그러니 승리는 승문원의 것이고, 호화로운 벌연을 받으면 이 일은 끝이 날 것이다. 그리고 규장각에서 차지한 인재는 모두 흩어지게 될 것이다.

그런데 고요한 적막을 가르고 대문을 두드리는 소리가 소름 끼치게 들리기 시작하였다. 모여 있던 승문원의 관원들이 일제히 자리에서 일어났다. 황 판교는 하인에게 가 보라는 고갯짓을 하였다. 하인이 달려가 대문 한쪽만 열고 조용히 물었다.

"이 시각에 뉘십니까?"

바깥에서는 대답이 없었다. 황 판교와 관원들도 어느새 호기심으로 대문 가까이로 와서 섰다. 이때, 종이 네 장이 마치 하늘에서 떨어지듯 날려서 대문 안으로 들어왔다. 하인이 당황하여 나머지 대문도 활짝 열었다. 그런데 바깥에는 아무도 없었다. 모여 있던 모두가 깜짝 놀랐다. 하인이 흩어져 떨어져 있는 종이 네 장을 주워 황 판교에게 건네주었다. 아름다운 서체의 명자 네 장! 규장각 신참들의 것이었다. 황 판교는 밤사이 도성 치안의 허술함을 탄식하였다. 한편으로는 내일 아침부터 오달지게 깨질 순청을 동정하였다.

황 판교의 고개가 주위를 훑느라 재빨리 움직였다. 다른 관원들의 고개도 바빴다. 인기척을 찾는 것을 포기하고 황 판교는 아무도 없는 바깥을 향해 외쳤다.

"이곳으로 들어오기를 원한다면 열쇠를 내어 놓으시오!"

그러자 이번에는 봉투 네 개가 하늘에서 뿌려져 대문 안으로 빨려 들어왔다. 사람들의 등골이 오싹해졌다. 이제까지 수많은 신래침학을 해 왔지만, 이처럼 진짜 귀신같이 소름 끼치게 도전해 온 신참은 처음이었다. 황 판교는 봉투를 하나하나 뜯어 답을 확인하였다. 감도 잡지 못할 것이라 생각했던 것은 오산이었다. 의도했던 정확한 답들이 쓰여 있었다. 그런데 그의 손이 한 답지에서 살포시 멈칫하였다. 파종, 경운, 추수! 이것이 무엇이지? 그는 낯선 단어들 앞에서 어안이 벙벙해졌다. 한 관원이 그 답을 보고 속삭였다.

"오, 오답입니다."

그는 한참을 생각한 끝에 단어들의 정체를 알아차리고 말하였다.

"부끄러운 줄 아시오. 이것이야말로 정답이오."

그리고 바깥을 향해 큰 소리로 외쳤다.

"신귀들은 들어오시오!"

순간, 대문 지붕 위에서 시체 네 구가 툭 떨어져 양팔로 대롱대롱 매달렸다. 사람들의 비명이 여기저기서 터져 나와 동네를 시끌벅적하게 만들었다. 응당 옆에서 튀어 들어오리라 생각하였던 터라, 느닷없이 하늘에서 떨어져 내린 부분에서 놀라지 않을 수 없었다. 이 소란에 근처를 순찰하고 있던 순라군들이 달려오는 소리가 들렸다. 시체 네 구는 급히 땅으로 뛰어내렸다. 비록 그 시체 중 때깔 좋은 한 구는 엉덩방아를 찧기도 하였지만 모두 무사히 대문 안으로 들어왔다. 그리고 달려온 순라군의 코가 끼일 정도의 간발의 차로 대문을 밀어서 닫았다.

신귀 4인방은 대문을 잠그고 돌아서서 허리를 숙여 인사를 올렸다. 하지만 그들의 인사를 받아 주는 이들은 없었다. 놀라서 할 말을 잊은 탓도 있었지만, 규장각과 임금에 대한 두려움 때문이기도 하였다. 4인방의 뒤로 삼경을 알리는 누고 소리가 순라군과 관원들을 약 올리듯이 울려 퍼졌다.

"킥킥! 푸흐흡!"

베개에 얼굴을 파묻고 웃음을 참는 용하의 허리를 재신이 발로 걷어찼다. 그래도 그의 웃음은 그치지를 않았다. 4인방은 면신첩을 받은 다음, 판교 자택에서 대충 씻은 뒤에 거나하게 얻어먹었다. 그리고 잠자리까지 제공받았다. 이쪽에서는 돈 한 푼 쓰지 않고 첫날의 장애물을 넘은 것이다. 손님이 많아서 비록 한 방에 네 명이 함께 자게 되었지만, 성균관에서부터 익숙한지라 크게 불편하지는 않았다. 제일 안쪽에 윤희가 누웠고, 그 옆에 선준이 나란히 누웠다. 이렇게 누워 본 것이 아주 오래전의 일인 양 설레기까지 하였다. 선준의 옆에 재신과 용하가 차례로 누워 계속 시끄럽게 속닥거렸다.

"그 놀란 눈들을 보았는가? 푸흡! 내가 고맙지?"

"뭐, 조금 통쾌하기는 하더군. 하여간 여림 네놈은 그런 장난 쪽으로는 머리가 잘 돌아가거든."

용하가 다시 이불을 뒤집어쓰고 키득거렸다. 재신은 그만 포기하고 베개 대신 팔을 베고 잠을 청하였다. 윤희도 지쳐서 잠 속으로 빠져들어갔다. 선준이 옆에 있어서 안심하였기에 곤히 잘 수 있었다. 그래서 선준은 잠을 이루지 못하였다. 아내를 옆에 두고도 아무 짓도 못하는 것이 억울하여 그의 입술은 아무도 몰래 그녀의 귓불을 훔쳤다. 그러자 옆에 나란히 누운 것만으로도 행복하여 용하처럼 키득거리고 싶어졌다. 아마도 윤희의 머릿속을 들여다볼 수 있었다면 그도 지금만큼 행복하지는 못하였으리라.

문제는 그 다음 날 발생하였다. 처음에는 끙끙 앓아 대는 용하의 신음 소리 때문에 일찍 일어난 재신이 뻐근한 몸을 이리저리 돌리는 것이 심상찮은 정도였다. 그런데 선준이 팔과 다리의 고통을 호소해 왔고, 윤희는 한 발짝 디딜 때마다, 팔을 움직일 때마다 비명을 질렀다. 세 사람이 이러한데 용하는 더 말할 필요도 없었다. 아예 몸을 움직이지도 못할 지경이었다. 세 사람은 마루까지 겨우 기어 나온 용하를 등뒤에 두고 나란히 앉아 한숨과 함께 동시에 머리를 움켜쥐면서 말을 내쉬었다.

"아아, 오늘은 또 어쩌지?"

몰골이 엉망이라 날이 밝기 전에 집으로 가야 했지만, 용하를 둘러

업고 갈 체력이 남은 이가 아무도 없어 망연자실하였다.

사모도 없이 겨우 사진한 4인방은 힘겹게 이문원 마당에 앉았다. 그나마 바삐 움직이는 것은 재신뿐이었다. 제일 몸이 가벼웠기에 평소 하던 짓과는 어울리지 않게 세 사람의 시중을 들어야 했기 때문이다. 그는 먼저 소유재에 벗어 둔 옷과 사모, 목화를 챙겨 와서 각자에게 나눠 주었다. 그런데 사모와 목화는 네 쌍씩 숫자가 맞았지만 옷은 세 벌뿐이었다.
"어? 하나 흘렸나?"
재신은 다 던져 놓고 다시 소유재 쪽으로 달려갔다. 남은 세 사람은 대수롭지 않게 자신의 옷을 챙겼다. 그런데 없어진 옷은 바로 윤희의 것이었다. 다른 사람들은 각자 여분의 공복을 입고 왔지만, 윤희는 체구가 비슷한 용하의 사치한 공복을 빌려 입었다. 그리고 안에 입은 저고리와 바지도 그의 것이었다. 키는 용하보다 약간 큰 듯 보여도 사내와 계집의 차이는 있는지 옷은 조금 컸다. 이 모든 게 불편하여 얼른 자신의 옷으로 갈아입고 싶었다. 셋은 최대한 몸을 움직이지 않고 재신이 옷을 마저 가져오기를 기다렸지만 멀리서 날아온 것은 그의 고함이었다.
"야, 다들 와서 찾아 봐라! 옷이 없어졌다!"
윤희는 깜짝 놀라서 벌떡 일어났다. 잠시 근육의 통증으로 인해 멈칫하였지만 바로 소유재로 달려갔다. 뒤따른 선준과 함께 세 사람은 소유재를 샅샅이 뒤졌다. 그런데 아무리 찾아도 보이지가 않았다.
뒤늦게 용하가 어기적어기적하면서 소유재로 왔다. 하지만 같이 찾을 엄두도 못 내고 바로 긴 마루에 드러눕는 게 고작이었다. 그 와중에도 그의 입은 몸과는 다르게 살아 있었다.

"정말 없는가?"

"네, 없습니다. 귀신이 곡할 노릇이네……."

안절부절못하는 윤희에게 재신이 말하였다.

"혹시 누가 훔쳐 간 거 아니야?"

"아닐 겁니다. 만약에 제가 도둑이라면 여림 사형의 것을 훔쳐 갔을 겁니다. 제 것은 헌옷을 사다가 다시 지은 거라 낡은 티가 많이 나는 걸요. 더구나 사형들 것은 비단인데, 제 것은 무명이라서 아무리 밤일지라도 딱 구분이 되니 실수로 가져갔을 리도 없습니다."

"그럼 입으려고 훔쳐 간 게 아니겠지. 아야, 아야. 이렇게 된 이상, 그건 버렸다 치고 지금 입고 있는 것은 자네가 가지게. 아이고, 아야."

선준이 그의 앓는 소리는 무시하고 말에서 꼬투리를 잡았다.

"입으려고 훔쳐 간 것이 아니라니요?"

"난들 아나. 안 그러면 이상하니까 하는 말일세. 아이고, 내 다리. 대물을 시샘하여 골탕 먹이려고 훔쳐다 버렸을 수도 있고, 아니면……. 아야!"

윤희는 어제 일을 되짚어 보았다. 분명히 자신의 옷도 다른 것들과 함께 소유재에 가져다 놓았다. 못 찾고 있는 것이 아니라 사라진 것이 확실하였다. 선준은 고민을 잠시 미루고 어제 벗어 둔 공복과 오늘 신고 온 신을 모아서 궐 밖에서 기다리고 있는 순돌이에게로 가져다주었다. 용하는 계속 드러누워 입만 나불거렸다.

"선녀가 아닌, 선관의 옷을 훔쳐 달아난 인간이라……. 끙! 우리의 옷이 어젯밤 소유재에서 잠든 것을 알려 준 사슴부터 찾아내면 행방을 알 수 있으려나? 아니면 사슴이 곧 범인일지도……."

용하는 어젯밤 입번이었던 인욱을 잠시 떠올렸지만 입 밖에 내지는 않았다.

"예문관? 어째서 우리가 여기도 예를 올려야 하는 거냐?"

4인방은 어제와 같은 형식으로 자신들에게 들어와 있는 봉투들을 내려다보며 머리를 굴렸다. 규장각과 예문관의 상관관계를 생각하느라 정작 문제가 적힌 봉투는 열 생각도 하지 않았다. 돌아가는 상황을 보니 신관에게 신참의 예를 받으려는 게 아니라, 오로지 신관을 괴롭히기 위해 안달 난 것 같았다. 용하가 귀찮은 듯이 소유재 안에 드러누워 말하였다.

"승문원에다가, 이번에는 예문관. 홍문관도 아직 남아 있지 않은가. 또 어디가 남았는지 모르지만 여기까지만 보더라도 신래침학 독한 곳이라는 공통점이 있으니."

오늘의 예문관도 예외가 아니었다. 실제로 이곳은 신래침학 중에 죽은 관원까지 있었다. 게다가 남은 과부는 평생 동안 갚지 못할 빚더미를 떠안았다. 선준이 골똘히 생각하다가 물었다.

"정말 그 공통점밖에 없을까요? 단지 독하다는 이유 하나만으로 자신들의 관청과는 상관없는 규장각 신참들의 침학에 협조하는 건 낭비일 텐데요."

4인방은 동시에 밑도 끝도 없는 고민에 빠졌다. 이들의 고민에 선준은 더욱 의문을 보태었다.

"예문관과 홍문관은 같은 궐내각사라는 공통점이라도 있지만, 승문원은 이에 해당되지도 않고……."

"그러고 보니 우리가 굳이 인사를 올려야 한다면 승문원보다는 같은 궐내각사인 승정원 쪽이 옳지."

"승정원은 침학이 독하지 않으이. 간단히 잔칫상 하나로 끝내는 곳일세. 내 말을 믿게들. 아야, 삭신이 다 쑤시네. 아차! 과제부터 열어 보게. 그게 더 급허이."

재신은 드러누운 채 입으로만 지시하는 그가 마뜩찮았지만, 오늘은 상황이 상황인지라 군말 없이 봉투를 열었다.

"흥! 뭐야? 예문관 신래침학이 독하다고? 문제가 이리 형편없는데?"

"걸오 자네도 아는 문제라고?"

재신은 문제가 적힌 종이를 선준에게 던지면서 응수하였다.

"아니, 나 말고 가랑이 아는 거라고."

윤희와 용하의 눈이 '그럼 그렇지.'라는 똑같은 모양을 하였다. 종이를 들여다보는 선준에게 재신이 말하였다.

"어제와 같은 문제다. 4자四子를 각자 다르게 적는 것. 3을 알면 4도 알겠지."

"아, 예. 다행히 아는 것입니다. 그럼 앞으로 나올 문제도 이와 같은 게 아닐까요? 다음에는 5사 또는 5교라든가, 그다음에는 6사. 이런 식으로 숫자가 하나씩 커지면서 벼슬아치로서 마음가짐을 묻는 것 말입니다."

"그 어떤 거라도 물어만 보라고 그래. 우리한테는 달식군자 가랑이 있다 이거야. 하하하!"

재신의 기분 좋은 웃음 뒤로 용하가 혀를 끌끌 차면서 말하였다.

"어이구, 가랑이 없었으면 어쩔 뻔했을꼬. 아, 그리고 예문관 대제학의 자택은 내가 알고 있네. 궐에서 가까우이. 나중에 가르쳐 줄 터이니 우선 좀 쉼세."

윤희는 제공받은 봉투와 문제를 모으면서 말하였다.

"그럼 답지는 제가 작성할 테니까 쉬십시오."

"그래그래. 어서 끝내고 자네도 쉬게나."

홍문관은 좁은 금천을 사이에 두고 이문원 일대와 이웃하고 있는 관청이었다. 이 홍문관 뒤에는 예문관이 있었다. 이렇게 옹기종기 모여 있는 궐내각사였기 때문에 규장각 신참 4인방이 자기네들끼리 신래침학을 비웃은 사실이 홍문관 대제학의 귀에까지 금세 들어가고 말았다. 그들이 나눈 말까지 전해들은 대제학은 분노로 인해 귓불까지 시뻘겋게 변하였다. 그는 서랍을 열어 봉투 하나를 꺼냈다. 모레로 예정됐던 홍문관 신래침학의 과제였다. 대제학이 꺼내 든 과제의 내용은 선준이 짐작한 대로 6사를 구하는 것이었다. 이것은 대제학의 얼굴을 더욱 벌겋게 만들었다. 그는 문제가 적힌 종이를 갈기갈기 찢어 버렸다. 그러고도 분노와 창피함이 삭지 않아 관방 안을 왔다 갔다 하였다. 대제학 평생, 오늘처럼 창피했던 적은 없었던 것 같았다. 급기야 온 사방에서 왕의 웃음소리가 들리는 것 같은 착각에 몸서리가 쳐졌다.

"이런 대망신이! 이대로 가다가는 신참례가 아니라 구참례란 오명을 쓰겠어!"

하염없이 서성이던 그는 사헌부를 떠올렸다. 내일 원래 예정되었던 대로 5교를 문제로 낸다면 망신도 그런 망신이 없을 것이다. 대제학은 밖으로 나가 서리를 불렀다.

"오늘 대사헌께서 대청에 드셨는지 알아보고 오게."

"네, 드셨습니다. 조금 전에 앞에서 뵈었는데, 내일 일은 맡겨 두라 하셨……."

대제학은 그의 말이 끝나기도 전에 재빨리 내달렸다. 서리는 평소 체면 차리는 데 공을 들이는 저 늙은이도 유사시에는 동작이 빠를 수 있음을 깨달았다.

3

4인방은 어제처럼 소유재에 둘러앉았다. 예문관의 신참례가 통증 심한 몸이 말을 안 들었던 것을 제외하면 너무 시시하게 끝이 났기에 기고만장해져 있는 상태였다. 단지 그들이 머리를 싸매고 앉아 고민에 빠진 것은 오늘의 신참례를 주관하는 곳이 사헌부라는 이유였다. 이곳 역시 다른 곳들과 마찬가지로 규장각과의 상관관계를 찾기 힘들었다. 내일이 신참례의 마지막 날이라고 하였으니 홍문관이 끝이 된다는 말이다. 용하의 목소리에 힘이 들어갔다.

"거 보게, 내 말이 맞지 않은가. 사헌부가 신래침학이 얼마나 심한 곳인데."

"그렇다면 상감마마께오서 신래침학 심한 관청들과 작당해서 우리를 시험한다는 뜻인데, 그게 이해가 가십니까?"

"다른 임금이면 모르겠지만, 금상이시라면 이해가 안 가는 것도 아니네만."

 용하의 말에 묘하게 수긍이 가는 듯도 하였다. 윤희는 과제가 든 봉투를 들다가 이상한 점을 발견하였다. 오늘은 다른 날과 다르게 답 봉투를 받은 기억이 없었다. 실수로 빠뜨린 것이리라 여기면서 문제를 확인하였다. 그녀의 눈이 동그랗게 커졌다.

 "오늘은 뭘 묻는가? 5사인가, 5교인가?"

 윤희가 대답을 못 하고 안색이 창백해지는 것을 본 재신이 얼른 종이를 빼앗아 읽었다.

 "염병할! 갑자기 과제 방향이 바뀌었어. 완전히! 어제 우리끼리 한 말이 샌 게 분명해. 큰 소리로 떠든 게 화근이었어."

 종이는 용하에게로 건너갔다.

 "응? '동반과 서반의 모든 품계의 관청, 이에 소속된 모든 품계의 관함을 말하라.' 내가 확언을 하건대, 이건 농담이 분명하네. 이 많은 것을 어떻게 다 알 수 있다는 말인가."

 "알았습니다!"

 갑자기 외치는 선준의 말에 용하와 재신의 얼굴이 환하게 밝아졌다.

 "그래, 우리 가랑이야 알겠지. 알 거라 생각하였네."

 "네! 승문원, 예문관, 사헌부, 홍문관 이 네 곳의 공통점을 알았습니다."

 그의 답은 어이가 없었지만, 그의 심각한 표정은 그렇지가 않았다. 두려운 그 무언가를 알아낸 듯 선준의 얼굴은 차갑게 굳어 있었다. 그의 목소리가 지나치게 낮아졌다.

 "승문원, 예문관, 사헌부, 홍문관은 규장각입니다. 아니, 규장각이 곧 이 네 곳이라는 말이 더 맞겠지요."

4인방은 당황하여 서로 눈도 마주치지 않았다. 복잡한 생각들이 한꺼번에 떠올라서 어떤 표정을 숨기고 드러내야 할지 분간하지 못해서였다. 선준의 말을 부인할 수가 없었다. 규장각이 이 네 관청과 승정원의 업무를 침범하여 끊임없이 논란이 되어 오고 있었다. 이대로 가다가는 네 곳의 관청이 무용지물이 될 거라는 우려도 높아진 상태였다. 그런데 네 관청에 올리는 신참례가 이러한 이유 때문이라니, 누가 알까 겁이 났다. 아니, 이러한 사실을 깨닫게 된 자신들도 겁이 났다. 신래침학이 심하지 않은 승정원을 뺀 건 눈가리개였다는 것도 깨달았다. 승정원까지 포함해서 다섯 곳이었다면 지나치게 노골적이었을 것이다. 선준이 속삭이듯 말하였다.

"어째서 네 관청이 이 일에 협조하는지를 모르겠습니다."

"인간의 눈이라는 것은 말일세, 눈앞의 단것에 몰두하면 뒤의 쓴 것은 보이지 않는다네. 상감마마께오서 제시한 단것이 아주 컸던 모양일세."

"그게 사실이면 금상은 제정신이 아닌 거다."

4인방의 한가운데에 환하게 웃고 있는 왕의 모습이 순간 스쳐 지나갔다. 소름이 돋았다. 사귀일성! 네 관청이 모여 규장각 하나가 된다. 이런 의미란 말인가? 네 관청은 자신들이 용납하기 싫은 일을 위해서 기를 쓰고 신래침학을 궁리하고, 잠도 설쳐 가면서 왕의 손에 놀아나고 있는 것이다. 그들이 가여울 지경이었다.

선준은 머리를 차갑게 식힌 뒤, 오늘의 문제를 읽어 보았다.

"이거 『경국대전』에서 다 배운 것이 아닙니까. 무엇이 문제입니까?"

"무엇이 문제냐고? 당연히 기억을 못 하……. 잠깐! 가랑, 너는 다 외우고 있는 거냐?"

선준이 고개를 끄덕이자, 윤희도 옆에서 작은 소리로 말하였다.

"저도 외우기는 합니다."

"그럼 조금 전의 그 표정은 뭐냐?"

"보시다시피 오늘은 답지가 없습니다. 게다가 문제에 '말하라'고 되어 있고요. 이건 사람들 앞에서 읊어야 한다는 뜻인데, 사람 앞에 서는 건 제가 제일 자신 없는 것이니까."

재신의 눈이 다급하게 용하를 찾았다. 다행히 그는 마음에 쏙 드는 대답을 해 주었다.

"걱정 말게. 나도 모르니까. 문제를 낸 자도 침학을 하기 위해 낸 문제일 뿐, 정답을 맞히게 하려는 것이 아닐걸세. 이렇게 다 외우는 이가 있을 거라고는 상상도 못 하였겠지. 그것도 둘씩이나."

"휴, 다행이다. 순간 내가 바보가 된 것 같았거든."

재신과 용하는 마치 사전에 이야기라도 한 것처럼 동시에 등을 획 돌리고 앉았다. 그리고 사이좋게 속닥거렸다.

"저것들은 인간도 아니야. 어떻게 아직도 그걸 기억하고 있냐? 시험을 치르고 나면 싹 다 까먹어 버리는 게 인간 머리의 본분 아니냐?"

"고롬고롬. 저렇게 살면 아니 되네. 저런 인간들이 있으니까 이런 말도 안 되는 문제를 내서 괴롭히는 인간도 있는 것이 아닌가."

"사헌부 관원들이야 그게 업무이니 당연히 외우겠지. 그걸 우리한테까지 요구하는 건 말이 안 되지."

"고롬고롬. 우리는 인간의 본분은 철저히 지키고 살자고."

저렇게 죽이 잘 맞기도 힘들지 싶다. 평소 줄기차게 싸워 대는 것도 그만큼 사이가 좋기 때문일 것이다.

"안 배운 것까지 아는 것도 아니고, 배운 걸 알고 있을 뿐입니다. 사형들, 지금부터라도 어서 외워야지요. 저희가 도와드리겠습니다."

윤희의 말에 용하는 돌아보았지만 재신은 여전히 등을 보이고 앉았다. 그런 채로 말을 하였다.

"난 너희들과는 다르게 생겨 먹은 놈이야. 밤을 새워서 외워도 안 되는 것이 나다. 가망이 없어."

세 사람은 겉으로 표현을 하지는 않았지만 걱정은 되었다. 그가 암기에 소질이 없는 건 모두가 아는 사실이었다. 대과 급제도 뛰어난 문장 실력이 아니었다면 꿈도 꿀 수 없었으리라. 윤희와 선준이 그의 양 어깨에 각각 손을 올려놓고 기합이 잔뜩 들어간 목소리로 말하였다.

"당장 시작합시다."

일단 그를 강제로 돌려 앉혔다. 그리고 선준이 먼저 서두를 시작하였다.

"제일 먼저, 동반 경관직부터 시작합니다. 정일품 관청은 종친부, 의정부, 충훈부, 의빈부, 돈녕부. 종친부는 아실 테니 빼고, 의정부는 정일품에 영의정, 좌의정……."

"자, 잠깐! 정일품 관청에는 뭐가 있다고?"

세 사람의 눈이 동시에 둥그레졌다가 힘을 잃은 고개가 떨어졌다. 재신이 몸을 뒤로 주춤 빼면서 경계하였다.

"왜?"

"이보게, 걸오. 휴! 시작부터 막히면 어쩌자는 건가? 이 부분은 나도 아는 것일세. 대과 조흘강은 대체 어떻게 통과했는가?"

"그야 가랑이 간추려 준 예상 문제만 외웠으니까."

"하아! 이건 진짜 가망이 없는 것 아닌가?"

고개를 젓는 용하를 윤희가 두려운 눈으로 보면서 물었다.

"만약에 다 외우지 못하면 신래침학을 받겠지요? 저번에 사헌부는 잔인하다고……."

"암! 잔인하지. 대답 못 하면 할 때까지 거꾸로 매달아 놓기도 하고, 옷을 홀딱 벗겨 놓고 똥물 위를 뒹굴게도 하고……."

"옷을 홀딱?"

세 사람이 동시에 외친 말이었다. 이 말과 함께 선준과 재신의 눈동자가 아주 잠시 윤희한테로 다녀갔다. 그리고 하나같이 두 주먹을 불끈 쥐고 결의를 불태웠다. 반드시 외워 보리라. 몇 달이 걸려도 외우지 못한 것이지만, 하루 만에 외워 보리라. 외우게 만들고야 말리라. 재신은 선준이 한 말을 따라 읊다가 구경만 하는 용하에게 대뜸 물었다.

"잠깐, 여림 너도 같이 외워야!"

"난 그간 뿌려 놓은 성의가 있어서 질문을 받지 않을걸세."

"사헌부 놈들에게도 뿌렸냐? 대체 네놈은 어디까지 뇌물을 뿌려 놓은 거냐?"

"뇌물이라니? 약간의 성의를 모함하면 쓰나. 가만있어 보자, 그 성의를 보인 곳이 어디어디더라……. 동반 경관직부터 차례로 외우면 거의 다 해당되려나? 하하하!"

"그래, 넌 뇌물 뿌린 곳만 더듬어도 따로 외우지 않아도 될 거다."

"그것도 좋은 방법일세."

선준과 윤희가 손뼉을 짝짝 쳐서 두 사형의 잡담을 쫓아냈다.

"자자! 이제부터 잡담은 허락하지 않습니다. 두 분 다 집중하십시오. 바로 의정부 들어갑니다."

"종육품 관청. 양현고, 전생서, 사축서. 하앗! 조지서, 혜민서, 도화서. 이얍!"

한밤중에 도성 거리를 간질이는 이 야릇한 소리는 재신의 구령 소리였다. 한 발 한 발 뛰는 다리에 맞춰 관청 이름을 외쳐 가며 대사헌 자택으로 달려가는 중이었다. 이제 담을 넘는 것도 익숙해져서 별다른 지시가 없어도 손발이 척척 맞았다. 그래서 재신의 구령은 노랫소리였고, 다함께 담장을 넘는 동작은 마치 집단 군무와도 같이 절도가 있었다. 이렇듯 참으로 아름다운 장면이 모두가 자는 캄캄한 밤에 펼쳐지고 있었다. 뒷간도 참아 가며 하루 종일 노력한 보람도 없이 아직 다 못 외워서 이런 상황이 벌어진 것이다.

"에잇! 내일은 글 짓는 과제나 나와라. 전옥서, 활인서, 와서. 으라차차!"

기합과 함께 담을 넘은 그는 지금까지 외우던 것까지 깜빡하였다.

"야, 그다음이 뭐였더라?"

"귀후서."

윤희의 속삭임에 재신은 더욱 성질을 내면서 달렸다.

"젠장! 귀후서였지. 사학, 오부. 종육품 관청은 뭐가 이리 많아!"

말은 이렇게 투덜거리면서 그는 담장에 붙어 순라군을 살폈다. 선준이 윤희와 함께 뒤따라 붙으면서 작은 소리로 외쳤다.

"뒤에 더 남았습니다."

"알아, 안다고! 문소전!"

손짓과 함께 '문소전!'이라고 외치는 말은 그 자체로 '달려!'라는 구령이었다. 이에 세 사람은 일제히 달려 나갔다. 이 정도로 외우는 것도 그야말로 기적이었다. 오전까지만 해도 아는 거라고는 의정부가 고작이었던 것에 비하면 장족의 발전이었다. 하지만 그의 요상한 구령 때문에 가장 큰 피해를 보고 있는 사람은 용하였다. 그러잖아도 몸이 느리고 통증도 여전히 달고 있는 양반이 웃느라 더욱 느림보가 되었던 것이다. 선준은 대과 공부보다 더 열심히 노력하는 그가 그저 고마울 따름이었다.

4인방은 대사헌의 옆집에 몸을 숨기고 숨을 골랐다. 그러면서도 복습을 놓지 않았다.

"……그 뒤에 정삼품 관청. 훈련원. 정이품 지사, 정삼품 도정, 정. 젠장, 서반 관직까지 외우라는 건 횡포다!"

"종삼품도 계속하셔야지요."

"안다니까! 아, 잠깐……, 뭐였지? 염병할! 동반 경관직까지 이젠 다 헷갈려."

재신은 제 머리를 움켜쥐고 발악을 하였다. 시간이 다 되었다. 이제 들어가야 한다. 그런데 하루 종일 외운 수많은 단어들이 머릿속에서 뒤죽박죽이 되어 버렸다. 시간이 다가오면 다가올수록 더욱 엉망진창이 되었다.

"에잇, 모르겠다. 이제 될 대로 돼라! 까짓, 똥물이든 똥통이든 뒹굴어 주면 될 거 아냐."

재신은 모든 것을 포기한 듯 자리에서 일어나 담장 너머를 경계하였다. 대사헌의 집 앞으로 순라군들이 오고 갔다. 세 사람도 그의 옆에 나란히 붙어 서서 바깥 동태를 살피는 데 협조하였다.

"그런데 이상한 일일세. 순청에서 우리를 잡고 싶은 생각이 없나 보이. 순라군이 저리 적게 와 있는 것을 보면 말일세."

"네? 저게 적다고요?"

"적은 거지. 나라면 더 많이 보내서 대사헌 댁 주위를 빙 둘러 세웠을걸세. 어디 여기뿐인가? 우리가 출발하자마자 잡을 수 있도록 궐문 앞에도 세웠지."

"우리 잡자고 도성 치안을 버리는 게 말이 되냐? 종삼품 부정, 종사품 첨정……."

마치 버릇처럼 외우기를 계속하고 있는 재신 때문에 세 사람은 '킥!' 하고 튀어나오는 웃음을 꾹 참았다. 용하가 웃음을 참아 가며 겨우 말하였다.

"에구구, 어깨야. 우리를 못 잡으면 더 골치 아프지 않겠는가? 자네 말대로 도성 치안이 엉망인 게 드러나게 되니까."

"그러네요. 혹시 요즘 도성 내에 무슨 사건이라도? 여럼 사형, 들은 소문 없습니까?"

용하가 질문한 선준을 표정 없이 물끄러미 보았다.

"자네 생각엔 내가 어디서 따로 소문을 들었겠는가? 신참례 때문에 옴짝달싹못하고 이 고생을 하고 있는데."

"아, 그랬지요. 사형은 그럼에도 불구하고 어디선가 듣는 게 있을 것 같아서."

"나도 네가 쥐하고도 대화를 주고받는 줄 알았거든. 정오품 관청에는 세자익위사!"

'세자익위사!'라는 말이 신기하게도 모두에게 '숨어!'라는 구령으로 들렸고, 순라군의 눈길이 이쪽에 도착하기 바로 직전, 모두 담장 아래로 몸을 낮추었다. 머리 위를 찍어 눌러 준 재신의 손바닥 덕분에 용하도 들키지 않았다.

이러고 있는 동안, 사헌부 관청 앞에는 다시 나타난 수상한 그림자가 두 번째 벽서를 붙이고 있었다. 순라군들이 신참례에 집중되지 못하는 원인이 바로 이것이었다.

4인방은 고민에 빠졌다. 비록 숫자는 적다고 하더라도 버젓이 대사헌 댁 대문을 지키고 있는 순라군을 뚫고 들어갈 수는 없다.

"이제 어떻게 들어가지?"

"담장을 넘어 들어가면 되죠, 뭐."

윤희가 긴장감 없이 던진 답에 세 남자의 눈이 집중되었다.

"대물 자네는 가끔 대책 없이 대범한 경향이 있네. 대문으로 들어가지 않으면 안 되는……. 가만!"

다시 곰곰이 생각해 보니 그건 어제까지 해당되는 것이고, 오늘은 열쇠 따위가 없지 않은가. 열쇠가 없으니 대문을 열 이유도 없다. 그들은 눈빛으로 의견을 교환하였다. 재신은 마지막이란 생각에 기도하는 마음으로 선준의 이마에 제 이마를 갖다 대었다.

"가랑의 머리에 있는 것들아, 모두 나에게로 와라! 이제 뛰어!"

구령이 떨어지자마자 한꺼번에 일어나 일사불란하게 담을 넘어 뛰어 들어갔다. 물론 용하까지 일사불란한 데에 포함된 건 아니었다. 뒤

늦게야 순라군이 담 넘는 이들을 발견하고 달려왔지만, 팔을 뻗었을 때는 이미 집 안으로 넘어가고 난 이후였다.

마당에 들어선 4인방은 그곳의 광경에 발걸음을 멈추었다. 용도를 짐작하기 어려운 나무 기둥과 밧줄, 고약한 냄새가 나는 커다란 함지박, 몽둥이들이 난잡하게 널려 있었다. 그것만으로도 충분히 긴장이 되었다.

기다리고 있던 사헌부 관원들도 4인방의 등장에 잠시 놀란 얼굴들을 하였다. 대사헌은 대문 쪽을 번갈아 보다가 굳이 그곳으로 들어와야 한다는 단서를 붙이지 않은 것을 떠올리고 눈에 힘을 주었다. 승문원과 예문관이 차례로 망신을 당했다더니 역시 쉬운 녀석들이 아니다.

"신참들은 이리 앞으로 와서 서라."

그들은 함지박을 지나 마루에 정좌하고 앉은 대사헌 앞에 와 섰다. 그런데 지나면서 함지박에 채워진 독한 냄새의 정체를 보고 말았다. 그것은 똥물이었다. 게다가 덩어리까지 떠 있었다. 그 냄새가 어찌나 심하던지 떨어져 선 곳까지 진동을 하였다. 4인방은 속에서 구역질이 올라오는 것을 참아 가며 명자를 꺼내 하인에게 주었다. 명자는 대사헌의 손으로 옮겨 갔다.

"밤도 늦었고, 여기 있는 이들도 내일 새벽에 사진을 해야 하는 몸들이니 간단하게 묻고 끝내도록 하겠소. 모두 대답할 필요도 없소. 두 사람에게만 질문을 할 터이니."

그러더니 명자를 나눠 쥐고 말하였다.

"이선준과 구용하, 문재신과 김윤식 이렇게 짝 맞춰 서도록 하시오."

영문을 몰라 잠시 머뭇거리기는 하였지만, 이내 지시대로 하였다. 하지만 등골까지 스며드는 불안한 예감을 느끼고 있었다. 대사헌이 손가락으로 선준과 용하를 차례로 가리키면서 말하였다.

"귀관이 답하고 귀관은 볼모가 되도록 하시오."

무슨 뜻이지? 그들이 이해할 사이도 없이 대사헌의 손가락은 다시 움직였다. 그것은 재신과 윤희를 차례로 가리켰다.

"귀관이 답하고 귀관이 볼모요."

"무슨 뜻입니까? 설명을 해 주십시오."

이렇게 외치기는 하였지만 선준은 이미 사태가 어떻게 돌아가는지 파악하고 있었다. 그래서 그의 눈은 심하게 흔들리고 있었다.

"질문을 받는 이가 대답하지 못하면, 짝인 볼모가 대신 벌을 받는다는 뜻이오."

사색이 된 재신이 고함을 질렀다.

"자, 잠깐! 바꿔 주십시오! 전 구용하와 하겠습니다. 정정해 주십시오!"

"번복은 없소. 시간 없으니 바로 시작하겠소."

"아니면 제가 볼모가 되겠습니다. 김윤식이 답할 수 있도록……."

"번복은 없다고 하였소! 이 이상 시간 끌면 볼모 둘을 동시에 함지박에 잡아넣을 테니 명심하시오."

벌이라는 게 똥물 함지박에 빠뜨리는 것인가? 똥물이란 것은 단지 냄새만 겁이 나는 것이 아니다. 여기에 빠졌다가 똥독이 잘못 오르면 죽음에 이를 수도 있고, 평생을 부스럼과 고름을 달고 살 수도 있다. 큰일이 벌어졌다. 이런 극한 상황이 닥치자 선준의 머릿속은 차분하게 정돈된 반면, 재신의 머릿속은 새하얗게 정리되고 말았다. 어차피 선준을 걱정하는 사람은 아무도 없었다. 걱정되는 것은 재신이었고, 이 모든 걱정은 결국 윤희에게로 흘렀다.

"이선준, 답하라. 서반 경관직에서 종이품 관청은?"

갑자기 문제가 던져졌다. 다른 사람들이 머릿속을 더듬기도 전에 선준의 입에서는 답이 튀어나왔다.

"오위, 겸사복, 내금위가 있고, 오위에는 의흥위, 용양위, 호분위, 충좌위, 충무위가 있습니다."

"광흥창에 소속된 관함은?"

"정사품 수, 종육품 주부, 종팔품 봉사, 정구품 부봉사가 있습니다."

관청과 관함 외우는 것이 기본 소양인 사헌부 관원들보다 더 순식간에 답한 선준을 보고 대사헌은 한동안 할 말을 잃었다. 그 기세에 눌려 그가 오답을 말했어도 다들 정답이라 생각하였을 것이다. 이미 탄복한 사람들이 수군거리고 있었기에 더 이상의 질문은 의미가 없었다. 대사헌의 눈이 선준을 떠나 재신에게로 고정되었다. 재신의 몸에서는 이미 땀이 비 오듯 쏟아지고 있었고, 용하는 차마 볼 수 없어 눈을 감고 선준의 팔에 매달렸다. 윤희는 선 채로 기절한 상태였다. 이럴 때일수록 재신을 믿어야 되겠지만, 그것이 쉬운 일이 아니었다. 대사헌의 입이 천천히 벌어졌다. 그 틈으로 한 글자씩 밀려 밖으로 나왔다.

"문재신, 동반 경관직 정이품 관청을 말하시오."

댕! 댕! 댕!

재신의 머릿속에서는 거대한 종소리만 들릴 뿐 아무것도 떠오르는 게 없었다. 한동안 멍하니 대사헌만 보고 있던 그는 대사헌의 눈길이 윤희에게로 옮겨 가자 더욱 멍해졌다.

"김윤식을 묶어라."

"잠깐만! 압니다! 아니까, 잠깐만……."

하지만 재신의 입에서는 더 이상 말이 이어지지 않았고, 덩치 좋은 하인 둘이 윤희를 잡기 위해 다가왔다. 그들이 윤희의 양팔을 각각 잡으려고 할 때였다. 의식 없는 재신의 다리가 말이 나오지 않는 것을 대신해서 앞으로 휘익 날아갔다. 그리고 그의 다리에 두 명의 하인이 차례로 나가떨어졌다. 눈 깜박할 사이에 벌어진 일이었다. 얼이 빠진 재신의 눈과 공포에 질린 윤희의 눈이 마주쳤다.

"거, 걸오 사형……."

순간, 재신은 자신의 다리가 무슨 짓을 했는지 전혀 깨닫지 못한 채 말문이 터졌다.

"육조! 한성부! 정이품 관청에는 육조와 한성부가 있습니다!"

"육조의 종류와 이에 속한 관청도 말하시오."

"이조, 호조, 예조, 병조, 형조, 공조! 그러니까 이조에는 문선사, 고훈사, 고공사가 있고, 호조! 호조에는 그러니까……."

이때, 재신의 귀에 윤희의 속삭임이 들려왔다.

'판적사, 회계사, 경비사.'

지금의 속삭임이 아니었다. 오늘 낮에 끊임없이 따라다니며 자신의 귀에 억지로 쑤셔 넣던 그녀의 목소리가 새삼스러울 정도로 선명하게 들려왔다. 재신은 눈을 감았다. 그러자 그녀의 입술까지 선명하게 보였다. 그 입술이 속삭이는 대로 천천히 말을 하였다.

"판적사, 회계사, 경비사. 예조에는 계제사, 전향사, 전객사……."

갑자기 차분하게 정답을 이어 가는 그에게로 모든 사람의 시선이 집중되었다. 재신은 공조에 속한 관청까지 다 말하고 나서 눈을 떴다. 곧바로 다음 질문으로 이어졌다.

"액정서에 소속된 동반 잡직 관함을 말하시오."

재신은 다시 눈을 감고 윤희의 입술을 떠올리려고 애를 썼다. 그런데 훔치고 싶은 입술이 아니라, 그러기에는 몹시도 꺼림칙한 입술이 떠오르는 것이 아닌가. 아뿔싸! 이 부분은 선준과 공부한 부분이었다.

"염병할! 내가 가랑의 입술 따위를 기억할 리가 없잖아!"

재신의 뜬금없는 고함 소리에 다들 어안이 벙벙해졌다. 정답을 생각해 내라고 하였더니 같은 사내인 선준의 입술 타령은 여기서 왜 한단 말인가! 기가 막힌 사람들을 버려두고 재신은 다시 집중하기 위해 애를 썼다. 윤희를 구하기 위해서는 선준의 입술이 아니라 순돌이의 입술이라도 기억해 내야 했다. 다행히 질투 나는 선준의 얼굴을 그럭저럭 떠올렸다. 그의 설명도 기억이 나는 것 같았다. 잡직은 각 관청마다 각기 다른 관함을 가지고 있어서 일반 관함과는 다르다고 하였다. 등급의 차이와 역할의 분담을 뜻하는 말이 뒤섞여 관함이 만들어졌다고도 하였다. 그래서 그 관청의 특징을 먼저 생각해야 한다는 것이다. 하지만 이 설명까지였다. 그 이상은 기억이 떠오르지 않았다.

"김윤식을 묶어라."

대사헌의 명령은 기억을 되살리기 위해 모든 감각을 집중하고 있는 재신에게 들리지 않았다. 하인들이 윤희의 양팔을 잡으려고 하자 선준과 용하가 그들을 향해 몸을 날렸다.

"안 돼! 멈추시오!"

하지만 비명과도 같은 외침이 채 끝나기도 전에 세 사람은 사람들에게 붙들려 땅에 짓이겨지고 말았다. 발버둥을 쳤지만 옴짝달싹하지 못하였다. 결국 윤희는 발목과 다리, 몸과 손목이 밧줄에 묶인 채로 높은 기둥에 거꾸로 매달리게 되었다. 선준이 사람들에게 붙잡혀 땅에 깔린 상태로 소리만 높여 외쳤다.

"소관이 벌을 받겠습니다! 김윤식은 안 됩니다. 두 배, 세 배의 벌이라도 받을 터이니, 저로 바꿔 주십시오!"

땅에 얼굴이 박힌 용하의 목소리도 생전 없던 조바심으로 얼룩졌다.

"대사헌 영감! 김윤식은 허약하여 큰일을 당할지도 모릅니다. 볼모는 이선준으로 해 주십시오!"

이 급박한 상황에서도 자신이 볼모가 되겠다는 말은 실수로라도 하지 않는 용하였다. 윤희는 입술을 깨물었다. 비명까지 사내 소리로 가장할 수 없는 것을 잘 알기에 입술이 찢기고 혀가 끊어져도 소리를 내어서는 안 되었다. 그리고 자신의 소리가 최선을 다해 생각하고 있는 재신에게 자칫 방해가 될 수도 있었다. 머리 위에서 누런 똥물 함지박이 일렁거리는 것을 본 윤희는 그만 두 눈을 꼭 감고 말았다. 피가 거꾸로 흘렀다. 그런데 옷도 거꾸로 흘러내렸다.

이때 재신이 눈을 번쩍 떴다. 관청의 특징에 대해 골몰하던 중, 액정서가 내시부와 비슷하게 궁궐 내의 세간을 책임지고 있지만 내시가 없는 차이점이 있고, 내시부 관함이 '상'이란 글자가 공통으로 있는 반면, 액정서 관함은 '사'라는 글자가 공통으로 들어간다고 설명했던 선준의 입술을 기억해 낸 것이다. 덧붙여 이런 식으로 외우면 쉽게 떠올릴 수 있을 거라던 그의 얄미운 말도 기억이 났다. 그리고 모든 잡직은 가장 높은 품계가 정육품이라고 했던 것도 생각났다.

그런데 눈을 뜨자마자 그의 눈이 뒤집어지고 말았다. 팔과 다리가 뒤틀려 땅에 깔려 있는 선준과 용하가 보였기 때문이다. 그들의 시선이 향해 있는 곳으로 고개를 돌린 그는 눈이 뒤집히다 못해 피가 거꾸로 솟아오름을 느꼈다. 그곳에는 밧줄에 대롱대롱 매달린 윤희가 있었다. 그녀의 옷은 배 부분까지 흘러내려 온 상태였다. 조금만 더 지체하면 배꼽이 드러날지도 모를 상황이었다.

"이, 이게 무슨 짓입니까?"

"답하지 못한 귀관 탓이오. 김윤식의 밧줄을 내려……."

"잠깐! 정육품 사알!"

모든 사람의 동작이 멈추었다. 재신의 걸음이 대사헌을 향해 한 발짝 다가갔다.

"사약."

한마디를 할 때마다 한 발짝씩 다가갔다.

"종육품 부사약. 정칠품 사안. 종칠품 부사안. 정팔품 사포. 종팔품 부사포. 정구품 사소. 종구품 부사소!"

마지막 관함을 끝냈을 때는 그의 얼굴이 대사헌의 바로 앞에까지 다가가 있었다. 분노로 일그러진 야생마 걸오의 눈을 이토록 가까이서 맞닥뜨린 사람은 그리 흔하지 않으리라.

"끝났습니다, 대사헌 영감."

그의 잇새로 말이 갈라져서 나왔다. 선준과 용하가 사람들에게서 풀려났다. 그 순간에도 윤희의 옷자락은 배꼽을 지나 가슴으로 내려

가고 있었다. 다행히 끈으로 묶은 바지 허릿단이 그녀의 배꼽은 겨우 덮어 주었지만, 그것도 가슴까지는 가려 주지 못하는 길이였다. 더 이상 버틸 수 없었다. 가리개로 묶어 둔 가슴이 드러나느니 차라리 똥물 속이 더 낫다. 재신의 이 가는 소리는 계속되었다.

"또 질문해 보시지요."

"아니, 그것으로 끝이오."

대사헌의 팔이 위로 올라갔다. 그리고 그 팔이 아래로 떨어졌다. 그와 동시에 재신의 고개가 뒤로 돌아갔고, 하인들은 윤희의 밧줄을 잡고 있던 손을 놓았다. 마당에 모인 사람들은 하늘을 날아오른 사람을 보았다. 똥물 함지박 속으로 머리부터 떨어져 내리는 윤희를, 뛰어오른 선준이 날듯이 낚아채 함지박 옆 땅으로 곤두박질쳤다. 재신의 고개와 주먹이 대사헌에게로 돌아오는 찰나, 용하의 다급한 목소리가 들렸다.

"걸오, 아니 되네!"

그의 주먹이 부들부들 떨며 중간에서 멈추었다. 재신의 눈은 여전히 대사헌과 가까이에 있었다. 대사헌은 그의 눈을 피하지 않고, 주먹이 내려질 때까지 입을 꾹 다물고 기다렸다.

"걸오, 이리 내려오게. 내려오게, 제발."

재신은 분노로 가득 찬 눈동자는 그 자리에 두고 발짝만 뒤로 물렀다. 앞으로 다가갈 때와 같이 한 발짝 한 발짝 뒷걸음질로 물러나 용하 옆에 섰다. 용하는 온몸을 떨고 있는 그를 끌어안고 속삭였다.

"잘했네. 잘 참았어."

"모두 끝났으니, 면신첩을 내어 주고 정리하게들."

이 말을 남기고 대사헌은 자리에서 일어나 사랑채 안으로 들어갔다. 방에 들어선 그는 바로 그 자리에 털썩 주저앉았다. 후들거리는 다리로 안에 들어온 것만 해도 다행이었다. 그 눈동자! 비록 주먹에 얻어맞지는 않았지만, 그 눈빛만으로도 족히 서너 대는 얻어맞은 기분이었다. 조정의 당상관마저 벌벌 떠는 사헌부 관원들 앞에서, 그것도 제일 우두머리인 대사헌에게 그런 눈동자를 할 수 있는 신참이라니. 그의 온몸에서 킥킥대는 웃음이 새어 나왔다.

4

마당이 정리되고 있었다. 선 채로 모든 기능이 정지한 재신과 그를 안은 용하, 똥통 옆에서 넋을 놓고 밧줄 풀 생각조차 놓아 버린 선준과 여전히 공중인지 땅인지 구분하지 못하고 입술을 깨문 윤희는 오가는 사람들 가운데에 놓여 있었다. 하인들이 그들 옆으로 멍석을 깔고 밥상을 갖다 놓은 뒤 사라졌다. 어느새 사람들로 북적이던 마당에 어둠과 4인방만 남게 되었다.

가장 먼저 정신을 차린 건 윤희였다. 세 남자를 골고루 살펴보니 어두컴컴한 곳에 버려진 것 같은 착각이 들 정도로 황망한 느낌이 들었다.

"가랑 형님, 밧줄……."

그녀의 속삭임에 이번에는 선준의 정신이 돌아왔다. 밧줄을 푸는 그의 손이 완전히 돌아오지 못한 정신 때문에 우왕좌왕하였다.

"미, 미안하오."

"미안하실 게 뭐 있습니까?"

밧줄에서 풀려난 윤희는 재신에게로 쪼르르 달려가 팔을 건드렸다. 그러자 꼼짝하지 않고 있던 그가 퍼뜩 정신을 차렸다.

"아! 괜찮냐?"

"네, 전 멀쩡합니다. 걸오 사형, 잘하셨습니다. 결국 정답을 다 맞히시다니."

윤희가 아무렇지 않은 척하며 방긋 웃었다. 온몸이 땀으로 젖어 있지만 않았어도 덜 애처로웠을 것이다. 기둥에 거꾸로 매달려 흘린 식은땀이라고 생각하니 더욱 화가 치밀었다. 재신은 제 감정을 감추기 위해 고함부터 질렀다.

"그래, 내 잘못이 아니야. 난 정답을 말했어. 그랬는데 저 자식들이 널 떨어뜨렸다고. 저 패 죽일 놈들이!"

"저도 분합니다. 장난도 정도가 있는 법인데……."

용하도 정신을 차리고 웃으며 말하였다.

"다들 털어 버림세. 내가 아무리 정답을 말해도 오답이라 매도당하는 경우가 부지기수인데, 이번 일은 아무것도 아닐세. 정답만이 능사가 아니지. 그걸 대비하지 못한 우리 잘못이네."

"무조건 우리 탓으로 돌리라는 거냐!"

"내가 언제 내 탓 하는 걸 보았는가? 언제나 남 탓부터 하였지. 이번만 우리 탓으로 하자는 걸세."

재신은 멍석 위에 차려진 밥상을 발견하였다. 그런데 근처에 냄새 나는 똥물 함지박도 있었다.

"이런 데서 밥 먹으란 거야? 이 자식들이!"

그가 밥상을 걷어차려고 다리를 드는데, 선준이 이를 잡아 멈추게 하였다.

"뭐야? 놔!"

"하루 종일 굶었는데 시장하지 않습니까? 우리 밥 먹읍시다."

배고픔이 목구멍까지 치밀어 오른 윤희는 그의 말에 무조건 동조했지만 두 사형의 반응은 달랐다.

"이보게, 가랑. 우리 체면도 있고……."

"야! 이리 냄새나는 똥통 옆에서 먹자는 거냐? 그건 사헌부 놈들한테 굴복하는 거라고!"

"그래도 반드시 먹어야 합니다."

그가 재신의 다리를 놓고 상 앞에 자리를 잡았다. 용하는 비위가 상해 입에 넣기도 전에 속에서 올라올 것 같았지만, 권유하는 선준의 기세가 똥을 들이밀고 먹으라고 해도 그래야만 할 것 같아서 같이 앉았다. 윤희마저 자리에 앉자 재신도 마지못해 상 앞에 앉았다.

"백성들은 이런 냄새나는 거름을 뿌려 놓고 그 옆에서 밥을 먹습니다. 우리가 못 하는 것은 말이 안 되지요. 먹어 둡시다. 오늘의 이 밥맛, 머지않아 떠올릴 날이 있을 겁니다."

선준은 이렇게 말해 놓고 밥을 푹 퍼서 먹기 시작하였다. 구역질이 나지 않을 리가 없지만 그는 아무렇지 않은 듯하였다. 그의 수저질은 재신과 윤희까지 밥을 먹게 하였고, 결국 용하도 '우웩!'을 연발하면서도 꾸역꾸역 먹게 만들었다.

이른 아침, 4인방은 온몸에 피곤을 붙인 상태로 사진을 준비하였다. 대사헌 댁 마당에서 밤을 새우다시피 한 뒤에 새벽에 귀가하였기에 눈 한 번 붙여 보지 못하고 다시 대궐로 들어가야 하였다. 그래도 오늘 홍문관이 마지막이라는 것이 위로가 되기도 하였고, 한편으로는 부담스럽기도 하였다. 어제의 놀란 상처가 가라앉지 않은 탓도 있지만, 규장각의 존재에 가장 큰 반기를 들고 있는 곳이 홍문관이기 때문이었다.

윤희는 세 남자 틈에서 자연스럽게 익랑골 집에 드나드는 것이 익숙해져 가는 느낌이었다. 이러다가는 앞으로도 쭉 이럴 것 같은 예감이 들었지만, 현재로서는 이 방법 외에는 뾰족한 수가 없었다. 4인방이 순돌이의 걸걸한 목소리로부터 배웅을 받으며 대문을 막 나설 때였다. 저 멀리서 덕구 아범이 눈썹을 휘날리며 달려오는 것이 보였다. 그는 가까워지기도 전에 다급하게 용하를 불렀다.

"작은 주인어른! 잠시만, 헉헉! 잠시만 기다려……."

"지금 시간 없네. 나중에 이야기함세."

용하가 손을 휘휘 저으며 가려고 하자, 그는 무엇이 그리 급한지 용하의 팔부터 덥석 잡아당겼다. 그리고 옆에 있던 세 사람에게 인사도 하는 둥 마는 둥 하고 용하를 끌고 집 안으로 들어가 주위에 사람이 있는지를 두리번거렸다.

"할 말 있으면 바쁘니까 얼른 말하게, 간단하게."

덕구 아범은 사람이 없는 것을 확인하고도 안심이 안 되는지, 용하의 귀를 잡아당겨 귓속말을 하였다. 순간, 용하의 손에 고이 접혀 있던 접선이 땅으로 툭 떨어졌다.

"그, 그럴 리가 없어. 있을 수 없는 일이야."

"그동안 잠잠했던 홍벽서가 다시 활동하기 시작했다고 순청이 벌컥 뒤집어졌습니다요."

"왜 이제야 나에게 알려 주는가?"

"쇤네도 어제 알았고, 바로 왔는데 주인어른이 밤까지 아니 오셔서……."

"그래, 승문원에 붙은 벽서 한 번뿐이라던가?"

그는 접선을 주워 용하의 손에 쥐어 주면서 말하였다.

"아직 거기까지는 모르겠습니다요. 저도 어제 그 이야기를 듣자마자 숨이 오그라져서……. 좀 더 알아볼깝쇼?"

"아랫사람 시키지 말고 자네가 직접 알아보게. 그리고 내가 오늘도 귀가하지 못하……."

"여림 사형, 이러다가 늦겠습니다!"

바깥에서 윤희가 재촉하는 소리에 용하는 대문을 넘어서면서 말하였다.

"즉시 알아보고 즉시 연락 주게."

용하는 세 사람을 물끄러미 쳐다보았다. 승문원에 벽서가 붙었던 날, 네 사람은 함께 있었다. 그러니 과거의 진짜 홍벽서였던 재신의 짓은 절대 아니다. 그동안 홍벽서는 세간 사람들의 관심에서 서서히 잊혀져 가고 있었다. 그래서 그를 잡으려고 했던 관청들도 다른 업무에 떠밀려 더 이상 잡으려는 노력을 하지 않았다. 그런데 이제 와서 그때를 연상시키는 벽서 사건이 터진 것이다. 이건 자칫하다가는 4인방 전부를 위험에 빠뜨릴 수 있었다. 단지 벽서가 붙었을 뿐인데도 홍벽서의 재림으로 보는 시선이 얼마나 위험한지를 단적으로 보여 주는 부분이었다.

"어이, 아침부터 뭘 그리 기분 나쁘게 쳐다보냐?"

"내가 자네를 바라본 것이 어제오늘 일인가? 새삼스럽게."

"뭘 알아보라고 하신 겁니까?"

용하는 질문한 선준에게 의지라도 해 보고 싶어 잠시 입을 달싹거렸지만 결국 꾹 다물고 말았다.

다운은 열심히 신랑의 서안을 닦았다. 매일같이 윤이 나게 닦았지만 신랑은 이곳에 앉은 적이 없었다. 집에 들어오지 않은 지가 오래되었기 때문이다. 그가 어디에 있는지, 무엇을 하는지 전혀 알지 못하였다. 궁금해도 남편의 바깥일이라 물어볼 수가 없었다. 그녀는 휑한 방 안을 둘러보고 한숨을 쉬었다. 서안을 제외한 다른 곳은 하녀들이 쓸고 닦아서 자신이 할 일이 없었다. 그래서 이 방에 더 이상 머무를 핑계가 없었던 것이다.

조금이라도 더 있고 싶어 마른걸레를 잡은 손을 더디게 움직이던 다운은 서안 서랍을 청소해 보기로 하였다. 그 안이 궁금한 까닭도 있었다. 서랍 안은 꾸깃꾸깃 접은 종이부터 시작해서 단정하게 접은 종이, 쓰레기처럼 뭉쳐 놓은 종이까지 다양한 종이들이 빼곡하게 들어 있었다. 정돈되지 못한 것이 마치 제 신랑을 빼다 박은 것 같아 입가에 배시시 웃음이 스몄다. 종이에는 하나같이 글자들이 쓰여 있었다. 다운은 제일 먼저 쓰레기처럼 뭉쳐 놓은 종이를 조심스럽게 펼쳤다. 그리고 정성껏 구김을 폈다. 글자는 앞에는 한문이었고 뒤에는 언문이었다. 그녀는 한자부터 더듬더듬 읽어 보았다.

"고……천……, 음, 모르겠고. 다음은……, 모르겠고. 아! 이건 아는 거였는데. 교였나, 호였나?"

고개를 갸웃거리던 그녀는 한문으로 된 시문은 포기하고 언문으로 된 문장을 읽었다. 비록 휘갈겨 쓴 것이기는 해도 내용은 가슴 절절한 사랑을 고백하는 여인의 시였다. 이런 글을 쓸 수 있는 여인이라면 분명 여자 중의 여자이리라. 정숙하고 아름다운 선녀와도 같은 여인이 제 신랑과 다정하게 있는 모습이 떠올랐다. 그 모습이 마치 직접 본 것처럼 선명하였다. 그러자 갑자기 가슴 한구석이 욱신거리기 시작하였다.

"이렇게 뭉쳐 넣은 걸 보면 아무 사이도 아닐 거야. 응응!"

애써 고개를 크게 끄덕인 다운은 다음으로 단정하게 접은 종이를 펼쳤다. 이번에는 되지도 않는 한문은 두고 언문을 읽었다. 앞의 글과 같은 여인이 쓴 것이 분명하였다. 이번 내용은 사랑 고백을 넘어 이 밤이 지나면 당신이 떠난다는 둥, 떠나는 당신은 내일이면 돌아오지만 자신에게는 하루도 길다는 둥 하는 거였다. 이건 예사 사이가 아님이 분명하였다. 혹시 이 글 속의 여인과 함께 사느라 집에 돌아오지 않는 것인가? 다운은 다른 서랍도 열어 보았다. 거기에도 시문이 적힌 종이가 빼곡하게 있었다. 하지만 더 이상 글을 읽어 볼 용기는 생기지 않았다. 보면 볼수록 자신의 존재가 보잘것없게만 느껴진 탓이었다. 그녀는 평소에 시모가 그러는 것처럼 넋을 잃고 멍하니 앉아 있었다.

같은 시각, 졸지에 여자 중의 여자이면서 정숙하고 아름다운 선녀와도 같은 여인이 되어 버린 재신은 깝죽거리는 용하에게 주먹질을 하느라 바빴다.

"아야! 자네는 만만한 게 나인가? 왜 매번……."

"오늘 네 녀석이 이상하잖아!"

"언제는 안 이상했고?"

윤희는 두 사형이 투덕거리는 것에 고개를 절레절레 저으며 봉투를 뒤적였다. 이제까지와는 다른 봉투들이었다. 제일 먼저의 봉투에서 꺼낸 종이를 읽은 그녀는 눈이 튀어나올 뻔하였다. 벌연으로 요구한 품목이 그녀의 집 몇 채를 팔아도 모자랄 정도로 과했기 때문이다. 음식도 그렇거니와 대동하라는 기생 수는 또 왜 이리 많은지 계산이 되지 않았다. 한 사람당 기생 셋은 끼고 놀아 보겠다는 심보였다. 이 땅의 부인들은 남편의 기생놀음을 돕느라 빚까지 짊어져 가며 죽어나는 형국이 되었단 말인가! 두 번째 봉투에는 문제가 들어 있었다.

글자의 뜻은 내용이며 음은 운韻이다. 시문을 지어라.

"오늘은 시문 짓는 과제인데요."

윤희의 말에 재신의 얼굴에 화색이 돌았다. 어제 혼쭐난 이후 열심히 기원한 보람이 있었다. 그는 반갑게 문제를 읽은 뒤 글자가 들어 있는 네 개의 봉투 중에 아무거나 하나 골라서 종이를 꺼냈다. 안에는 두 장의 종이가 들어 있었다. 한 장은 빈 종이에 홍문관 인장이 찍혀 있는 것이고, 한 장은 '화華'라는 글자가 쓰인 것이었다. 선준과 용하도 하나씩 열었다. 선준은 '수秀', 용하는 '영榮'이었다. 윤희가 연 마지막 봉투에는 '영英'이 있었다. 재신이 의아해하면서 말하였다.

"설마 이게 전부야? 너무 쉬운데?"

용하가 울먹이면서 대꾸하였다.

"시문이 모두에게 쉬운 건 아닐세. 나 같은 사람도 있지 않은가. 내 문장 실력이 조금만 나았어도 가량한테 장원을 빼앗기지는 않았을걸세."

재신이 이마에 주름을 잡으면서 물었다.

"어이, 너희 둘 생각은 어떠냐?"

"저도 너무 쉬워서 얼떨떨합니다."

"저도 이상합니다. 홍문관에서 신래침학의 마지막 기회를 이렇게 날릴 리가 없을 터인데……."

선준은 말끝을 흐리며 고민에 빠졌다. 윤희가 자신 없는 말투로 물었다.

"혹시 우리가 써낸 문장을 평가하여 말등을 탈락시키려는 건 아닐까요?"

"그건 이치에 맞지 않소. 한 사람만 탈락해도 우리 넷 모두 탈락하는 거라고 하였으니, 그렇게 되면 그 어떤 누가 말등을 하더라도 우리는 모두 탈락할 수밖에 없소."

"혹시 함정 아닌가? 너무 쉬우니까 오히려 당황하는 이 상황을 노린 게 아닌가 말일세."

윤희는 다시 종이를 들여다보았다. 문제를 급하게 낸 것인지 종이의 위, 아래, 왼쪽 면은 칼로 잘라 깔끔한데 반해 오른쪽 면은 손으로 찢어 지저분하였다.

"골치 아프게 생각할 게 뭐 있냐? 난 그냥 하고 자야겠다. 화華의 훈은 빛나다니까……."

"나라의 훈도 있습니다."

선준의 덧붙임에 용하는 제 글자를 보았다.

"그렇군. 영榮도 번성하다의 훈과 더불어 명예의 훈도 있네."

윤희의 글자는 빼어나다와 꽃의 훈, 선준의 글자도 빼어나다와 이삭의 훈을 지니고 있었다. 세 사람이 고민에 빠져 들어갈 즈음, 재신이 붓을 들어 제 종이에 갖다 대려고 하였다. 세 사람은 동시에 그의 손을 잡았다.

"잠깐!"

"왜? 아무 훈이나 쓰면 되잖아."

"좀 더 신중하게 생각한 뒤에 써도 늦지 않습니다. 인장이 찍힌 종이는 한 번의 기회만 주는 겁니다."

"에잇! 그럼 너희 세 놈이나 신중하게 생각해. 난 잘 테니까."

그는 붓을 집어던지고 바로 돌아누워 버렸다. 그의 뒷모습에 세 사람도 차례로 하품을 하였다. 어젯밤 잠을 못 잔 여파가 지금 몰려오는 듯하였다.

"아함! 그러고 보니 글자의 훈이 대체로 공통점이 있는 듯허이. 뜻이 비슷한 글자를 모아 둔 것 같다고나 할까?"

말을 끝낸 용하는 입이 뒤집어질 정도로 하품을 길게 하였다. 그리고 끝에 매달린 눈물을 털어 내고 눈을 비볐다.

"진짜 피곤하구먼. 이래서야 생각을 할 수나 있겠는가?"

선준과 윤희도 마찬가지였다. 며칠 동안 쌓인 피곤한 졸음은 어렵게 생각하는 것이 오히려 함정이라고 그들을 설득하고 있었다. 4인방은 세상에서 가장 무거운 건 눈꺼풀이라는 말을 실감하면서 각자 눕기도 하고, 웅크리기도 한 상태로 잠 속으로 빨려 들어갔다.

'비슷한 뜻……. 공통점…….'

꿈에서 누군가 속삭였다. 그 속삭임은 다른 말도 하였다.

'빼어나고, 빛나고, 번성하고. 나라, 이삭, 꽃, 명예……. 공통점!'

윤희의 정신이 번쩍 돌아왔다. 웅크리고 있던 몸이 옆으로 기우는 바람에 깨어난 것이다. 소유재 밖을 보니 노을이 지고 있었다. 잠깐 잔 것 같은데, 제법 길게 잔 모양이다. 소유재 안에는 세 남자가 인사불성이 되어 자고 있었다. 그녀는 선준에게 살며시 다가가 팔을 흔들었다. 그는 힘들게 실눈을 떠서 깨우는 이가 누구인지 확인하더니, 아직 비몽사몽이라 여기가 어딘지도 모르고 그녀의 얼굴을 잡아당겨 입부터 맞추었다. 깜짝 놀란 윤희는 그의 손을 뿌리치고 일어나 주위부터 살폈다. 다행히 잠에 곯아떨어진 두 사형을 제외하고는 근방에 사람은 없었다. 입 꼬리가 싱긋이 올라가는 그에게 솜방망이 주먹질을 하면서 속삭였다.

"여기는 소유재입니다. 정신 차리세요!"

그도 깜짝 놀랐는지 잠에서 퍼뜩 깨어났다. 그리고 노을을 확인하고는 벌떡 일어나 두 사형을 깨웠다.

"여림 사형, 걸오 사형! 해가 졌습니다!"

"응? 응? 해? 해가 왜?"

용하가 횡설수설하면서 깨어났고, 걸오도 성질을 내면서 일어나 앉았다.

"이러다가 늦겠습니다. 일어나십시오."

선준이 그들을 깨우는 동안 윤희는 방바닥에 널브러진 글자가 적힌 종이를 보았다. 잠이 쫓겨 간 이후에 봐도 빼어나다와 꽃의 의미 외에는 알 수가 없었다. 겨우 정신을 차린 재신이 몸을 긁적이며 갈라진 목소리로 말하였다.

"뭐 좀 알아냈나?"

"저도 자다가 이제 막 일어나서……."

"그럼 그냥 훈과 음으로 글을 지음세. 문제는 번성하다와 명예 중에 어떤 훈을 내용으로 하는가인데……, 아무래도 번성하다보다는 명예로 하는 게 더 쉽겠네. 자네들 생각은 어떤가?"

윤희는 제 글자를 보다가 눈동자를 굴려서 선준이 들고 있는 글자도 보았다. 두 사람의 글을 합친 수영秀英은 '뛰어나고 훌륭한 재주와 지혜'라는 뜻이 있었다. 그리고 거꾸로 영수英秀는 '영특하고 뛰어나다.'란 뜻이 된다. 순간, 아까부터 이상하게 머리에 박혀 있던 '공통점'이란 말이 떠올랐다. 그러고 보니 용하와 재신의 글자를 합한 영화榮華는 '귀하게 되어서 이름이 빛나다.'란 뜻이다. 분명 숨어 있는 무언가가 있다. 이때 구시렁거리는 용하의 말이 들렸다.

"홍문관에는 칼도 없나 보이. 한 면을 지저분하게 찢어 놓은 걸 보면 말일세. 아무리 바빠도 그렇지, 문제 내는 종이가 아름답지 못하게 이게 무슨 꼴인가?"

윤희의 눈이 선준의 종이에 멈췄다. 그의 종이는 좌우 양면에 찢은 흔적이 있었다. 그런데 그의 왼쪽 단면과 자신의 오른쪽 단면의 찢겨진 형태가 비슷하였다. 그녀는 선준의 종이에 제 종이를 갖다 대어 보았다. 꼭 맞았다.

"수영秀英입니다! 뛰어나고 훌륭한 재주와 지혜!"

윤희의 외침에 용하와 재신도 자신들의 종이를 붙였다. 그들의 단면도 꼭 맞았다.

"영화榮華일세."

"귀하게 되어서 이름이 빛난다는 뜻입니다. 이건 분명 정답과 상관이 있을 겁니다."

"젠장! 홍문관은 우리 중 한 명만 탈락시키려는 게 아니라, 모조리 탈락시키려는 거야!"

그런데 종이가 두 쌍에서 끝나지 않았다. 단면을 붙이다 보니 네 개의 종이가 하나로 연결되었다.

"영화수영榮華秀英? 이게 무슨 뜻인가? 두 글자씩은 전부 의미가 있는데, 이렇게 네 글자를 전부 합한 의미는 모르겠네."

"다른 의미가 있는 게 아니라 단순히 급하게 찢느라 이렇게 된 거 아냐? 우리가 괜히 복잡하게 생각하는 거 아니냐고!"

세 사람은 잠자코 고민에 빠진 선준을 물끄러미 보았다. 그의 입술이 '영화수영'을 되뇌고 있었다. 밖의 노을은 이미 다 사라지고 어둠이 느껴졌다. 하지만 시간이 조급하게 졸라 대도 선준은 그 뒷말을 꺼내지 못하였다. 그렇다고 이제 와서 처음에 생각했던 훈과 음으로 할 수도 없게 되어 버렸다.

"염병할! 자는 게 아니었는데."

"그나마 잤기 때문에 지금의 생각도 할 수 있는 것이네. 지나간 일을 후회하지 말고 자네도 고민해 보게."

말은 그렇게 하여도 애초에 몰랐던 것을 알아낼 수는 없었다. 그래서 무언가 감을 잡듯이 인상을 쓰는 선준만 애타게 쳐다보았다. 그렇게 시간은 또 지나갔다. 이제는 불안하여 가만히 앉아 있기조차 힘들었다. 그때 선준이 가지런히 이어진 종이 위에 손바닥을 올려놓으면서 외쳤다.

"알았습니다!"

세 사람의 눈이 그의 입술로 모였다.

"따로 있을 땐 보통의 뜻을 지니는 글자들이 하나로 모이면 전혀 다른 의미로 바뀌는 것이 있는데 영화수영榮華秀英도 이에 해당합니다. 즉, 영榮은 '풀의 꽃', 화華는 '나무의 꽃' 수秀는 '꽃 없이 맺는 열매', 영英은 '열매를 맺지 않는 꽃'이란 뜻이 됩니다."

"옳거니!"

"그거다!"

"그런 뜻이 있단 말입니까!"

세 사람의 감탄 어린 맞장구에 선준은 겸연쩍은 듯 웃었다. 윤희는 그에게 다시 한 번 반하고 말았다. 역시 장원급제라는 건 아무나 하는 것이 아니다. 용하도 같은 생각이었는지 웃으면서 말하였다.

"아까 한 말 취소함세. 내가 아무리 걸오 놈과 비슷한 문장 실력을 가졌다 하여도 자네에게서 장원을 빼앗지는 못했을걸세."

"홍문관 놈들, 깜짝 놀랄 거다."

"시간이 없습니다. 어서 문장을 지어야지요."

선준의 재촉에 재신은 윤희를 쳐다보았다. 그러더니 슬그머니 그녀의 글자를 가지고 가면서 말하였다.

"열매를 맺지 않는 꽃에는 상사화가 있지. 난 사랑시를 쓸 터이니 이 글자를 재료로 한다."

다음에는 용하의 손이 글자 하나를 재빨리 채 갔다. 그는 다른 것은 살피지 않고 가장 운을 잡기 쉬운 수秀를 가졌다. 나머지 영榮은 윤희에게, 화華는 선준에게 돌아갔다. 윤희는 풀의 꽃 중에서 난초를 재료로 잡았고, 선준은 나무의 꽃 중에서 매화를 택하였다. 그런데 문제는 용하였다. 꽃 없이 맺는 열매가 떠오르지 않았던 것이다. 한참을 고심하던 그는 제 무릎을 치면서 말하였다.

"그렇지! 전설의 꽃, 우담바라가 있었지!"

하지만 이내 재신의 타박에 부딪혔다.

"인마, 부처의 자비에 대해 말할 참이냐? 유신儒臣들이 퍽이나 그냥 넘어가 주겠다."

다급해진 용하는 선준을 보았다. 그러자 그가 환한 웃음으로 말해 주었다.

"뽕나무 종류 중에서 피는 우담화가 있습니다. 백성의 노고에 대해 글 짓기 좋은 재료지요."

용하의 놀란 턱이 아래로 떨어졌다.

"가랑, 우리가 같은 과거에서 급제한 사이가 맞는가? 혹여 자네만 대과보다 더 급이 높은 과거에 급제한 건 아니겠지? 달라. 자네는 달라도 너무 달라."

용하는 고개를 절레절레 저으며 글 지을 준비를 하였다. 운이 주어졌다 하여 금세 문장을 지을 수 있는 사람은 흔하지 않았다. 하물며 내용까지 한정되면 더욱 그랬다. 재신은 먹고 자고 싸우는 일 외에 유일하게 하는 일이 간드러지는 사랑시를 짓는 것이니 쉽게 끝을 냈다. 선준은 매화로 차가운 기운 속에 피어나는 선비의 절개를 이야기하였다. 윤희는 배고픔과 매질로 피 토하고 죽은 가난한 어린 소녀의 처

유신(儒臣) 유학에 조예가 깊은 신하. 또는, 홍문관 관원을 통칭하던 말.

참한 죽음을 붉은 난초 꽃으로 이야기하였다.

그런데 아직 글자로 옮기지도 못했을 때였다. 이문원 마당 쪽에서 카랑카랑한 꼬마의 목소리가 들렸다.

"약속된 시각이 되었다고 합니다! 곧 궐문이 닫힌다고 합니다!"

네 사람은 동시에 서로의 얼굴을 보았다.

"뭐? 지금 무슨 소리 들리지 않았는가?"

"주시동 목소리다!"

4인방은 누가 먼저랄 것도 없이 붓을 든 채로 자리에서 벌떡 일어섰다. 이문원에서 입번을 서고 있던 부제학이 달려와서 말하였다.

"시간 되었으니 지금 출발하시오."

하지만 4인방은 망연자실하여 그를 쳐다만 보았을 뿐, 어떠한 동작도 취하지 못하였다. 걱정스런 눈으로 그들을 보던 부제학이 모든 것이 끝났다는 표정으로 이문원으로 돌아갔다. 그리고 얼마 지나지 않아 종소리가 울리고 대궐문이 닫히는 소리가 들렸다. 그 소리는 윤희의 머릿속에서 벌연에 올려야 하는 품목들을 하나하나 친절하게 짚어 주었다.

"어서 적으십시오! 우선 마저 쓰고 나서 생각합시다."

선준의 호령에 다들 정신을 차리고 인장이 찍힌 종이로 글을 옮겨 적었다. 궐을 넘을 수는 없다. 순라군과는 차원이 다르다. 그들은 손으로는 글을 쓰면서도 머리로는 이러한 생각들을 떨치지 못하였다. 용하를 제외한 세 사람은 모두 손을 놓았다. 하지만 용하는 아직 종이에 옮겨 적는 단계도 안 되어 있었다. 성격 급한 재신이 그가 구상해 놓은 것을 보고 짜증 내면서 거들었다.

"인마, 여기에 어떻게 이 글자가 들어가냐? 운이 안 맞잖아. 산학 잘하는 놈은 시문도 잘 짓는다던데, 이 자식은……. 이 실력으로 급제한 게 기적이다."

결국 글은 투덜투덜하는 재신이 완성하고, 글자로 옮기는 건 윤희가 하였다. 마음이 급해서 그가 하도록 내버려둘 수가 없었다. 윤희가 글을 옮기는 사이, 용하는 선준과 재신에게 홍문관 대제학의 집 위치를 설명하였다. 다행히 대제학의 집은 재신의 집 근처였지만, 더 큰 문제는 궐을 빠져나가는 것이었기에 큰 위로는 되지 못하였다. 윤희가 시문을 적은 종이를 봉투에 넣고 일을 끝마치자 재신이 결심한 듯 말하였다.

"궐을 가로질러 집춘문으로 간다. 여림, 너는 열 셀 동안 궐내 경호硬號를 알아 와라."

"걸오 자네, 제정신인가? 집춘문이라면 우리가 있는 곳과 극에서 극일세. 창덕궁에서 창경궁까지 거쳐야 한다고. 도성 지리는 알지만 궐내 지리는 모르지 않는가."

"시간 없다. 하나!"

"그리고 이 궐에서 내게 경호를 알려 줄 사람이 어디……."

"둘!"

용하는 대책도 없이 소유재를 나갔다. 그런데 아주 잠깐의 시간이 흐른 뒤에 다시 돌아왔다. 재신의 성질과 고함이 그를 향해 터졌다.

"쥐한테 물어서라도 알아 오란 말이야! 셋!"

하지만 용하는 잔뜩 긴장한 얼굴로 옆을 향해 눈짓을 하였다. 방문 너머로 가려져 있던 그림자가 다가와 그들 앞에 모습을 드러냈다. 순간, 세 사람은 동시에 방바닥에 엎드렸다. 쥐가 둔갑한 것이 아니라면 임금이 확실하였다.

"그럴 시간 없다. 어서 챙겨서 일어나라."

"여기까지 어인 일이시옵니까?"

"너희들이 궐을 못 나갔다는 말을 전해 듣고 몰래 빠져나왔느니라. 집춘문까지는 내가 안내할 터이니 속히 따르도록 하라."

세 사람은 버선발로 땅에 내려섰다. 용하도 신을 벗었다. 이를 유심히 보던 왕이 자신의 비단신을 벗어 그들의 신발 틈에 숨겼다.

4인방은 왕을 믿고 당당히 서규 일대를 나섰다. 경호도 알고 있을 것이기에 숨어서 다닐 필요가 없다고 생각했기 때문이었다. 하지만 왕은 우스꽝스럽게 건물에 딱 붙어서며 주위를 경계하였다. 혼자 눈을 반짝이며 들떠 보이는 것이 불안한 예감을 확 불러들였다.

"원래 누가 제일 앞이냐? 서거라."

용하가 의아해하면서 물었다.

"숨어서 집춘문까지 가시려는 것이옵니까?"

"어쩔 수가 없느니라. 이리 나온 걸 들키면 나도 너희들만큼이나 곤란해서 말이야."

'왕의 옷차림이 평상복인 이유가 여기에 있었구나. 결국 왕에게서 도움 받을 수 있는 건 궐내에서의 길안내뿐이란 말인가? 그럴 바에야 안 오시는 편이 나은데.'라고 모두 생각하였지만 차마 겉으로 표현할 수는 없었다. 제일 선두에는 언제나처럼 재신이 섰다. 그다음에 왕, 그 뒤로 용하, 윤희, 선준이 차례로 따라 달렸다. 윤희로서는 용하를 사이에 두고 임금과 함께 있는 것은 상당히 고달픈 일이었다. 순라군이 바로 옆으로 접근해 올 때의 긴장감과 맞먹었다.

도성보다 궐내를 경비 서는 군사의 수가 훨씬 많은 느낌이 든 것은 궐이 도성보다 좁기 때문이었다. 면적당 인원수를 비교하면 그 몇 배는 많은 셈이다. 게다가 숨어 다니는 머릿수는 다른 날에 비해 하나 더 늘어났다. 더구나 함부로 할 수 없는 머리다. 그런 만큼 그들은 수시로 군사들과 아슬아슬한 상황을 맞았다. 이런 좋지 않은 상황에서 가장 탁월한 역할을 한 것은 다름 아닌 추가된 머리였다. 우려와는 달리 빈 건물과 지름길을 이용한 길 안내가 아주 유용하였다.

자신들에게 부족했던 시간을 만회하면서 집춘문에서 조금 떨어진 담벼락에 도착한 4인방은 왕과 조금이라도 빨리 헤어지기 위해 허리부터 숙였다.

"성은이 망극……."

"이거 아주 재미있구나. 궐 밖까지 함께하면 아니 되겠느냐?"

"아니 되옵니다!"

이 성급한 외침은 재신의 것이었다. 말투에 짜증스러움까지 묻어 있어 다른 세 명은 왕의 눈치가 보일 지경이었다. 당황한 선준이 급히 뒷말을 거들었다.

"지금까지 함께하여 주신 것만으로도 성은이 망극하옵니다. 밖은 안과 다르오니 부디 통촉하여 주시옵소서. 소신들은 시간이 없어 그만……."

"김윤식!"

갑작스런 왕의 부름에 윤희는 화들짝 놀라 돌아서던 걸음을 멈추었다.

"너는 입이 붙었느냐? 어찌 단 한마디도 없는 것이냐?"

"성은이 망극하옵니다."

"오호! 그것도 한마디라고 하는 것이냐? 내내 몸 숨기고, 시선 숨기고, 숨소리마저 숨기더니 고작?"

세 남자가 거들어 주기 위해 나서려다가 왕의 손 제지에 걸렸다. 윤희는 최대한 고개를 들고 어깨를 펴면서 말하였다.

"상감마마께오서 없는 시간을 낭비하시면서까지 소신에게 듣고자 하는 것이 무엇이옵니까? 이리 납신 것은 소신들을 도와주시기 위함이 아니라, 방해하시기 위함이옵니까?"

비록 당당한 태도였지만 말하는 동안 꽉 쥔 주먹은 바들바들 떨렸다. 이런 숨 막힘이라면 차라리 순라군에 포위당하는 편이 나으리라. 재신의 속에서 '염병할!'이란 소리가 드글드글 끓어 넘쳤다. 하지만 이 상황에서도 선준은 차분하게 대처하였다.

"상감마마, 소신들은 바빠서 가겠사옵니다. 특별히 하실 유언이 남으셨다면 날이 밝고 난 뒤에 하시옵소서!"

"가 보겠사옵니다, 상감마마."

"김윤식이 숫기가 없어 보여 놀리느라 그랬느니라. 그래, 조심해서 가 보아라."

왕의 말이 떨어지기가 무섭게 4인방은 일반 민가보다 훨씬 높은 담을 넘기 위해 부산스럽게 서로의 어깨를 빌려 주었다. 왕이 가든 말든 신경 쓸 겨를이 없었다.

"홍벽서가 누구냐?"

왕의 낮은 목소리에 4인방은 동시에 동작을 멈추었다. 재신과 용하의 어깨를 밟고 오르던 선준과 그 옆에서 망을 보던 윤희까지 완전히 얼었다.

"너희 중에 있거나, 아니면 너희 중에 홍벽서를 아는 녀석이 있거나 둘 중에 하나일 테지. 그 어떤 경우이든 간에 조심하거라."

왕이 여기까지 동행한 것은 길 안내만을 위해서가 아니라 가짜 홍벽서 때문이라는 생각이 용하의 머릿속에 싹텄다. 이에 반응을 보이지 않고 선준은 담 너머를 살핀 뒤 밖으로 넘어갔다. 그다음 윤희, 용하가 차례로 넘어갔다. 그러자 재신만 남았다. 높은 담이 쉽지가 않아 높이를 가늠해 보고 있던 재신 옆에 왕이 와서 섰다. 그리고 제 어깨를 툭툭 치면서 말하였다.

"밟고 올라가라."

재신도 나름대로는 나라의 질서를 배운 놈이다. 그러니 이것이 얼마나 말도 안 되는 것인지 잘 알고 있었다.

"상감마마, 그것은······."

"시간 없다, 어서!"

시간 없다는 말만큼 뛰어난 최면술은 없었다. 재신은 멀리서 뛰어와 담벼락과 왕의 어깨를 날듯이 동시에 살짝 밟고 밖으로 넘어갔다. 최대한 힘이 실리지 않도록 노력한 덕분에 왕의 어깨에는 그다지 무리를 주지 않았다. 담을 넘는 순간 재신은 생각하였다. '이런 개고생시키고 도와주는 것보다 차라리 처음부터 신참례를 금지시키시지. 병 주고 약 주는 것도 아니고, 염병할!'이라고.

4인방이 완전히 사라진 뒤, 왕은 담벼락에 기대어 한참을 웃었다. 떨면서도 또록또록하게 말하던 그녀의 모습이 눈에 걸쳐졌다. 차츰 차가운 웃음으로 변하더니 더없이 쓸쓸하게 중얼거렸다.

"난 너 같은 계집들은 믿지 않는다. 날 낳아 준 어미조차 믿지 못하는데 하물며 거짓을 지닌 계집은 더 말해 무엇 하겠느냐."

왕은 고개를 들어 밤하늘을 보았다. 구름의 그림자가 그의 눈을 덮어 가렸다.

"그나저나 나는 어떻게 돌아간다?"

왕에게서 해방된 4인방은 큰 나무 아래로 우선 몸을 숨겼다. 재신이 그들에게 다짜고짜 물었다.

"이미 대중의 뇌리에서 사라진 홍벽서 얘기를 왜 꺼내시는 거냐? 너무 느닷없는 거 아냐?"

여기에 대해서 할 말이 많은 용하였지만, 그게 급한 게 아니었다.

"가세!"

이 말과 함께 4인방은 무조건 성균관을 향해 달렸다. 그곳을 지나 반촌을 지날 때까지는 관군이 들어올 수 없는 구역이라 주위를 경계할 필요도 없이 전속력으로 달리기만 해도 되었다. 이것 때문에 제시간에 궐을 나가지 못한 것은 오히려 전화위복이 된 셈이다. 그들은 반촌 앞 하마비까지 순식간에 돌파하였다. 용하만 없었다면 조금 더 단축할 수 있었을 것이다. 그곳에서 아주 잠깐 숨을 고르고 다시 달리기 시작하였다. 순라군은 4인방이 반촌 쪽에서 오리라고는 예상 못 했는지, 심한 경계가 느껴지지 않았다. 그럴 수밖에 없지 않은가. 정작 당사자인 4인방조차 궐문이 닫히기 바로 직전까지도 이 길로 가게 되리라고는 예상하지 못했으니까.

5

어젯밤 춘당대 근처에서 버선발 차림의 임금이 발견되었다는 믿지 못할 소문이 아주 잠시 4인방의 귀에 들어왔다가 사라졌다. 집춘문에서 얼마 못 가서 바로 잡힌 모양이었다. 그들은 밤사이 사라지고 없는 왕의 신발을 보고 잠시 어젯밤의 소동을 떠올렸다.

대사헌 집 앞에서 벌어진 순라군과의 격돌. 재신과 선준의 팔과 다리에 나가떨어지는 순라군들과 그들의 틈바구니에서 대사헌 댁 대문을 두드렸던 윤희. 결국 4인방이 마지막에 선택한 방법은 몸으로 밀어붙인 거였다. 사전에 치밀한 계획을 짜서 했던 것이 아니었다. 당시는 서로 의견을 주고받을 틈도 없이 삼경을 알리는 누고에 당황하여 미친 듯이 대문을 향해 돌진하였던 것뿐인데, 앞뒤 정황을 모르는 홍문관 관원들은 치밀한 작전의 승리라고 추켜세우면서 모두 박수를 쳤었다.

이렇게 모든 신참례를 끝마친 4인방은 당당히 이문원 계단을 거쳐 청에 올랐다. 그리고 공좌부公座簿에 자신들의 이름과 수결을 처음으로 남겼다. 정식 관원으로서 사진을 허락받은 것이다. 그런 후에 당상관인 제학 이인욱과 전상병, 부제학 조두훈, 김조현에게 인사를 올렸다. 규장각에 소속된 검서관 네 명과 사자관 여덟 명에게도 차례로 인사를 받았다. 검서관들은 대체로 선준에게 호의를 보인 반면, 사자관들은 유독 윤희를 경계하는 인상을 주었다. 그리고 서리와 수청, 하례들의 인사를 받는 것으로 마무리를 하였다.

"이야! 드디어 낮에 퇴진하는구나. 반갑다, 태양아!"

궐문을 나서자마자 재신이 두 팔을 치켜들고 외친 말이었다. 다른 세 사람도 함께 외치고 싶은 말이었지만, 지나가는 많은 관원들 때문에 그러지는 못하였다.

"전 아무것도 아니 하고 누워서 잠만 자고 싶습니다."

윤희가 편한 눈웃음으로 말하자, 선준도 동감이라는 듯 눈웃음으로 답하였다. 용하가 눈을 빛내면서 세 사람을 유혹하였다.

"잠을 푹 자려면 술 한 잔이 최고일세. 내가 살 터이니 잠시 들렀다 가는 게 어떻겠는가?"

"좋았어! 네가 사는 거다."

예상과는 다르게 재신이 흔쾌히 승낙을 하였다. 어려운 고비를 넘긴 기념을 입술과 몸도 누리고 싶은지 윤희도 술이 확 당기는 것을 느꼈다. 선준이야 원래가 술을 하지 않으니 당기는 것이 어떤 건지는 모

공좌부(公座簿) 오늘날의 출근부.

르지만, 이들과 함께 축배라도 들고 싶은 기분은 마찬가지였다. 그래서 모처럼 뜻을 모아 주점으로 갔다.

4인방이 들어간 곳은 서까래를 얼기설기 엮어 만든 실내주점이었다. 마침 퇴진 시각이기도 해서인지 사람들이 붐볐지만, 평상 하나는 차지하고 앉을 수 있었다. 술을 주문하는 용하 뒤로 한 무리의 관원들이 들어와 빈 평상을 차지하였다. 이로써 모든 평상에 손님이 가득 찼다. 윤희가 신기한 듯 두리번거리면서 말하였다.

"여림 사형께서 이런 곳을 아는 것이 신기합니다."

"기생집은 기생집으로서의 맛이 있고, 이런 주점은 또 이런대로 맛이 있는 게지. 계집마다 각각의 맛이 있는 것과 같은 이치라네."

하여간 이런 말만 불쑥 튀어나오지 않는다면 더 바랄 것이 없겠다. 고맙게도 어김없이 재신의 주먹이 그의 머리통에 다녀와 주었다.

"그런데 여림 사형 뒤의 관원들, 눈에 익습니다."

선준이 옆에 들리지 않게 나지막한 목소리로 말하자 재신도 그 정도 크기의 소리로 대꾸하였다.

"저 녀석들, 아까 궐에서부터 우리 따라온 놈들이다. 뭐 하는 자식들이지?"

용하가 곁눈으로 슬쩍 훔쳐보고 말하였다.

"사간원과 사헌부 관원들일세. 눈 마주치지 말게."

"궐에서 두 관청이 함께 나온 걸 보면, 오늘 대청에서 진계할 일이 있었나 보군."

4인방은 술상이 나오자 한 잔씩 따르면서 술에 집중하려고 애를 썼다. 하지만 대간 관원들이 술맛을 싹 앗아 갔다. 그들도 술상을 받아 놓았으면서 술은 마시지 않고 이쪽만 쳐다보고 있었기 때문이다. 아예 몸까지 이쪽을 향해 앉은 것이 성질 고약한 재신의 신경을 대놓고 긁는 걸로 보였다. 윤희가 입 모양을 보이지 않으려고 노력하면서 속삭였다.

"걸오 사형, 반응하지 마십시오."

재신은 그들 쪽에서 몸을 돌리고 앉아 술을 마셨다. 하지만 대간 관원들은 요지부동으로 이쪽을 보았다. 이쯤 되면 시비 거는 것이 분명하였다. 그들 중에서는 그나마 한 명의 관원만이 술잔에 술을 따르면서 그들을 말리는 시늉을 하였다.

"옆에 앉은 것들이 바로 규장각의 각신들이지?"

저들끼리 나누는 대화처럼 하면서 4인방에게 말을 걸어왔다. 하지만 이쪽은 술만 마실 뿐 들은 척도 하지 않았다.

"잘금 4인방? 향안랑 4인방? 웃기고 있군. 유색幼色 4인방 같으니!"

콰앙!

재신의 술잔이 술상을 포악하게 때렸다. 험악한 분위기로 바뀌기 직전, 용하가 제 얼굴을 쓰다듬으면서 말하였다.

"오호? 내가 그리도 잘생겼나? 나 참, 이 얼굴로 못생겼다고 겸손 떨 수도 없고."

농담이겠지 싶어 쳐다보았지만, 그의 해맑게 웃는 표정을 봐서는 진담이었다. 그런데 조용히 눈을 내리깐 선준이 점잖은 목소리로 혼잣말처럼 그들에게 말하였다.

유색(幼色) 잘생긴 얼굴로 임금의 총애를 받는 젊은이.

"임금 앞에서는 입을 다문 채 소리 내지 않는 까마귀라……. 대간 자리도 입만 다물고 있으면 제법 해 볼 만은 하지요."

윤희의 눈이 휘둥그레졌다. 선준이 재신보다 먼저 응수를 하리라고는 생각하지 못하였다. 설마 사헌부 신참례 사건을 여태 속에 넣어 두고 있었나? 뒤끝이 있는 양반인 줄은 미처 몰랐다. 아니지, 그러고 보면 은근히 꽁생원 같은 데가 있기는 했다. 선준의 혼잣말에 대간 관원들이 발끈하여 소리쳤다.

"이 새파란 놈들이!"

선준도 응수했는데 재신이라고 가만있겠는가. 그의 대꾸는 상대를 가리지 않는 반말로 시작되었다.

"와료(臥料)나 처먹는 놈들이 무슨 염치로 발끈하는 것이냐!"

대간 관원들이 일제히 자리에서 벌떡 일어섰다. 그중 한 사람만이 계속 그들을 말릴 뿐이었다.

"규장각이야말로 와료를 처먹는 곳이 아니냐! 규장각이 하는 일은 이미 존재하는 다른 관청의 일이다!"

그들의 격앙된 목소리와는 달리 선준은 여전히 차분하게 응수하였다.

"규장각이 생겨나서 다른 관청의 역할이 없어지는 것이 아니라, 다른 관청이 제 역할을 못 하기 때문에 규장각이 생기게 된 겁니다. 원인과 결과를 파악하지 못하다니, 참으로 애통할 노릇입니다."

"이, 이 나라 관리가 이제는 대간도 우습게 보는 지경에 이르렀구나!"

와료(臥料) 일을 하지 않으면서 받는 급료.

"밖에서만 나불나불, 임금 앞에서는 벙어리가 되는 대간도 대간이냐?"

용하와 윤희는 당황하여 각각 재신과 선준의 팔을 잡고 말렸다. 하지만 보람도 없이 술잔 하나가 날아와 4인방의 술상을 덮쳤다. 이것은 재신을 자리에서 벌떡 일어서게 만들었다.

"가랑, 똥통 옆에서 먹었던 밥맛이 생각났다. 네가 언젠가는 떠올릴 일이 있을 거라던 그 밥맛. 오늘 다 토해 내 봐야겠다."

선준도 자리에서 일어서면서 말하였다.

"전 이미 생각나 있었습니다."

역시 뒤끝이었다. 싸우려고 일어나면 점잖게 일어나지나 말지, 사람 헷갈리게 하는 데는 단연 으뜸이다. 그가 자리에서 일어서자마자 재신의 다리는 그대로 대간 관원들의 술상을 걷어차 멀리 보냈다. 윤희가 아연실색하여 자리에서 일어섰을 때는 이미 대간 관원의 주먹이 날아오고 있는 상황으로까지 번져 있었다. 그리고 4인방의 술상도 멀리 날아가 엎어졌다. 하지만 그 직후, 재신의 주먹과 다리에 세 명의 관원이 거의 동시에 맞고 뒤로 넘겨졌다. 아무리 그래도 명색이 대간인데, 그들에게 주먹질을 했으니 이건 정말 대책이 없다.

결국 패싸움이 벌어지고 말았다. 이쪽은 두 명, 저쪽은 뒤에서 말리는 한 사람을 빼면 도합 다섯 명! 이렇게 되면 이판사판이다. 윤희는 두 남자를 돕기 위해 그 싸움판으로 두 주먹 불끈 쥐고 뛰어들었다. 한 사람을 향해 힘껏 주먹을 뻗었다. 그런데 그녀의 주먹이 다다르기도 전에 바람이 내어 주는 길을 어떤 주먹이 먼저 다녀갔다. 간발의 차이였다. 맞은 사람은 눈앞에서 빙글빙글 도는 별을 쫓기 위해 안간

힘을 쓰면서 중얼거렸다.

"제길, 생긴 거와 다르게 주먹은 사내답다니."

이번에는 다리를 뻗었다. 이번에도 그녀보다 먼저 다녀가는 다리가 있었다. 정신을 차리고 주위를 살펴보니 어느새 선준과 재신의 사이에 끼어 보호를 받고 있었다. 그들이 교대로 주먹과 다리를 대여해 준 덕분에 윤희도 싸움깨나 하는 것으로 보였다. 그래서 마치 싸움 잘하는 세 명이 다섯 명과 싸우는 듯하였다.

안절부절못하던 용하는 싸움 속에 들어가려고 몇 번이나 시도했지만 마음대로 되지 않았다. 한 발 넣으려다가 보면 옷이 더러워질까 겁나고, 또 한 발 넣으려고 하면 신이 더러워질까 겁나고 해서 여러 차례 망설이다 보니, 한 번 망설일 때마다 그의 앞으로 구경꾼들이 한 줄씩 늘어나게 되었다. 그리하여 망설임이 끝났을 때는 결국 그는 구경꾼들 제일 뒤로 밀려나 있는 형국이 되었다. 용하는 구경꾼들의 앞이 아닌 제일 뒤에 자리를 잡은 것은 일부러 의도했던 것이 아니라, 절대로 밀려났을 뿐이라고 스스로는 굳건히 생각하였다. 숨은 건 더더욱 아니라고 믿었다. 그는 진심으로 그편이 훨씬 도움이 된다고 생각하였고, 그것이 사실이기도 하였다.

주점에 있던 사람들은 간만에 좋은 구경거리가 생긴 탓에, 말리는 사람 한 명 없이 모두가 팔짱 끼고 구경만 하였다. 용하는 그래도 이들에 비하면 아무것도 하지 않은 것은 아니었다. 적어도 마음으로는 응원을 하였으니까 말이다.

대간 관원들이 만신창이가 되어 뒹굴고 있을 때쯤 멀리서 사람 소리가 들렸다.

"포졸이다! 포졸들이 오고 있다!"

이에 4인방은 후다닥 도망을 치기 시작하였다. 대간 관원들도 서로 부축해 가며 달아났다. 하지만 용하는 그에 앞서 장사 밑천 때려 부수는 것에 안달복달하는 주인장에게 돈을 쥐어 주는 것을 잊지 않았다. 그러면서 한마디 물었다.

"포졸들이 오늘 이 상황을 물어보면?"

"아이고, 물론 저들이 먼저 시비를 걸고 주먹질을 하였습죠. 제가 두 눈으로 똑똑히 보았지 않습니까요."

"그게 사실이잖은가. 가끔 거짓말이 참말로 둔갑하는 경우가 있어 물어본 걸세. 나중에 또 들르겠네."

주인장은 돈을 세어 보더니 더욱 환한 표정이 되어 덧붙였다.

"나리들, 이쪽으로 가십시오. 여기 뒷문으로 빠져나가면 포졸들을 따돌릴 수 있습니다요."

용하는 다른 세 사람도 불러 주인장이 열어 주는 뒷문으로 빠져나갔다. 그리고 허름한 가게를 가로지르고 좁은 골목을 한참 동안 달려서 저잣거리를 벗어났다. 겨우 네 사람만 남게 되자 모두 땅에 주저앉거나 벽에 기대어 숨을 돌렸다. 얼굴과 몸은 상처투성이였지만 이상하게 기분이 통쾌하고 즐거웠다.

"아이고, 내 팔자야. 이제 뜀박질은 신물이 나네그려."

"어차피 대간 관원들이 우리를 아는데 이렇게 도망칠 필요가 있습니까?"

윤희의 물음에 재신이 작은 상처가 터진 입술로 기분 좋게 웃으면서 말하였다.

"그래도 포졸들한테 잡히는 것과는 다르니까."
"홍벽서가 다시 나타났다네."

느닷없이 던져진 용하의 말로 인해 세 사람은 잠시 말을 잊고 눈만 끔벅거렸다.

"대체 뭔 소리냐? 하여간 실없기는……."

농담쯤으로 치부하고 웃는 재신에게 용하는 품에서 꺼낸 종이를 던지듯 그에게 넘겼다. 오늘 정오에 덕구 아범이 급히 궐 앞에까지 찾아와서 주고 간 것이었다.

"벽서가 붙었다네. 두 차례에 걸쳐서. 상감마마께오서 홍벽서를 거론하신 게 뜬금없지만은 않다네."

재신은 황급히 종이를 펼쳐 글을 읽었다. 선준과 윤희도 그 옆에 붙어서 읽었다. 세 사람의 눈동자가 똑같은 모양으로 흔들렸다.

"내가 한 짓이 아니야."
"물론! 벽서가 붙었을 때 우린 신참례로 정신없었으니까. 문제는 단지 벽서만 붙었을 뿐인데, 홍벽서가 재림했다고 다들 떠든다는 것일세."

재신은 종이를 사정없이 구겼다. 종이를 쥔 손등에 분노로 말미암은 핏줄이 불거졌다.

"어디에 감히 홍벽서를 갖다 붙인단 말이냐! 이따위 조잡한 문장에, 감히!"

윤희는 아직 다 못 읽었기에 그의 손에서 강제로 종이를 빼냈다. 뭉쳐진 종이를 조심스럽게 다시 펴는 그녀의 손동작에 두려움이 묻어났다. 홍벽서가 누구인지 몰랐을 때는 상관없을지 몰라도 이제는 아니다. 4인방 모두가 운명을 함께하고 있다. 그것을 알기에 재신도 홍벽서로서는 더 이상 붓을 들지 않았다. 그녀의 입에서도 재신과 비슷한 말이 터져 나왔다.

"이건 홍벽서의 글이 아닙니다. 그런데 어떻게 홍벽서의 것이라 불린단 말입니까?"

"사람들이 그간 홍벽서가 그리웠던 모양일세. 하긴 그립기도 하였겠지. 나조차도 그러하였으니까."

"단지 그리워서일까요?"

선준이 무거운 입을 열자 세 사람의 시선이 얼룩강아지인 양 한쪽 눈이 멍으로 얼룩진 그에게로 모였다. 그의 목소리에서 무거움을 넘어 분노가 묻어 나왔다.

"차라리 그렇다면 다행이겠습니다. 단순히 벽서라는 공통점 하나만으로 그리 부른다고 하여도 다행이겠고요, 그것을 붙인 자가 홍벽서를 추종하다가 흉내 한 번 내 본 거라도 다행이라 하겠습니다."

만약에 그렇지 않다면? 그 뒤에 또 다른 무언가가 있다면? 네 사람의 얼굴에 신참례 때부터 누적되어 왔던 피로가 확 밀려왔다. 재신이 화난 얼굴로 온다 간다 말도 없이 가 버렸다.

"이보게, 걸오! 어딜 가는가?"

용하가 외쳐 불러도 그는 손짓 한 번 해 주지 않고 그대로 사라졌다. 용하도 머리를 긁적거리면서 발걸음을 옮겼다.

"오늘은 자네들끼리만 집에 들어가게나. 난 오랜만에 기생집 나들이 좀 해야겠어. 아아! 내가 깜빡하였는데, 신참례 올렸던 관청들과 우리 규장각 당상관들한테 쇠고기 대여섯 근씩과 담배, 거위 등을 돌리라고 하였다네. 우리 네 사람 이름으로. 면신연은 해 둬야겠기에. 그냥 그렇다는 말일세."

이 말을 남기고 그마저 가고 나니 두 사람만 길에 버려진 것처럼 남았다.

"두 분, 이제 돌아오십니까요? 다른 분들은요?"

늙은 하녀가 느릿느릿하게 다가와 인사를 하였다. 선준이 웃으며 대답하였다.

"늦으시거나 아니 오실지도 모르니 그리 알거라."

"그럼 쇤네도 나가 봐야겠네요. 작은 주인어른께서 심부름시키신 일이 있는데, 집을 비울 수도 없고 해서 여태 기다렸습지요."

"순돌이는?"

윤희의 물음에는 선준이 대신 말하였다.

"순돌이는 내가 심부름 보냈소. 그리고 너는 걱정 말고 어서 가 보아라."

하녀는 인사를 올린 뒤 보자기를 챙겨 부랴부랴 집을 떠났다. 윤희는 대문을 걸어 잠그고 돌아서는 선준의 얼룩 눈과 마주쳤다. 그의 환한 웃음과도 만났다. 맞다, 지금 이 집에는 단둘뿐이다! 이것을 의식하니까 조금 전의 피곤함과 불안함은 간 데 없고, 갑자기 가슴이 두근거리고 얼굴이 화끈거리기 시작하였다.

"그, 그, 그러니까, 그 뭐더라……, 순돌이는 어디?"

"당신 집에 보냈소. 당신 물건 좀 가져오라고."

"제 물건은 왜요?"

"이제부터 여기서 함께 살려면 가져와야 되지 않겠소?"

"전 여기서 살지 않는다고······."

윤희는 말하다 말고 그만 입을 다물었다. 며칠 동안 제 집처럼 신세져 놓고, 지금도 당연한 듯이 이 집에 걸어 들어와 놓고서 할 말은 아닌 것 같았다.

"걸오 사형처럼 오다가다 한 번씩 들르기만 해도 되오. 아무도 강요하지 않소. 하긴 걸오 사형도 말씀만 그렇게 하시고는 여기서 아예 사시지만."

말끝에 잡힌 그의 웃음 띤 입 꼬리가 얄밉기 그지없다. 윤희는 괜히 그에게 눈을 흘기고 새침하게 돌아서서 안채로 걸어갔다. 하지만 몇 발짝 가지 않아 그의 장난스런 포옹에 잡히고 말았다.

"이거 놓으세요. 누가 보면 어쩌려고."

이렇게 말했지만 순전히 말뿐이었다. 그런데 그는 이럴 때만 아주 말을 잘 듣는 착한 남자라 냉큼 그녀를 놓아주었다. 착한 거와 바보는 닮은 구석이 많다더니, 역시 그른 말은 아니었다. 머쓱해진 윤희는 더욱 새침해져서 뒤도 돌아보지 않고 안채로 들어가 버렸다.

"어? 놓으라고 해서 놓아줬는데 왜 화를 내지?"

선준은 머리를 갸웃거렸지만 그 어떤 어려운 문제보다 더 답을 알 수 없었다.

방해꾼 하나 없는 단둘만의 공간과 시간이 기적처럼 주어졌다. 이것을 놓치기 아까운 선준은 옷을 갈아입느라 분주하게 손을 움직였다. 얼룩강아지 꼴을 하고서도 마냥 들떠, 옷고름을 매면서도 간간이 바깥에 귀를 기울이는 것을 잊지 않았다. 옷을 다 갈아입고 다시 마루로 나갔다.

　윤희는 공복과 사모를 옆에 벗어 두고 기둥에 기댄 채 앉아 있었다. 여름에 접어들어서인지 해가 떨어져도 쌀쌀하지 않아 저고리와 바지 차림만으로도 족한 모양이었다. 그런데 그녀의 뒷모습이 수상하였다. 신참례가 힘들었으니 지쳤을 수도 있고, 갑자기 싸움판에 말렸으니 놀랐을 수도 있고, 예상치 못한 벽서 사건에 두려울 수도 있다. 하지만 지금의 저 뒷모습은 앞모습에서는 감추었던 슬픔을 담고 있었다.

　"왜 그러고 있소?"

　윤희가 돌아보았다. 언뜻 뒷모습이 가진 표정이 비쳐지는 듯했지만 방긋 웃는 미소에 가려졌다.

　"전 갈아입을 옷이 없잖아요. 내일 또 입어야 되니 벗어는 두어야겠고……. 누가 낡은 제 옷을 가져간 걸까요?"

　감정을 물었던 것인데, 그녀의 답은 이렇게만 돌아왔다. 선준은 옆에 앉아 슬그머니 그녀의 몸에 기대 보았다. 작은 웃음소리. 마음이 놓였다. 그래서 기둥과 그녀를 함께 끌어안았다. 기둥과 그의 품 사이에 꽉 낀 그녀에게서 숨결이 느껴졌다. 그것을 보다 많이 느끼기 위해 팔에 더욱 힘을 주고 속삭였다.

　"난 기둥을 끌어안으려고 하였소. 그런데 공교롭게도 그대가 그 사이에 있었을 뿐이오."

　윤희는 웃으면서 그를 슬쩍 밀치고 마루에 드러누웠다. 오랜만에 등이 바닥과 닿는 기분이었다. 선준은 그녀 위에 몸을 겹쳐 엎드리며 말하였다.

　"난 마루에 엎드리려고 하였소. 그런데 공교롭게도 그대가 그 사이에 있었을 뿐이오."

몹시 피곤하여 공기조차 무거웠는데 그의 체중은 전혀 무겁지 않았다. 그녀의 입가에서 웃음이 떠나지 않았다. 윤희는 머리를 들어 눈앞에 있는 그의 입술에 제 입술을 겹쳤다가 얼른 떼어 냈다. 그리고 웃음소리와 말소리를 번갈아 가면서 하였다.

"전 머리를 들려고 하였습니다. 그런데 공교롭게도 형님의 입술에 부딪혔을 뿐입니다."

"단둘이 있을 때는 형님이란 말은 싫대도."

입술이 다가와 다시 닿기 직전, 선준이 속삭였다.

"난 입을 맞추려고 하였소. 그래서 맞추는 거요."

윤희는 눈을 감았다. 이정무가 떠올랐지만 아주 잠시뿐이었다.

'사임 원서 쓰는 법은 배운 적이 없는데……'

이러한 걱정도 그의 입술 아래에서는 전혀 효력을 발휘하지 못하였다. 선준을 밀쳐 내야 하는데, 말려야 하는데 팔은 그의 목을 끌어안았다. 지금의 사태는 한정된 시간을 강요받아서일 뿐, 약한 의지 탓이 아니라고 스스로 납득하고 말았다.

어차피 세상사는 불행의 극점에 도달하면 행복의 극점으로 가게 되고, 행복의 극점에 도달하면 다시 불행의 극점을 향해 간다고 하였다. 여기에 따르면 아직 불행의 극점에는 근처에도 이르지 않았다. 선준을 사랑하고 사랑받는 이 행복의 극점이 높디높아 그에 비례하는 불행의 극점은 아래를 알 수가 없기 때문이다. 이 사람 곁을 떠나게 되어도, 자신이 죽어도, 심지어 선준이 죽게 되어도 그 극점에는 다다르지 못하리라. 그리고 지금 그의 입술은 이미 높아져 있는 행복의 극점을 불안하리만큼 위로 끌어올리고 있었다.

입술과 입술 사이가 멀어졌다. 그와 동시에 윤희의 몸과 마루 사이도 멀어졌다. 윤희를 안아 올린 선준은 잠시 자신의 뺨으로 그녀의 뺨의 온기를 느끼다가 발걸음을 옮겼다. 그의 다리는 마루를 성큼성큼 걸어가 윤희의 방 앞에 섰다. 그리고 발을 이용해 방문을 열었다.

'내 아들의 흔적……, 네 몸에 남기지 마라. 내 아들의 씨는 네가 받을 수 있을 만큼 하찮은 것이 아니다.'

마치 바로 옆의 귓가에서 소리치는 듯한 정무의 말에 소스라치게 놀라, 윤희는 발버둥을 치며 그의 품에서 뛰어내렸다. 그리고 등 뒤로 팔을 펼쳐 열렸던 방문을 닫았다. 선준의 얼굴이 예상치 못한 상황에 놀랐다가 이내 굳어졌다. 윤희의 고개가 아래로 떨어졌다. 그의 팔이 움츠린 그녀의 어깨를 지나 닫은 방문을 다시 열었다. 하지만 이번도 그녀에 의해 다시 닫혔다. 멀리서 대문 두드리는 소리가 요란했다. 두 사람의 귀에는 아득하게만 들려 남의 집 일이겠거니 여겨졌다.

"이 상황에 대한 설명을 듣고 싶소."

"가랑 형님……."

"형님이란 말은 듣기 싫다고 하였소."

포옹하기 위해 선준이 한 발짝 다가섰다. 윤희는 두 팔을 힘껏 뻗어 그의 가슴을 밀어냈다. 하지만 그녀의 팔보다 선준의 팔이 더 길었기에 어깨를 잡히고 말았다.

"옳지 않습니다."

"옳지 않은 이유가 무엇이오?"

바닥에서 눈을 떼지 못하던 윤희는 겨우 짜낸 목소리로 말하였다.

"임신을……, 하면 아니 되기에……."

어깨를 잡은 그의 손아귀에 뒷말을 재촉하듯 힘이 들어갔다.

"그러니까……, 계속 남장을 할 수밖에 없는 이 상황에서 임신이라도 하면 큰일이지 않겠습니까?"

그의 손아귀에서 순식간에 힘이 빠져나갔다. 어깨를 놓아준 선준은 당혹스러움을 숨기지 않고 얼굴에 드러냈다.

"그, 그렇군. 그런 문제가……. 낭패로군."

윤희는 여전히 고개를 들지 못하였다.

"할멈! 할멈! 도련님! 선비님! 아무도 없습니까요? 대문이 잠겼습니다요!"

멀리 담 너머에서 들리는 이 울림통 큰 목소리는 순돌이였다. 깜짝 놀란 선준이 재빨리 대문 쪽을 쳐다보았다. 그리고 미련을 긴 한숨과 함께 내쉬어 놓고 대문으로 갔다.

홀로 안채에 남아 방문에 기대선 윤희는 더욱 고개를 숙였다. 어깨에는 어둡고 습한 슬픔이 다시 내려와 자리를 잡았다. 선준이 내쉬어 놓고 간 한숨도 어깨를 내리눌렀다. 윤희는 이 모든 것을 뿌리치고 고개를 들었다. 어깨도 폈다. 그리고 일부러 씩씩하게 중얼거렸다.

"휴우! 사임 원서나 작성해야겠다."

근수는 기척 없이 열리는 방문 쪽을 쳐다보면서 말하였다.

"잘 왔다. 그러잖아도 네게 어떻게 연락을 취하나 고심하던 차였는데."

"찾으실 듯해서 왔습니다."

재신은 아버지 앞에 털썩 주저앉았다. 부자는 눈이 마주쳤지만 살 뜰하게 대화를 이어 가지는 않았다.

"입술 꼬라지 하고는. 관원이 되었으면 그에 걸맞은 행동을 해야지, 언제까지 천둥벌거숭이로 살 거냐? 주먹질 상대는?"

재신은 대꾸하지 않았다. 대간 관원들을 신나게 패고 왔다고 이실 직고하면 자연히 부친의 발길질을 받을 터이고, 그러면 이틀 연속된 싸움질에 지친 몸이 어떻게 반응할지 몰라서였다. 반항은 해도 패륜은 저지를 수가 없다.

"이번 벽서는……"

"저일 턱이 없잖습니까!"

"누가 너라고 했느냐? 너도 구제불능의 미련퉁이는 아니니 그따위 일을 저지르지는 않았겠지. 적어도 네 주위 녀석들까지 위험에 빠뜨리지는 않을 테니까. 어떻게 된 놈이 아비 말을 끝까지 들어 보지도 않고 고함부터 질러!"

근수가 잠시 턱을 괴고 생각에 잠겼다가 다시 말하였다.

"짐작 가는 것이 있느냐?"

"있으면……"

'아버지를 찾아왔겠습니까?'라는 말은 차마 입에 담지 못하였다. 근수는 '사헌부에 계속 있었더라면 좋았을걸.' 하고 생각하였다. 그랬으면 어찌 손을 쓰기도 쉬웠을 터이고, 못해도 정보를 들을 수는 있었을 터이다. 지금 자리에서는 알아본답시고 섣불리 움직였다가 괜한 시선을 받게 될 위험이 있었다. 무엇보다 재신을 노린 것인지 선준을 노린 것인지 분간이 가지 않았다. 어느 쪽이든 제 아들이 위험한 건 바뀌지 않는다. 머리가 막히니까 짜증이 확 치밀어 올랐다.

"염병할! 내가 네놈 때문에 원수 놈 아들까지 걱정해 주게 생겼다. 네 녀석들처럼 어울려 다니니까 세상이 복잡해지잖아! 적을 구분할 수가 없어, 적을!"

"동서고금을 막론하고 복잡하지 않은 세상이 어디 있다고 그러십니까? 사람들이 단순하게 나누고 싶어 했을 뿐이지."

"하기야 너한테는 소론이란 말도 민망하지. 네 머릿속에 학문이라 불릴 만한 게 얼마나 들어가 있다고. 패만 뭉친다고 다 당파는 아니니까. 어쩌다가 이런 놈이 내 아들인지, 이선준 같은 아들만 있으면 다리 뻗고 자겠구먼."

재신의 한쪽 입 꼬리가 자신 있게 올라갔다.

"아버지가 모르셔서 그렇지, 걔네 부친도 못지않게 골치 썩거든요."

"골치 썩겠지. 네놈 같은 골칫덩어리와 붙어 다니는데, 암! 누굴 원망하겠느냐, 널 이리 만든 건 다 네 조부 탓인데. 겨우 글자 몇 자 아는 녀석 데리고 경문 가르칠 생각은 않으시고 만날 시문만 가르쳤으니 이 꼴이 났지."

"갑자기 돌아가신 할아버지는 왜 또 들먹이십니까! 이래서 아버지와는 얼굴 맞대는 것조차 싫다니까."

"아무튼 어울려 다니는 녀석들과는 말해 보았느냐? 그놈들은 이번 벽서 건을 어찌할 생각이라더냐?"

"누가 무슨 목적으로 이 일을 저지르는지도 모르는데 우리라고 별 뾰족한 생각이 있겠습니까? 이번 일에 그 녀석들은 안 엮였으면 하고……."

"너를 노린 거라 생각하는 것이냐?"

"모른다니까요!"

재신이 갑자기 방문 쪽을 노려보았다. 수상한 기척이 얼쩡거리고 있는 것을 감지하였다. 이에 긴장한 근수가 자리에서 일어나 살금살금 다가갔다. 그리고 문을 확 열면서 소리쳤다.

"어떤 놈이냐!"

"꺄악!"

놀라서 그 자리에 털썩 주저앉은 건 다운이었다. 그녀를 향해 시부의 쩌렁쩌렁한 호통이 날아갔다.

"어딜 함부로 계집이 사랑채에 드나든다 하더냐!"

"저, 저기, 서방님이 오셨다고 해서······."

"왔으면? 신랑이 안채에 찾아 줄 때까지 기다려야지, 경박하게 여기까지 쪼르르 달려와? 한 번만 더 사랑채에 얼쩡거렸다간 경을 칠 것이다!"

놀라서 더욱 커진 다운의 눈에 눈물이 그렁그렁하였다. 너무 무서운 나머지 주저앉은 채로 옴짝달싹못하였다.

"아버지, 사헌부 때 버릇을 이제 막 똥오줌 가리기 시작하는 어린애한테 쓰시면 됩니까? 어이, 반 토막! 그러고 있다가 더 야단맞는다. 얼른 네 방으로 가라."

불호령을 내리는 시부보다 고약하게 말하는 신랑이 더 야속했다. 다운은 신랑의 얼굴도 제대로 못 본 채 떨리는 몸을 이끌고 자리를 떠났다. 등 뒤로 야박하게 문 닫히는 소리가 들렸다. 이 작은 소리에도 그녀의 몸은 경기를 일으키듯 움찔하였다. 한 번만 더 재신을 보고 싶었지만 차마 닫힌 문을 확인할 용기가 없어 돌아보지도 못하고 그대로 안채로 들어갔다.

혼이 나간 얼굴로 들어가는데, 마침 황씨가 마루로 나오고 있었다. 그녀가 마루에 쪼그리고 앉아 손짓으로 다운을 불러 안색을 살폈다.

"우리 아가, 글 배우다 말고 어디를 다녀오누?"

"사랑채에……. 서방님이……, 서방님이……."

천천히 올라오는 시모의 미소에 그만 울먹거리고 말았다. 다운은 소매로 눈물을 닦고 다시 또랑또랑하게 말하려고 애를 썼다.

"서방님이 오셨다고 해서 갔다가 아버님께 야단을……. 훌쩍!"

"중요한 말씀을 나누고 계셨나 보다."

이렇게 말하고 황씨는 한동안 멍한 시간에 빠져들었다. 그러다가 빠뜨렸던 생각 하나를 길어 올렸는지 표정에 노여움을 담았다. 그래도 무서운 느낌은 전혀 들지 않았다.

"그간 우리 재신이 얼굴을 못 봤구나. 집에 드나들면서 부모한테 문안 한 번 오지 않다니."

"저기, 어머님. 서방님은 계속 집에 들어오지 않았어요."

다운의 말이 끝나고 한참 뒤에야 그녀의 말이 이어졌다.

"그랬니? 음……, 맞아. 우리 재신이가 성균관에 들어갔다고 했지? 그곳에 머무느라 아니 오나 보구나. 그래, 걔가 집에 안 들어온 지 오래되었어. 그러니 문안도 못 하지."

"서방님은 급제를 해서 더 이상 성균관에는 아니 가신다고 저번에 어머님께서 그러셨는데……."

황씨는 다시 멍하니 있다가 기억이 났는지 웃으면서 말하였다.

"그래, 우리 재신이가 급제를 하였었지. 그럼 어디에서 지내기에 안 들어오누?"

'성숙한 여자와 함께 사느라 안 들어오시나 봐요.'라고 말도 못 하고 다운은 고개만 푹 숙였다. 황씨는 손을 내밀어 다운의 어깨를 짚었다.

"나를 좀 부축해 주련?"

말은 이러했지만 기대는 것이 아니라 쓰다듬어 주는 손길이었다. 그녀는 다운을 당겨 옆에 앉히고서 자신도 편안하게 앉았다.

"이제는 어두워져도 덥구나. 또 우리 재신이 어릴 때 이야기 들려줄까?"

다운은 금세 기분이 좋아져 바닥에 닿을 정도로 크게 고개를 끄덕였다. 과거로 갈수록 시모의 기억은 더 뚜렷했다.

"걔가 조부 손에 크다시피 했다는 건 얘기했던가?"

"네, 하셨어요."

"아버님, 그러니까 재신이 조부께서는 시문을 퍽이나 좋아하셨지. 그 당시는 소론의 세가 약하다 보니 글 짓는 게 살아가는 유일한 낙이셨거든. 우리 재신이가 다섯 살 때였나? 하루는 이불 아래에서 손자를 토닥이시다가 시 한 구를 지으셨지. 그런데 재신이가 대뜸 대구를 달더라는 거야."

다운의 눈이 똘망똘망하게 빛이 났다. 황씨의 말이 늦어 뒷말이 나오기까지 시간이 걸렸지만 조급하게 굴지 않고 열심히 기다렸다.

"그때 아버님은 재능을 보신 게지. 허구한 날 어린 손자 데리고 주거니 받거니 하면서 시 구절을 읊으셨으니까. 그런 조부가 돌아가시고 나서 외로웠을 거야. 시를 주고받을 상대가 없어졌다는 건, 대화

상대를 잃어버린 것과도 같으니."

'지금은 시를 주고받는 여인이 따로 있으니 외롭지 않을 거여요.'라고 머릿속으로만 생각하였다. 다운은 낭군의 시를 받아 보고 싶었다. 자신이 몰래 읽은 건 여인에게서 온 것뿐이었지만, 그 여인은 뛰어난 실력이라는 재신의 시를 분명 받아 보았을 것이다. 어떤 것일까? 퉁명스러울까, 아니면 다정할까? 어쩌면 괴팍할지도 모르겠다. 그런 거라도 좋으니까 받아 봤으면 좋겠다.

"어머님, 들어가서 우리 글공부해요."

황씨는 원하는 대답을 얻어 낸 것처럼 환하게 웃은 뒤 천천히 말하였다.

"그래, 그러자꾸나. 한데 글 배워서 어디에 쓰려고 열심히 하는 거니?"

"저, 저도 시, 시문을 지어 보고 싶어서……."

다운은 자신이 없어 대답을 끝내지 못하고 얼굴을 새빨갛게 물들였다.

"응? 저런! 나는 쉬운 글자는 가르쳐 줄 수 있어도 시문은 모른단다. 마땅히 배울 만한 곳도 없고……."

황씨는 먼 기억을 찾아 한동안 이곳에서 떠난 얼굴을 하였다. 그리고 평소보다 더 긴 시간을 허비하고 나서야 기억 하나를 데리고 돌아왔다.

"궐내에서 열리는 잔치 때 간혹 부인들끼리 모여서 시문을 나누기도 했지. 아마 지금도 그 모임이 열리고 있을 게야. 나야 잘 모르니 구경만 하였는데, 그때 한 분이 아주 기억에 남았거든. 꾸밈없이 아름답고 우아하셨는데, 다른 부인들의 글과 워낙 비교되게 뛰어나서 내 귀조차 호강하는 기분이었지."

"혹시 그분이 한양에 계신가요? 배울 수 있을까요?"

며느리의 열띤 표정을 물끄러미 보다가 황씨는 천천히 고개를 저었다.

"네 시부가 가만히 계시지 않을 게야."

"아버님이 여자가 시문 짓는 것을 싫어하시나요?"

"그런 문제가 아니라……, 그분이 하필 네 시부가 원수로 삼고 싫어하는 분의 부인이시거든. 다른 몇 분은 입들이 가볍고 허영이 심해서 가까이 보내고 싶지가 않고. 어쩌나, 그나마 신용이 가는 건 그분뿐인데……."

다운은 다소 실망한 표정을 하다가 다시 힘내어 고개를 들었다.

"저는 아직 글자도 많이 모르는걸요. 우선은 글부터 익힐 거여요."

하지만 언젠가는 서안을 가득 채우고 있는 그 문장보다 더 뛰어난 시를 지어 낭군에게 바치리라. 그러면 그에게서 시문을 받을 수 있으리라. 더 이상 반 토막이라고 불리지 않으리라. 무시당하지도 않으리라. 언젠가는 그런 날이 오리라. 다운은 막연히 그렇게 생각하였다.

다운은 오늘 만난 다섯 살의 낭군이 반가웠다. 이대로 시모의 느릿한 시간과 함께한다면 지금 자신과 동갑인 열네 살의 낭군도 만날 날이 올 것이다. 그리고 언젠가는 지금의 낭군과도 만날 날이 올 것이고.

다음 날, 각신들과 대간들의 패싸움 소동이 왕의 귀에까지 들어갔다. 왕이 알 정도였으니 다른 사람들 사이에서는 파다하게 퍼졌음이 당연하다. 하지만 이 사안에 대해 정식으로 문제를 제기한 사람이 없어 그렇게 소문으로만 떠돌았다. 사헌부와 사간원의 각 관청이 자신들 쪽에 불리한 증언이 많아 함구한 까닭이었다. 단지 왕이 던진 이 한마디는 남았다.

"내가 지금껏 했던 백 번의 독설보다 이번의 주먹 한 방이 더 속 시원하구나."

第五章

동고놀이

1

숨을 크게 들이켰다가 길게 내어 쉬었다. 그리고 다시 들이켰다가 내어 쉬었다. 인욱의 방 앞에서 한참을 그러고 있던 윤희는 숨을 들이마셨다가 내쉬는 힘으로 기척을 하였다.

"이 제학 대감, 안에 계십니까? 대교 김윤식입니다."

"들어오게."

연거푸 숨쉬기를 한 윤희는 얼굴을 단정히 하고 문을 열었다. 그리고 성큼성큼 걸어가 그의 책상 앞에 봉투 하나를 올렸다.

"이게 무엇인가?"

"사임 원서입니다."

인욱의 눈이 윤희의 얼굴로 올라왔다. 그는 흰색과 검은색이 섞인 자신의 수염을 괜히 쓰다듬으면서 그녀의 깨끗한 턱을 유심히 보았다.

"누구의 사임 원서란 말인가?"

"송구하지만 저의 것입니다, 각감. 사임 원서를 어떻게 작성하는지 몰라 나름대로……."

순간 '쾅!' 하고 책상 내리치는 소리가 그녀의 가슴을 '쿵!' 하고 때렸다.

"귀관이 지금 날 엿 먹이고자 작정을 한 것인가!"

그러더니 인욱은 안을 열어 보지도 않고 그녀 눈앞에서 봉투째로 갈기갈기 찢었다.

"각감, 그것이 아니라……."

"한 번만 더 이따위 것을 가져왔다간 해직……."

평소 입버릇인 해직시켜 버리겠다는 말을 하려다가 정황에 맞지 않아서 관두고, 그 외에 다른 말을 찾으려고 하였지만 마땅히 떠오르는 것이 없어 잠시 망설였다. 그러다가 겨우 뒷말을 이었다.

"……아니, 전최殿最에 불이익을 당할 줄 알게나. 그러니 썩 물러가게!"

"각감, 소관의 말을 좀 들어 보시고……."

"나가라고 하지 않았는가! 귀관들은 절대로 여기를 관둘 수 없네. 특히 귀관은!"

'그것이 신참례에 걸려 있던 상감마마와의 약속이니까.'라는 말은 삼켰다. 진 쪽에서 일언반구도 못 할 정도로 그 독한 관청들을 전부 쓰러뜨려 놓고, 이리 관두겠다고 나서면 자신들의 입장이 곤란해진다. 특히 가장 반대했던 남인 김윤식은 더욱 그렇다. 관직에 들어오자

전최(殿最) 관리들의 공로, 또는 평상시 업무 성적을 매기던 일.

마자 제 발로 그만둔다는 것을 누가 믿겠는가. 모두들 누군가에게서 협박을 받았을 것이라 생각하기 십상인데다가, 그 누군가가 자신으로 비춰질 확률이 높았다. 더욱 난감한 것은 남인들로부터 집중 포화를 당하게 될 위험이었다. 왜 그만두려는지 살펴보고 싶지도 않았다. 이건 자신을 위협하는 행위, 그 이상도 그 이하도 아니다.

윤희는 결국 노발대발하는 인욱에게 단 한마디도 못 하고 쫓겨나, 대청에 우두커니 서서 머리를 긁적거렸다. 관직에서 물러나는 것이 가장 어려운 일이 되리라고는 짐작도 하지 못하였다. 청천벽력 같은 일이 아닐 수 없다.

"내가 너무 쉽게 생각했나? 이제 어쩌지?"

"어이, 대물! 거기서 뭐 하는가?"

용하가 이문원 앞에 있는 사자청에서 나오면서 팔을 흔들었다. 재신은 그늘진 사자청 담벼락에 기대서서 조보를 읽고 있었다.

"네? 아, 잠시……."

"어서 오게. 조금 전에 승정원 하례가 다녀갔는데, 우리더러 후원에 있는 동성東省 쪽으로 속히 오라고 하였다네. 아! 마침 가랑도 오는구먼."

선준이 홍문관 건물 쪽에서 오고 있었다. 그는 하루씩 번갈아 홍문관과 규장각을 오고갔다. 그래서 오늘은 홍문관에 있었다. 그래 봤자 나란히 있는 건물이기에 함께 있는 거와 크게 다르지 않았다. 홍문관에 있어도 지금처럼 툭하면 규장각의 호출에 응해야 했기 때문이기도 하였다.

"자네, 안에서 무슨 일 있었나? 방금 안에서 큰 소리가 나는 듯하던데……."

용하의 낮은 질문에 윤희는 크게 답하였다.

"아, 아닙니다. 큰 소리라뇨? 전 모르겠습니다."

마침 서리가 나와서 의심스럽게 모여드는 눈들을 흩어 주었다.

"모두 저를 따라오십시오."

4인방은 서리의 안내를 받아 소유재 옆의 정숙문을 지나 각종 작은 문을 꼬불꼬불 지났다. 건물들이 워낙 빼곡하게 들어서 있어서 마치 빙글빙글 돌아가는 느낌이 들었다. 서리의 안내가 아니었다면 절대로 혼자서는 찾아가지 못할 길이었다. 윤희는 동성으로 가면서도 머릿속에는 줄곧 이정무와의 약속을 걱정하였다. 이렇게 되면 그의 도움이 절실하였다. 생각해 보니 그도 문제다. 아무 대책도 마련해 놓지 않고 사임 원서를 올리라고 하였단 말인가? 이인욱과는 같은 노론이니 뒷말이라도 해 놓았으리라 생각하였는데, 그것도 아닌 모양이었다.

윤희의 발이 취서문을 넘을 때였다. 그녀의 머리는 또 다른 난관에 봉착하였다. 이정무의 입김이 규장각에는 미치기 어렵다는 사실을 깨달았기 때문이다. 그는 노론 벽파임에 반해서 지금 규장각에 재임 중인 제학은 노론 시파가 아닌가. 그녀의 발이 더 이상 걸음을 옮기지 못하고 멈춰 섰다. 그리고 자신을 돌아보는 선준을 바라보았다. 어떻게 해야 하나?

부용정과 주합루를 만난 윤희는 한순간에 모든 걱정을 날려 버렸다. 동성 일대는 이문원이 있는 숨 막히는 서규 일대에 비하면 천상과도 같았다. 푸른 하늘을 훔친 물과 그 물을 네모나게 담은 부용지,

이를 에워싼 높고 낮은 건물들, 또 이들 건물을 짙푸른 녹음으로 감싸고 있는 크고 오래된 나무들이 제각각의 아름다움을 다투고 있었다. 공기를 삼키는 것만으로도 영화로워지는 기분이었다. 이 일대의 중심인 이곳 주합루 1층이 바로 본관인 규장각이었다. 비록 좁아터진 궐내각사의 제일 끝 이문원에 오밀조밀 모여 일하는 처지지만 말이다.

윤희는 다시 긴장하기 시작하였다. 왕이 이쪽으로 오고 있었다. 그렇지, 이곳으로 각신들을 부를 수 있는 이가 임금밖에 더 있겠는가. 머릿속이 사임 문제로 가득했다고는 하지만 이것에까지 생각이 미치지 못한 건 어리석었다. 윤희는 다른 사람들과 더불어 허리를 숙였다. 밝은 대낮에 이리 조촐한 인원으로 임금 앞에 서는 건 처음이었던가? 이런 생각이 들자 그녀의 허리와 머리는 더욱 아래로 내려가, 세상에서 임금을 가장 숭배하는 인간이 되고 말았다.

"따라오너라."

왕의 한마디에 그 뒤를 잇는 행렬도 따라 움직였다. 4인방은 그 행렬의 끝에 서서 따라갔다. 드디어 오만하게 콧대를 올린 2층 건물, 주합루에 들어가 보는 것인가? 묘한 설렘이 찾아왔다. 하지만 그것도 잠시, 왕은 전혀 다른 길로 걸어갔다. 부용정 옆으로 난 언덕길이었다. 그 길은 조금 전 4인방이 지나온 길이기도 하였다.

목적지가 어디인지 궁금해하려는 찰나, 왕은 멀리 가지 않고 바로 근처 언덕 위에서 행렬을 멈추었다. 그곳에는 여러 건물들이 있었는데, 왕은 어디로 들어갈지 고민하기 위해 잠시 멈춘 듯하였다. 아마도 갈 곳이 없어서가 아니라, 전부 들어가고 싶지만 우선 하나만 골라야 하는 데서 오는 고민으로 보였다. 분명 4인방은 그렇게 느꼈다. 그리고 열고관이라고 적힌 건물에 들어가 안의 광경을 접하고서야 얼마나 끔찍한 예감인지를 알게 되었다. 책으로만 가득한 내부!

열고관 안에서 근무하고 있던 검서관이 쓰고 있던 두꺼운 안경을 벗으며 벌떡 일어났다. 하지만 왕은 전혀 신경 쓰지 않고 안으로 성큼성큼 걸어 들어가 내부를 스윽 훑어보았다. 그러더니 갑자기 가지런히 정돈되어 꽂혀 있는 책과 목패들을 바닥에 쏟아 내리기 시작하였다. 4인방은 일제히 검서관을 쳐다보았다. 그런데 가장 당황할 것이라 여겼던 그는 응당 벌어질 일이었던 양 담담한 표정이었다.

책꽂이에 있던 책을 모두 바닥에 던진 왕이 따라 들어온 신하들에게 손짓으로 지시하였다. 책들을 모두 한쪽 벽에 모으라는 것이었다. 그들은 일사불란하게 책을 쌓았다. 한쪽에 목패도 따로 모았다. 그러고는 뒷걸음으로 물러났다.

"너희 넷! 넉 달의 시간을 주겠다. 그동안 여기 책을 조금 전 상태로 정돈해 놓도록 하여라."

정돈만 하기에는 넉 달이라는 기간은 길어도 지나치게 길다. 4인방이 더욱 짙어지는 불길한 예감으로 고개를 숙이자 왕이 다시 말을 이었다.

"그 전에 여기 있는 책들을 모두 읽고 초록을 마친 뒤에라야 하느니라. 그리고 이 일은 규장각 업무에 지장을 주어서는 아니 되느니."

'차라리 그냥 죽여 주시옵소서!'라는 말이 입 밖으로 튀어나오지 않은 것만도 다행이었다. 업무는 업무대로 보고, 짬나는 시간에 이 많은 책을 읽고 초록까지 하란 말인가. 넉 달이라면 대체 하루에 몇 권의 책을 읽어야 한단 말인가. 그런데 더 기함할 일은 이 근처에 있던 서고, 개유와皆有窩 등의 건물도 여기와 마찬가지로 도서고라는 사실이다. 왕이 어느 곳을 먼저 할까 고민하는 것처럼 보였던 건물들 말이다. 넉 달이 지나면 서고나 개유와 중에 또 한 곳이 주어질 게 뻔했다. 그러고 나면 또 나머지 한 곳을 하게 될 것이다. 숙성된 똥 냄새에만 구토가 일어나는 것이 아니라 책 냄새에도 같은 증세가 나타날 수 있다는 사실을 4인방은 오늘에서야 깨닫게 되었다. 심지어 책 좋아하는 선준과 윤희도 그러했으니, 재신과 용하의 지금 심정이야 말해 무슨 소용이 있겠는가.

왕은 군더더기 말을 덧붙이지 않고 바로 밖으로 나갔다. 그리고 4인방에게 따라오지 말라는 손짓을 하고 제 일터로 바삐 복귀하였다.

"그럼 고생하십시오."

이렇게 간단한 인사말을 남기고 검서관까지 나가자 네 사람만 남았다. 까마득하게 쌓인 책 더미도 남았다. 용하가 그 책들을 바라보면서 한숨을 푹 내쉬었다.

"불현듯 규장각을 없애라고 허구한 날 탄원하는 그 뒤에는 분명 각신도 숨어 있다는 생각이 드는군. 나도 그들 중 하나가 되고 싶으니 말일세."

재신도 투덜투덜 푸념을 보탰다.

"거 봐라, 내가 제정신이 아니랬잖아. 멀쩡한 정신이면 어떻게 넉 달 만에 이걸 다 읽으라고 했겠냐?"

선준은 잠자코 책 하나를 들어서 펼쳤다. 한 장 한 장 넘겨 보던 그의 이마에서 식은땀 한줄기가 소리 없이 흘러내려 왔다. 윤희도 한 권을 훑어보았다. 입이 떡 벌어졌다. 어렵다! 그간 읽어 왔던 것들은 서당 꼬맹이들이나 읽는 수준이라 여겨질 정도였다. 한 달 안에 관직을 그만두어야 하고, 넉 달 안에 이 책들을 다 읽어야 한다. 책보다 더 급선무인 사임 문제로 고민하는 윤희의 옆모습으로 선준의 눈길이 멈췄다. 그의 짙은 눈썹이 미세하게 꿈틀거렸다. 재신이 창밖의 풍경을 보면서 빈정거렸다.

"상감마마의 높은 배려에 몸 둘 바를 모르겠군. 오줌 싸러 오가는 시간도 아껴 책을 읽으라는 하해와도 같은 은혜. 열고관 바로 옆에 측간까지 마련해 놓았다, 염병할!"

이 아득한 상황에서 그의 말은 웃음보를 터뜨리게 만들었다. 하지만 이것은 기가 막혀서 나오는 웃음일 뿐이었다. 4인방의 웃음소리는 바깥에 있던 검서관들에게까지 들렸다. 그들은 그 속도 모르고 수군거렸다.

"보통 넋 놓고 있기 일쑤인데, 저리 웃는 경우는 처음이야."
"역시 소문대로 보통내기들이 아니군. 상감마마께오서 공들일 만해."

윤희는 선준의 집, 다시 말해 이정무의 집 앞에서 왔다 갔다 하였다. 문을 두드렸는데 안에서 나와 보는 사람이 없었다. 그녀는 차분하게 기다리지 못하고 다시 문을 세차게 두드렸다.

"대체 누가 이리 시끄럽게 한단 말입니까요! 여기가 뉘 댁인 줄 알고, 감히."

세도가의 집답게 하인조차 기세등등하게 문을 열었다.

"우의정 대감을 만나 뵈러 왔소이다."

하인은 윤희의 행색을 위아래로 훑어보더니 마치 자신이 우의정이라도 된 양 거만하게 말하였다.

"또 이 양반이네. 약속이 되어 있지 않으면 만날 수 없다니까 왜 자꾸 찾아오십니까?"

"약속을 잡아 달라고 명자를 주었지 않았소. 내가 저번에 드리라고 한 명자는 어찌하였소?"

"거참, 우의정 대감이 옆 동네 훈장도 아니고, 아무나 만나고 싶다고 만날 수 있는 분인감요."

"내 명자를 넣어 드리면 분명 만나자고 할 거요. 꼭 만나 뵈어야 하오."

윤희는 소맷자락에서 제 명자를 꺼내 하인에게 강제로 맡겼다. 이번이 몇 번째 주는 명자인지 모르겠다.

"이번에는 꼭 좀 전해 주오."

하인이 들어가자 바로 대문이 쾅 소리와 함께 닫힌 뒤 다시 열리지 않았다. 그녀의 뒤통수에 붙은 잔털이 쭈뼛 섰다. 하인의 말이 백번 옳았다. 이 나라 재상이 일개 말단 관원이 보자고 볼 수 있는 얼굴인가! 현실적으로는 임금만큼 만나기 힘든 인물이 아닌가. 아니다, 규장각 말단 관원에게 그는 임금보다 더 만나기 힘든 인물이다. 넉 달 안에 다 읽어야 하는 책보다, 한 달 안에 관두어야 하는 관직보다 당장 우의정 만나기가 가장 힘들다는 것을 깨달은 윤희는 그저 망연자실하여 열리지 않는 대문만 바라보았다. 당장 그를 만날 방법을 찾는 것이 급선무였다. 그녀는 잠시 순돌이를 떠올렸지만, 그라면 그 즉시 선준에게 쪼르르 일러바칠 인물이기에 부적격이었다. 이리저리 궁리하여도 역시 방법이 없었다.

"어이, 어디를 다녀오는가? 밥도 아니 먹고 기다렸네."

힘없이 이문원으로 들어서는 윤희에게 용하가 팔을 흔들었다. 집이 아닌 궐에서만 생활한 지 며칠이 지났다. 식사는 아침저녁으로 순돌이가 갖다 나른 것으로 해결하였다. 그럼에도 불구하고 책은 전혀 줄어들 기미가 보이지 않았다. 이대로라면 넉 달은 고사하고 열 달도 부족할 것 같았다. 재신이 금천 건너 담 너머 홍문관 건물 쪽을 향해 고함을 질렀다.

"가랑, 밥 먹자!"

멀리서 그의 답이 들려왔다.

"네, 곧 갑니다."

선준을 기다리는 동안 세 사람은 이문원 마루에 보자기를 펼치고 반찬을 늘어놓았다. 각자의 수저를 챙기면서 용하가 말하였다.

"가랑 말일세, 저러다가 젊은 인재 한 명 보내겠어. 이틀 연속된 홍문관 쇄직이 끝나자마자 규장각 입번, 게다가 빌어먹을 열고관 책들까지. 내 돈 털어서라도 보약 해 먹이든가 해야지, 원."

"늦었습니다. 죄송합니다."

선준이 인사를 하면서 마루에 올라앉았다. 그에게 수저를 건네주면서 용하가 장난스럽게 말하였다.

"늦기는. 정작 늦은 건 우리 대물일세. 사내의 그곳이 또 바람이 난 건지, 조금 전에도 어디를 나갔다가 한참 만에 나타났더라고. 저녁때만 되면 매일 혼자서만 마실 나가는 게 영 수상허이. 내가 이 손으로 기필코 대물의 사용처를 밝히고야 말겠네."

선준이 밥을 뜨다 말고 윤희를 쳐다보았다. 눈으로 어디 갔다 왔는지를 물었지만 그녀의 대답은 그저 환한 척하는 웃음뿐이었다.

모두 조용히 밥만 꾸역꾸역 먹었다. 그러다가 용하가 울먹이면서 말문을 열었다.

"제대로 된 밥을 먹고 싶으이."

"인마, 그게 입에다가 고기반찬 처넣으면서 할 말이냐?"

재신의 타박에도 불구하고 용하는 더욱 울상이 되었다.

"그게 아니라, 국이 있는 밥을 먹고 싶다는 말일세. 이런 차가운 반찬 말고. 하다못해 소금만 들어가 있을지언정 국을 먹고 싶다고."

매일 굶주리다시피 하면서 살아온 윤희조차 그의 말에 공감하였다. 입에 고기를 씹고 있으면서도 그랬다.

"그래도 할멈의 반찬 솜씨가 워낙 좋아서……."

분위기를 바꿔 보려는 선준의 말은 용하에게 내지르는 재신의 성질에 파묻혔다.

"야, 인마! 밥상머리에서는 징징거리지 좀 마라! 밥맛 떨어지게."

그러고 보면 재신이 의외로 불평불만 없이 잘 지내고 있었다. 비록 불량해 보이기는 해도 관리가 체질이었나 싶을 정도였다. 하지만 한편으로는 그래서 더 위태위태해 보이기는 하였다. 용하의 불평불만은 국에서 밥상으로 옮겨 갔다. 번듯한 상이 아닌, 보자기를 펼쳐 놓고 먹을 수밖에 없는 데에 따른 불만이었다. 성균관에서도 베에 올려 식사를 했는데, 관원이 되어서도 별반 달라지지 않았다. 그나마 그때는 뜨거운 국과 밥은 있었기에 그날의 불만은 사치였다는 뉘우침도 곁들였다.

"검은 나무 상 위, 김이 모락모락 나는 하얀 쌀밥에 시래깃국 한 그릇이면 족하련만."

말하다 보니 차고 마른 반찬은 더욱 삼키기 힘들어져 용하는 축 처진 어깨로 수저를 내려놓았다. 꼼짝하지 않고 책만 읽었기 때문에 입맛도 없었다. 그는 몸을 웅크린 채 기둥에 기대었다. 그의 눈이 먼 하늘을 훔쳤다.

"바로 근처에 집을 두고도 들어가지 못하는 이 신세. 지금 이것이 감옥 안에서 먹는 사식과 무엇이 다르단 말인가."

"대부분의 관원이 이러고 산다. 우리만 특별한 게 아니거든. 웬만큼 하고 그냥 먹어라. 몸 축난다. 우리보다 더 고생하는 가랑 앞에서 미안하지도 않냐?"

재신의 말에서 용하를 걱정하는 마음이 엿보였다. 그럴 수밖에 없었다. 지금 현재 이 상황을 가장 못 견디는 건 평소 음주가무라면 환장하던 용하였다. 노는 일이라면 열 일 제쳐 놓고 덤비던 사람이 비루먹은 강아지인 양 이러고 있으니 가여울 지경이었다.

"가랑은 가랑이고 나는 나일 뿐. 세상에는 꽃만 시드는 게 아닐세. 나도 이렇게 시들어 가네, 덧없이……. 내가 생각했던 관직 생활은 이런 게 아니었는데……."

"그럼 어떤 거였는데?"

"책 냄새가 아닌 분 냄새 속에 파묻혀 살고팠지. 산 좋은 곳에 다다라 기생과 더불어 음악에 취하고, 강 좋은 곳에 다다라 기생과 더불어 술에 취하고……."

"염병! 그건 관직 생활이 아니라 한량 생활일 뿐이잖아!"

결국 용하의 넋 빠진 말은 재신의 주먹질로 인해 마무리되었다. 그래도 다시 수저를 들지는 않았다.

"누구라도 좋으니 규장각을 없애라는 벽서라도 붙여 줬으면 고맙겠네. 하다못해 상소문이라도 계속 올라오든가. 이 나라 인사들이 많이 해이해졌나 보이. 상소문을 이리 아껴서야, 쯧쯧."

"아! 그러고 보니 그 뒤로 벽서 이야기는 더 없군요."

용하가 기운을 차리고 앉아 선준의 말을 받았다.

"자네들, 그 벽서 말일세. 어쩐지 우리 편 같지 않은가?"

"이 자식은 또 뭔 얼빠진 소리냐?"

용하는 주위를 살핀 뒤 고개를 숙이고 목소리를 낮췄다. 그의 눈이 조금 전과는 다르게 빛이 났다.

"그 벽서 덕분에 순라군이 분산되었으니 결국 신참례를 하고 있던 우리를 도운 셈이잖은가. 게다가 여태껏 다시 나타나지 않고."

모두가 아무리 그래도 그럴까 싶어 웃었지만 한편으로는 완전히 부정할 수는 없었다. 용하의 속닥거림은 계속되었다.

"잘 생각해 보게나. 분명 우리 편이라니까."

그나마 윤희가 그의 실없는 말에 열성을 가지고 대꾸해 주었다.

"누가 왜 우리 편을 든다는 겁니까?"

용하는 주위를 더욱 심하게 경계하면서 목소리는 더욱 낮추었다.

"상감마마."

이번에는 모두가 완전히 부정하여 웃었다. 왕이 그럴 턱이 있나. 하지만 용하는 끈질겼다.

"마지막 신참례를 떠올려 보게나. 그 마지막 순간에 극적으로 등장해서 우리를 도와준 게 누구였는가?"

"도움보다는 방해가 아니었나?"

"우리가 불편해서 그랬지, 상감마마께오서는 최선을 다해서 도움을 주려고 하셨잖은가. 벽서도 분명 사람을 시켜서……."

"그러면 상감마마께오서 우리 발목을 잡으면서까지 홍벽서에 관해 친히 언급하신 건 어쩌고요?"

윤희의 조심스런 반론에 용하는 잠시 고민하다가 짧게 말하였다.

"은폐? 아니면 반대로, 아군이라는 작은 피력?"

"여림 사형의 말씀대로라면 정말 안심이겠지만……."

선준은 진심으로 한 말이었다. 차라리 그렇게 믿어 버리고 싶었다.

"망거목장, 대물! 네 생각은 어떠냐? 또 그물 한 번 들어 올려 봐라."

재신의 놀림 섞인 물음이었다. 농담 한 번 잘못했다가 두고두고 씹히고 있다. 윤희는 피식 웃으며 대답해 주었다.

"그때 우리가 승문원 판교 댁에 갔을 때는 승문원 관청에, 대사헌 댁에 갔을 때는 사헌부 관청에 붙어 있었다고 했지요? 이것만 보면 우리와 무관하다고 보기는 힘들 것 같습니다. 아군인지 적군인지는 확답하기 힘들지만요. 어쨌든 앞으로는 아무 일도 없었으면 합니다. 지금 일만으로도 벽차서 더 이상 복잡한 일이 벌어지면 못 견디지 싶네요."

세 남자가 동시에 고개를 크게 끄덕였다. 이대로 영영 벽서가 돌아오지 않기를 바랄 뿐이다. 여기서 또 일이 터지면 수습하기 힘들 뿐만 아니라 그 문제에 투입시킬 시간도 없다. 아무 문제없이 덮어질 가능성이 있는 지금 이 시점에서 모든 것이 멈췄으면 좋겠다. 윤희는 수다를 멈추고 묵묵히 밥을 먹었다. 밥이라도 두둑이 먹어 둬야 밤을 견딜 수 있을 것 같았다. 다시 기운 빠진 용하는 숟가락을 들었다가 먹기를 포기하고 그대로 내려놓았다.

이미 식사를 마친 재신은 멍청하게 앉아 어딘가를 쳐다보았다. 각신들의 사진과 퇴진 일수, 시각을 규정해 둔 현판이었다. 그가 말없이 슬그머니 일어섰다. 이때까지만 해도 그의 행동에 신경을 쓰는 사람은 없었다. 그런데 갑자기 그의 다리가 현판을 향해 올라가는 것이 아닌가. 세 사람이 놀라서 숟가락을 집어던지고 그의 팔과 다리, 몸뚱이에 각각 매달렸다.

"걸오 사형, 제발! 수교 현판은 아무 죄가 없습니다!"

"저것들부터 부숴 버려야 해. 직각과 대교는 열흘 중 닷새를 사진하면 된다고? 닷새, 열흘, 보름 입직이 뭐 어쩌고 어째? 저런 사기가 어디 있나!"

그답지 않게 아무렇지 않은 척하고 지내는 게 이상하더라니, 역시 그도 한계에 다다라 있었던 모양이다. 세 사람은 그를 끌어다가 이문원 마당에 내려놓았다. 그런데 하필이면 주시동이 손에 현재 시각을 적은 작은 팻말을 들고 들어와 소리쳤다.

"술시! 술시!"

"시끄러! 뭔 놈의 시간 타령을 그리 자주 한단 말이냐! 썩 꺼져 버려!"

재신의 포악한 표정과 성질이 애꿎은 꼬맹이에게로 날아가 버렸다. 주시동에게 무슨 잘못이 있겠는가. 잘못이 있다면 사정 봐주는 것 없이 빨리도 흐르는 시간이란 놈이 아니겠는가.

"우와아앙!"

꼬마의 억울한 울음이 터졌다. 윤희는 재신에게 원망의 눈초리를 쏘아 준 뒤 꼬마를 달랬다. 닭똥 같은 눈물을 펑펑 쏟으며 울던 주시동도 벼슬아치답지 않은 그녀의 상냥함에 점점 눈물을 그쳤다.

어린 주시동은 계속 '술시!'를 외쳐 가며 궐내각사를 지나 내부로 들어갔다. 그러다가 한 무리의 궁녀들을 만났다. 예전에 이문원 쪽으로 숨어들어 4인방을 훔쳐보던 예분과 금난이 있는 무리였다.

"술시! 술시!"

금난이 그 꼬마를 세우고 앞치마에 숨겨 둔 과자 하나를 꺼내 보이며 물었다.

"얘, 얘! 너 궐내각사 쪽에서 오는 주시동이지?"

주시동은 침을 꼴깍 삼키면서 재빨리 고개부터 끄덕였다. 그 즉시 과자는 꼬마의 손으로 넘어갔다. 옆에서 예분이 그의 눈높이에 맞춰 쪼그리고 앉아 물었다.

"궐내각사 제일 끝에 있는 이문원에도 들렀다 오는 거니?"

꼬마의 고개가 다시 한 번 크게 끄덕여졌다. 저 멀리 더 돌아야 할 곳이 남아 있는 것도 눈앞의 과자 앞에서는 소용이 없었다.

"거기에 있는 분들 혹시 봤니?"

"네, 이렇게······."

주시동이 손가락 네 개를 펼쳤다. 순간 나인들의 숨소리가 멎었다.

"네 분이란 말이지? 어떤 분들?"

"잘생긴 분들. 예쁘고 상냥하게 저한테 '착하지?'라고······."

"말도 나눠 봤어? 네게 왜 '착하지?' 그러셨어?"

꼬마의 얼굴이 그때의 무서움으로 울먹울먹하였다.

"한 분이 무섭게 '왁!' 해서······."

재신의 화난 말은 구체적인 내용까지 꼬마의 머리에 기억되지 못하고 단순하게 한마디의 고함으로 정리된 모양이다. 하지만 과자 몇 개를 더 얻어먹기 위해 오늘 잠간 있었던 사건을 서툰 이야기 솜씨지만 최선을 다해서 소상하게 전하였다. 윤희의 상냥함에 혹한 뒤였기 때문에 그녀에 관한 이야기가 대부분이었다. 또한 멋지게 과장하기는 했지만, 거짓말이라고 불릴 만한 것은 섞지 않았다.

　캄캄한 열고관 안에서 달빛에 의지하여 가져갈 책을 챙기는 윤희의 뒤로 시커먼 사내 그림자가 다가섰다.
　"쉿!"
　그림자는 큰 손으로 그녀의 입을 틀어막고 구석으로 끌고 갔다. 장난스런 웃음과 함께 그녀의 입을 놓아준 이는 선준이었다.
　"어찌 놀라지 않소?"
　"처음부터 뒤따라오시는 걸 알았는걸요. 어찌시려나 보자 하였더니 고작 이런 장난이라니. 서운하시면 지금이라도 놀라는 척해 드릴까요?"
　선준은 그녀를 안은 채로 구석진 모서리에 기대어 앉았다. 윤희는 그를 기대앉았다. 사람의 눈길이 미치지 못하는 곳, 달빛조차 범하지 못하는 곳에서 두 사람은 서로의 숨소리를 느꼈다.
　"이러고 있을 시간이 없지 않습니까?"
　그렇게 말하는 그녀도 일어날 기미는 없었다.
　"그대를 느낄 시간조차 앗아 가면 나더러 어찌 살라는 거요? 꼭 밥으로만 살아가는 힘을 얻는 것은 아니오. 잠시만 이러고 있고 싶소.

아주 잠시만이라도…….."

 선준의 얼굴이 그녀의 목덜미로 파고들었다. 그의 입술이 그녀의 목덜미를 타고 귓불로 올라왔다. 작은 속삭임.

 "오늘 어디를 다녀왔소?"

 선준은 맞닿은 피부를 통해 그녀의 긴장을 느꼈다. 윤희는 느닷없는 질문에 대답도 하지 못하고 가만히 있었다.

 "익랑골 집에 다녀왔다고 보기에는 옷고름 하나도 달라진 것이 없으니 아니겠고, 남산골 집에 다녀왔다고 보기에는 그 시간이 너무 짧게 걸렸으니 아니겠고……. 무엇을 숨기는 것이오?"

 "숨기는 것이 뭐가 있겠습니까?"

 선준의 입술이 맥박이 느껴지는 그녀의 목덜미 깊은 곳에 머물렀다. 그녀의 빨라지는 맥박에서 거짓말을 찾아내었다.

 "줄곧 기다렸소. 언젠가는 말해 줄 것이라 여기며……. 요사이 당신 이상하오."

 "이상하다니요. 낯선 환경에 적응하지 못한 탓이겠지요."

 윤희는 달아나듯 자리에서 일어나려고 하였다. 하지만 다시 그의 품에 붙들리고 말았다.

 "달아날 생각 따위는 버리시오."

 그가 한 말은 지금 이 자리를 일컫는 것임을 알면서도 먼 훗날의 이야기까지 포함된 것만 같은 착각이 들었다. 윤희는 그의 손목에 입을 맞추었다. 그의 손목에서 강하게 뛰는 맥박이 얇은 입술 피부를 뚫고 들어왔다. 그녀가 살아 있는 맥박을 마시자 선준은 더 이상 참지 못하고 그만 옆으로 털썩 쓰러져 버렸다. 윤희는 그의 품을 떨치고 일어나 앉았다. 검은 공기 속에서도 쓰러져 있는 그의 눈빛은 또렷하게 보였다. 선준이 그녀의 손을 꼭 쥐었다.

"두 사형들이 기다리십니다. 대궐 문들이 모두 닫히면⋯⋯."

"딱 열까지 셀 동안만 당신 손을 잡고 있겠소. 열을 세 주시오."

"하나."

쉽게 시작한 수였다. 그런데 그 뒤가 막혔다. '둘'이라는 수를 말해야 하는 간격을 정할 수 없었기 때문이다. 그의 손가락이 그녀의 손가락 사이에서 자리를 잡았다.

"형님이 세십시오."

"이미 하나를 읊지 않았소. 그 뒤의 수까지 마무리하는 건 당신 몫이오."

윤희의 눈이 한쪽 벽에 쌓여 있는 책 더미로 향하였다. 차라리 저 책들의 내용이 더 쉬웠다. 선준의 손이 그녀의 소매 속으로 들어왔다. 이렇게 어려운 문제를 던져 놓고 그의 입 꼬리는 웃고 있었다.

"둘."

이번에는 그의 눈 꼬리가 웃었다. 어둠 속에서 그의 눈과 입이 손끝의 감촉에 의해 웃고 있었다.

"셋."

너무 많이 지나온 기분이었다. 열은 긴 숫자가 아니었다. 열의 절반은 분명 다섯이 맞는데, 셋에서 이미 절반을 넘어가 버린 듯하였다. 분명 한 달이라고 한 것이 맞는데, 열흘도 지나지 않은 지금이 한 달의 마지막 날에 서 있는 듯하였다.

"왜, 왜 이렇게 어려운 과제를 제게 주신 겁니까! 열까지 세는 것이 얼마나 어려운데……."

 오랫동안 홀로 참아 왔던 윤희의 눈물이 하얀 볼을 타고 땅으로 떨어졌다.

"셋, 그다음을 셀 수가 없습니다. 못 세겠어요."

 그녀의 소매 속에 숨어 있던 선준의 손이 모습을 드러냈다. 그 손은 어두운 공기를 느끼는 듯 허공에 머물다가 그녀의 눈물로 옮겨 갔다.

"세지 마시오. 셋이 아니오. 우리는 아직 하나도 세지 못하였소."

 더 이상 그의 얼굴에는 미소가 남아 있지 않았다. 대신 열과 셋이 아닌 그녀가 숨기고 있는 또 다른 숫자를 찾기 위해 매서운 눈동자를 하였다.

2

"이건 아닙니다!"

참다 참다 드디어 선준의 입에서 아니라는 말이 나오고야 말았다. 그것도 규장각 각신이 모두 모여 앉아 회의하던 중에 나온 것이었다. 선준이 먼저 외치지 않았다면 재신이 탁자를 뒤집어엎어 버렸을지도 모를 일이었다. 제학들은 입을 다물었고 부제학들은 눈치를 살폈다. 4인방도 더 이상 물러날 수 없다는 강경한 자세로 앉아 있었다.

"귀관들 심정을 모르는 바는 아니오. 초계문신 명단은 우리 관할이라 조정이 가능하지만, 삭서朔書문신 명단은 승문원 관할이라 우리가 어찌 못 하오. 상감마마께오서 이미 계자를 찍으신 이후라······."

인욱은 계자인을 찍으면서 했던 왕의 중얼거림을 떠올렸다.

삭서(朔書) 40세 이하의 당하 문관 중에 승문원으로 하여금 명단을 올리게 하여 매월 1일에 해서와 전서로 글씨 시험을 보는 것.

'김윤식의 이름을 삭서문신 명단에 올린 걸 보니, 승문원 관원들의 눈이 모두 썩었던 건 아니었나 보군.'

김윤식의 서체가 뛰어난 걸 모르는 이도 있던가? 사자관들조차 시기하는 솜씨가 아닌가. 이건 승문원 판교의 개인적인 욕심일 뿐이었다. 규장각에서는 초계문신에 이선준과 문재신의 이름을 올리라는 어명을 겨우 달래서 내년으로 양보해 주었기에, 승문원 쪽에서 삭서문신으로 뒤통수를 때릴 거라고는 예상하지 못했었다. 아무리 밉네 곱네 해도 김윤식은 자신들의 관원이기에 규장각 당상관들도 좋은 기분일 리가 없었다. 선준의 분노도 좀처럼 가라앉지 않았다.

"사람의 시간은 똑같이 주어져 있습니다. 체력도 한계가 있고요. 지금 소관들에게 주어져 있는 일만으로도 이미 한계인데, 여기에 어떻게 일을 더 보탠다는 말입니까?"

하지만 그가 화난 더 큰 이유는 어떻게 해서든 얼굴을 숨기고자 노력하는 윤희에게 이것은 방해가 되기 때문이었다.

"그건 승문원 쪽에 따져 물을 일이오. 아무튼 일이 이렇게 되었으니 김윤식은 앞으로 매달 삭서고시에 응하도록 하시오."

윤희는 대답 없이 앉아 소맷자락에 넣어 둔 봉투를 만지작거렸다. 이런 분위기에서 또 사임 원서를 올리면 상황이 더욱 이상하게 꼬이겠다.

"김윤식!"

"네? 예, 알겠습니다."

"그리고 내일부터 번갈아 한 명씩 소대召對에 참석해야 하니 준비하도록."

"그건!"

숨이 막혀 말을 길게 할 수가 없었다. 소대라는 건 왕과 조관들이 있는 곳에 얼굴을 보여야 하는 것이기에 윤희에게 있어서 삭서고시보다 훨씬 무리한 업무나 다름없었다.

"여기에 대해서는 토를 달지 마시오. 원래 각신들의 업무인데, 이제껏 환경에 익숙해질 때까지 기다려 준 것뿐이오. 그리고 내일부터 역관이 와서 청국어를 가르칠 것이오. 이 또한 게을리 하지 마시오."

"네? 그걸 왜 우리가……."

용하의 질문을 그는 끝까지 듣지 않고 다른 화제로 넘어갔다.

"음……, 오늘 궐에서 입번하는 명단은 어떻게 올리면 되오? 어제처럼 모두 다?"

"소관은 아니 하겠습니다."

재신의 분노 어린 반항에 용하도 퇴진하겠다는 의사를 표시하였다. 그리고 선준과 윤희도 오늘은 거절하였다.

"오늘은 의무 입직일이 아니니 그럼 하번은 모두 퇴진하는 것으로 알겠소. 대신 상번은 김조현 부제학으로 하고……."

윤희는 일지 당번으로서 잠자코 내각 일지에 하달한 사항과 입번관의 이름을 적었다.

당하관 방에 들어선 4인방은 끌어안고 온 서류 더미를 책상에 던지면서 걸상에 앉았다. 재신은 신경질적으로 사모부터 벗어 던졌다. 선준이 걱정스럽게 물었다.

"괜찮겠소?"

"그냥 놀이 삼아 가서 앉아 있죠, 뭐."

말은 그렇게 하였지만 그래도 왕이 점수를 내리는 시험 중의 하나이다. 여기에 대해 놀이 삼아 앉아 있을 만한 배짱이 윤희에게는 없었다. 생각만으로도 벌써 긴장이 되어 뒷목이 뻣뻣해져 왔다. 소대에 참석하는 건 더 심각한 문제였다.

"열고관 책들도 줄어들 기미가 보이지 않는데, 거참……."

용하는 한숨처럼 말하고 서류를 하나 펼쳤다. 바로 일을 시작하려는 태세였다. 재신도 하나 잡았다. 오늘은 반드시 퇴진을 하고 말리라는 의지가 그들의 등 뒤에서 화르르 불타오르고 있었다.

"그 많은 책들 중에 소설이 한 권만이라도 걸렸으면 좋겠으이. 지금까지 읽은 것 중에 단 하나도 없다니……."

용하의 말에 선준이 미안한 표정으로 설명하였다.

"여림 사형, 금상께오서는 소설을 배척하여 궐 안의 모든 도서고에 금지하시었습니다. 그리고 관원은 읽는 것조차 금지하셨는데……."

"아, 맞다! 그랬었지. 차라리 그 말을 하지 말지. 그러면 언젠가는 소설이 걸릴 거라는 희망이라도 가지고 책을 읽어 갈 것이 아닌가. 내 희망이, 내 희망이……. 흑!"

용하는 정말로 실망한 듯 서류에 얼굴을 묻었다.

"그런 부질없는 희망을 가지고 있느니, 일찌감치 포기하고 읽어 가는 게 나아."

"『종리호로』 한 권이라도 실수로 끼어 있으면 좋으련만……."

"하여간 네놈은 그런 외설스럽고 음란한 소설만 좋아하거든."

4인방은 투덜거리면서도 서류들은 꼼꼼하게 읽어 나갔다. 각 지방에서 올라오는 장계와 각 관청에서 올리는 계본을 모두 살피는 일이었다. 중요한 것과 그렇지 않은 것을 분류한 뒤 간략하게 요점을 정리하여 왕이 살필 수 있도록 하면 되었다. 왕은 계본은 승정원으로 돌렸지만 4인방에게는 특히 장계를 비중 있게 지시하였다. 그래서 이문원에 앉아서도 팔도에서 일어나는 사건들을 파악할 수 있었다. 선준이 자신이 살피던 장계 하나를 용하 쪽으로 던졌다.

"이게 뭔가?"

두 사형은 당상관들이 없는 자리에서는 직급이 높은 선준한테 여전히 하대를 하였다. 이 부분에 대해서는 4인방 모두 신경 쓰지 않았다.

"한번 살펴봐 주십시오."

용하는 펼쳐서 읽었다. 그의 이마에 좀처럼 생기지 않는 주름이 잡혔다.

"음……, 영광 법성포창에서 오는 조운선漕運船이 도중에 약탈당했다? 이런 일이 발생한다는 건 역시 문제가 있으이. 여기에는 우리 녹봉도 있을 터인데."

"조운선이 아닌 일반 상선이 해적한테 당했다는 보고가 있었습니까? 아니면 여림 사형께서 들은 소문이라도 있는지요."

용하가 대답을 하면서 서류를 돌려주었다.

"영광 법성포창이라면 바닷길로 조운할 터인데, 그쪽 길로 운행하는 상선 중에 최근 당했다는 소문은 들은 적이 없네. 적어도 내가 아는 한에는 말일세."

"백성에게서 거둬들인 조세만 건드리는 어이없는 해적도 있습니까?"

윤희의 의문에 재신도 제 서류를 뒤적이며 건성으로 추임새를 넣었다.

"조운선만 노략질하는 해적이라……. 이상한데? 조운선이 난파하여 침몰한 사건이야 자주 있는 일이라손 치더라도."

"노략질도 그렇고 침몰도 그렇고, 조운선에 관한 이러한 사건들이 선대왕 시절에 비하면 자주 발생하는 듯합니다."

선준은 이 장계에서 이 부분을 유심히 살펴 달라는 의견을 첨부하고 그 아래에 자신의 수결을 남겼다. 관원이라면 누구나 일심一心이라는 글자로 만든 수결을 자신이 처리하는 문서에 대해 책임을 진다는 의미로 남겼다. 일반적으로는 일심은 임금을 향한 충성을 뜻했지만, 선준에게는 백성을 위한 단 하나의 마음이었다. 그러기에 그는 수결을 새길 때마다 이 결정이 백성에게 부끄럽지 않은지를 되새겼다.

윤희는 양계兩界를 벗어난 양인들의 처리에 관한 사건을 읽었다. 그리고 내용을 요약한 아래에 징계가 지나치다는 자신의 의견과 이 사태가 벌어지게 된 원인이랄 수 있는 고을의 잘못을 지적하고 수결을 남겼다. 처음에 수결을 남길 때는 문서에 대한 책임감으로 가슴이 짓눌리는 기분이었다. 하지만 이제는 차츰 익숙해져 가고 있었다. 이렇게 검토된 서류들은 당상관 각신들의 검토를 다시 한 번 거친 후 승정원으로, 다시 의정 대신과 왕의 손으로 넘어갔다. 그러면 왕은 요약된 내용과 의견을 읽고 중요한 사안은 원문까지 읽었다. 오늘 올리게 될 서류 중에 왕이 원문까지 읽게 되는 건 선준이 검토한 조운선 관련 사건이 되리라 짐작하였다. 이때 방의 문이 열리고 조현이 종이 뭉치를 가지고 들어왔다.

"이거, 상감마마께오서 밤사이 쓰신 글과 그림이니 종류별로 분류하여 편찬하고 규장각에 안치시키도록."

그러고는 종이 뭉치만 내려놓고 바로 밖으로 나갔다. 매일 아침이면 나오는 것들이다. 처음에는 임금의 것이라 해서 신기하게 봤지만, 이제는 그저 다른 것들과 똑같은 일거리에 불과하였다. 4인방은 그것을 힐끔 쳐다보고는 마치 서류가 더 급한 것처럼 일제히 등을 돌려 외면하였다.

"상감마마께오서 한시라도 빨리 여색의 즐거움을 깨달으셔야 할 터인데……."

용하의 한숨 섞인 중얼거림에 재신과 윤희의 고개는 여러 번 크게 끄덕여졌다. 그리고 선준의 고개는 육안으로 분간이 가지 않을 정도로 아주 작게 한 번 끄덕여졌다.

북촌의 이정무 집 앞에서 윤희는 무턱대고 앉아 기다리고 있었다. 매번 허탕치고 돌아갔지만 그를 만나는 방법이 이런 무대책 말고는 없었다. 정무를 만난다고 해도 뾰족한 수는 없었다. 하지만 방법을 제시해 줄지는 모른다고 막연하게 생각하였다. 그녀는 볼썽사납게 쪼그리고 앉아 있다가, 길가를 서성거리다가, 괜히 문 앞에서 알짱거리기를 되풀이하였다.

"물렀거라! 물렀거라!"

멀리서부터 벽제하는 소리가 들려왔다. 윤희는 긴장하여 벽에 붙어 섰다. 장소가 북촌인지라 지나가는 다른 경상가의 행렬일 가능성도 있지만 뛰쳐나갈 태세부터 갖추었다. 행인들이 길 옆에 비켜서고, 행렬은 집 앞까지 가까워졌을 때였다. 초헌에 앉아 있는 벼슬아치의 얼굴이 보였다. 우의정이 확실하였다. 윤희는 경상가의 행렬을 가로막음으로 해서 발생하는 죄는 따져 볼 겨를도 없이 무작정 뛰쳐나가 길에 엎드렸다. 하지만 그에 앞서 벽제꾼들한테 저지당하였다.

"합하! 김윤식입니다. 합하, 잠시만……."

"이런 미친 양반이 있나! 어서 끌어내라!"

벽제꾼들이 그녀의 양팔을 붙잡아 강제로 끌고 가려고 할 때였다. 갑자기 우의정의 호통이 쩌렁쩌렁하게 터져 나왔다.

"멈추어라!"

하지만 그의 명령에도 불구하고 당황한 벽제꾼들은 더욱 심하게 윤희를 끌어내리려고 하였고, 윤희는 그 틈바구니에서 안간힘을 쓰고 버티려고 하였다.

"내가 멈추라고 한 말이 들리지 않느냐! 그 관원의 몸에서 손을 떼지 못할까!"

순간 벽제꾼들의 동작이 멈추었다. 윤희는 그 틈을 노려 길을 가로막고 다시 땅에 엎드렸다.

"합하, 소생이……."

"그 입 닥쳐라!"

윤희는 바닥에 엎드린 채로 입을 다물었다. 그녀의 머리 위로 또다시 정무의 호통이 떨어졌다.

"무엄하다! 누구 앞에서 고개를 드느냐! 얼굴을 바닥에 붙여라!"

윤희는 코를 땅에 박은 채로 숨을 죽였다. 목소리만으로도 그의 분노가 느껴져 땅을 짚은 손이 떨려 왔다.

"감히 내 길을 막다니. 멍석을 가져와 저놈을 말아라!"

경상가의 행렬을 가로막은 죗값에 비교해 보건대 멍석말이는 딱히 흠잡을 데가 없었다. 게다가 바로 집 앞이니 멍석을 구하기도 쉬울 터이다. 몸 빠른 하인이 집으로 들어가 멍석을 끌고 나왔다. 윤희는 꼼짝 못하고 강제로 멍석에 돌돌 말려졌다. 그리고 두 사람이 위아래를 각각 들어 집 안으로 날랐다. 비록 모양새는 좋지 않지만 일단 집으로 들어가는 데는 성공했다고 볼 수 있었다. 몽둥이찜질이 두렵기는 해도 말이다.

멍석을 먼저 들여보내 놓고 뒤따라 정무도 집으로 들어왔다. 윤희는 멍석에 말린 채로 땅에 패대기쳐졌다. 어깨가 아팠지만 비명도 지르지 못하였다.

"몽둥이를 가져오너라!"

이렇게 명령하여 하인들을 보낸 뒤 정무는 멍석 옆으로 다가와 무릎을 낮춰 앉았다. 나머지 하인들도 멀찌감치 물러서게 하였다.

"여기는 무엇 하러 왔느냐?"

멍석 안으로 들어오는 소리는 아주 멀게 느껴졌다. 윤희는 작은 소리로 대답하였다.

"무례인 줄 알지만 드릴 말씀이 있어서……."

"네 몸뚱이는 내 아들의 손이 닿았던 것이다. 방금 전처럼 사소한 경우라 하여도 다른 사내들 손이 닿도록 해서는 아니 되지."

뜬금없는 말 속에서 문득 윤희는 깨우쳤다. 정무가 하인들을 속이기 위해 멍석말이를 시킨 것임을. 얼굴을 땅에 박게 한 것도 그녀의 얼굴을 숨기기 위해서였고, 지금 이것도 별다른 의심 없이 대화할 수 있는 방법이었다. 게다가 돌돌 말린 멍석은 방음 효과까지 있어 작게 말하면 다른 사람은 전혀 듣지 못하였다.

"사임 원서를 올릴 수가 없습니다."

"어리석은 것 같으니. 쉬운 일이라고 생각하였느냐?"

"합하, 도와주십시오."

"내가 할 수 있었다면 이미 넌 오래전에 파직됐다. 규장각은 내 손이 미치지 못하는 곳이야. 하여 내가 직접 하지 못하니 너더러 하라고 한 것이 아니었느냐?"

"기간을 좀 더 주십시오. 당장은 힘들······."

느닷없이 멍석이 휙 풀렸다. 윤희의 몸도 덩달아 빙그르 돌아갔다. 무슨 일인지 주위를 둘러보기도 전에 그녀의 몸은 붕 떠올라 누군가의 어깨에 걸쳐졌다. 선준이었다.

"가, 가랑 형님."

그는 묵묵히 그녀를 짊어지고 사랑채로 올라갔다. 그리고 자신의 방에 그녀를 던져 놓고 뒤로 사납게 문을 닫았다. 윤희는 선준을 제대로 쳐다볼 수가 없어 앉은 채로 주섬주섬 낡은 흑목화를 벗었다. 무서웠다. 근래에 이렇게 화가 난 표정은 본 적이 없었다.

"그, 그게······. 이 일이 어떻게 된 것인고 하면······."

"불필요한 평계는 대지 마시오. 사임은 무엇이고, 파직은 무엇이고, 규장각에 손이 미치지 못하는 것은 무엇이고, 기간을 더 달라는 건 무엇인지부터 설명해야 할 것이오. 그리고 이 멍석말이 또한 설명해야 할 것이오."

"아, 아무 일도 아닙니다."

"아무 일이 아니라서 아버지께 그런 취급을 당하고 있단 말이오? 어떻게 사람을 멍석에 말아······. 하물며 우리 집에서는 하인도 그렇게 취급하지 않······."

선준은 목이 메어 말을 중단하였다.

"그건 오해이십니다."

"무엇이 오해요! 내 사람이 내 아버지에 의해 멍석말이를 당하고 있……."

윤희의 손이 그의 입을 가렸다. 그리고 다른 한 손으로는 제 입 앞에 세로로 집게손가락을 세웠다. 그녀가 작은 목소리로 속삭였다.

"오해라 하지 않았습니까. 제가 준비도 없이 찾아왔기에 그런 저를 멍석으로 가려 주신 겁니다."

문을 열고 들어온 정무가 두 사람을 한심하다는 듯이 노려보았다.

"멍청한 녀석 같으니, 쯧쯧. 어떻게 된 놈이 한낱 계집보다 더 상황 파악이 아니 된단 말이냐."

그는 오만 가지 인상을 쓰면서 방을 가로질러 병풍 앞에 앉았다. 선준은 흑목화를 양손에 각각 들고 뒷걸음질치는 윤희의 팔을 잡더니 그 자리에 선 채로 말하였다.

"오해한 부분에 대해서는 죄송한 말씀드리겠습니다. 하지만 다른 것까지 소자가 오해하고 있다는 말씀은 하지 마십시오."

"그래, 너는 몇 마디 주워들은 말로 어떤 상황을 상상하였기에 그리 화가 난 것이냐?"

"아버지께서 이 사람을 찾아가 사임하여 관직에서 떠나라는 협박을 한 것으로 사료됩니다."

"모름지기 그 정도의 눈치는 있어야지."

"아울러 소자의 곁을 떠나라는 협박도 하였겠지요."

화를 겨우 삼키며 말하는 아들 앞에 정무는 조금의 동요도 없이, 심지어 웃음까지 지어 보이며 대꾸하였다.

"그 또한 맞다. 한층 마음이 놓이는구나. 하지만 너무 늦게 눈치를 챘다. 여기가 조정의 칼바람 속이었다면 넌 못해도 세 번의 목숨은 잃었을 것이야. 앞으로는 좀 더 빨리 알아채도록 해라. 글자 몇 줄 더 안다고 해서, 좀 더 바르게 산다고 해서 목숨을 부지하는 건 아니니까."

부자의 시선이 서로를 향해 멈추었다. 그 사이에서 윤희만 안절부절못하고 잡혀 있었다.

"가랑 형님, 앉아서 말씀을 나누는 것이……."

"아버지, 이 사람을 소자와 떼놓을 생각은 하지 마십시오."

윤희는 신발 때문에 두 손을 모으고 칭얼거리는 강아지 같은 모양새를 하였지만, 인상은 누구보다 심각하였다.

"가랑 형님, 저는 아직 함께 감사를 드리지도 못하였습니다. 앉게 해 주십시오."

두 사람을 유심히 살피던 정무가 더없이 차가운 목소리로 들릴 듯 말 듯 말하였다.

"두 사람은 절대 함께 있지 마라."

"아버지!"

"지금의 말은 다른 의미다. 이 아이가 혼자 있을 때는 다들 속는 것이 이해가 된다 싶었는데, 두 사람이 함께 있으니 영락없는 계집 꼴을 하고 있구나. 정녕 아무도 모르는 것이 맞느냐?"

부친 앞에 앉으면서 선준이 대답하였다.

"그 부분은 걱정 마십시오."

그가 팔을 잡은 채로 앉는 통에 윤희도 기우뚱하면서 같이 앉게 되었다. 하지만 여전히 신발을 든 상태였다. 정무의 시선이 그녀에게로 옮겨졌다.

"이 집에 그 얼굴을 들이밀면 어쩌자는 것이냐?"

"아버지!"

"이 녀석아! 지금의 말도 다른 의미라니까! 앞으로 이 아이가 이 집의 며느리가 될 일은 절대로 없을 테지만, 그래도 만약이 있는데 가솔들한테 얼굴은 보이지 말아야 할 것이 아니냐. 먼지만 한 티끌의 가능성도 무시해서는 아니 돼. 큰코다치는 건 언제나 그 티끌 때문이라는 것을 잊었느냐?"

'티끌의 가능성을 준다는 게 이렇게 행복할 수도 있구나.'라고 윤희는 생각하였다. 문제는 진짜 티끌이라는 데 있지만 말이다.

"거기까지는 생각이 미치지 못하였습니다. 죄송합니다. 당신도 그렇소. 왜 나 몰래 와서는 일을 이 지경에 이르게 하였소?"

그의 태도나 말투가 완전히 시부와 아내 사이에 낀 남편의 것이다. 일부러 이러는 것인지는 알 수 없지만 정무의 기를 막히게 하는 데는 한몫하였다. 이를 눈치 챈 윤희가 신발을 내려놓고 바닥에 엎드렸다.

"송구합니다. 연락을 취할 방도를 몰라 어쩔 도리가 없었습니다."

"아까 하던 말을 하마. 기간을 더 준다면 해 볼 수는 있다는 말이냐?"

"네? 그건……."

"너희들이 신참례를 그 지경으로 만들어 놓았으니 힘들 것이다. 상감마마께오서 노린 것이 어쩌면 그것일지도……. 함부로 파직시킬 수도 없고, 사임할 수도 없는……."

도무지 이해할 수 없는 말을 혼자 중얼거리는 그를 선준과 윤희는 물끄러미 쳐다만 보았다. 정무는 그러고도 오랫동안 침묵 속에 고민하였다. 윤희를 찾아갔을 때만 해도 왕이 신참례를 걸고 관청들에게 내기를 제안할 거라고는 생각하지 못하였기에 쉽게 생각한 게 폐단이었다. 이럴 줄 알았다면 신참례 전에 무슨 수라도 쓸걸 그랬다. 긴 침묵 끝에 그가 낮게 내뱉은 말은 힘이 없었다.

"규장각은 관청 간의 알력싸움 한가운데에 있어서 당파가 개입될 여지가 없어. 거기다가 대간과 패싸움까지 해 놨으니. 아 참! 홍벽서까지 다시 기승을……."

"네? 홍벽서요? 언제 적 말씀입니까?"

"너희도 알고 있느냐? 어젯밤 승정원 도승지 집 대문에 또 벽서가 붙었다지? 이번 들어 세 번째라던가? 이번에야말로 반드시 잡아서 너에게 뒤집어씌웠던 뿌리를 말살……."

사색으로 변한 선준과 윤희가 동시에 벌떡 일어섰다.

"잠깐! 정말 너희와 관련이 있는 것이냐?"

"예전의 홍벽서는 제가 맞지만 지금의 홍벽서는 제가 아닙니다. 아버지, 다음에 다시 말씀드리겠습니다."

선준이 급히 인사를 하고 가려고 하자 정무도 다급하게 일어나며 말하였다.

"네가 홍벽서라니? 대체 그런 거짓말이……. 잠깐! 설명은 해 주고 가야 할 것 아니냐!"

"합하, 소생도 급히 가 봐야 할 것 같습니다. 다음에 다시 연락드리겠습니다. 사임 문제보다 이쪽이 더 급해서……."

윤희도 인사를 하는 둥 마는 둥 하면서 선준을 따라 신발을 들고 부리나케 나갔다. 이런 상황에서는 영판 사내 녀석이다. 선준은 이미 대문 쪽으로 나가고 있었다. 윤희도 신발을 신어 가면서 달렸다. 두 사람이 당황하여 허둥지둥하는 것을 보건대 이건 예삿일이 아님이 분명하였다. 제 가족의 목숨이 달린 사임 문제보다 더 급하다고? 정무는 머리를 짚어 윙윙거리는 골치를 다스렸다.

두 사람은 쉬지 않고 달려 익랑골 집에 도착하였다. 어두컴컴한 사랑채 마당에는 용하가 달이 쏘는 빛을 받으며 안절부절못하고 있었다.

"여림 사형!"

"자네들, 어디를 갔다가 이제야 오는가! 홍……."

"홍벽서가 다시 나타났다면서요? 걸오 사형은요?"

"소식을 듣고 사색이 되어 방으로 들어갔다네. 우리 편이 아니었네, 아니었다고! 오늘 하루만큼은 집에서 발 뻗고 자 보겠다고 퇴진하여 왔더니 이런 날벼락……."

선준은 정신이 나간 사람처럼 소리를 질러 대는 용하의 손을 잡아 안정시켰다. 그리고 재신의 방을 보았다. 윤희도 불빛 없는 그 방을 보다가 이상한 예감에 신발을 신은 채로 마루로 뛰어올라 방문을 열었다. 아무도 없었다.

"여림 사형! 걸오 사형이 없습니다."

"뭐? 그럴 리가. 내가 계속 여기를 지켰는데……."

두 남자도 마루로 뛰어올라 빈방을 확인하였다. 세 사람의 얼굴이 똑같은 색깔로 변하였다.

"설마 엉뚱한 짓을 벌이는 건 아니겠지? 저번처럼 제 집에 간 것뿐이겠지, 안 그런가?"

용하가 초점 없는 눈으로 물었지만, 대답할 수 있는 이는 없었다.

서류 너머로 윤희의 눈동자가 쏙 올라왔다가 냉큼 내려갔다. 선준의 눈동자도 슬그머니 올라왔다가 서류 너머로 사라졌다. 용하의 눈동자는 옆으로 쏠렸다가 정면으로 오고가기를 되풀이하였다. 이 소란스러운 눈동자들의 중심에는 서류만 쳐다보는 재신이 있었다.
"눈동자 굴리지 마라. 시끄럽다."
세 사람은 눈빛으로 그의 신경을 건드리지 말자는 신호를 주고받았다. 하지만 이것도 오래가지 않았다.
"어제 어디서 잤는가? 아침 식사는 어디서······."
재신은 조심스럽게 말을 거는 용하에게 등을 돌리고 앉아 서류에 집중하는 척하였다. 대신 그의 뱃속이 '꼬르륵' 소리로 대답하였다.
"굶었군. 그럴 줄 알고 오늘부터 점심밥을 가져오라고 하였네."
용하의 떠보는 말에도 불구하고 그는 좀처럼 입을 열지 않았다.
멀리서 정오를 알리는 오고가 울렸다. 그러자 창 너머에 이문원 마당으로 쪼르르 달려오는 주시동이 보였다. 꼬마는 바로 시각을 외치지 않고 주위를 두리번거려 누군가를 찾는 듯하다가 창 안쪽에 있는 4인방을 발견하고는 목청껏 외쳤다.
"정오! 정오!"
이렇게 외쳐 놓고도 주시동은 어정거리면서 다른 곳으로 이동하지 않았다. 윤희가 창가에 서서 방긋이 웃는 얼굴로 물었다.
"얘야, 무엇을 찾느냐?"
"저, 저, 저······, 그러니까, 혹시 쇤네한테 하실 말씀은······."

"응? 무슨 말?"

윤희 옆에 선준도 붙어 서서 바깥을 내다보았다. 창틀은 족자요, 그 안은 그림이다.

"시, 심부름이라도……."

"그런 건 없느니라. 네 일만으로도 수고가 많은걸."

선준의 상냥한 미소에 주시동의 얼굴은 홍당무보다 더 붉어져 달아나 버렸다.

"이보게, 가랑. 왜 자네는 그 미소를 함부로 굴리는가. 장안 계집들 얼굴 붉히게 하는 것만으로는 성이 아니 차던가?"

용하가 농담을 날리면서 이문원을 나갔다. 그리고 잠시 후 금호문 밖에서 기다리고 있던 순돌이에게서 점심밥을 받아서 들어왔다. 그의 굼뜬 몸이 마루로 날래게 뛰어와 보자기를 풀었다. 그 안에 쪽지가 들어 있었다. 그는 주위를 두리번거려 4인방 외에는 아무도 없는 것을 확인하고 종이를 펼쳤다. 용하의 눈이 웃음을 잃고 일그러졌다.

"미안하다, 염병할!"

재신의 퉁명스러운 말 덕분에 선준과 윤희는 그 종이를 보지 않고도 내용을 알아차렸다. 결국 예전의 진짜 홍벽서가 어젯밤에 재림을 하고 말았다. 용하는 차마 실제는 큰 소리를 지르지 못하고 표정과 손짓만으로 얼마나 큰 고함인지를 표현하였다.

"내가 이럴 줄 알았네! 하필 사간원 관청에 벽서를? 자네 제정신인가? 대체 어쩌자고 일을 이 지경으로 만들어 놓는가!"

하지만 재신은 표정도 몸짓도 없이 작은 목소리만 냈다.

"가짜는 진짜를 흉내 내는 것에 불과할 뿐이야. 진짜가 나타나면 그

가짜는 설 자리가 없어지는 거다."

윤희가 재신의 팔을 덥석 잡으면서 소리쳤다.

"그겁니다!"

"그렇지? 대물, 네 생각도 나와 같지? 나도 어제 고민한 끝에……."

"그 가짜의 목적이 진짜를 불러내는 것일지도 모릅니다."

세 남자의 동작이 얼었다. 부정하기에는 그녀의 말은 두려우리만큼 신빙성이 있었다. 결과만 두고 본다면 말이다.

"대, 대물, 제발 끔찍한 짐작은 하지 말아 주게. 난 재미난 게 좋아. 그런데 그건 전혀 즐겁지가 않으이."

보자기만 풀고 찬합은 전혀 펼치지 못한 상황에서 4인방은 망연자실하여 가만히 있었다. 음식 냄새도 느낄 수 없었거니와 배고픔마저 느끼지 못하였다.

"홍벽서를 추종했던 인물 중에 진짜 홍벽서의 글이 그리워서 유인했다면 비교적 다행 축에 들겠지만, 만약에 악의를 가지고 재림을 부추겼다면……."

선준이 턱을 받치고 말하는 도중 갑자기 재신이 버선발로 뛰쳐나갔다. 그리고 잠시 후 그의 손끝에 귀가 잡힌 채로 주시동이 끌려 들어왔다. 4인방은 모두 긴장한 표정으로 서로를 쳐다보았다.

"이 녀석이 우리를 염탐하고 있었다."

"네? 왜 우리를?"

평소와 다르게 친절하게 대하지 못하고 경계를 할 수밖에 없었던 것은 나누던 대화의 성질 때문이었다. 4인방이 한꺼번에 차가운 눈으로 쳐다보자 주시동은 울먹이는 눈으로 윤희를 보았다. 도와 달라는 눈빛이었다.

"누가 시켜 염탐한 것이냐?"

상냥하게 묻기는 하였지만 경계를 늦추지는 않았다.

"염탐, 그게 무엇입니까요? 훌쩍!"

"왜 우리를 숨어서 보았느냐? 무슨 이야기를 들었느냐?"

"멀어서 아무 이야기도 들리지 않았습니다요. 쇤네가 들은 건 아무 것도 없……."

"이 자식이! 사실대로 말 안 해?"

재신이 귀를 잡은 채로 윽박지르자 소스라치게 놀란 꼬마의 눈에서 눈물이 뚝뚝 흘렀다. 용하가 문 너머와 이곳의 거리를 가늠해 보고 말하였다.

"우리 대화를 듣지는 못했어. 모습만 살핀 것 같은데……. 그러고 보니 요즘 주시동을 비롯한 여러 시동이 부쩍 이곳 이문원에 얼쩡거리는 듯했다네."

"시동아, 누가 시켜 이곳을 살펴보았느냐?"

"누가 시킨 것이 아니라……. 다른 애들은 과자 먹고 싶어서 그러지만 쇤네는 그저 멋있어서, 신기해서, 자꾸 보고 싶어서……."

"야! 말 똑바로 못 해? 뭔 소리인지 알아들을 수가 없잖아!"

"그만 하게, 걸오. 우리를 염탐한 게 아닐세. 그냥 보내게."

용하의 만류에도 불구하고 재신은 꼬마의 귀를 쉽게 놓지 못하였다. 선준이 찬합을 펼쳐 그중 부침개 몇 개를 집어 주시동의 손에 쥐어 주었다.

"과자가 먹고 싶었나 보구나. 한데 이 부침개뿐이라."

꼬마의 얼굴과 귀가 시뻘겋게 변하였다. 신기하리만큼 멋져서 자꾸 보고 싶었던 사람이 선준이었던 모양이다. 꼬마는 허리를 푹 숙여 인사하고 천천히 밖으로 나갔다. 그 뒷모습을 지켜보던 용하가 혼잣말을 중얼거렸다.

"혹시 저 녀석들이 사슴 노릇을 하였나?"

4인방은 다 같이 둘러앉아 찬밥을 먹었다. 그리고 밥을 다 먹어 갈 즈음 또 다른 주시동이 달려와 4인방을 살피면서 '미시!'를 연달아 외쳤다. 이들의 수상쩍음으로 인해 모든 시동을 조심하는 데에 만장일치로 합의를 보았다.

장안은 원조 홍벽서의 등장으로 들썩이고 있었다. 한층 더 향상된 실력으로 돌아온 것에 대한 감동이 호사가들의 입을 더욱 즐겁게 해 주었다. 그리하여 원조가 홍벽서라는 별칭을 돌려받는 바람에 이날 이후부터 가짜는 청벽서라는 별칭으로 불리게 되었다. 그리고 이 홍벽서가 청벽서보다 훨씬 뛰어난 실력이라는 데에 이의를 제기하는 사람은 아무도 없었다.

윤희가 북촌에서 정무를 기함시킨 지 얼마 지나지 않아 그녀에게로 서찰 한 통이 도착하였다. 놀랍게도 시모가 될 뻔했던 임씨가 보낸 것이었다. 집까지 왔는데도 만나지 못해 아쉬웠다는 마음과 힘든 시간을 참으면 좋은 날이 올 것이라는 위로의 내용이었지만, 그녀의 서간은 운까지 맞춘 시문 그 자체였다. 윤희는 임씨의 서찰이 온 것만으로도 감격하였지만, 웬만한 사내들한테도 전혀 밀리지 않을 그녀의 글솜씨에 더욱 감격하였다. 그래서 정성을 다해 시문의 형식으로 답장을 보냈다.

3

쾅! 쾅! 쾅!

"어서 일어나게! 해가 중천일세!"

놋쇠 세숫대야를 두드리는 소리와 용하의 소란스런 말이 뒤엉켜 윤희의 뇌를 뒤흔들었다. 그런데 뒤엉킨 건 바깥의 소란스러움만이 아니었다. 이불 속의 다리 네 개도 뒤엉켜 있었다. 본래 자신의 것은 두 개뿐인지라 윤희는 나머지 다리를 힘차게 밀쳐 냈다.

"언제 이 방으로 건너오신 겁니까? 조심성 없이!"

그녀의 타박에도 아랑곳하지 않고 선준은 뒤에서 그녀의 허리를 끌어안았다. 그리고 뒷목덜미에 속삭였다.

"남편이 아내와 한이불 아래에서 자는 게 흉이 될 일이오?"

"사내 복장을 한 이와 한이불에 있는 건 흉이 되고도 남지요."

"이럴 줄 알았다면 이 사내 옷을 벗길걸 그랬소. 그러고 싶은 걸 참

왔더니. 다음부터는 그리 하리다."

 윤희는 그의 팔을 강제로 풀고 다리를 뻗어 옆구리를 걷어차다시피 해서 이불 밖으로 밀어냈다.

 "아내의 허락 없이는 제아무리 남편이라 하더라도 함부로 이불 아래에 들지 않는 것이 예입니다. 저는 허락한 기억이 없습니다."

 어느 틈에 들어온 것인가. 전혀 느끼지 못하였다. 언제나 긴장하여 잘 때조차 신경을 곤두세우고 자던 야생 토끼에서 편안한 집토끼로 전락을 해 버린 기분이었다. 이런 상태야말로 더없이 위험하다. 선준은 요와 이불에서 밀려 나가 맨바닥에 엎드린 채로 무섭지 않게 노려보았다.

 "사내 복장을 하고 있으면 무얼 하오. 사내의 욕정을 모르는데."

 이불 속에 파묻혀 눈만 내민 윤희가 대꾸하였다.

 "그러는 형님은 여인의 욕정을 아십니까?"

 "화나오! 임신하면 아니 된다 하여 참아 주고 있거늘, 이불 속에서 내가 옷고름을 풀었소, 아니면 바지를 벗겼소? 나도 얼마든지 엉큼한 남편이 될 수 있단 말이오."

 "부모를 속인 죗값이라 여기시고 참으십시오."

 "이제는 싫소. 난 이미 한계를 넘어섰소."

 "저는 이리 참고 있지 않습니까."

 "그러니 사내의 욕정을 모른다고 하지 않소. 사내는 여인과 엄연히 다르오."

 "그러니 여인의 욕정을 모른다고 할밖에요. 그리 미끈한 자태로 누운 사내를 보고도 참아야 하는 게 얼마나 힘든지 모르시니…….

세간에서는 이제 인성과 물성도 같은 성질의 것이라 말하는 마당에, 한낱 같은 인성 아래에 놓여 있는 여성과 남성의 욕정이 무에 그리 다르다고."

흘겨보는 선준의 눈가에 미소와 더불어 색기가 맺혔다.

"진정……, 나와 똑같소?"

"더하다니까요. 이불 속에서 쫓아낸 것도 제가 참기 힘들어서 그랬으니 더 이상 칭얼거리지 마십시오."

그는 여전히 엎드린 채로 팔에 얼굴을 묻었다. 갑자기 감정이 멎은 듯 미동이 없었다. 걱정된 윤희의 손이 다가가 볼에 닿으려는 찰나, 그가 말하였다.

"문득, 어젯밤에 겁이 났소. 당신이 사라져 버렸으면 어쩌나, 아버지 협박 때문에 나를 속이고 달아나 버렸으면 어쩌나, 견딜 수가 없었소. 당신을 믿을 수가 없었소."

며칠 동안 줄곧 잠이 오지 않았다. 윤희가 눈에 보이지 않으면 불안했다. 그리고 괴로웠다. 아버지의 협박에 힘들었을 그녀를 옆에 있으면서도 알아채지 못한 자신에게 화가 났다. 그러고도 함께 있었다고 말하기가 부끄러웠다.

모처럼 쉬는 날이라 어젯밤 모두 집으로 돌아왔다. 소유재에서 새우잠을 자던 것보다는 편한 잠을 잘 수 있을 것이라 생각하였다. 두 개의 방문을 사이에 두고 그녀와 각자 다른 방에서 잠자리를 폈지만, 적어도 소유재보다는 안심하고 자야 옳았다. 그런데 그러지를 못하였다. 소유재에서는 잠깐을 자도 둘이서 붙어 잤는데, 이곳은 두 개나 되는 방문이 그녀의 모습을 가리고 있었다.

이불에 누워서도 지나치게 말똥말똥하였다. 그러다가 덜컥 겁이 나기 시작하였다. 저 방문 너머에 윤희가 없을지도 모른다는 두려움이었다. 한 번 찾아온 공포는 쉬이 떠나지 않았다. 그래서 자신의 방문을 열기로 하였다. 마루를 지나 멀리 보이는 다른 한 개의 방문을 지켜보았지만, 그래도 안심이 되지 않았다. 선준은 결국 마루를 살금살금 걸어가 윤희의 방문까지 열었다. 그런데 이번에는 이불도 믿을 수가 없었다. 이불 아래에 불룩한 것이 사람인지, 아니면 다른 속임수인지 확인하지 않으면 안 될 것 같았다.

이불을 들어 사람을 확인하였다. 그 이불 밑으로 들어간 이유는 다른 데 있지 않았다. 새근새근 잠든 윤희의 소리가 좋아서 잠시만 더 들어 보고 싶었을 뿐이었다. 게다가 좁은 이불 속이니 당연히 그녀를 안을 수밖에 없었다. 그러다가 따뜻한 체온과 꼬물꼬물하는 움직임에 매혹되어 '잠시만 더 이러고 있자.' 하는 순간 아주 깊이 잠들어 버리고 말았다. 그리고 아침이 되어 이불 밖으로 쫓겨나 있는 지금의 상황에까지 이르게 된 것이다.

"당신의 생각 중에 궁금한 게 있소."

"무엇이요?"

"만약에 당신이 아버지의 협박에 못 이겨 내 곁을 떠난다면, 나는 그 후에 어떻게 하리라 생각하오?"

이불 밖으로 나와 있는 그녀의 눈이 대답을 못 하고 갖가지 모양으로 바뀌었다. 선준이 자리에서 반듯하게 일어나 앉으면서 말하였다.

"굳이 나에게 답을 들려줄 필요는 없소. 알고 있지 않소, 내가 어떻게 하리라는 것 정도는. 그 어떤 짓도 당신을 품에 안고 욕정을 삼키는 것보다는 쉽소. 사내와 여인이 다르지 않다고 하였으니 내 말 뜻도 알 것이오."

이렇게 말해 놓고 그는 방을 나갔다. 윤희는 닫힌 방문만 쳐다보다가 이불을 뒤집어썼다.

"미운 사람 같으니! 가뜩이나 머리 복잡해서 미치겠는데, 나더러 어떻게 하라고!"

그 어떤 것이든 들어줘야 하는 소원이 남아 있는데 무슨 걱정이란 말인가. 베개에 얹은 그녀의 얼굴이 이불 밖으로 쏙 나왔다. 이렇게 미적거리다가는 한 달이 아니라 1년도 눈 깜박할 사이에 후딱 지나가고 말 것이다.

사임 원서를 받아 주지 않으니 어떻게 한다? 파직을 당하는 방법 외에는 없는 것인가? 윤희의 입에서 한숨이 절로 나왔다. 그때 대루원에 있던 상소문 건이 그대로 넘어간 게 아쉬웠다. 임금은 그럴 때만 불필요하게 인자한 척하는 게 문제다. 평소에는 피 말릴 정도로 깐깐하면서 말이다. 의중을 가늠할 수 없는 임금을 상대로 파직을 당할 수 있는 범위를 정하기란 하늘에 별을 만들어 다는 것보다 어렵다.

"파직당하는 방법……. 유배나 처형까지 안 가고 깔끔하게 파직만 당하는 방법……."

경국대전이 머리에 고스란히 들어와 있는데 여기에 대한 방법은 전혀 모르겠다. 차라리 사헌부나 의금부에 자문을 구해 볼까? '제가 파직을 당하고 싶어서 그러는데 좋은 방법 좀 가르쳐 주십시오.' 하고. 그랬다가는 미친놈 취급받기 딱 알맞지. 하하! 그것도 좋은 방법이겠다. 사헌부 쪽에서 미친 건 관리로서 결격 사유라며 파직시켜 줄지도 모르니 말이다.

쾅! 쾅! 쾅!

또다시 놋쇠 세숫대야 깨지는 소리가 들렸다. 오늘은 푹 쉬기로 한 날인데 아침부터 이렇게 깨우는 저의가 무엇인지 궁금해져서 그만 이불을 던지고 일어났다.

"네? 동고놀이요?"

윤희의 말에 맞춰 선준과 재신의 표정도 한쪽으로 일그러졌다. 이번에야말로 대꾸할 가치도 없는 제안이었다. 세 사람은 일제히 무시하고 밥을 퍼먹었다. 용하가 안달하면서 말하였다.

"이보게들, 하루 종일 집에서 뭉그적거리는 것보다는 나가 노는 편이 훨씬 푹 쉰 것 같을걸세. 응? 걸오, 자네는 오늘 다른 약속도 없지 않은가."

하지만 세 사람은 자신들의 대화 속에 그의 말을 끼워 주지 않았다.

"야, 대물, 이것 먹어 봐라. 오늘 이 반찬이 맛나다."

"가랑, 자네도 오늘 집에 있어 봤자 책읽기가 고작 아닌가."

"국물도 좋소. 역시 뜨거운 국물을 먹어야 식사를 하는 것 같소."

"대물, 밖에 구경 나온 처자들도 많을 터이고……."

"걸오 사형, 가랑 형님. 다 맛있지만 전 이 뜨끈뜨끈한 밥이 제일 좋습니다. 천천히 드십시오."

"자네들 몫으로 책정된 돈도 이미 내가 다 갹추렴했다네!"

끊임없이 딴말을 하던 세 사람의 말과 수저질이 잠깐 멈추는 듯했지만 이내 무시하고 다시 시끄러워졌다.

"가랑, 열고관 책들 중에 그래도 네가 가장 많이 읽었지?"

"내가 그동안 얼마나 힘이 들었는데, 잠깐 같이 놀아 달라는 게 그리 잘못인가?"

"그래 봤자 미미합니다. 대물, 귀공은 진도가 어떻소?"

"자네들, 그러는 거 아닐세. 나도 숨통이 끊어지지 않으려고 이러는 것이란 말일세."

"규장각 업무가 보통 많아야지요. 도무지 기미가 보이지 않습니다."

"동고놀이라는 게 거지 차림을 하는 거라 어차피 아무도 못 알아볼 터인데, 좀 참석하면 아니 되는가? 난 놀지 못하면 당장 숨통이 끊어질 것 같다고!"

"놀아! 혼자 가서 놀면 되잖아! 왜 또 그런 괴팍한 양반 놀이에 우리까지 끌어들이느냐고!"

밥풀 튀기는 재신의 폭발로 인해 결국 용하는 세 사람의 시선을 모으는 데 성공하였다.

"각계각층의 젊은이들이 모이기로 하였네. 청벽서와 관련된 정보를 들을지도 모르잖는가. 사람이 많은 곳에는 소문도 많은 법일세."

"그 정보는 너 혼자 가서 듣고 오면 돼. 조정은 지금 조사詔使 영접으로 정신없는데 뭔 정신 빠진 놀이를 하겠다는 거냐?"

선준도 어쩔 수 없이 용하가 펼쳐 놓은 대화 판으로 끌려들어 갔다.

"그 동고놀이라는 것은 남인들끼리 즐기는 놀이 아닙니까?"

"네? 전 남인인데 모르는걸요."

윤희가 웃으며 대꾸하자 용하가 뒤이어 말하였다.

"거지 분장으로 얼굴도 못 알아보게 하고 노는데 누가 남인인지 누가 노론인지 어찌 알겠는가. 남인보다 남인이 아닌 자가 더 많다네. 그리고 그때 자네 집에서 만났던 김윤 도령도 불러야 하네. 사람이 안면을 텄으면 연락은 하고 살아야 도리가 아니겠는가."

"그, 그건 아니······."

"네, 그건 좋은 생각입니다. 즉시 연락해서 부르겠습니다."

말을 자르고 냉큼 대답해 버린 선준의 대답 때문에 윤희는 너무 놀란 나머지 사레가 들려 콜록거렸다. 그리고 그를 향해 놀란 눈초리를 박았다. 그녀의 눈은 '대체 어쩔 작정입니까?'라고 물었고, 선준의 눈 대답은 '내게 맡기시오.'였다. 문제는 그게 더 불안하다는 거였다. 그래도 사람 많은 곳에 맨얼굴로 가는 게 아니라, 알아보지 못하게 분장을 한다는 건 안심이 되었다. 재신이 입에 밥을 한가득 넣고 우물거리면서 물었다.

"또 저번 홍군회처럼 무슨 꿍꿍이가 있는 건 아니겠지?"

"맹세코 절대 아닐세! 내가 이번 놀이를 주동하······, 아차!"

재신의 고함과 입 안에서 씹히고 있던 밥풀이 용하에게로 쏟아졌다.

"야, 너 이 자식! 이번 놀이도 네놈이 작당한 것이었냐?"

하지만 그동안 업무에 치여 옆을 돌아볼 짬조차 낼 수 없었던 윤희에게는 놀라운 일이 아닐 수 없었다. 그 열정이 부러울 지경이었다. 그녀뿐만이 아니라 선준도 존경의 눈빛을 보냈다. 놀이를 한다는 것이 말은 쉽지만 계획을 짜고 경비까지 계산해야 되기에 주동하는 쪽에서는 보통 손가는 일이 아니다. 힘들다고 징징거리더니 뒤로 이런 씨를 까고 있는지는 몰랐다.

"여림이 주동한 놀이라니까 더 꿍꿍이가 있을 것 같은 이 기분은 뭘까?"

 재신의 중얼거림은 곧 선준과 윤희의 속내이기도 하였다. 여기에다가 뜬금없이 윤식을 끌어들이는 건 더 수상하였다. 세 사람은 수저를 들다 말고 다시금 의심스런 눈초리로 그를 쳐다보았다.

 "이번은 진짜 아니라니까. 내 신용이 이리도 형편없었다니 섭섭하이."

 웃으며 말하는 용하의 관자놀이에 보이지 않는 식은땀이 맺혔다.

 "도련님! 김 도련님 모시고 왔습니다요."

 순돌이의 외침이 들리자 윤희가 제일 먼저 대문 쪽으로 달려 나갔다. 순돌이는 말을 끌고 마구간으로 들어가면서 싱글싱글 웃고 있었고 그 옆에는 갓과 두루마기 차림의 윤식이 걸어서 들어오고 있었다. 한동안 못 만나 반가워서 그리 느끼는 것이 아니라, 동생은 완전한 사내의 모습으로 변한 듯하였다. 무엇보다 반가운 것은 병색이라고는 전혀 찾아볼 수 없는 얼굴이었다.

 그런데 윤희의 감격스런 반가움과는 달리 윤식은 놀란 눈으로 걸음을 멈추었다. 누이가 산발을 하고, 때가 꼬질꼬질 묻고 찢어진 옷에다가 너저분한 헝겊 쪼가리가 더덕더덕 붙은 띠를 온몸에 두르고 있었기 때문이다. 완전 거지꼴이었다.

 "이, 이게 대체! 누······."

 누님을 부르려던 윤식이 뒤따라 나온 세 남자 때문에 입을 다물었다. 그의 놀라움은 더욱 심해졌다. 세 남자도 누이와 똑같은 꼴을 하고 있었던 것이다. 단지 용하만이 헝겊 쪼가리가 붙은 띠 아래에 입고 있는 것이 비싼 비단옷이라는 점이 다를 뿐이었다. 놀라서 인사도 못 하는 윤식에게 세 남자는 각자의 고갯짓과 눈웃음으로 인사를 하였다.

"허! 세상사가 허무한 듯한 청초함을 지닌 사내라……. 오랜만에 봐서인지 아니면 낮에 봐서인지 그 매력이 한층 더하네. 길에서 마주치면 못 알아보겠구먼. 반가우이."

무슨 말을 하는 것인지 알 수는 없었지만 윤식은 용하에게도 깍듯하게 허리를 숙여 인사하였다. 하지만 고개를 들기도 전에 재신과 용하에게 양팔을 잡혀 끌려가기 시작하였다.

"저, 저기! 누……, 형님! 사형들!"

그들은 자초지종도 설명하지 않고 막무가내로 끌고 들어갔다가 잠시 후 윤식까지 거지꼴로 만들어서 데리고 나왔다. 당황하여 울상이 된 동생에게 윤희는 안심하라며 웃어 주었다. 용하는 과장되게 윤식의 여기저기를 점검하는 듯한 시늉을 하더니 이내 안으로 들어가 시뻘건 헝겊 뭉치를 들고 나왔다. 좁고 긴 목도리였는데 이것을 윤식의 목에 칭칭 감아 코까지 가렸다. 비록 지저분했지만 색깔만큼은 두드러져 보이는 분장이었다. 만약에 여차하는 사이 다른 사람들 틈에 섞여서 들어가 버려도 눈에서 놓치지 않을 것 같아 윤희는 오히려 안심이 되었다. 그중 풀어 내린 머리카락과 어울려 얼굴이 잘 보이지 않는 점이 가장 마음에 들었다.

"눈만 이렇게 내놓고 보니까 김 도령과 우리 대물은 정말 닮았으이. 말투도 그렇고. 누가 친인척 아니랄까 봐."

용하는 자신의 분장 실력에 만족한 듯 연거푸 고개를 끄덕였다. 윤식이 그에게 물었다.

"그런데 여림 사형의 옷차림은 왜 우리와 다릅니까?"

"쳐 죽여도 좋은 옷은 벗을 수가 없단다, 이놈은."

재신의 빈정거림 밑으로 윤희가 부연설명을 하였다.

"어떤 부자의 목숨을 살려 주고 그 옷을 얻어 입은 거지라고 하신다. 여림 사형은 그런 분이니 상관하지 마."

"그, 그렇군요."

그렇게 대답은 했지만 쉽게 이해할 수 있는 이야기는 아니었다.

태평하게 동고놀이 준비로 한창인 4인방과는 다르게, 창경궁 내에서는 조사의 영접이 한창이었다. 커다란 천막 아래에는 왕을 비롯하여 여러 사신들과 20여 명의 신하들이 참석하여 북적였다. 그중에는 정무와 황 판교도 나와 있었다. 접대는 간략하게 하기로 했기 때문에 음식과 술이 고작이었고 그밖에 준비되어 있는 것은 춤과 노래 같은 공연이었다.

화려한 무희들이 군무를 마치고 물러나자 사신이 크게 하품을 하면서 역관에게 뭐라고 지시를 하였다. 왕은 도통 알아들을 수 없는 말이라 역관이 통역을 해 줄 때까지 기다렸다. 그런데 역관이 다가와서 전해 준 말은 뜬금없는 것이었다.

"주상 전하, 공연도 좋지만 황제가 내리신 운이 있으니 그것으로 시문을 짓는 것이 어떠한지를 아뢰었사옵니다."

"갑자기 무슨 시문을 지으라는 것이냐? 청국도 이제 대국이랍시고 예전에 명국이 했던 짓을 해야겠다더냐?"

왕은 얼굴에서는 미소를 잃지 않으면서 말은 이렇게 짜증스럽게 하였다. 그러고는 휘휘 모인 신하들을 훑어보았다. 문장이라면 정무도 있고, 황 판교도 괜찮았다. 그런데 정무는 자존심상 하려고 들지 않을 것이다. 무시하고 강제로 시켰다가는 뒷감당이 귀찮기도 하였다. 역시 가장 만만한 황 판교가 낫겠다.

"저기 있는 황 판교로 해도 되겠느냐고 물어보아라."

역관이 사신에게로 가서 손을 가리키며 말을 전하였다. 그런데 뭐라고 말하면서 고개를 젓는 것이 보였다.

"까다롭게 굴지 말고 대충 좀 하지. 어차피 형식인데."

왕이 혼잣말처럼 중얼거리자 옆에 앉은 신하들이 행여 사신에게 들렸을세라 난감한 표정을 하였다. 역관이 다시 와서 말을 전하였다.

"주상 전하, 아뢰옵기 송구하오나 황 판교의 솜씨는 익히 알고 있으니 조선의 미래가 될 젊은이의 솜씨를 더 보고 싶다고 아뢰었사옵니다."

"그래?"

이거 어쩌면 재미있는 일이 벌어질지도 모르겠다. 조선의 미래라고 하면 자랑하고픈 인물들이 있지 않은가. 왕이 갑자기 얼굴을 환히 밝히면서 턱없는 제안을 하였다.

"여기 없는 이를 불러와도 되는지 물어보아라."

역관이 사신에게 갔다가 다시 돌아왔다.

"더욱 좋다고 하였사옵니다."

왕은 멀리 서 있던 행수 선전관을 손짓으로 불렀다. 그리고 다급하게 말하였다.

"하례를 다 풀어서라도 좋으니, 규장각의 당하관인 이선준과 문재신을 찾아서 데리고 오너라. 급박한 일이니 한시도 지체하지 못하게 하라, 어서!"

행수 선전관이 급하게 연회장을 빠져나갔다. 그런데 어명이 패초와 같은 글자가 아니라 말로써 전달이 되는 바람에 '규장각의 당하관인 이선준과 문재신'에서 중간에 몇 마디가 누락되어 '규장각의 당하관'만 전해지고 말았다. 만약에 지금 그들이 거지꼴로 동고놀이를 하고 있는 것을 알았다면 왕은 분명히 생각을 고쳐먹었을 것이다.

사전 예고도 없이 시끌벅적하게 길거리 행진을 하는 동고놀이 때문에 장안 일대가 소란에 빠졌다. 행렬의 제일 앞에는 큰북을 실은 수레가 섰다. 그리고 둥둥둥 울리는 큰북의 소리에 따라 사람들 중간에 드문드문 끼어 있는 작은 북도 장단을 맞추었다. 북소리만으로도 충분히 신명났지만 거지 분장을 한 양반들 사이에 낀 진짜 남사당패 덕분에 더욱 흥이 났다.

동고놀이꾼들은 덩실덩실 춤을 추다가도 헐벗고 굶주린 어린 백성이 보이면 수레에 싣고 가던 떡과 전을 쥐어 주고 다시 춤을 추었다. 마치 거지가 백성에게 온정을 베푸는 기괴한 모습이었다. 이건 자주 오지 않는 잔치였다. 비록 각추렴해서 돈을 걷는다손 치더라도 용하같이 돈 많은 이가 중심이 되지 않으면 음식이 금방 동이 나 버리기 때문에 쉽게 하지도 못하는 놀이였다. 그래서 한 번 이렇게 놀이에 나서면 먹을 것을 얻기 위해, 함께 어울려 놀기 위해 많은 백성이 몰려들 수밖에 없었다. 이날만큼은 양반은 양반이 아니었다.

윤희는 얼굴에 시커멓게 숯검정을 칠하고 작은 오고를 신나게 두드렸다. 가슴에 쌓여 있던 수많은 감정들이 요란한 북소리를 따라 날아가 버리는 기분이었다. 윤식도 많은 사람들 속에서 춤을 추고 노는 것이 낯설었지만 절로 웃음이 나왔다. 언제나 혼자 방구석에 갇힌 채로 살아왔기 때문에 지금 이렇게 느끼는 해방감은 이루 말할 수 없었다. 한 가지 불편한 점이 있다면 그건 행렬을 따라오면서 내내 자신을 쳐다보고 있는 어떤 낯선 도령의 눈빛 정도였다.

거지들 틈에서 환하게 웃으며 뛰어다니는 윤희를 보며 선준은 자신도 모르게 웃었다. 헝클어진 머리카락이 춤을 추고, 알아볼 수 없을 정도로 망가뜨린 얼굴이 함박꽃을 터뜨렸다. 거지꼴조차 사랑스러워 보였다. 그녀와 눈이 마주쳤다. 윤희가 방글방글 웃으며 선준에게 다가왔다. 그리고 오고를 두들기며 마치 춤을 추듯 그의 주위를 여러 번 돌았다. 이건 노는 쪽보다는 남매를 지키면서, 한편으로는 정말 배고픈 사람들을 구분해서 음식을 나눠 주는 데 더 열심인 그를 놀리는 거였다.

재신은 술을 실은 수레에 올라앉아 끊임없이 술을 들이켜며 목청껏 노래를 불렀다. 하지만 용하만큼 이 시간을 즐기는 사람은 없었다. 그를 위해 있는 놀이였고, 놀이를 위해 있는 용하였다.

재신은 청벽서에 관한 소문을 들을 수 있을지도 모른다던 그의 말도 안 되는 핑계를 떠올리며 코웃음을 쳤다. 저리 미친 듯이 노는데 무슨 소리가 들리겠는가. 재신은 덜컹거리는 수레에 앉아 술독에서 술을 펐다. 그런데 그의 옆에 한 놈이 뛰어올라 술독을 사이에 두고 나란히 앉았다. 재신은 술을 마신 뒤 그에게 사발을 넘겼다. 사발을 받은 놈은 술을 떠서 마신 뒤에도 재신을 보고 싱글싱글 웃으며 자리를 뜨지 않았다. 진짜 거지보다 더 엉망진창인 머리카락이 귀신처럼 완전히 얼굴을 가리고 있었다. 그가 웃고 있다는 것은 겨우 보이는 입꼬리 덕분에 알 수 있을 정도였다.

"너 뭐야?"

주위 소음 때문에 고함을 지르며 묻는 재신의 말투는 평소보다 더 퉁명스럽게 들렸다. 그가 대답은 하지 않고 키득거리기 시작하였다. 어쩐지 불쾌한 기분이 들었다. 그는 갑자기 웃음을 그치고 고갯짓으로 한곳을 가리켰다. 재신의 시선이 따라 움직였다. 낯선 놈이 시선을 응시한 곳은 춤을 추고 오고를 치면서 놀고 있는 용하와 선준, 윤희가 있는 무리였다. 저렇게들 신날까? 재신은 자신도 모르게 미소가 지어졌.

이때 무언가가 재신의 손에 닿는 느낌이 들었다. 쳐다보니 어느 틈에 허벅지와 손바닥 사이에 쪽지가 끼워져 있었다. 얼른 옆을 보았다. 조금 전까지 있었던 귀신같은 놈은 사라지고 없었다. 재신은 대수롭지 않게 쪽지를 펼쳐 보았다.

홍벽서
다시 돌아온 걸 환영한다
- 청벽서 -

재신의 눈이 순식간에 쪽지를 떠나 사람들을 향하였다. 조금 전의 귀신을 찾았지만 어디에도 보이지 않았다. 수레에서 훌쩍 뛰어내린 재신은 수십 명이 넘는 거지들 사이를 헤집고 다니면서 한 명 한 명을 일일이 확인하기 시작하였다. 사색이 되어 미친 듯이 사람 사이를 헤매고 있는 그를 알아차린 선준이 다가와 어깨를 잡았다.

"걸오 사형, 무슨 일입니까?"

하지만 재신의 귀에는 아무 소리도 들리지 않았다. 주위의 요란한 북소리도 들리지 않았다. 선준은 진짜 귀신을 본 사람처럼 완전히 얼이 빠진 그를 다잡았다.

"걸오 사형, 뭘 찾으시는 겁니까?"

수상한 낌새를 알아챈 윤희도 놀라서 사람들을 헤집고 달려왔다. 그런데 재신은 선준의 손까지 뿌리치고 사람들 사이로 파고 들어가면서 청벽서를 찾았다. 술기운 탓에 휘청휘청하는 그를 잡기 위해 선준과 윤희도 따라 들어갔다. 길 가던 사람들도 한통속으로 어우러져 동고놀이 행렬 속으로 이리 엉키고 저리 엉켜 들어가고 있었다. 수많은 사람들, 비슷한 차림들 범벅이었다. 세상 사람들 얼굴을 온통 빙글빙글 돌게 만든 술기운 때문에 재신은 모두가 청벽서인 것도 같고 모두가 아닌 것도 같았다.

북새통 속에서 윤식은 누이를 놓친 것도 모르고 떡과 전을 나눠 주고 있었다. 다행히 오늘 하루 종일 경호를 책임진 순돌이가 우직하게 그의 곁을 지키는 덕분에 안심할 수 있었다. 그러다가 또 낯선 도령과 눈이 마주쳤다. 기분이 이상하여 목도리에 더욱 얼굴을 파묻고 몸을 돌릴 때였다. 갑자기 그 도령이 윤식의 목도리 끝을 잡아당겼다.

"왜……."

"저도 떡 한 조각 얻어먹을 수 있습니까?"

윤식은 그의 옷차림을 살폈다. 비단으로 된 복건과 전복 차림을 보건대 양반가 도령이 분명하였다. 게다가 얼굴에서 풍기는 고운 기품이 어딘가 예사롭지가 않았다.

"저 음식들은 가난한 이들의 것입니다."

도령은 애초부터 떡에는 관심도 없었던 듯이 손으로 입을 가리고 고운 눈매로 웃었다. 사내가 아니다! 누이와는 딴판으로 사내 같은 구석은 전혀 찾아볼 수 없는 온전한 여인이었다. 윤식은 원인 모를 충격으로 우두커니 멈춰 섰다. 동고놀이 행렬은 이들을 홀린 것도 모르고 저 멀리 사라져 갔다. 오직 용하의 눈길만이 두 사람에게 닿았다.

"오호! 저 여인인가? 멀어서 잘 보이지는 않지만 적어도 술 석 잔은 넘는 미모일세."

그는 특유의 장난 어린 눈웃음을 짓다가 모른 척 고개를 돌렸다. 그의 역할은 붉은색 목도리까지일 뿐, 나머지는 운명이라고 불리는 고약한 것이 해야 되는 역할이었다.

"그러면 떡 대신 잃어버렸던 제 것을 돌려주셔요."

그녀는 누이처럼 애써 사내 목소리를 내지도 않았다. 여인인 것을 굳이 숨길 필요가 없다는 뜻이었다.

"잃어버린 것이 무엇입니까?"

그녀는 자신의 손이 꼭 쥐고 있는 목도리 끝을 쳐다보았다.

"설마 이 붉은 천이 낭자의 것입니까?"

"그렇습니다."

"죄송하지만 이것은 제 것이 아니라 다른 분께 빌린 것이라……."

"천의 끝자락에 소녀의 이름을 적어 놓았어요. 확인해 보시면 될 거예요."

 천의 끝은 두 군데가 있다. 여인이 쥔 쪽에는 아무것도 적힌 게 없으니 밖으로 나오지 않은 다른 쪽에 이름이 있을 터이다. 그녀가 한 겹 한 겹 천을 풀었다. 윤식은 마치 인간으로 둔갑한 구미호에게 홀린 사람처럼 가만히 서서 여인을 쳐다보기만 하였다. 구미호라고 생각해도 좋을 만큼 뛰어난 미색이었다.

 천이 걷히고 감춰졌던 윤식의 얼굴이 드러나자 이번에는 여인의 손이 넋을 잃고 멈추었다. 그녀는 차차 붉어지는 얼굴을 감당하지 못하고 풀던 천을 떨어뜨렸다. 그리고 당황하여 몸을 돌려 뒤돌아섰다. 여인의 등과 마주친 윤식은 그녀보다 더 당황하여 자신도 모르게 어깨를 잡았다.

 "저는 김윤식입니다. 낭자는?"

 뭐라고 말한 것인지도 알지 못하였다. 하지만 그녀는 대답하지 않고 그대로 달아나 버렸다. 따라가서 붙잡고 싶었지만 땅에 끌리는 긴 천 때문에 잠시 한눈을 판 사이에 놓치고 말았다. 윤식은 재빨리 나머지 천도 벗겨 내고 다른 쪽 끝을 찾아 확인하였다. 그곳에는 여인이 말했던 것처럼 글자가 쓰여 있었다.

 "황서영······."

 윤식은 다시 고개를 이리저리 돌려 주위를 살폈다.

 "순돌아, 어디로 가는지 보았느냐?"

 순돌이의 굵은 팔이 한 곳을 가리켰다. 윤식은 한 번만 더 그녀의 얼굴을 보고 싶다는 일념으로 어릴 때 이후로는 해 본 적이 없는 달리기라는 것을 하였다. 그의 뒤를 순돌이가 우직하게 따라 뛰었다.

4

타오른 동고놀이 행렬은 선전관조차 멈춰 세울 수가 없었다. 선전관과 하례들은 암담하여 한동안 쳐다만 보았다. 늙은 하녀의 말에 따르면 분명 동고놀이에 참석하러 갔다고 하였으니 이 아수라장 속에서 각신들을 찾아내야 했다. 밖에 서서는 알아보기 힘들다는 판단으로 무작정 사람 사이를 뚫고 들어갔다.

"규장각! 규장각!"

고래고래 고함을 지르면서 사람 사이를 헤집고 다녔지만, 큰 북소리와 음악 소리에 파묻혀 들리지가 않았다. 그래도 목이 쉬도록 고함을 지르면서 찾아다녔다.

"규장각 각신들을 찾습니다! 규장각 각신들!"

이때 술독을 실은 수레 위에 세 사람이 옥신각신하고 있는 것이 보였다. 그중 한 명은 비록 거지꼴을 하고 있지만 자태가 남달라 한눈에도 이선준인 것을 알아차렸다. 그리고 다른 한 명은 술에 취해 곤드레만드레하는 문재신이었고, 나머지 한 명은 김윤식이 분명하였다. 한 번에 세 명이나 찾아냈다. 선전관은 사람들을 밀쳐 가면서 그들에게 다가갔다.

"이보십시오! 규장각 각신들!"

선준과 윤희가 깃털 꽂은 갓을 쓴 선전관을 알아보았다.

"여기까지 무슨 일이십니까?"

선전관은 수레를 따라 걸어가면서 그들에게 소리쳤다.

"비상입니다! 속히 궐로 가셔야 합니다!"

"비상? 우리 모두 가야 하는 것입니까?"

"규장각 당하관들은!"

선준은 당황하여 손가락으로 재신을 가리켰다. 술독 옆에는 만취한 재신이 널브러져 있었다. 선전관은 함께 온 하례들을 불러 재신을 둘러업게 하였다. 선전관의 깃털을 발견한 용하도 비틀비틀하면서 그들 곁으로 달려왔다. 술로 인해 얼굴이 시뻘겋고 혀도 꼬였다.

"대체 얼마나 급박한 일이기에 선전관이 여기까지?"

"오! 다행히 당하관 모두 모였으니 어서 궐로 갑시다. 시간을 다투는 촉박한 일입니다."

"무슨 일인지 설명은 하셔야……."

"이리 지체할 시간 없습니다. 여러분들을 찾아다니느라 얼마나 시간 낭비를 했는지 아십니까?"

윤희는 주위를 둘러보며 동생을 찾았다. 그런데 붉은 목도리가 보이지 않았다. 용하가 핑계를 대었다.

"김 도령은 내가 조금 전까지 여기 어디선가 보았네. 순돌이가 꼭 붙어 있었으니 걱정 말게."

그러고 보니 웬만해서는 한눈에 들어오는 덩치 큰 순돌이도 보이지 않았다. 그것이 한편으로는 안심이 되었다. 재신을 둘러업은 하례와 선준, 윤희가 행렬을 빠져나갔다. 그러는 사이 용하는 다른 거지들에게 상황을 전달하고 동고놀이 행렬에서 빠져나갔다.

같은 시각, 윤식은 달리다가 턱밑까지 차오른 숨에 막혀 땅에 주저앉았다. 그녀는 보이지 않았다. 어디로 갔는지 찾을 수도 없었다. 이름만으로는 아무 소용이 없지 않은가. 정신을 차려 보니 순돌이 외에는 아무도 없었다. 동고놀이 행렬도 사라지고 요란한 소리도 들리지 않았다. 너무 멀리 온 것일까? 누이가 걱정하기 전에 어서 돌아가야겠다고 생각한 순간, 건물 모퉁이 너머로 얼굴 하나가 나왔다가 쏙 들어갔다. 황서영, 그녀다! 윤식은 이상하게 웃음이 터져 나왔다. 그런데 한 번 터진 웃음은 그치지 않았다. 다시 그녀의 얼굴이 보였다. 만약에 여인이 재주넘기를 하면서 여우로 둔갑을 해도 전혀 놀라지 않았을 것이다. 그만큼 홀린 기분이었다. 윤식은 천 뭉치를 그쪽으로 내밀면서 계속 웃었다.

서영이 옷차림과는 맞지 않는 다소곳한 동작으로 그의 옆에 다가와 무릎 꿇고 앉았다. 천 뭉치를 든 윤식의 팔도 아래로 내려갔다.

"여기에 이름이 있기는 하였습니다."

"이름을 보고 제가 누구인지 아셨지요? 소녀가 그때의 미련을 버리지 못하고 얼굴이라도 한 번 뵙고 싶어 이런 장난을 하였어요. 송구하여요, 도련님."

뭐라고? 누구인지 알다니? 그때라니? 생각해 보니 벌써 김윤식이라는 이름을 밝힌 뒤였다.

"그런데 말투는 그대로지만 목소리는 조금 다르신 듯……."

아뿔싸! 큰일 났다. 누님이 만난 적이 있는 여인이다!

"외모가 아버지 말씀에서 조금도 어긋나지 않네요."

말투와 목소리는 아는데 얼굴은 몰랐다? 대체 어디까지 안면이 있는 거지? 당황한 윤식은 목도리를 돌려주지 않고 자신의 목에 다시 칭칭 감기 시작하였다. 그렇게나마 얼굴을 가렸다. 이런 상황은 익숙하지 않아서 어떻게 벗어나야 할지 몰라 머릿속이 새까매졌다.

"그, 그럼 소생은 이만……."

"여기까지 용무가 있어 소녀를 쫓아오신 거 아니었나요?"

"그, 그렇기는 하지만……."

들은 적이 있다는 누이의 목소리를 의식하다 보니 말을 제대로 할 수가 없었다. 윤식은 얼버무리면서 일어섰다. 서영도 따라 일어서면서 말하였다.

"그 천을 돌려주기 위해 오신 걸로 알았는데……."

"이건 제가 갖고 싶습니다."

말하고 보니 묘한 의미였다. 얼굴을 가리기 위해서 엉겁결에 한 말인데, 마치 정표로 달라는 것 같았다. 역시나 서영도 그렇게 알아듣고 얼굴을 붉혔다.

"그렇다면 대신에 다른 무엇을 주셔야지요."

"제 것이라고는 아무것도 없습니다."

지금 당장 이 자리에만 없는 것이 아니다. 세상 어디에도 자신의 것은 없었다. 심지어 김윤식이라는 자신의 이름조차 완전한 제 것이 아니었다. 땅에 발을 디디고 있는 존재 중에 이처럼 무의미한 것은 없으리라. 윤식은 가벼운 고갯짓으로 인사를 한 뒤 뒤돌아섰다. 그리고 빠른 걸음으로 그 자리를 떠났다. 순돌이도 뒤를 따랐다.

'사람을 잘못 봤다고 말하면 될 것을……. 이름만 같을 뿐이라고…….'

윤식은 걸음을 멈추었다. 자신의 처지만 생각하느라 그녀의 민망함은 헤아리지 못하였다. 뜻하지 않게 정표를 거절한 셈이었다. 그의 다리는 다시 왔던 길을 돌아갔다. 조금 전 자리에는 서영이 상처 입은 눈으로 아직도 우두커니 서 있었다. 윤식은 그녀의 손을 잡아 공기 같은 것을 꼬옥 쥐어 주고는 부끄러움을 감당하지 못하고 도망쳤다. 서영은 아무것도 들어 있지 않은 자신의 손을 조심스럽게 펴 보았다. 머리카락 세 가닥! 그의 것이다. 그녀의 입가에 만족스런 미소가 번졌다.

선전관이 연회장 안으로 뛰어 들어가 행수 선전관에게 귓속말을 하였다.

"규장각 당하관들을 지금 데리고 왔습니다만, 차림새가……."

"의관 갖출 새가 어디 있단 말인가? 냉큼 들라 하게!"

행수 선전관은 그렇게 말해 놓고 왕의 옆으로 다가가 상황 보고를 하였다.

"주상 전하, 분부하신 낭관들이 당도했다 하옵니다. 의관 갖출 새가 없어 바로 들라 하였사옵……. 엇! 뭐, 뭐야?"

연회장에 모여 있던 모든 사람들이 아연실색하였다. 어떤 자는 자리에서 벌떡 일어섰고, 어떤 자는 술을 쏟았고, 어떤 자는 외마디 비명을 질렀고, 어떤 자는 왕의 눈치부터 살폈다. 줄줄이 들어오는 이들이 한 놈을 제외하고는 완전 상거지가 아닌가. 게다가 또 한 놈은 술에 절어서 몸도 제대로 가누지 못하였다. 이 자리에서 놀라지 않은 이들은 없었지만, 각자 놀란 이유는 천차만별이었다.

먼저 황 판교는 어두운 눈으로 인해 규장각의 4인방이라고는 생각지도 못하고 진짜 거지가 온 것으로 착각하는 바람에 놀랐다. 정무는 아들 꼴은 안중에도 없고 오직 윤희 때문에 기함하였다. 사내들 틈에 섞여 다니는 것으로도 모자라 흉측한 몰골로 술에 취해 비틀거리기까지! 술잔을 잡은 정무의 손이 기가 막히는 걸 넘어 분노로 부들부들 떨렸다. 그 떨림에는 조마조마함도 복합적으로 얽혀 있었다.

다음으로 왕이 놀란 이유는 4인방의 기괴한 차림 때문이 아니었다. 구용하! 시문을 논하는 자리에는 결코 나타나서는 안 되는 그가 버젓이 끼어 있었기 때문이다. 너무 놀란 나머지 자리에서 벌떡 일어났을 정도였다.

"어떻게 네가!"

실수로 이 말도 흘렸다. 그런데 가장 놀란 쪽은 사신들이었다. 그것은 노여움 쪽이었다. 황제가 내린 운을 저따위 거지가 받아서 문장을 짓는다니 어찌 기가 막히지 않겠는가. 조선이 곧 중화라고 거만 떤다는 소문과 연관 지어 생각하면 이것은 청국을 능멸하는 것이었다.

연회장에 있는 사람들만 놀란 것이 아니었다. 4인방도 못지않게 놀라고 있었다. 특히 윤희는 온몸이 마비될 정도로 긴장하였다. 그런데 그녀의 공포 대상은 왕이 아니라 오직 정무였다. 왕은 의식조차 안 될 지경이었다. 오죽하면 깔린 자리 위에 가서 앉는 동안 술로 인한 휘청거림, 긴장으로 인한 뻣뻣함, 손과 발이 같이 나가는 기괴함이 어우러진 걸음걸이가 된 것도 느끼지 못하였다. 선준은 차분하게 머리카락을 쓸어 넘긴 뒤 흐트러진 옷매무새를 최대한 챙기면서 왕을 비롯하여 모여 앉은 분들께 허리를 숙여 인사를 올렸다.

가장 골칫거리인 용하는 알딸딸한 술기운 때문에 헤실헤실 웃으며 마냥 즐거워하였다. 그동안 티를 내지 않아서 그렇지 시문 자랑하는 자리가 못내 부러웠더랬다. 그런 자리를 하나 꿰찼으니 그저 즐거울밖에. 멀쩡한 정신이었으면 먼저 분위기 간파하고 줄행랑을 쳤을 테지만, 지금은 술의 장난 덕분에 이태백도 제 발아래에 있는 기분이었다.

문제는 정신을 가누지 못하는 재신이었다. 그럭저럭 앉아는 있는데 붓을 제대로 들 수 있을지 장담할 수 없을 지경이었다. 그가 이 자리의 핵심인데 큰일이었다.

"어허! 저 지경이면 데리고 오지를 말았어야지……."

한 신하가 선전관을 향해 야단을 쳤다. 시문 짓는 자리라고는 상상도 못 하였던 선전관은 사색이 되어 고개만 연거푸 숙일 뿐이었다.

"해! 한다고! 붓 가져오란 말이야!"

재신이 혀 꼬부라지는 소리로 고함을 버럭 질렀다. 말하는 본새를 보건대 여기가 어디인지도 구분하지 못하는 듯하였다. 마침 근수가 없기에 망정이지, 있었다면 이미 이곳은 부자간의 격투장으로 변하고도 남았다. 왕이 땀을 닦으며 역관을 불렀다.

"먼저 무례를 용서해 달라고 하고, 문장은 네 명 모두 지을 필요는 없으니 한 명만 하겠다고 전하여라."

왕이 말한 한 명은 물론 선준이었다. 역관이 사신에게 가서 말을 전하였다. 그의 눈빛이 변했다. 네 명을 데리고 와서 한 명만이라? 그러고 보니 조금 전에 왕이 당황하여 거지들을 향해 소리친 것이 기억났다. 그렇다는 건 저 중에 여기에 와서는 안 되는 자도 있다는 뜻이렷다? 사신이 웃으면서 말하였다. 그 말을 왕에게 와서 옮겼다.

"전하기를, 한 명으로 하되 지명은 자신이 직접 하겠다고 아뢰……."

"뭐라고!"

제 발등을 찍은 꼴이다. 왕의 시선이 종이를 매만지며 신나게 시문 지을 준비를 하는 용하에게로 향하였다. 만약에 용하가 지명당한다면 조선이 대망신을 당하게 되는 것이다. 구멍이 너무 크다. 왕은 퍼뜩 정신을 차리고 사신 쪽을 보았다. 들켰다. 이쪽에서 꺼리는 인물이 있다는 걸 그쪽에 간파당하고 말았다. 차라리 말을 바꿔 네 명 모두에게 지으라고 할까? 그랬다가는 더 우습게 될 공산이 크다. 왕은 입가에 경련이 일 정도로 억지로 웃어 보이며 마지못해 그러라고 하고 말았다.

'이선준이나 김윤식 중에 걸리기를! 제발 구용하만큼은 절대로 걸리지 않기를!'

왕은 이렇게 간절히 기원하면서, 만약에 일이 잘못되면 명령 전달 과정부터 시작해서 일을 이 지경에 이르게 한 자들을 모조리 색출하여 문책하리라 이를 갈았다.

사신은 4인방을 찬찬히 관찰하였다. 제일 먼저 선준은 보자마자 한눈에 추려 냈다. 전설로만 들었던 서진의 반악을 실제로 보는 듯하였다. 생김새뿐만이 아니었다. 동작 하나에도 반듯함이 녹아 있었다. 저런 자는 거지로 태어났을지라도 선비의 반열에 오를 인물이다. 사신은 선준으로 인해 네 명이 진짜 거지가 아니라는 것을 알게 되었다. 그러자 조금 전의 노여움이 사라졌다. 일이 왜 이렇게 된 것인지는 여전히 알 수 없었지만, 청국을 모욕했다는 오해는 풀었다. 마음이 풀어지니 차차 이 상황도 재미있어졌다.

그의 시선이 윤희에게로 옮겨졌다. 이번에는 '조선은 계집만 고운 줄 알았더니 사내도 곱구나!'라는 감탄이 나왔다. 상당히 어려 보이기에 어쩌면 문장 실력은 아직 익지 못했을 거라는 짐작을 불러일으켰다. 잠시 보류다.

다음은 재신이 보였다. 이건 난제 중의 난제였다. 네 명 중에 가장 거지와 어울릴 뿐만 아니라 불한당 같은 거친 냄새가 났다. 게다가 저 지경까지 술에 취하면 제대로 된 문장을 짓기란 쉽지 않을 것이다. 그런데 이게 함정이라면? 방심할 수 없으니, 이번도 보류다.

사신은 헤벌쭉거리는 용하를 보자마자 '왕족이다!'라는 생각이 번쩍 떠올랐다. 왕보다 더 사치스러워 보이는 옷을 거지 행색인 양 하고 있으니 그렇게 보일 법도 하였다. 몸에 꼭 맞는 걸로 봐서는 제 옷인 게 확실하니 의심할 여지조차 없었다. 무엇보다 시문을 짓고 싶어 안달하는 저 동작들. 분명 이 인물도 추려 내야 될 것 같지만, 직감은 이상하게 이쪽을 가리켰다. 조금 전 왕이 쳐다본 쪽도 이자인 것 같았다.

어느 쪽이 진짜고 어느 쪽인 함정인지는 고민할수록 구분하기 힘들어졌다. 다시 생각해 보니 왕족이라고 모두 문장을 잘하는 건 아니다. 오히려 바보가 더 많다. 순간 용하의 헤벌쭉 웃는 모양새가 바보같이 보이는 게 아닌가! 사신의 손가락이 용하를 향해 올라갔다.

그런데 그 찰나, 재신이 저고리 밑의 제 옆구리를 벅벅 긁었다. 사신의 눈 안으로 그의 흉터가 강렬하게 들어왔다. 틀림없는 불한당이다! 그의 손가락이 용하를 비켜나 자신 있게 재신을 가리켰다.

구명은 피했다! 왕은 함성이라도 지르고 싶었지만 또 다른 난관이 버티고 있었다. 멀쩡한 용하보다야 술 취한 재신이 더 믿음이 가지만 선준과 윤희보다는 위험하였다. 현재로서는 좋은 패인지 나쁜 패인지 판단하기 어려웠다.

재신의 앞으로 종이가 펼쳐졌다. 용하는 옆에서 종이를 뺏긴 게 분하다는 표정으로 혀 꼬인 중얼거림을 하였다.

"오늘 나의 시상은 최고조인데, 애석하도다."

'너를 피한 덕분에 조선의 망신살도 피하였도다!'

이러한 왕의 소리 없는 외침을 그가 들었을 리 만무하였다. 그런데 종이와 벼루를 앞에 두고 붓까지 손에 든 재신의 인상이 곧 폭주라도 할 듯이 험상궂게 변하였다. 뭔가 마음에 들지 않는 거라도 있나 싶어 다들 그의 안색만 살피는데 느닷없이 사신을 향해 고함을 질렀다.

"이것들이! 빨리 안 불러?"

순간 연회장 안에는 살벌한 정적이 흘렀다. 그런데 사신들만 무슨 일인지 모르고 두리번거리면서 상황을 물었다. 그들이 조선말을 모르는 게 천만다행이 아닐 수 없었다. 역관은 최대한 순화시켜서 '준비가 끝났으니 운을 주십시오.'라는 말이었다고 둘러댔다.

사신의 입에서 첫 운이 떨어졌다. 이를 시작으로 잠시의 망설임도 없이 재신의 붓이 움직였다. 왕의 등에서 식은땀이 흘러내렸다. 거리상 글자가 보이지 않으니 낙서를 하는지 시를 짓는지 분간이 되지 않았다. 첫 구가 끝나자 그가 붓을 든 팔을 사신을 향해 치켜들었다. 다음 운을 달라는 의미였다. 사신이 다음 운을 제시하자마자 그의 붓은 다시 종이 위에서 놀았다. 연회장에 모인 이들은 모두 탄식을 하였다. 저리 술술 쓴다는 건 낙서 중이란 의미였기 때문이다.

사신이 던지는 운이 늘어날수록 재신의 앞으로 낙서한 종이는 점점 길어지고 있었다. 왕도 포기하고 이마를 짚었다. 고민하는 척이라도 하면서 쓰면 이리 쉽게 포기가 되지 않았을 터이다. 술에 취해서 그렇다는 핑계는 되니까 용하보다는 좋은 패였다고 생각하기로 하였다. 수십 개에 달하는 사신의 운이 끝나고, 뒤이어 재신의 붓 놀이도 끝이 났다. 그와 동시에 그의 몸이 벌러덩 뒤로 넘어가 의식을 잃었다.

재신의 종이는 제일 먼저 왕의 손으로 옮겨졌다. 지렁이가 용쓰고 지나간 듯 엉망진창인 글자들! 왕의 이마에 분노가 치밀어 오른 흔적이 드러났다. 그런데 서서히 그 흔적이 사라져 갔다. 비록 알아보기 힘들 정도로 술에 찌든 필체였지만 시문은 예상을 초월한 실력이었다. 두서도 없이 던져진 수십 개의 운이 수십 개의 문장으로 나열되고, 그 수십 개의 문장은 질서 정연한 하나의 시문이 되어 있었다. 그런데 평소의 분홍 꽃잎이나 나풀나풀 띄우던 그의 시가 아니었다. 술기운이 오히려 그 분홍 꽃 가면을 걷어 내 버린 것이다.

'홍벽서? 문재신이 홍벽서였단 말인가!'

너무 당황한 나머지 왕은 끝까지 채 읽지도 못하고 사신에게 그 종이를 넘겨주었다. 처음에는 거만하게 글자를 훑던 사신이 놀란 눈으로 자리에서 벌떡 일어서더니 갑자기 이리저리 서성거리면서 읽어 내려가기 시작하였다. 다 읽은 뒤 괴상한 감탄을 내어 지르고 다시 처음부터 읽었다. 그러기를 여러 차례 하였다. 그러는 사이 연회장 한가운데에서는 글 임자의 코고는 소리가 장엄하게 퍼져 갔다. 하지만 사신은 조금도 불쾌한 기색 없이 오히려 그 코고는 곳을 향해 두 손을 모으고 정중하게 허리를 숙였다.

왕이 4인방을 향해 그만 물러가라는 손짓을 하였다. 선준과 선전관이 재신의 팔과 다리를 잡아끌었다. 용하는 방긋방긋 웃는 얼굴로 인사를 올리며 물러났다. 그런데 왕이 꽁지 빠지게 달아나려던 윤희를 향해 말하였다.

"김윤식, 그런 행색으로 오게 된 사연을 간략하게 적어서 사신한테 전하라."

윤희는 어쩔 수 없이 다시 앉아 남은 종이로 대충 글을 썼다. 그러는 동안에도 그녀의 신경은 온통 차가운 얼음 갈라지는 소리가 들리는 정무에게로 가 있었다. 그렇게 적은 글을 비틀거리면서 사신에게 가져다주고 상거지 꼴로 정무 앞에 섰다. 그리고 연거푸 죄송하다며 고개를 숙였다. 그가 당황하여 어서 가라고 손짓을 하는데도 그녀의 꾸벅거림은 멈추지 않았다. 그런 그녀에게 사신의 놀라운 시선이 멈추었다. 저리 젊은 사람이 쓴 필체가 놀라워서 안 볼 수가 없었다. 사신의 시선이 닿자 정무는 더욱 세차게 손짓을 하였다.

'어서 나가! 어서 나가!'

입 모양까지 하였지만 윤희는 결국 선준이 와서 끌고 가다시피 하여서야 연회장에서 사라졌다. 엉뚱한 소동으로부터 가까스로 벗어났다고 안심하려는 순간이었다. 화려한 차림의 여인이 다가왔다. 순간 윤희의 팔을 잡고 있던 선준의 손아귀에 힘이 들어갔다. 그리고 재빨리 자신의 등 뒤로 윤희를 숨겼다.

"붉게 피어 올린 꽃이 허망하게 지고 마는 것은 저들끼리만 정다운 나비 탓이라지요."

윤희는 술에 취한 눈을 겨우 걷어 내고 교태 섞인 콧소리의 주인을 알아보았다.

"초, 초선?"

초선은 마치 춤사위의 한 동작처럼 옷고름을 꺾어 쥐고 살포시 눈을 감으며 고개를 숙였다.

"오랜만에 뵈어요, 도련님."

"네가 여기는 어쩐 일이냐?"

선준의 냉담한 물음에 그녀는 상냥한 미소로 대답하였다.

"궐 기생인 소첩이 이런 연회에 있는 게 당하관인 선비님들이 계신 것보다 오히려 이상한 일이 아니지요."

새빨간 입술이 비웃음을 머금었다. 초선은 얼음과 불을 한꺼번에 담은 눈길로 선준의 어깨너머를 쳐다보았다. 윤희의 게슴츠레한 미소와 만나자 그녀의 가는 초승달 눈썹이 여덟팔 자로 바뀌었다. 이때 흥에 취한 용하가 인사불성인 상태로 이들 틈에 끼어들었다.

"어허! 가자고. 어? 이게 누구더라? 초선이로구먼. 아이구야, 또 단검 들고 가운뎃다리 잘라 가지겠다고 덤비기 전에 도망가야겠네. 우리 대물 살려!"

그러고는 선준과 윤희의 목을 꿰어 데리고 가 버렸다. 그들의 뒷모습을 노려보는 초선의 작은 주먹이 부르르 떨렸다.

4인방이 모두 나가고 난 뒤, 사신은 정중하게 두 사람의 시문과 서예를 자신이 가져가도 되겠느냐고 청해 왔다. 왕은 그 말을 흔쾌히 승낙하였다. 가면이 벗겨진 재신의 글을 홍벽서를 아는 이들에게 보이고 싶지 않았다. 그리하여 재신이 술김에 뿌린 글은 많은 사람들의 궁금증에도 불구하고 조선 땅 내에서는 왕 이외에는 본 자가 없었다. 물론 문장을 쓴 본인도 어떤 글을 썼는지 전혀 기억하지 못한 탓에 영원히 전설로 남게 되었다.

 아침 밥상을 앞에 두고 재신이 제 머리를 쥐어박았다. 도무지 연회장에 들어갔던 기억이 나지 않았다. 자신이 기억하는 건 어제 청벽서를 놓치고 술을 퍼마시던 그 장면까지였다. 그리고 다음에 바로 이어진 기억이 오늘 새벽에 눈 떴을 때부터였다. 그 중간의 기억이 완전히 사라지고 없었다. 예전처럼 어렴풋이 기억나는 것조차 없다.
"내가 앞으로 한 번만 더 술을 마시면 개다."
"자네는 개가 될 수는 없네. 이미 말이거든. 미친 야생마."
 이렇게 대꾸하는 용하도 다른 날과는 달리 웃음기가 없었다. 순간순간 어제의 일이 되살아나 경기하듯 놀라기만으로도 바빴다. 사신의 손가락이 자신을 향해 올라왔던 그 장면이 생생하게 떠오르면 온몸에 소름이 돋았다. 대체 어제는 무슨 정신으로 시를 짓겠다고 자리를 잡고 앉았었단 말인가. 그 자리가 어떤 자리인 줄 알고.
"아이고! 나야말로 한 번만 더 그 지경이 될 때까지 마시면 개일세. 아니, 개가 내 아비일세."
 선준과 윤희가 방으로 들어와 상 앞에 앉았다. 윤희의 안색이 4인방 중에 단연 으뜸으로 사색이 되어 있었다. 임금과 시부 앞에 그런 꼴을 보이다니. 밉다 밉다 했더니 기함할 짓만 골라서 하는 형국이었다. 조선 팔도에 이런 며느릿감이 어디 있단 말인가. 자신이 정무였어도 절대 용납하지 않을 것이다. 선준의 위로가 밉게만 들리는 이유는 자꾸만 정무의 표정이 떠올라 오금을 저리게 하였기 때문이다. 그 자리에 칼이 있었다면 바로 목을 칠 기세였다. 그 충격으로 왕의 표정 따위는 기억도 나지 않았다.

세 사람은 수저를 들면서 똑같이 한숨을 쉬었다.

"아무래도 이번 소동은 그냥 넘어가지 않겠어. 징계라도 받지 싶으이."

용하의 말에 입으로 밥을 떠 넣던 윤희의 눈이 번쩍 뜨였다. 징계라고? 혹시 파직? 그렇다면 어제 일이 오히려 전화위복이 될 수도 있다. 그러자 그녀의 안색도 조금 돌아왔다.

"어이, 김 도령은 갔냐?"

"네, 어제 우리가 오자마자 바로 돌아갔습니다."

그러고 보니 어제 윤식의 표정도 이상했다. 정신이 없어서 그냥 보내기는 했는데 조만간 찾아가서 물어봐야 할 것 같다. 용하는 붉은 천이 어디서 나온 것인지를 넌지시 물어 오던 윤식에게서 대충의 내용은 짐작하였다. 모른 척하고 황 판교 댁을 가르쳐 주면서 앞으로의 일도 짐작하였다.

상이 물러가고 나자, 재신이 전에 없이 심각한 표정으로 세 사람을 방에 앉혔다.

"다들 밥을 두둑하게 먹었으니 이제는 체할 말 좀 하자."

"빨리 말하게. 어서 사진해야 되니까. 징계를 받든 어쩌든 간에 들어가……. 이게 뭔가!"

용하는 말을 하다 말고 그가 내어 놓은 쪽지를 보고 비명을 질렀다. 청벽서! 윤희의 안색이 사색을 되찾았다. 그리고 이번에는 선준의 얼굴도 무섭도록 싸늘하게 식었다.

"어디서 난 것인가?"

"몰라. 어제 북새통 속에서 받은 거야. 쪽지 준 놈 얼굴도 못 봤다."

재신의 이 가는 소리가 소름 끼치게 들렸다. 숨을 힘들게 들이마신 뒤, 그는 얕게 떨리는 숨소리와 이 가는 소리를 겹쳐서 말을 내쉬었다.

"그 자식이 너희들을 보더라."

"얼굴도 못 봤다면서 그건 어떻게 아는가?"

"가까이는 있었지만 이상한 분장 때문에 못 본 거란 말이야! 뻔뻔하게 내 옆에서 술을 마셨다고. 눈은 보이지 않았지만 분명히 너희들을 봤어. 일부러 보란 듯이! 우리들을 다 알고 있다는 듯이! 너희들을! 너희들도!"

두 주먹을 불끈 쥐고 미친 듯이 고함을 질러 대는 그를 진정시키면서 윤희가 말하였다.

"청벽서는 우리를 아는데 우리는 청벽서를 모르는군요. 그리고 처음부터 홍벽서의 재림을 유도한 것도 확실하고……."

선준이 자리에서 벌떡 일어섰다.

"우리가 너무 안일하게 생각하였습니다. 처음부터 다시 찬찬히 살펴서 들어가 봅시다. 청벽서가 처음 나타났던 그 시점부터. 그가 어떻게 우리라는 걸 알게 되었는지도."

짙게 가라앉은 말투였다. 하지만 그 역시 화난 건 감추지 않았다. 윤희도 자리에서 일어섰다.

"우선 사진부터 합시다. 징계가 기다리고 있을 터이니 그것부터 받는 게 순서겠지요."

하지만 허망하게도 윤희의 바람과는 다르게 이문원에는 임금이 상으로 내린 포목이 징계 대신 기다리고 있었다. 그리고 그날 밤, 청벽서는 홍벽서를 도발하기 위해 작정한 듯 사간원 대문에 답장처럼 벽서를 남겼다.

문을 조용히 열고 한 남자가 엉거주춤 숙인 허리로 들어왔다. 그리고 조심스럽게 문을 닫고 문에 붙다시피 하여 머리를 조아리고 앉았다. 정무는 사람이 들어오는 것에 미동도 않은 채 서책을 넘겼다. 그러기를 한참 뒤, 책장을 넘기던 그의 손길이 잠시 멈추었다.

"그래, 결심은 섰는가?"

"소, 소인이야 결심이랄 게 없지요. 우상 대감의 영윤이신데 불구덩이인들 두렵겠습니까, 상감마마인들 두렵겠습니까."

정무는 다시 입을 다물고 책만 읽었다. 그의 책장이 소리 없이 또 한 장 넘어갔다.

"차 판관 자네 딸의 미색은 내가 이미 알아봤으니 더 이상 거론할 거리가 아니고……."

"대감의 영윤을 소인의 여식과 맺어만 주신다면 무슨 일이든 할 것입니다."

"명색이 수원 판관인 자네가 내 앞에서 그리 머리도 못 들어서야 무슨 말을 함께 나누겠는가."

차 판관은 연거푸 땀을 닦아 가며 겨우 머리를 일으켜 세웠다. 그제야 정무도 서책을 덮고 옆으로 밀쳤다. 그는 멀찌감치 앉은 사내를 보자 절로 혀가 끌끌거려졌다. 그의 위로 윤희의 모습이 겹쳐 보였다.

"판관이나 되는 자가 한낱 계집보다 담이 작다니, 쯧쯧."

정무는 머리를 저어 그녀에 대한 환영들을 떨쳐 냈다.

"조만간 어떤 방도를 써서라도 내 아들 이선준을 자네 집으로 보내겠네. 자네는 내 아들과 자네 딸을 한방에서 동침만 시켜 주면 되네. 그러면 그 뒤의 일은 내가 다 처리함세."

"그럼 영윤께 술을 먹여서라도……."

"그게 아니지!"

정무는 소리를 높여 놓고 이마를 짚었다.

"내 아들은 술을 마시지 않네. 절대 입에도 대지를 않아."

차 판관은 또다시 땀을 연거푸 닦았다.

"그, 그러면 어떻게 한방에 들게 할지……."

정무는 서안 서랍에서 약 한 첩을 꺼내 방바닥에 놓고 힘껏 밀었다. 하얀 약봉지는 주욱 미끄러져 차 판관의 무릎 앞에 당도하였다.

"달여서 시원하게 만들어 놓았다가 차처럼, 물처럼 먹이게. 아무리 그 녀석이라고 해도 시원한 물 한 사발 정도는 사양하지 않고 마실걸세."

차 판관은 약봉지를 집어 두 손에 꼭 쥐었다. 정무의 말이 이어졌다.

"잠들거든 동침을 시키게. 반드시 옷을 벗겨 두는 것도 잊지 말게."

"송구하지만 다시 한 번 약조해 주십시오. 소인의 여식은 소실이 아니라 정실입니다."

소리 없는 웃음이 정무의 얼굴에 번졌다.

"자네는 나에게 말을 여러 번 시키는군."

"하, 하지만 이선준이란 인물의 소문은 익히 들었는지라……."

"자넨 본가는 한양에 두고 있음에도 불구하고 외관직으로 돈 지 오래되었어. 이제는 경관직으로 들어올 때도 되지 않았는가."

얼굴은 웃고 있는데 목소리는 소름이 돋을 만큼 낮고 차가웠다. 크기도 딱 방 안에만 머물 정도였다. 차 판관은 제 귀 뒤로는 절대 넘어가지 않았으리란 생각이 들었다.

"거기까지 신경 써 주시지 않아도……."

"신경 써야지. 이제 곧 사돈이 될 집안인데. 내 아들은 내가 잘 아네. 비록 자의로 벌어진 일이 아니라 할지라도 자신과 동침한 여인을 함부로 내칠 만큼 몰지각한 녀석은 아닐세. 도리어 그 책임감과 양심이 제 발을 잡고 말지."

차 판관의 고개가 방바닥을 때릴 듯 숙여졌다.

"소, 소인이 주제넘었습니다. 만약에 일이 잘못된다손 치더라도 이선준 도령의 소실인데, 어찌 여부가 있겠습니까."

정무의 손이 밀쳐 두었던 서책을 다시 잡아당겼다. 그리고 천천히 책장을 넘겨 조금 전까지 읽고 있던 대목을 펼쳤다.

"동침만 되면 그 즉시 우례까지 치를 것이네. 내 집에 먼저 들어오는 며느리가 소실이 되는 일은 결코 없네. 소실로 삼을 생각이었다면 애초에 이런 혼사를 계획하지도 않았지."

나가라는 말을 따로 한 것도 아닌데, 그의 몸은 그러한 대사를 표현하고 있었다. 차 판관은 그 기에 눌려 약봉지 하나만을 꼭 쥐고 일어나 문을 열었다. 정무는 문을 닫을 때까지도 서책에서 눈을 들지 않았다. 차 판관은 자신이 처음 문을 열 때와 똑같은 모습의 정무를 마지막으로 보고 완전히 문을 닫았다. 마치 자신이 방 안에 들어갔다 나온 적이 없었던 것만 같았다. 제 손에 쥐어져 있는 약봉지만이 그 안에 들어갔다 나온 유일한 흔적이었다.

『규장각 각신들의 나날』 2권에서 계속